Le Livre de la Peur

JOHN L. BYRNE

Le Livre de la Peur

TRADUIT DE L'AMÉRICAIN
PAR MICHEL DEUTSCH

ÉDITIONS J'AI LU

Ce roman a paru sous le titre original :

FEAR BOOK

PROLOGUE

Il n'était pas seul dans les ténèbres.

Il y avait des bruits. Des piétinements. Des grattements. Des clapotis, des friselis sur une eau stagnante. Des toiles d'araignées se prenaient dans ses cheveux, se plaquaient sur son visage qu'engluait une sueur froide. Quand il essayait de les arracher, ses doigts laissaient des traînées de vase sur son front.

A mesure que sa veste séchait – il était tombé à plat ventre dans la mare d'eau qui croupissait au bas des quelques marches –, elle se décollait de son dos. Et c'était comme si l'étreinte d'une main en putréfaction laissait sa marque sur sa chair. Une main dont il attendait le contact.

Tous ses sens étaient en alerte. Au moindre courant d'air, ses cheveux se hérissaient sur sa nuque. Le mélange d'odeurs nauséabondes qui flottaient alentour lui faisait froncer le nez. Des pans d'ombre se rapprochaient de lui. La boue ancienne qui colmatait les murs encrassés semblait bouger – peut-être, saturée d'humidité comme elle l'était, sous l'action de son propre poids, peut-être d'autre chose. Chaque mouvement qu'il faisait déclenchait une réaction en chaîne d'ondes sonores. L'obscurité était pleine de bruissements. Quand une lame de parquet grinçait au-dessus de sa tête, il lui semblait entendre la terre elle-même gémir.

Il se recroquevilla sur lui-même, protection dérisoire contre les frayeurs sans nom qui l'habitaient, les mains enfoncées dans ses manches, les genoux ramenés sous son menton. Il ferma presque les yeux, ses paupières ne faisant plus que deux fentes étroites, cherchant à donner forme à l'informe.

Il y avait des heures qu'il était là, dans cette obscurité humide et froide aux relents fétides. Des heures qui lui semblaient être des jours. Son dos lacéré par les coups de ceinture lui cuisait encore, douloureusement. Son cœur battait à tout rompre dans sa poitrine, cognant un peu plus fort à chaque nouveau bruit. Il était à l'écoute des pas qui résonnaient en haut, des éclats de voix qui ne lui parvenaient qu'assourdis, étouffés qu'ils étaient par le parquet.

Il attendait. Il attendait.

Il attendait qu'*il* vienne comme ils avaient promis qu'il viendrait, la tête penchée, le cou tordu et ses yeux morts qui voyaient parfaitement dans la nuit. Ses doigts pourrissants en quête d'un poignet, d'une cheville. Qu'ils saisiraient infailliblement. Des doigts doués d'une force inhumaine.

Avides de vengeance.

– Mais ce n'était pas ma faute. Ce n'était pas ma *faute* !

Un soupir dans les ténèbres mais qui s'exhalait bruyamment dans cet espace confiné. Le seul fait de parler faisait battre ses tempes, mettait en feu sa bouche sèche.

– Ce n'était pas ma faute.

La phrase sonnait un peu plus fort chaque fois qu'il la répétait. Jusqu'au moment où elle cessa d'être un soupir terrifié pour devenir un cri. Où tout l'air qu'il avait dans les poumons gonfla ces quelques mots hurlés, toujours les mêmes, qui montaient à l'assaut du plafond bas.

– Ce n'était pas ma faute ! Ce n'était pas ma faute ! CE N'ÉTAIT PAS MA FAUTE ! CE N'ÉTAIT PAS MA FAUTE !

Il les braillait, ces mots, les braillait jusqu'à ce que son *cerveau* s'embrase.

Et, dans les ténèbres, il n'était pas seul.

Elle avançait. Il faisait chaud. L'air était brûlant. L'espace autour d'elle était brûlant. L'asphalte était brûlant sous ses pieds nus.

Elle n'avait pas la moindre idée de la direction dans laquelle elle marchait. Devant elle, là où le désert se portait à la rencontre de la voûte obscure du ciel, c'était le noir ; derrière, les lumières de Benson paraient les cieux de leur éclat laiteux. La route qu'elle suivait s'allongeait, droite comme une flèche.

Un nœud de souffrance la fouaillait entre ses épais sourcils blonds, et une grimace déformait ses traits chaque fois que la plante de ses pieds se posait sur le bitume surchauffé.

Mais sa souffrance était plus profonde encore.

Ses yeux verts – petits et largement espacés – étaient pleins de larmes brûlantes qui inondaient ses joues, coulaient de son menton pour former sur sa poitrine nue de petits ruisseaux qui confluaient entre ses seins.

Elle avait l'impression que l'air lui calcinait la peau. Elle avait espéré que la tombée de la nuit lui apporterait un certain soulagement, mais il n'en était rien. On aurait presque dit que la chaleur, au contraire, resserrait son étau, immense bête noire qui s'enroulait autour d'elle et l'étouffait.

Elle avançait, nue, dans l'obscurité sèche et ardente, sur la petite route secondaire qu'elle avait repérée et choisie, sur la carte chiffonnée dont elle s'était servie pour se rendre chez sa cousine. C'était une longue route rectiligne sur laquelle personne ne passait, une route qui ne menait nulle part.

Je lui avais dit, ne cessait-elle de répéter intérieurement. Les mêmes mots revenaient inlassablement comme le ressac qui pilonne sans trêve les rochers. Qui les pilonne, les use, les émousse, érode leurs aspérités jusqu'à ce qu'ils cessent d'être d'orgueilleux récifs aux arêtes agressives, jusqu'à ce qu'ils ne soient plus que des blocs de pierre lisses ayant perdu tout souvenir de leur naissance tumultueuse.

Je lui avais dit, je lui avais dit, je lui avais dit. Cent fois. Mille fois, peut-être. Elle avait supplié. Imploré. Usé de la cajolerie. Exigé.

– *Ne fais pas cela. Tu ne sais pas, tu ne peux pas savoir ce que tu risques de déclencher. Tu as dit, toi-même...*

– *Je sais ce que je fais,* s'obstinait-il. (Quelle dureté dans sa voix ! Quelle assurance !) *C'est une opération toute simple. Je ne peux pas ne pas réussir, à condition que tu ne détournes pas mon attention et que tu ne me fasses pas tout rater.*

– *Mais dans la maison ? Faut-il absolument que cela se passe dans la maison ?*

– *Où veux-tu que je le fasse ? Au milieu de la cour ? Pour que les voisins me voient au travail ? Ils nous trouvent déjà assez bizarres comme ça.*

– *Il y a le garage. Tu pourrais le faire dans le garage. Je n'aurais qu'à sortir la voiture...*

– *Mais je te l'ai déjà dit ! Il est trop* récent. *Il n'a pas dix ans d'âge, ce garage. L'ancienneté de la maison m'est indispensable. Elle est le gage du succès.*

— Oui, c'est ce que tu répètes tout le temps, mais ça n'a pas de sens. La maison n'a pas plus de deux cents ans. Ce dont il est question remonte à des milliers, *à des* millions *d'années !*

— Je ne te retiens pas. Tu peux partir avec ton ami le docteur. Quand tu voudras. Ce n'est pas moi qui t'en empêcherai.

L'air brûlant et immobile la faisait suffoquer. Respirer était un supplice. *Pourquoi avoir mis ça sur le tapis ? Pourquoi m'avoir lancé ça en pleine figure ? C'était* fini. *Fini depuis plusieurs* semaines.

— Je ne tiens pas à lui. Tu le sais. C'était... ce n'était qu'une toquade. *Juste un moment d'égarement. Parce que tu étais tellement plongé dans ton travail. Je sais que c'est banal mais... je ne tiens pas à lui. Je t'en prie... Nous pourrions partir. Tu as toujours voulu aller en Europe. Pour tes recherches. Katherine te l'a conseillé. Nous pourrions aller en Europe.*

— Katherine est une idiote. Tu connais mon opinion sur elle. Elle aime à jouer les scientifiques. Mais ce n'est pas de la science. Cela n'a rien à voir avec la science.

Il parlait, sans cesser pour autant de travailler. Elle le regardait disposer les petites pierres luisantes sur le tapis de la salle à manger. Les aligner d'une certaine façon. Modifier leur agencement. Un motif se dessinait sous ses yeux. Puis un autre. Et encore un autre. Elle tressaillit en l'entendant jurer entre ses dents.

Il balaya les pierres d'un revers de main et recommença. Un cercle à l'intérieur d'un carré, lui-même inscrit dans un autre cercle. Il y avait une centaine de ces petites pierres noires et luisantes. Séparées par des intervalles soigneusement calculés. Une exactement *ici,* une précisément *là.*

Et puis, les mots. Des mots horribles. Horribles ! Ce n'était pas de l'anglais ; aucun rapport avec l'anglais.

Elle ne comprenait pas une syllabe. Des mots qui lui donnaient la chair de poule. Qui lui donnaient envie d'éparpiller à coups de pied ces petites pierres lisses, de détruire leur minutieuse configuration.

– *S'il te plaît, mon chéri, ne...*

– *Mais tu vas te taire, bon Dieu de bon Dieu ! Maintenant, je vais être forcé de tout recommencer !*

Les mots. Une mélopée psalmodiée. Rythmique. Gutturale. Qui lui évoquait son grand-père bougonnant en allemand quand sa grand-mère lui disait de ne pas fumer dans la maison.

Ce n'était pas de l'allemand. C'était une langue que personne n'avait parlée depuis des millénaires. Elle savait qu'il avait passé le plus clair de sa vie d'adulte à recueillir tous les indices qui lui permettraient d'apprendre à prononcer ces mots. Facilement vingt ans. Il avait commencé sa recherche longtemps avant qu'ils ne se fussent rencontrés et mariés.

Les larmes brûlantes ruisselaient sur ses seins. L'asphalte lui calcinait la plante des pieds. Au-dessus d'elle, le ciel était noir. Il n'y avait pas d'étoiles. Il n'y avait pas de lune. Les étoiles et la lune se cachaient d'elle. Elles ne voulaient pas la voir dans sa nudité. Dans sa souffrance.

La souffrance qui l'avait poussée à rouler en rase campagne. Seule. Sans s'arrêter sauf pour refaire le plein. Pour satisfaire ses besoins naturels. Même pas pour cela, parfois. Sa cousine l'avait à peine reconnue quand elle avait frappé à la porte. Il était 3 heures du matin. Frappé à la porte. Frappé et frappé et frappé. Avec l'envie de crier. Mais sa gorge s'y refusait.

Après que la chose était arrivée, elle avait hurlé pendant près de trois jours sans s'arrêter. Par moments, elle avait dû stopper la voiture pour hurler. Hurler, hurler, hurler jusqu'à en avoir la gorge en feu.

Jusqu'à ce qu'il ne lui fût plus possible de proférer un son.

Elle entendait de nouveau les mots. La mélopée chantée à voix basse. Rythmée. Gutturale. Qui reprenait. Qui reprenait sans trêve. Lui, déplaçant une pierre, psalmodiant, agenouillé devant le motif compliqué, l'étrange configuration que formaient ces cent petites pierres noires et lisses. Psalmodiant. Se balançant d'avant en arrière.

– *Je t'en supplie...* (Juste un infime murmure, un soupir quasi inaudible entre ses dents serrées.) *Je t'en supplie...*

Il leva la tête. Ses traits étaient tirés sous la noire broussaille de sa barbe. Il était échevelé. Des gouttes de sueur perlaient à son front. Une fureur froide, une fureur blanche luisait dans les profondeurs de ses yeux noisette. Un visage qui ne ressemblait en rien à celui de l'homme qu'elle avait épousé.

– *Bon Dieu de bon Dieu,* avait-il grondé, *je t'avais dit...*

Et la lumière avait fulguré. Eblouissante. Brûlante. Comme une bombe atomique qui vous exploserait sous les yeux. Qui exploserait là, dans la salle à manger. Eblouissante et brûlante. Et le souffle embrasé qui l'avait projetée contre le mur s'était insinué sous son chemisier. On eût dit des mains sèches, ardentes. Qui tâtonnaient. Se glissaient sous son pantalon. Montaient le long de ses jambes. Frappaient son sexe.

L'air embrasé pénétrait dans sa bouche. Descendait dans son œsophage. Gagnait ses poumons. Il l'emplissait tout entière, la faisait se dilater, sa poitrine allait éclater...

Et elle le voyait qui dansait, juste devant ses yeux. Qui bringuebalait par saccades. Une marionnette suspendue à un unique fil. Dansait en plein milieu de l'aveuglante flamme bleue. Et sa chair, pendant ce temps, grésillait, se craquelait. Une humeur semblable à de la bile noire suintait de ses narines. Des coins de ses yeux. De ses oreilles.

Il hurlait mais on n'entendait pas un son. Pas un son, nulle part au monde.

Et il se volatilisa. La lumière se volatilisa. La flamme bleue se volatilisa. Les pierres noires et luisantes se volatilisèrent.

C'est alors qu'elle commença à crier.

L'air chaud du désert brûlait sa peau nue. Ses vêtements abandonnés étaient éparpillés derrière elle sur la route. Elle marchait toute droite, rigide comme si elle était tirée en avant par d'invisibles fils. Qui l'obligeaient à se tenir toute raide. Ses articulations étaient nouées, ses bras et ses jambes ankylosés. Si quelqu'un avait pu la voir, il aurait pensé qu'il devait être pénible de marcher ainsi.

Mais il n'y avait personne. Rien que la nuit du désert sans fin. Rien que les voix qu'elle entendait dans sa tête. Les voix qui passaient et repassaient le même disque usé. La même scène qui se rejouait inlassablement.

Je lui avais dit, je lui avais dit, je lui avais dit.

Elle gloussa.

Un tout petit gloussement. Presque un hoquet. Comme un bébé tétant le sein de sa mère. Elle gloussa. Un gloussement qui venait, cette fois, du fond de sa gorge. Elle porta la main à sa bouche. Ses petits yeux s'élargirent, s'agrandirent.

Cela recommença. Plus fort.

Elle se mettait à rire. Et elle savait, elle savait par la vertu de l'aveuglante clarté d'une terreur à l'état pur, d'une terreur sans frein, que, si elle se mettait à rire, elle ne s'arrêterait plus. Qu'elle ne pourrait pas s'arrêter avant que ses poumons n'éclatent. Qu'elle continuerait de rire jusqu'à ce que mort s'ensuive.

Elle plaqua ses deux mains contre sa bouche. Sans cesser d'avancer, les jambes raides, dans la nuit du désert. Les deux mains collées sur sa bouche. Elle respirait par le nez. Profondément. S'efforçant d'aspirer et d'expirer régulièrement.

Le rire s'enflait dans sa gorge, coulait le long de sa langue, heurtait ses dents. Un gigantesque, un tumultueux torrent de rire. Qui la pilonnait. La pilonnait. Comme le ressac pilonne les rochers.

Je lui avais dit. Ha ! ha ! Je lui avais dit. Ha ! ha ! ha ! Je lui avais dit. Hahahahahahahahaha...

Son rire emplissait la nuit brûlante et silencieuse du désert. Et, au milieu de ce rire, elle savait qu'elle allait mourir.

Et cela ne la faisait rire que plus fort.

1

Le Catalogue arriva sans tambour ni trompette, avec le courrier du matin.

Depuis deux mois et demi, Sam et Joanne Dennison s'étaient habitués à voir leur boîte aux lettres pleine à déborder de prospectus et de catalogues de toutes sortes. Au début, ils n'attachèrent pas plus d'importance au dernier arrivé de ces catalogues qu'aux dizaines d'autres qui, depuis qu'ils avaient emménagé au mois de juin – en venant de New York –, avaient pris la direction du sac-poubelle.

Ils avaient déniché une superbe et vieille maison de style colonial entourée de bois touffus, à six kilomètres du centre de Fairharbour, Connecticut. Ce Fairharbour avec un « u », conformément à l'orthographe britannique, avait un petit parfum colonial qui leur plaisait. C'était, pour eux, comme un rappel permanent et discret de l'histoire de la ville. De sa fondation, antérieure à la guerre d'Indépendance.

Ce déménagement, comme beaucoup d'autres événements de leur existence, avait été plus ou moins décidé sous le coup d'une impulsion. Ils cherchaient à s'évader du chaos de la mégapole ou, comme le disait parfois Sam, à « réaliser le vieux rêve américain ».

Après avoir travaillé comme une bête pendant quinze ans, dans un bureau d'études en design de Madison Avenue, Sam pouvait maintenant réaliser son rêve. Et ce dernier – comme celui de Joanne – était de posséder une maison ayant une histoire. Quelque deux hectares de bois et de verdure dans une bourgade de Nouvelle-Angleterre au nom trompeur étrangement orthographié. « Fairharbour » évoquait à leurs yeux des navires à voiles alignés en bon ordre dans une anse calme et tranquille. Des maisons de bois blanches, plantées au petit bonheur en bordure du front de mer. De vieux appontements semblables à de longs doigts osseux, tendus vers les vaisseaux au mouillage.

En réalité, Fairharbour était situé à une trentaine de kilomètres à l'intérieur des terres. Son nom avait été choisi de façon arbitraire, mais procédant d'une logique élémentaire : il fallait qu'il soit respectable et propre à attirer des gens respectables. Trois cents ans plus tard, Fairharbour était le foyer de vingt-cinq mille personnes respectables.

Sam Dennison était heureux de faire partie de ses habitants. A six ans – il demeurait alors à Evanston, dans l'Illinois –, il avait vu *Christmas in Connecticut* sur l'écran de la télévision noir et blanc familiale, et cette imagerie hollywoodienne l'avait profondément marqué. Il épluchait les programmes de la télé dans l'espoir que le film serait un jour rediffusé.

Son enfance avait été un enfer. Ses parents se détestaient. Et ils le détestaient, lui, parce qu'il était le lien qui les enchaînait l'un à l'autre. Ils faisaient en sorte que ses journées soient toutes tissées de peur et de souffrance. Ses nuits, il avait appris à en faire des cauchemars.

Sam aspirait à la paix qui émanait des images

rayées de ce vieux film. Il en était avide comme d'autres sont avides de puissance, de conquêtes féminines, de richesses. Le désir de réussir l'avait conduit à émigrer sur la côte atlantique, mais c'était toujours à ce Connecticut de rêve que le ramenait son imagination.

Et voilà qu'un beau jour, Joanne avait lancé une campagne dont l'objectif était de le pousser à quitter leur appartement de Brooklyn. Sam y avait vu un signal : l'heure avait enfin sonné. Un rapide coup d'œil sur les annonces immobilières du *New York Times Magazine* leur avait mis la puce à l'oreille. Ils téléphonèrent l'après-midi même à l'agence et, deux jours plus tard, ils débarquaient à Fairharbour. Ed Wheeler les attendait à la descente du train. Il s'avéra que ce fut la première fausse note. Wheeler était un homme d'âge mûr dont les cheveux blancs s'éclaircissaient et dont le teint rubicond était dû à des gueuletons trop fréquents et trop copieusement arrosés, plus qu'à l'air pur du Connecticut. Il avait ce que Joanne appelait un « côté Eugene O'Neill » – la tragédie de l'Irlandais qui part conquérir la gloire au fond d'une bouteille de whiskey.

Il avait aussi une femme qui n'avait que quelques années de plus que Joanne, et cette dernière eut froid dans le dos en la voyant. Ticky Wheeler était un petit bout de femme d'aspect fragile, aux cheveux raides et aux grands yeux effrayés. En la présentant aux Dennison, son mari la prit par la taille et lui plaqua une main aux doigts boudinés sur les fesses. Ticky parut se recroqueviller sur elle-même à ce contact.

Il posa ses lèvres molles sur sa joue et l'envoya « chercher un peu de café ». Ticky fila en direction de la cuisine d'un petit pas sautillant et docile qui donna à Joanne envie de hurler.

L'agence où officiait Wheeler était un bâtiment annexe situé derrière la grande maison à l'architecture italianisante, peut-être une ancienne petite étable ou même une remise d'une autre époque. C'était le condensé de tout ce que Joanne Dennison détestait chez les hommes d'affaires d'âge mûr. Les fauteuils de cuir rouge grinçaient chaque fois que l'on faisait un mouvement. Les épais panneaux plaqués en bois de rose étaient outrancièrement surchargés d'ornements de cuivre. Des lithographies représentant des scènes de chasse à courre dans des cadres d'acajou étaient accrochées aux murs, et voisinaient avec des trophées de golf et des armes exposées ou montées.

Sur le vaste bureau de chêne, le comble du mauvais goût et de la vulgarité, trônait une grenade à main. Wheeler ne se gêna pas pour préciser qu'elle était encore amorcée quarante ans après qu'il l'avait ramenée, à titre de souvenir, de la Seconde Guerre mondiale. *Correction :* de « La Grande Guerre ». Ed Wheeler était évidemment de ceux qui appelaient la Seconde Guerre mondiale « La Grande Guerre ». Au moins, il fut épargné à ses visiteurs de l'entendre égrener ses souvenirs.

Il prit dans une armoire de classement en bois un paquet de dépliants qu'il étala devant Sam et Joanne. Il avait sélectionné une douzaine de propriétés à la suite de sa conversation téléphonique avec Dennison, qui avait bien pris soin de lui dire jusqu'à quelle somme il était prêt à monter.

Ils en choisirent quatre qui leur parurent intéressantes. Après avoir poliment siroté le café boueux et amer de Ticky, ils reprirent place dans le gros break Buick d'Ed, et en route pour visiter les lieux !

Pendant la traversée de la ville, Joanne examina les visages des passants. Pour la New-Yorkaise pur sang qu'elle était, ils se ressemblaient tous. La mosaïque ethnique qui caractérisait la grande cité à laquelle elle était habituée brillait par son absence. Elle se pencha en avant.

– Est-ce que Fairharbour est... comment dire ? une ville aussi classiquement anglo-saxonne, blanche et protestante qu'elle en donne l'impression ?

– Oh ! non ! (Wheeler donna un brutal coup de volant pour doubler une voiture qui ralentissait.) La population est joliment disparate. On a même des catholiques.

Joanne se laissa aller contre le dossier en roulant les yeux. Wheeler avait répondu à sa question beaucoup plus complètement qu'il ne s'en était lui-même douté.

La troisième maison qu'ils visitèrent, 1717, Wolf Pit Road – route de la Fosse-aux-Loups –, était une demeure victorienne de deux cents ans, récemment restaurée. Sam était curieux de savoir ce qu'était une « fosse aux loups » et où elle pouvait bien se trouver, mais Ed ne put qu'avouer son ignorance.

Dès qu'elle en eut franchi la porte, la maison enthousiasma Joanne : elle eut aussitôt le coup de foudre. L'entrée spacieuse et haute de plafond était à elle seule presque aussi vaste que leur appartement de Brooklyn. Les murs étaient de deux tons de beige et les portes rehaussées de filets blancs. Les moulures du plafond auraient coûté une fortune dans une maison moderne. Wheeler leur assura que presque tous les aménagements étaient authentiques et d'origine. A droite s'ouvrait un grand salon tendu de gris perle qu'éclairaient de hautes fenêtres aux volets blancs et, à gauche, un boudoir douillet aux coloris pastel, rose et pêche. Un large et majestueux escalier avec une rampe en chêne verni noir et des montants blancs occupait le vestibule.

Le mobilier que les précédents occupants avaient loué avec la maison à Dick Keillor, le propriétaire, était encore sur place, et Wheeler dit à Joanne que si quelque chose lui plaisait, elle pourrait l'acheter avec le reste. Toujours à l'affût de la bonne affaire, elle examina les meubles sur toutes les coutures mais rien ne la tentait vraiment, et elle préféra, en définitive, faire venir leurs propres meubles lorsqu'ils s'installeraient, ce qui ferait dix pièces à meubler avec le contenu de quatre. Cela comblerait à peu de chose près leur espoir de repartir de zéro.

Une salle à manger tout en longueur, perpendiculaire au reste de la maison, séparait le vestibule de la cuisine. Les murs en étaient tapissés de soie moirée vert foncé, un décor que Sam finirait par prendre en grippe. Le sol était entièrement recouvert d'une moquette de laine verdâtre. En dépit des grandes fenêtres qui se faisaient vis-à-vis, ces deux couleurs glauques créaient en se combinant une atmosphère morose et oppressante.

La cuisine, elle, était claire et le soleil y pénétrait à flots. Elle était à elle seule plus grande que la salle de séjour de leur appartement new-yorkais. Deux des murs étaient percés des mêmes hautes fenêtres, qui étaient le signe distinctif de la demeure. Là, les tons crème étaient relevés de garnitures cuivrées.

A gauche une petite porte donnait sur une véranda vitrée dont Sam tomba amoureux dès qu'il y eut pénétré. Il la parcourut de long en large. Il voyait déjà sa table à dessin installée au milieu de cette oasis de lumière dorée. Quand Wheeler lui eut précisé qu'elle était parfaitement insonorisée et que l'électricité y était posée, il accueillit la nouvelle avec un sourire de pur ravissement.

L'agent immobilier leur fit traverser la buanderie

attenante à la cuisine et les pilota jusqu'au côté opposé de la véranda. Concession au progrès, une machine à laver et un séchoir à linge occupaient l'un des coins d'une pièce originellement destinée à recevoir la visite de dames portant jupes à vertugadin.

Joanne eut soudain vivement conscience de l'âge vénérable de la maison, de la mémoire profondément incrustée dans ses murs.

Wheeler ouvrit la porte de la cave.

– Je suis désolé mais il fait noir là-dedans, dit-il sans se retourner. L'interrupteur est en bas de l'escalier. Vous pourrez demander à Keillor de le faire déplacer avant de signer.

Le ton de l'agent immobilier débordait de confiance. Quand il leur avait fait visiter les trois autres maisons, il s'était bien gardé de prononcer le mot « si ». Il parlait systématiquement de chacune comme si l'affaire était dans le sac. Il avait peut-être raison, cette fois.

En haut des marches, Sam s'était figé. L'air qui montait de la cave était épais. Humide. Il sentait le bois pourrissant et le pétrole. Dennison serrait si fort la rampe de l'escalier que ses phalanges en devenaient toutes blanches. Joanne vit deux veines saillir sur son front.

– Il n'y a rien en bas qu'il nous soit absolument indispensable de voir, je suppose, monsieur Wheeler ? demanda-t-elle à celui-ci, se faisant un point d'honneur de se refuser à l'appeler par son prénom, comme il l'en avait pourtant priée.

– Je ne pense pas. (Renonçant à trouver l'interrupteur qu'il cherchait à l'aveuglette, il remonta les marches en soufflant.) Rien que la chaudière et le chauffe-eau. (Arrivé au terme de son escalade, Wheeler contourna Sam en réapparaissant dans la buanderie.) Keillor m'a donné l'assurance qu'ils sont neufs et en parfait état.

– Je vous fais confiance.

Dennison referma brutalement la porte et se mit en marche pour regagner la cuisine, tournant le dos à la porte peinte en marron. Chaque pas qui l'en éloignait lui rendait un peu de sa bonne humeur. Joanne glissa son bras sous le sien et le serra contre elle. Elle savait pourquoi Sam tenait les caves en horreur.

Toujours pilotés par Ed Wheeler, ils sortirent de la cuisine et se dirigèrent vers la grande pelouse fraîchement tondue, en bordure de la maison. Les grands arbres se dressaient fièrement autour de ce vert rectangle de gazon.

Des sentinelles, songea Joanne. *Qui gardent la maison. Qui montent la garde depuis des décennies. Depuis des siècles.*

Ses pensées revinrent de nouveau à l'âge de la demeure. Elle imaginait des messieurs portant col empesé et des dames en robes à paniers, des domestiques en livrée, allant et venant à pas pressés dans les hautes pièces. Debout à côté de Sam, elle leva les yeux vers le faîte de la maison coiffée d'un vaste toit. Le soleil faisait miroiter les fenêtres. *On dirait des yeux. Et qu'ont-ils vu, ces yeux ? Qu'ont-ils vu depuis deux cents ans ?*

Il y eut un tintement de grelots venant de la droite. Très léger. Joanne tourna la tête. Un chat roux traversait la pelouse et s'approchait de leur petit groupe. Il avançait avec assurance, tel le seigneur du château venant s'informer de la présence de ces étrangers. La jeune femme sourit et, quand il fut devant elle, se baissa pour caresser ses oreilles pointues.

– Oh ! Bonjour, toi. Mais qui es-tu donc ?

Le chat se laissa tomber et roula sur le dos pour que

Joanne lui caresse le ventre. Et de ronronner ! Il portait au cou un collier muni d'un grelot d'argent et une plaque fixée de travers, sur laquelle une main enfantine avait gravé son nom : Rudy.

– Eh bien, salut, Rudy.

Rudy ronronna plus fort.

Il les suivit quand Wheeler leur fit faire le tour de la propriété. A côté des rues étroites de Brooklyn, quatre hectares de verdure faisaient un effet de pleine campagne. Rudy miaulait sans discontinuer et, chaque fois, Joanne se baissait pour le caresser de nouveau. Invariablement, le chat se remettait sur le dos pour se faire gratter le ventre.

Puis le trio rentra dans la maison par le côté opposé à la porte de la cuisine. Une terrasse donnait sur la route qui contournait le bâtiment. Une petite pièce étroite – un renfoncement, plutôt – faisait suite à la salle à manger. Après un nouveau tour du propriétaire, ils retournèrent à la voiture de Wheeler, et Joanne eut toutes les peines du monde à empêcher le chat de sauter sur la banquette arrière, à côté d'elle.

– Tu t'es fait un ami à la vie à la mort, dit Sam en souriant.

Rudy resta planté là, à miauler plaintivement, tandis que Wheeler faisait marche arrière dans l'allée conduisant au portail. Il aurait été plus simple de le contourner mais il ne voulait pas risquer de lui passer dessus. Joanne était persuadée qu'au fond, il se fichait éperdument de la sécurité du chat : il tenait tout bonnement à ne pas se mettre à dos d'éventuels clients avant qu'ils n'aient signé l'acte de vente.

Déjà, la boîte aux lettres débordait de catalogues. De toute évidence, le D^{r} et Mme Hanson, les précédents locataires, achetaient tout sauf la nourriture par correspondance : il y avait des catalogues vestimentaires, des catalogues de bricolage, des catalogues d'articles ménagers... Sans les avoir jamais vus de leur vie, Sam et Joanne commençaient à se faire une idée qui ne manquait pas d'intérêt des anciens occupants de cette vieille et imposante demeure qui, elle-même, ne les laissait pas indifférents.

Environ un siècle auparavant, elle avait cessé d'appartenir aux descendants de son premier fondateur, Josiah Wembledge. Dès lors, un lent processus de décadence s'était amorcé à mesure qu'elle passait de main en main. Quinze ans avant que Sam et Joanne ne débarquent à Fairharbour, ce superbe espace dégagé commençait à faire de plus en plus figure d'endroit rêvé pour construire un ensemble résidentiel.

Dick Keillor était alors entré en scène. La responsabilité de faire fructifier la fortune dont il avait hérité lui pesait. Toujours en quête de nouveaux centres d'intérêt, il avait découvert les maisons anciennes.

Il fut l'un de leurs premiers voisins à souhaiter la bienvenue aux Dennison. Il leur raconta en abondance des anecdotes se rapportant à l'histoire de la maison. Il leur dit notamment qu'on l'appelait parfois le « manoir Wembledge », mais Sam s'exclama qu'à ses yeux, un manoir était une demeure exigeant qu'il y eût des téléphones intérieurs pour communiquer d'une pièce à l'autre. Le manoir Wembledge était vaste, certes, mais pas à ce point-là.

La réflexion provoqua un amusement poli de la part de Keillor. Par petites phrases précipitées, il accumula les détails touchant à la longue histoire de la maison. L'homme était grand, imberbe, et l'on avait l'impression que ses mains aux longs doigts tenaient à peine à ses poignets.

Pour la plus grande joie de Joanne, qui lui vouerait

à ce sujet une gratitude éternelle, il leur fit voir deux photographies tirées de la plaque originelle en verre qu'il possédait, représentant la maison telle qu'elle était cent cinquante ans plus tôt. Les immenses hêtres rouges qui se dressaient maintenant sur le devant de la propriété n'étaient alors que des arbrisseaux. Figés dans l'attitude raide des portraits de l'époque, Zack Wembledge, sa femme Elizabeth et sept de leurs neuf enfants posaient, assis sur la terrasse.

Une famille de onze personnes entassée dans cette maison ! Joanne en était confondue. Keillor précisa qu'il avait détruit une aile rajoutée fabriquée par Zack. En la restaurant, il avait cherché avant tout à rendre à la demeure son aspect originel, dans toute la mesure du possible.

C'est aussi grâce à Keillor que les Dennison se firent une vague idée du genre de personnes qu'avaient été les Hanson. Le psychologue et son épouse étaient allés chercher un climat plus sec en Arizona. Leur bail était mensuel. Keillor ne savait même pas qu'ils avaient l'intention de partir. Jusqu'au coup de téléphone que lui avait passé Polly Hanson, tard dans la soirée, pour lui apprendre qu'ils avaient déjà pris leurs cliques et leurs claques. Les Dennison étaient venus voir la propriété quatre jours seulement après qu'il avait décidé de la vendre plutôt que de chercher de nouveaux locataires.

En imaginant que ces amateurs de catalogues étaient des gens qui se tenaient à l'écart des autres, les Dennison n'étaient pas tombés très loin de la vérité. On ne les voyait jamais faire leurs courses dans les magasins de la ville : ils achetaient tout ce dont ils avaient besoin par correspondance. Leur seul contact avec les autochtones était les coups de téléphone que passait Mme Hanson au service des livraisons à domicile du centre commercial.

Il était de notoriété publique que le Dr Hanson prétendait entretenir de vagues liens avec l'université de Yale et que sa femme s'adonnait à la sculpture. Sam et Joanne trouvèrent, en effet, des morceaux de terre à modeler travaillée desséchés dans les endroits les plus invraisemblables, des mois après qu'ils se furent installés dans la maison.

Car ils finirent par l'acheter.

Durant plusieurs jours, Philip Marsdon avait paru résolu à tout faire pour qu'ils y renoncent. C'était leur avocat et un vieil ami de Sam. Il tenta de saboter les négociations. Marsdon était un personnage débraillé, mal embouché et grossier. En dépit de tous ses efforts pour faire plaisir à Sam, Joanne ne pouvait pas le voir en peinture. Elle n'avait pour lui que mépris. Finalement, Sam jugea nécessaire de passer par-dessus Marsdon et de traiter directement avec Keillor avant que l'avocat n'eût tout fait capoter.

Dennison constata que la petite ville et la campagne environnante étaient en accord parfait avec tous les détails de ses rêves d'enfant. Il prit l'habitude de faire de longues promenades nocturnes dans la propriété. Parfois, quand elle se réveillait, Joanne s'apercevait qu'il n'était plus dans le lit. Quand elle faisait en tapinois le tour de la vaste demeure plongée dans l'obscurité, elle le découvrait assis en tailleur sous le vieil érable qui se dressait à côté du garage, la tête appuyée contre l'écorce rugueuse du tronc, le regard fixé à l'infini. Il y avait parfois des larmes dans ses yeux. Elle s'accroupissait alors à côté de lui, serrant son visage contre sa poitrine, et toutes les fibres de son être étaient amour.

Elle savait quels recoins d'ombre hantaient les rêves

de Sam. Quand ils étaient jeunes mariés, il y avait des nuits où il se réveillait en hurlant, griffant le vide de ses mains qui ressemblaient à des serres. Aussi, le voir sous cet arbre, en paix avec lui-même, les yeux brillant de larmes de joie, était pour elle un bonheur inimaginable.

La fille de Brooklyn qu'elle était devint amoureuse de cette vie à la campagne. Elle insistait pour faire avec Sam de longues balades bien au-delà des dernières maisons de Fairharbour. Respirer l'air pur était grisant. Très peu de temps après qu'ils eurent emménagé dans leur nouvelle maison, elle combla les espérances de son époux le jour où elle lui annonça qu'elle était enceinte.

Depuis huit ans qu'ils étaient mariés, les Dennison rêvaient d'avoir un bébé. Après plusieurs faux espoirs, Joanne appela la médecine à la rescousse. Le médecin lui assura que ni elle ni Sam ne présentaient la moindre anomalie. Par le passé, la jeune femme avait eu des problèmes nerveux, certes, mais il refusa de lui prescrire un traitement. Elle avait seulement besoin de cesser de se faire du mauvais sang. Qu'elle laisse agir la nature. Cela prendrait un peu de temps, c'était tout.

Et, maintenant, cela y était : leurs vœux étaient exaucés. Pour fêter l'événement, ils s'offrirent un dîner en ville chez *Sakura*, un restaurant japonais de Westport que Dick Keillor leur recommanda. Sans voir la danse étincelante des couteaux au-dessus du *hibachi*, la famille Dennison en voie d'expansion faisait des projets pour les quelques prochains siècles à venir. Ils inscrivirent leur progéniture à naître dans une douzaine d'universités prestigieuses dont elle ne manquait pas de sortir couverte de diplômes. Ils choisirent et repoussèrent tour à tour une bonne cinquantaine de carrières pour elle.

Le dîner fut merveilleux. Ils regagnèrent leur demeure de plus en plus accueillante satisfaits et l'esprit en repos. Cette nuit-là, ils firent l'amour avec une sérénité poignante qu'aucun des deux n'avait encore jamais connue. Evanouies, évaporées, leurs tensions. Evacuée, *La Question* toujours tapie au fond de leur esprit. Ce ne serait pas cette fois-ci qu'ils feraient le bébé.

Il était déjà fait.

Sam et Joanne finirent par regarder avec un certain intérêt quelques-uns des catalogues de vente par correspondance dont le flot intarissable continuait d'irriguer leur boîte aux lettres. Ceux consacrés au bricolage et à l'outillage leur firent faire connaissance avec des quantités d'articles dont ils s'apercevaient qu'ils avaient le plus urgent besoin. Dick Keillor avait peut-être fait des merveilles mais les travaux de rénovation qu'il avait fait exécuter n'étaient pas tout à fait suffisants. Quant aux précédents occupants, les Hanson, n'étant que locataires, ils n'avaient pas été disposés à faire les améliorations indispensables qui restaient à accomplir.

Sam n'avait pas la fatuité de s'estimer capable de s'attaquer à des installations aussi complexes que l'électricité ou la plomberie. C'eût été un combat perdu d'avance, il ne se faisait pas d'illusions. Il était consultant publicitaire, c'était un artiste sur le plan commercial, un maître de la plume et du pinceau, mais il était totalement dépassé par tout ce qui touchait de près ou de loin à l'électronique. La menuiserie l'intimidait mais poser un porte-serviettes ou changer un bouton de porte demeuraient dans le domaine de ses possibilités et, bientôt, les Dennison se mirent à passer commande d'accessoires de ce genre.

Aussi, ces copieuses brochures ne tardèrent-elles pas à leur parvenir avec une étiquette à leur nom et non plus à celui du « Dr Timothy H. Hanson » ou avec la mention « Actuel Résident ».

Cette abondante littérature achevait sa carrière sur le radiateur, à droite de la porte, jusqu'au moment où, devant l'accumulation de publications qui ne cessait de croître, Joanne craqua. Ce jour-là, quand Sam rentra, un sac aussi ventru que suspect servait d'ornement à la grille, et la blanche plaque de protection surmontant le radiateur avait retrouvé sa virginité.

Le lendemain et les jours suivants apportèrent leurs nouvelles rations de matériel publicitaire. Peu à peu, les Dennison cessèrent même de feuilleter les brochures qui leur étaient devenues familières. Ils découvrirent qu'il y avait des cycles dans le contenu des catalogues. Les maisons de vente par correspondance se bornaient à modifier occasionnellement la mise en page des produits proposés ou à leur accorder davantage de surface.

Sam finit par mettre immédiatement quelques-unes des plus banales publications au rancart, c'est-à-dire à gauche du radiateur. La pile de ces rebuts en équilibre instable s'élevait de plus en plus haut. Parfois, quelques brochures allaient s'égarer derrière le radiateur lui-même.

Le Catalogue, quand il arriva, vint grossir à son tour le tas des magazines au rebut.

C'était un mardi matin. Sam était parti pour New York. C'était au beau milieu de ses quinze jours de congé mais le bureau lui avait téléphoné : il fallait absolument qu'il passe. Joanne était ennuyée de voir ainsi interrompre leur idylle mais, en même temps, elle était heureuse et fière que l'on tînt la présence de son mari pour indispensable.

Tout en regagnant la maison, elle jeta un coup d'œil sur le courrier qu'elle était allée chercher à la grille. Une facture. Une autre facture. Une carte de sa mère qui faisait du tourisme en Espagne. Encore une autre facture. Et *douze* catalogues. Record battu !

Joanne passa brièvement les brochures en revue et en mit trois à part – une sur le jardinage et deux d'électronique. La couverture du Catalogue n'accrocha que fugitivement son regard et il alla rejoindre la pile des brochures sans intérêt, à côté du radiateur. Il était d'un rouge si foncé qu'on l'aurait presque dit noir, et sa couverture n'était pas glacée comme il en allait généralement des autres catalogues. Il était d'un format plus réduit que la plupart d'entre eux. Il devait sans doute venir de ces petites boutiques qui proposaient des napperons de dentelle et du linge de table. Pourtant, les brochures qu'envoyaient les maisons de ce genre s'égayaient en principe d'une couverture aux couleurs vives. Il n'y avait rien de gai dans celle-ci. Et elle faisait... bon marché, en quelque sorte. Joanne ne l'avait même pas ouverte. Elle n'avait pas, non plus, prêté attention à l'étiquette qui, outre l'adresse, portait simplement la mention « Actuel Résident ».

La pile des catalogues mis au rancart avait déjà atteint des proportions impressionnantes qui arrachèrent une grimace à Joanne. Elle résolut de s'en débarrasser quand elle rentrerait, après avoir fait ses courses, pas plus tard que cet après-midi. Elle était à court, entre autres choses, de sacs-poubelles. Il faudrait qu'elle attende d'avoir renouvelé sa provision pour flanquer tout ce fatras en l'air.

Bien qu'il y eût déjà pas mal de temps qu'ils avaient

pris possession de la maison, les Dennison n'avaient pas encore arrêté leur décision en ce qui concernait leur problème majeur, dans la mesure où ils n'habitaient pas en ville : la voiture. Joanne dépensait un argent fou en taxis, ce qui grevait considérablement leur budget. Celui qu'elle avait appelé arriva plus tôt que prévu et, dans sa hâte, elle oublia de fermer les portes.

Elle refoula avec mépris sa paranoïa de New-Yorkaise qui revenait furtivement à la charge. La sécurité régnait à Fairharbour. Les voisins pratiquaient mutuellement l'autosurveillance. Les gens laissaient souvent leurs portes ouvertes et ne fermaient pas à clé leurs voitures. Quand elle se rappela sa négligence, elle était déjà en ville. Ce n'était pas très grave et il aurait été ridicule de rebrousser chemin.

Chez le boucher, elle tomba sur Babs Greeley avec qui elle s'était liée d'amitié dès leur première rencontre, quelques semaines plus tôt, et qui était sa voisine immédiate. Les deux femmes décidèrent de déjeuner ensemble avant de rentrer. Elles choisirent d'aller *Chez Teddy*, le dernier-né des petits restaurants qui bordaient Mill Road, l'artère principale de Fairharbour.

La carte, une vulgaire feuille de papier machine polycopiée, proposait un menu tout simple. En bas de la page, les propriétaires priaient la clientèle d'excuser leur manque de professionnalisme : ils « exploraient le marché ».

Babs commanda un hamburger, qui se révéla délicieusement juteux, accompagné d'une généreuse portion de frites. Avec un soupir d'envie, Joanne se rabattit sur une salade du chef. Elle n'était enceinte que de cinq semaines mais elle était déterminée à suivre un régime draconien et à ne rien faire qui puisse nuire au bébé.

Remarquant ce changement dans ses habitudes alimentaires – Joanne était en général plutôt gourmande –, Babs fut ainsi la première personne à apprendre que sa voisine attendait un enfant. Au cri de joie qu'elle poussa, toutes les têtes se tournèrent vers les deux amies. Babs avait quinze ans de plus que Joanne ; elle était petite et rondelette, avec une peau parfaite et des extrémités minuscules. Sa poitrine opulente lui avait valu une modification de son surnom, à l'école : Babs était devenue *Boobs* – « Nichons ». « Après l'arrivée de mon attirail », comme elle disait.

Elle avait raconté à Joanne que, lorsqu'elle avait changé d'école – ses parents avaient quitté Fairharbour pour s'installer quelque temps à Westport –, elle avait exigé d'être appelée « Barbara » et avait acquis une réputation de poseuse parce qu'il lui avait fallu quelques semaines pour s'habituer à répondre à son véritable prénom. Mais, au moins, elle avait cessé d'être « Boobs ».

Quand ses camarades avaient appris à mieux la connaître, ils avaient découvert que ce petit bout de femme enjouée et pleine d'entrain n'était pas le moins du monde prétentieuse. De retour à Fairharbour, mariée et mère de deux enfants, Babs était en toute sérénité revenue au diminutif de son enfance. Son mari, Doug, pour des raisons qu'ils tenaient à garder pour eux, l'appelait « Gauchette ». Tenant fermement son hamburger dans la main droite, Babs, pour le moment, ne faisait que parler du bébé à naître en frétillant de joie.

Elle s'était d'abord présentée à Sam. C'était un ou deux jours après que Dick Keillor avait raconté aux Dennison l'histoire du « manoir Wembledge », et il était en train de peindre son nom sur la boîte aux lettres. Il l'avait invitée à entrer pour prendre un thé glacé. Un courant de sympathie s'était instantanément établi entre les deux femmes. Grâce à Babs, Joanne avait glané quelques détails supplémentaires sur le mystérieux couple Hanson. Des détails de médiocre importance. Bons, tout au plus, à rendre encore plus mystérieux les précédents occupants de la maison.

Le Dr Hanson gardait secrètes ses activités professionnelles. Dick Keillor lui-même, si sociable qu'il fût, n'avait rien pu apprendre à ce sujet qui fût digne d'intérêt. Sur les recherches qu'il poursuivait à Yale, Hanson observait un mutisme sans faille.

Mais Babs reconnaissait avec un soupir résigné qu'il était peu probable qu'elles fussent de nature *réellement* scandaleuse. Elle soupçonnait vaguement qu'il y avait eu quelque chose entre Polly Hanson et Josh Witlaw, un médecin bien fait de sa personne, mais elle n'avait aucun indice concret pour étayer cette impression. Les Hanson étaient simplement des gens bizarres, mais pas beaucoup plus, sans doute, que les personnages hauts en couleur qui s'étaient succédé dans cette maison depuis deux cents ans. La fin du repas fut occupée par des propos plus prosaïques.

Quand elles sortirent du restaurant, les deux femmes montèrent dans le break Volvo de Babs et, un quart d'heure plus tard, celui-ci s'arrêtait dans l'allée du manoir Wembledge. Babs aida sa voisine à porter ses quatre sacs d'épicerie dans la cuisine, puis Joanne s'excusa : elle devait aller au petit coin.

Quand elle revint des toilettes, Babs, assise devant la table de la cuisine, était plongée dans le Catalogue.

Sur le moment, Joanne éprouva un sentiment d'irritation mais, très vite, elle se rendit compte que c'était là une réaction excessive. Néanmoins, que Babs ait fouillé dans leur courrier était d'un rare sans-gêne. Et pareille indiscrétion ne lui ressemblait pas.

Elle sentit qu'un mur était en train de se dresser entre elle et sa première amie à Fairharbour. Une mince pellicule de glace se formait. Et elle en ressentait comme une nausée.

Babs leva la tête. Ses grands yeux verts étaient écarquillés.

– Où... où avez-vous trouvé *ça* ? demanda-t-elle. Vous n'avez quand même rien commandé à... *ces gens-là* ?

– Non. Je suppose que c'étaient les Hanson qui passaient des commandes. Nous recevons encore des tas de publicités et de catalogues à leur nom.

Babs frissonna. Elle referma le Catalogue et le reposa avec précaution sur la table. On eût dit qu'elle craignait de le voir disparaître s'il n'était pas bien posé sur la surface de bois blond.

– Je crois que ce sera avec plaisir que je prendrai un thé, maintenant, dit-elle.

Joanne sentit la méfiance qui s'était emparée d'elle s'atténuer quelque peu. La transformation opérée en Babs était stupéfiante. Elle était d'une pâleur extrême. La peau de son visage qu'encadrait sa chevelure rousse était comme parcheminée. Ses formes opulentes paraissaient s'être affaissées pour pendouiller maintenant, flasques, sur les arêtes brusquement saillantes de sa charpente osseuse. Joanne battit une ou deux fois des paupières pour chasser cette image déconcertante.

Elle alla mettre la bouilloire sur le feu et les deux femmes choisirent la variété de thé qu'elles goûteraient ce jour-là. Cette activité ménagère quotidienne fit merveille. Joanne se détendait et Babs paraissait mieux. Tandis que l'eau chauffait et en attendant que la bouilloire se mette à siffler, elle aida son amie à déballer et à ranger les provisions, après quoi elles fourrèrent le monceau de catalogues qui traînaient à côté du radiateur dans un sac-poubelle.

La conversation prit un autre tour. Elle était à présent essentiellement axée sur le bébé. Dans quelle chambre serait-il installé ? Comment serait-elle décorée ? Babs promit à Joanne de la conduire dans un merveilleux magasin spécialisé dans les papiers peints qu'elle connaissait à Stamford. Lorsque, jetant un coup d'œil à sa montre, elle s'aperçut que son mari allait rentrer dans quelques minutes, l'impression de malaise que Joanne avait ressentie une heure plus tôt était presque entièrement dissipée.

Elle se sentait idiote d'avoir réagi aussi violemment à un fait aussi insignifiant. Il fallait qu'elle contrôle mieux ces réactions outrancières qu'il lui arrivait parfois d'avoir, surtout maintenant qu'elle attendait un bébé. Elle raccompagna Babs jusqu'à sa voiture, garée derrière la maison. Puis elle suivit l'allée dans laquelle s'éloignait la Volvo bleu foncé avec, à la main, le sac-poubelle plein à craquer, pour le déposer devant la grille.

Le Catalogue était resté sur la table de la cuisine, là où Babs l'avait laissé.

Sam arriva au moment où Joanne atteignait le portail. Derrière lui, elle vit la Mercedes lavande de Doug Greeley qui s'engageait dans l'allée bordée d'arbres menant à sa propre demeure, quatre cents mètres plus loin. Le break de Babs la suivait. Souriant de toutes ses dents, Sam serra sa femme dans ses bras.

– Je suis tombé sur Doug à la gare de Grand

Central, dit-il. Il m'a proposé de me ramener. C'était sa femme que j'ai vue partir ?

Joanne lui rendit son étreinte.

– Oui. Je l'ai rencontrée en faisant les courses en ville. Il faudrait les inviter à dîner un de ces soirs.

Sam fit semblant de frissonner.

– D'accord, mais à condition que ce soit un jour où Doug Junior aura quelque chose d'autre à faire. Il me met les nerfs en pelote, ce gamin.

– Oh ! C'est seulement parce qu'il est trop materné, je pense.

Joanne n'aimait guère Dougie Greeley, elle non plus. Les Greeley avaient deux fils, Dougie et Rod. Rod, qui avait vingt-quatre ans et avait récemment divorcé, était militaire de carrière. Dougie avait neuf ans de moins que son frère, trop d'embonpoint et une voix de fausset. Il s'accrochait à Babs comme quelqu'un en train de se noyer à un rondin qui flotte. Ses cheveux d'un noir de jais, trop longs, étaient toujours gras. Les ongles de sa main gauche étaient rongés à vif. Il avait exigé d'avoir la libre disposition du dernier étage de la maison familiale et sa mansarde était encombrée d'un fatras labyrinthique de matériel électronique, de livres de science-fiction, de revues porno et de B.D. Le toit de la maison était si pointu que même lui ne pouvait se tenir debout qu'au centre de son repaire.

Sans qu'il sache trop pourquoi, c'étaient ces bandes dessinées qui gênaient le plus Sam Dennison. Il avait jadis cédé, lui aussi, aux charmes des exploits des super-héros du genre quand il avait l'âge de Dougie, mais ce n'était plus qu'un agréable souvenir. « A cette époque, disait-il, j'avais compris à quoi servaient les filles. »

Lors de leur première visite chez les Greeley, Dougie l'avait entraîné dans son antre. Le fait que Sam était un artiste avait incité le jeune garçon à lui montrer ses propres chefs-d'œuvre (ceux qu'il réalisait, justement, en se rongeant les ongles), c'est-à-dire des dizaines de carnets de croquis remplis de barbares à la musculature faramineuse, qui faisaient des choses épouvantables à des armées de démons et de dragons plus repoussants les uns que les autres, auxquels se mêlaient occasionnellement ce qui devait être de superbes créatures selon l'optique personnelle de Doug Junior.

Depuis cette visite, Sam avait tendance à changer de trottoir quand il voyait venir à sa rencontre le clan Greeley au grand complet. Il aimait bien Doug, il était indéniablement sensible aux rondeurs de Babs, mais sa tolérance à l'endroit de la manière outrancière avec laquelle son époux et elle gâtaient leur rejeton avait ses limites.

Joanne et Sam remontèrent l'allée circulaire en se donnant le bras. Le soleil était encore haut dans le ciel, l'air tout imprégné d'odeurs de végétation, et la maison à la façade blanche donnait l'impression de rayonner. Une fois de plus, en songeant à la décision qu'ils avaient prise de déménager, Sam eut une bouffée de joie. Une vague de bonheur montait en lui.

Nous avons bien fait, songea-t-il. *Bien fait de tourner le dos à cette existence pourrie, de faire table rase et de repartir de zéro. De redémarrer pour une vie merveilleuse.*

Ils approchaient de la porte d'entrée quand ils entendirent le tintement de grelot maintenant familier. Rudy surgit à l'angle de la demeure. Il franchit la pelouse et se roula aux pieds de Joanne qui, docilement, se baissa pour lui frotter le ventre.

Sam éclata de rire.

– Je vais finir par devenir jaloux de cette bestiole !

Joanne leva la tête. Une lueur espiègle s'alluma dans ses yeux noirs.

– Vous voulez qu'on vous frotte le ventre, marin ?

Sam la vit se relever. Il la serra contre lui. Elle sentait ses mains sur son dos, la chaleur de son corps contre le sien. Quand elle se mit à se balancer de gauche à droite, l'aiguillon du désir fouailla Sam.

Le miaulement plaintif de Rudy rompit le charme. Dennison poussa un grognement de mécontentement et ils rentrèrent, escortés par le chat qui s'entêtait à ne pas quitter Joanne d'un pas.

Tandis que sa femme allait à la cuisine, Sam s'attarda dans l'entrée pour jeter un coup d'œil au courrier. Il sortit deux factures de leur enveloppe, ce qui lui arracha deux soupirs, lut en diagonale la carte de sa belle-mère et, satisfait qu'il n'y eût pas de mauvaises nouvelles, il rejoignit Joanne. Debout devant l'évier, elle lui tournait le dos et il sourit à sa vue. Joanne avait habillé les hautes fenêtres de fins rideaux blancs qui tamisaient la lumière sans l'occulter. La cuisine était orientée à l'ouest et les rayons du soleil déclinant éclaboussaient d'or la table et les chaises de chêne aux tons de miel ; les teintes chaudes des panneaux de bois des placards s'illuminaient. Sam poussa un soupir extatique et s'assit devant la table.

– Tu as l'air heureux, observa Joanne tout en rinçant la salade sous un filet d'eau froide semblable à de l'argent en fusion.

– Et pourquoi n'en aurais-je pas l'air ! s'exclama Sam avec un sourire épanoui. Ne suis-je pas le plus heureux des hommes ?

Joanne se retourna et détailla son visage. Il avait à peine changé depuis qu'elle avait fait sa connaissance, trois jours après qu'elle avait commencé à travailler chez Dunbar, Kline & Moore. Son exubérance juvénile et sa gentillesse avaient fait impression sur elle. Ce n'avait été qu'après leur mariage qu'elle avait commencé à soupçonner les recoins d'ombre de son âme. Elle avait découvert la rage qui habitait Sam Dennison en profondeur. Une véritable fureur intérieure, fermement contenue. Jamais et en aucune façon dirigée contre elle. Mais toujours présente.

Elle était restée indécelable lors de leur première rencontre. Joanne n'avait vu en lui qu'un homme grand, élancé et attirant dont les grands bras et les larges épaules n'évoquaient en aucune façon le gorille aux poils roux dont se gaussaient ses collègues du pool de dactylos. Tout de suite, il lui avait plu. Quand, trois semaines plus tard, il l'avait invitée à dîner, elle n'avait pas dit non. Elle n'avait pas, non plus, dit non quand, après le repas, il lui avait proposé de l'accompagner dans son studio. Il arrive parfois que ce soit la conduite irraisonnable qu'il soit bon d'adopter.

Huit années avaient passé. Ils étaient maintenant mari et femme et, d'ici quelque temps, ils seraient papa et maman. Ils s'entendaient à merveille en dépit des hauts et des bas inévitables que connaissent tous les couples. Et leur bonheur promettait d'être plus grand encore.

Elle remarqua sans y faire autrement attention qu'il jouait avec le Catalogue. Il le faisait tournoyer sur la surface lisse de la table, un doigt posé sur l'un des coins de sa couverture rouge sombre. Il lui semblait que les trois agrafes qui en reliaient les pages brillaient plus qu'elles ne l'auraient dû à la lumière.

– Oui, tu es de loin le plus heureux des mortels, répondit-elle en souriant. Mais qu'est-ce qui te fait dire ça, en particulier ?

Le sourire de Sam s'élargit encore. Depuis la première fois qu'elle l'avait vu fleurir – sur cette grande bouche à la denture proéminente qui donnait l'impression de vouloir faire le tour de sa tête, à la manière d'une fermeture à glissière –, ce sourire déconcertait Joanne.

– Rien en particulier. Tout. Cette maison. Cette ville. Toi. Nous.

Elle prit un air faussement indigné.

– Pas forcément dans cet ordre, j'espère ?

Sam se leva, traversa la cuisine et noua ses grands bras autour d'elle.

– Ça commence avec toi. (Sa bouche chercha celle de Joanne.) Tout commence avec toi.

Il la souleva et retraversa en trois enjambées la cuisine en direction de l'escalier dérobé, de l'autre côté de la buanderie. Le tenant par le cou, Joanne se colla plus étroitement contre lui. A présent, rien ne restait plus de l'impression de malaise que l'attitude de Babs avait fait naître un peu plus tôt en elle. Rien n'existait plus en dehors de l'instant présent. La tendresse. L'enfant qu'elle portait. Cette merveilleuse vieille maison. Et le plus merveilleux des maris.

La tache de lumière que laissait filtrer la fenêtre glissait lentement sur le sol de la cuisine. Sur le dessus de la table.

Sur la couverture du Catalogue.

2

– Nom de Dieu ! Mais qu'est-ce que c'est que ca ?

Tels furent les mots qui accueillirent Joanne quand elle descendit pour préparer le petit déjeuner, le lendemain matin. C'était mercredi. Sam, encore en peignoir, était installé devant la table de la cuisine. Il tournait les pages du Catalogue. Lentement. Comme s'il redoutait de voir ce qu'il pouvait y avoir sur chacune d'elles.

– Oh ! Je n'en sais rien. C'est arrivé hier, avec le courrier.

– Et tu ne l'as pas balancé ? Est-ce que tu l'as *regardé* ?

La colère vibrait dans la voix de Sam et Joanne se raidit. D'un seul coup, elle n'était plus qu'une petite fille convoquée chez le censeur, la première semaine de la rentrée.

– Je l'ai mis sur le tas des brochures à jeter. Babs l'y a pris. Quand je suis revenue des toilettes, elle était en train de le feuilleter.

– Parce qu'il est dans ses habitudes de fouiller dans le courrier des autres ?

Sam continuait de tourner les pages du Catalogue, sans les quitter des yeux. Des veines saillaient sur ses tempes.

– Je ne sais pas. (Joanne forçait sa voix pour faire en sorte que son ton soit aussi cassant que celui de Sam.) Moi-même, j'étais un peu en boule quand je l'ai surprise.

– Et tu ne l'as pas empêchée ? Je veux dire... en quoi les paperasses que nous fichons en l'air la regardent-elles ?

– Comment ? Oh ! non. Je ne l'ai pas surprise en train de fouiller dans la pile. Elle était déjà en train de le regarder quand je suis revenue à la cuisine. (L'image de Babs telle qu'elle l'avait vue alors, livide et avachie, comme effondrée sur elle-même, revint à l'esprit de Joanne.) Mais pourquoi ? Qu'est-ce qu'il y a là-dedans ?

Elle fit mine de s'approcher mais Sam le referma brusquement, la prenant de vitesse.

– Non ! N'y touche pas !

Maintenant, c'était la rage qui vibrait dans sa voix, cette même rage enfouie au plus profond de lui-même dont elle pressentait la présence souterraine depuis toutes ces années. Elle tendit le bras pour s'emparer du Catalogue qu'il étreignait mais, d'une claque, il repoussa sa main. Oui ! Il lui avait donné une tape !

– Ouille ! Non, mais qu'est-ce qui te prend ?

Elle riva son regard à celui de Sam. Quelque chose brûlait au fond de ses yeux, derrière son expression juvénile. Derrière le miroitement de ses iris couleur de ciel. Quelque chose comme une lame chauffée à blanc. Quelque chose qui vivait d'une vie indépendante. Et son visage n'était plus tout à fait son visage. Ses traits étaient trop accusés.

– Pardon. (Son ton avait perdu toute sa dureté.) Je te demande pardon.

Il se leva pour la prendre dans ses bras mais Joanne recula.

– Pas si vite, mon ami. Tu ne t'en tireras pas avec des excuses. Tu ne m'avais jamais frappée. Même pour rire. Maintenant, tu vas me laisser voir ce...

– NON !

Le Catalogue sous le bras, Sam passa devant elle et se rua sur la porte du fond. Il se battit avec la clé, puis avec le loquet. Une seule idée l'animait : sortir de la maison. Sortir le Catalogue de la maison.

Ce fut à ce moment précis que Joanne réalisa qu'elle ne pouvait l'appeler autrement que « le Catalogue » avec une majuscule. Elle ne se rappelait avoir vu aucune raison sociale inscrite sur sa couverture sombre et sans éclat.

Sam avait fini par réussir à ouvrir la porte. Il se précipita, sortit dans la véranda, dégringola l'escalier, traversa en courant le rectangle d'asphalte servant de parking derrière la maison et disparut à l'intérieur du garage. Une minute après, il en ressortait avec un bidon d'essence. Quelques instants plus tard, les flammes dévoraient le Catalogue dans le barbecue.

Du haut des marches de la véranda, Joanne le regardait faire, sidérée par un comportement aussi inhabituel. La raideur des mouvements de Sam la laissait pantoise. Il agissait – ce fut l'idée qui vint à l'esprit de la jeune femme – comme quelqu'un qui fait quelque chose à son corps défendant. Comme quelqu'un qui se rebellerait contre une force intérieure.

Même à cette distance – le barbecue installé à côté du garage était à une dizaine de mètres de la véranda –, l'intensité de son regard était visible. Sam brûlait le Catalogue parce que, d'une manière ou d'une autre, il se sentait impérativement obligé de le brûler. Comme si c'était là l'acte le plus important qu'il accomplirait jamais.

Le Catalogue s'était embrasé sans difficulté. Le vent

entraînait de l'autre côté de la pelouse les volutes blanches de l'autodafé. La fumée s'effilochait en atteignant la cime des chênes et des érables. Sam secoua avec le tisonnier les cendres noires qui restaient dans le foyer. C'était à elles que se réduisait maintenant tout son univers. Les images qu'avaient contenues les pages du volume faisaient chavirer son esprit.

Quand il ne demeura plus rien du Catalogue, Sam revint auprès de Joanne. Cette fois, elle le laissa sans protester la serrer dans ses bras. Il enfouit son visage contre la poitrine de sa femme. Elle caressa ses cheveux courts et raides. Sous ses doigts, elle sentit que la nuque de Sam était moite de sueur. Une sueur froide et poisseuse.

Elle songea à la rage qu'elle avait lue dans ses yeux, aux questions jamais formulées depuis huit ans qu'ils étaient mariés. Des questions qui revenaient chaque fois que cette fureur refoulée explosait, chaque fois qu'un robinet récalcitrant ou un coup de marteau mal assené déchaînait la violence qu'il portait en lui. Un jour, il avait fracassé le lavabo de la salle de bains, et Joanne tremblait encore à ce souvenir. Oui, il l'avait fait voler en éclats avec une masse parce que le siphon neuf qu'il avait mis trois heures à installer s'obstinait à fuir.

Toutes ces questions, tous ces incidents isolés assaillaient maintenant Joanne en bloc. Aujourd'hui, elle ne pouvait plus se taire.

– Mon grand, que se passe-t-il ?

Le visage toujours enfoncé dans le corsage de Joanne, Sam répondit d'une voix contenue mais gravement :

– Promets-moi... promets-moi que si un autre Catalogue comme celui-là arrive et que je ne sois pas là, que je dorme, que je sois occupé ou n'importe quoi...

promets-moi de faire ce que je viens de faire. De le brûler. Sans l'ouvrir.

– Chéri, je...

– Promets-le-moi ! Je veux absolument que tu me le promettes !

Elle le sentait rigide entre ses bras.

– Je... c'est entendu. Je te le promets.

Il leva la tête et son regard plongea dans celui de Joanne. L'étrange flamme froide qui, tout à l'heure, y étincelait s'était évanouie. Ses traits retrouvaient leur modelé. Il desserra son étreinte. Il était plus détendu. Il redevenait lui-même à mesure que, de seconde en seconde, le moment où il avait procédé à la destruction du Catalogue par le feu s'éloignait irrévocablement dans le passé.

Le samedi matin, un nouveau Catalogue arriva au courrier. Comme vendredi. Comme jeudi. Tous étaient identiques au premier. Banals, ordinaires. Chaque fois, Sam procédait à l'autodafé rituel dans le barbecue. Joanne qui le regardait faire avait l'impression qu'il était un peu plus pâle de jour en jour, que ses traits se faisaient un peu plus anguleux, que sa bouche aux dents proéminentes faisait un peu plus l'effet d'un rictus de tête de mort, qu'il se mouvait de plus en plus comme un homme qui marche dans un rêve.

Elle n'avait encore jamais ouvert un seul Catalogue.

Ce samedi, Sam dormait toujours profondément quand elle se réveilla. Inquiète de voir les cernes profonds sous ses yeux et ses joues anormalement creusées, elle décida de le laisser dormir. S'il le fallait, elle se chargerait elle-même de la petite cérémonie purificatrice.

Elle suivit le long couloir qui menait de leur chambre au palier donnant sur l'arrière de la maison. Les fenêtres qui éclairaient le haut de l'escalier étaient respectivement orientées au nord et à l'est. Elle ouvrit la plus grande et respira profondément. La caresse de l'air frais du matin sur sa peau était un délice. Il faisait lourd, mais à peine. Cela laissait peut-être présager de la pluie pour plus tard.

Joanne aimait la pluie. Le tonnerre et les éclairs, ça, c'était une autre paire de manches, mais le paysage d'après l'averse, miroitant et comme semé de diamants, était une des choses au monde qu'elle préférait. Tournant le dos à la fenêtre, elle descendit l'étroit escalier qui aboutissait à la buanderie, d'où elle passa dans la cuisine qu'elle traversa. Elle ouvrit la petite porte et sortit sous la véranda. Tout était merveilleux dans le calme de cette matinée. Il était vraiment absurde que quelque chose d'aussi anodin qu'un catalogue vînt troubler si peu que ce fût cette sérénité.

Elle regarda devant la maison. Le facteur n'était pas encore passé. Il faisait sa tournée le plus tôt possible, même le samedi, mais il était encore trop tôt : le petit drapeau rouge de la boîte aux lettres était baissé.

Elle regagna la cuisine, mit la bouilloire à gros feu, puis alla jusqu'à la porte d'entrée. Le jeune garçon qui distribuait le journal était déjà passé, lui : le vent avait poussé *Le Courant* à l'autre bout de la véranda.

Joanne exhala un long et bruyant soupir d'exaspération. Si Billy Teachers recommençait encore une fois à lancer le journal au lieu de le déposer sous le paillasson, elle téléphonerait à sa mère. Certes, elle avait horreur de se chamailler, mais elle en avait assez de récupérer le quotidien froissé et illisible au milieu des buissons qui ornaient les deux extrémités de la véranda.

Enfin... cette fois, il n'y avait pas trop de dégâts. Elle

lutta un instant avec les pages du journal pour les remettre en place, après quoi elle fit le tour de la maison. Elle était seulement vêtue du long T-shirt qu'elle utilisait comme chemise de nuit, mais il lui était égal qu'on puisse la voir. Par une trouée dans le rideau d'arbres, elle apercevait, à l'ouest, le faîte de la maison des Greeley et l'une des lucarnes de la tanière de Dougie. Mais c'était trop loin pour qu'il lui soit possible de savoir si ce dernier était posté aux aguets. Et si elle était trop loin, il en allait de même pour le garçon. D'ailleurs, le T-shirt la couvrait aussi efficacement qu'une de ses robes d'été. Le tissu en était même plus épais.

Mais qu'est-ce qui peut bien m'avoir donné l'idée que cette canaille serait à l'affût de mes faits et gestes ? Elle eut beau se creuser la tête, elle ne trouva aucune raison logique.

Elle regagna la cuisine en passant par la véranda, sur l'arrière. La bouilloire commençait tout juste à siffler et elle la retira du feu. Elle sortit du placard, à côté de la cuisinière, un des paquets de thé parfumé que Babs lui avait fait découvrir et en sortit une infusette qu'elle plongea dans une grosse tasse décorée de dentelures. A son contact, l'eau bouillante prit une teinte rosée.

Elle ressortit sous la véranda avec son thé, et s'assit sur la vieille banquette de rotin pour lire le journal. Le monde était comme d'habitude, accablé de maux. Les journaux étaient moins amusants que dans son enfance, croyait-elle. Tout en avalant de petites gorgées de thé, elle poursuivit sa lecture en levant de temps en temps les yeux de la page. Toujours aucun signe du facteur.

Entre la banquette et la boîte aux lettres se dressait un vieux chêne, énorme et feuillu. Des corbeaux y nichaient. Joanne posa le journal à côté d'elle. Il devait y en avoir une bonne douzaine, noirs et luisants. Et quel bruit ils faisaient ! Ils remplissaient l'air de croassements stridents.

Elle se leva et scruta les branches de chêne en plissant les yeux. C'était un vrai branle-bas de combat chez la gent corvidée. Quelque chose avait semé la panique du côté des corbeaux. Joanne haussa le sourcil. *Que diable...*

Mais un tintement aux sonorités grêles la fit soudain éclater de rire. Elle descendit les marches de la véranda et s'approcha de l'arbre.

– Rudy ?

Un *miaou* familier lui répondit. Une branche frémit et les croassements redoublèrent, tandis que le chat roux entreprenait de dévaler le tronc du chêne. Une fois à terre, il se mit sur le dos et Joanne s'accroupit pour lui gratter le ventre. L'animal ronronnait d'extase et Joanne jeta un coup d'œil en direction de la grille. La jeep blanc et bleu de la poste venait de s'arrêter. Elle attendit que le facteur eût redémarré pour se lever et aller chercher le courrier, escortée par Rudy qui se frottait contre ses jambes.

Il n'y aura rien aujourd'hui. Elle émit un ordre magique à l'intention de la boîte. *Juste des factures, des prospectus et, peut-être, une gentille lettre envoyée par des amis. Mais rien de* bizarre *et d'*inquiétant.

Huit catalogues encombraient la boîte. Dont un de petit format à la couverture terne d'un rouge sombre. Joanne poussa un soupir tandis que quelque chose qui ressemblait à une terrible vague de désappointement montait en elle. Un mélange de tristesse et d'exaspération.

C'était comme lorsqu'elle était petite fille, le paquet

spécial posé sous l'arbre de Noël ne contenait pas ce qu'elle avait espéré y trouver.

Elle remonta l'allée, le courrier serré contre sa poitrine. Elle avait fait la moitié du chemin quand le Catalogue glissa hors de la liasse de brochures et que celle-ci tomba et s'éparpilla sur l'asphalte. Effrayé par le bruit, Rudy se réfugia dans les buissons, son grelot tintinnabulant. Joanne demeura pétrifiée, prise d'un accès d'authentique, de démente terreur. Elle avala péniblement sa salive et s'efforça de recouvrer sa respiration.

Elle avait senti les brochures *bouger*. Il ne s'était pas simplement agi d'une couverture glacée glissant contre une autre. Elles avaient bougé, réellement bougé. Il y avait eu un mouvement dans la pile. Comme si quelque chose avait cherché à s'en échapper.

Elle savait que c'était le Catalogue qui avait bougé. Mû par une volonté propre. Qui était sorti du tas de brochures. Sa couverture rouge et terne s'était déplacée en se faufilant entre celles, glacées, des brochures sur lesquelles s'étalaient des modèles présentant des toilettes ultrachics aux prix exorbitants. Il s'était extirpé de la pile ; il s'était déplacé en utilisant les mouvements de son corps à elle pour camoufler les siens.

– Oh ! Maintenant, ça suffit !

Elle avait parlé tout haut. Sa voix était discordante dans le matin ensoleillé. Elle regarda vivement autour d'elle. Pourvu que personne ne passe ! Que personne ne la voie réagir de cette façon ridicule, délirante ! Un corbeau lança un cri. Le grelot de Rudy tintait, argentin, dans le jardin d'à côté.

Le souci qu'elle se faisait pour Sam commençait à la tourneboulER. Les gens qui sont nés à Brooklyn sont connus pour avoir la tête solidement plantée sur les épaules. Les contes bleus, très peu pour eux. Combien de fois son père ne le lui avait-il pas répété ? Combien de fois ne l'avait-il pas exhortée à être forte et courageuse ? A ne pas se conduire sottement ? Alors que le cœur de la petite fille effrayée qu'elle était battait à tout rompre. Une « enfant émotive », disait-on d'elle. Une formule qu'elle avait fini par prendre en horreur.

Tout cela est ridicule. Ce n'est rien d'autre qu'un fichu catalogue !

Si Sam brûlait les Catalogues, rien ne prouvait que c'était parce qu'ils avaient quelque chose de *néfaste.* C'était son imagination qui conférait au dégoût qu'il éprouvait pour eux cette aura de mal à l'état pur. Si cela se trouvait, ils ne contenaient rien de plus que des publicités particulièrement explicites pour des vidéocassettes porno. Elle savait, c'était notoire, que ce genre de littérature était expédiée « sous emballage discret ». Sam avait beau être doué d'une saine et robuste sexualité, il était d'une pudibonderie farouche quand le sexe touchait à la perversion.

Joanne était presque arrivée à se convaincre que cette hypothèse était la bonne quand son regard se posa sur le Catalogue tombé à ses pieds. Il était ouvert. Ses pages lui firent l'effet de briller trop fort au soleil. Les illustrations tranchaient sur la blancheur du papier comme autant de trous d'ombre. Noirs. Ténébreux.

Se remémorant la promesse qu'elle avait faite à Sam de ne pas regarder le Catalogue, elle ferma les yeux. Si certains différends avaient pu les opposer au cours de ces huit années de mariage, Joanne était fière de pouvoir dire que, quand elle lui avait promis quelque chose, elle n'avait jamais manqué à sa parole, fût-ce pour des choses stupides ou anodines.

Les yeux toujours fermés, elle se baissa pour ramasser le Catalogue. Elle se sentait dans la peau d'une parfaite idiote, encore plus certaine maintenant que tout à l'heure, quand elle avait parlé à haute voix, que les gens du cru s'agglutinaient derrière la grille de fer forgé. Elle sentait qu'ils étaient tous là, s'amusant comme des fous en observant la conduite bizarre de la nouvelle voisine.

Quand ses doigts tâtonnants frôlèrent le Catalogue grand ouvert, elle retira vivement la main. Ses pages étaient glacées ! Comme s'il sortait d'un congélateur où il aurait côtoyé longtemps de la viande dure comme de la pierre.

Résistant à la tentation de relever les paupières, Joanne fit glisser son ongle jusqu'à ce qu'il rencontrât le bord du Catalogue. Elle le referma vivement, rouvrit les yeux et sa main se posa à nouveau sur lui. Le contact ne lui laissait qu'une impression de sécheresse. Cette fois, elle le ramassa et rassembla le reste du courrier. Après avoir sorti du tas trois factures et une lettre du bureau adressée à Sam, elle déposa tous les catalogues dans le foyer du barbecue et y mit le feu.

A travers le nuage de fumée qui montait dans les airs, elle distingua Sam debout dans l'embrasure de la porte de la cuisine. Son corps dégingandé paraissait d'une maigreur maladive. Il était tout en angles. Son mari ne portait que le bas du pyjama rayé qu'elle lui avait acheté le mois précédent. La cordelière de la ceinture en était serrée autour de sa taille. Sam avait perdu du poids, songea Joanne. Et il n'avait pourtant pas de kilos superflus.

– Encore un, dit-il.

Ce n'était pas une question mais une constatation où la frustration se mêlait au désespoir.

Joanne confirma d'un signe du menton et remua les brochures enflammées à l'aide du tisonnier. On sentait un froid sournois dans l'air de ce matin d'été. Le front plissé, Sam descendit l'escalier de la véranda et s'approcha de Joanne. Sa main se referma brutalement, douloureusement sur le poignet de la jeune femme.

– Tu n'as pas regardé à l'intérieur ? Tu m'as promis...

– Non. Pas vraiment. Enfin, c'est-à-dire que je l'ai laissé tomber et que mes yeux se sont posés l'espace d'un instant sur les pages ouvertes mais je n'ai rien enregistré. Aucune image. Rien qu'il me serait possible de décrire, même sous la torture ou...

– Pourquoi dis-tu ça ?

De nouveau, cette voix dure ! Cet étrange visage émacié qui lui faisait peur et l'alarmait. Les yeux de Sam étaient froids. Farouches. Accusateurs. Il serra plus fort son poignet, ce qui arracha une grimace à Joanne.

– Comment ? Qu'est-ce que j'ai dit ? Ecoute, tu me fais mal...

Il lui tordit le bras, l'obligeant à plier le coude. Elle ne pouvait plus bouger. Son visage, maintenant, touchait presque celui de Sam. Et ce n'était plus le visage de Sam.

– Tu as dit « torture », fit-il entre ses dents serrées. Pourquoi as-tu prononcé ce mot si tu n'as pas regardé ses saloperies d'illustrations de merde ?

Un tel langage choqua Joanne. C'était la première fois depuis neuf ans qu'elle entendait son mari employer une expression aussi ordurière.

– Je... je ne sais pas. (Son étreinte se faisait de plus en plus brutale, de plus en plus douloureuse. Des larmes perlèrent aux yeux de Joanne.) Mais lâche-moi, à la fin !

Sam battit des paupières. Encore une fois, on eût dit un homme émergeant d'un rêve. Un somnambule subitement ramené à la réalité.

– P... pardon. (Il libéra le poignet de Joanne et fit un pas en arrière.) Pardon. Je... Ne regarde pas, c'est tout ce que je te demande. S'il en arrive un autre, laisse-le dans la boîte. Je m'en occuperai.

Les larmes de Joanne avaient maintenant une autre raison d'être. Quelle *angoisse* y avait-il dans la voix de Sam ?

– Mais, mon chéri, qu'est-ce que... Qu'y a-t-il donc dans ce bouquin ?

Elle tourna les yeux vers les flammes dansant dans le foyer du barbecue. Un instant, elle pensa... Mais oui ! C'était cela ! Elles ne se réfléchissaient pas sur la terne couverture rouge du Catalogue dont les bords ne semblaient même pas roussis alors qu'il était au milieu du brasier.

Et puis, comme un fruit pourri qui éclate, la couverture se craquela et devint la proie des flammes qui reprenaient de plus belle.

Et il n'y eut plus de Catalogue.

– Qu'y a-t-il donc à l'intérieur ? répéta Joanne.

Elle n'arrivait pas à s'arracher à la contemplation des flammes.

– Des trucs. (Sam toussota ; une manière de s'excuser de donner une réponse aussi maladroite.) Des sales trucs. Ignobles.

Il se tut. Fronça les sourcils.

Fugitivement, Joanne eut la vison très nette de Sam enfant, confronté à quelque chose d'inconnu et de terrible, cherchant dans le peu de vocabulaire qui était le sien les mots qui transformeraient cette abomination en une chose qu'il pourrait appréhender.

Elle repensa à son père. « Nomme ta peur et tu la

connaîtras », disait-il toujours. Il n'avait jamais tout à fait compris combien les peurs enfantines pouvaient être réelles. A quel point elles étaient difficiles à dissiper.

– Ecoute... (Sam toussa de nouveau. Sa voix était plus proche de la normale.) J'ai froid. Rentrons, veux-tu ? Et nous ne reparlerons plus de ça. S'il arrive de nouveaux Catalogues, tu les laisses dans la boîte aux lettres et je ferai moi-même ce qu'il y a à faire. D'accord ?

Des émotions contradictoires agitaient Joanne. Cette histoire était ridicule, à la fin ! Ils étaient des adultes civilisés, des enfants du XXe siècle. Ils avaient vu l'homme tendre la main vers la Lune et s'en emparer. Ils avaient vu le phare éblouissant de la Raison faire reculer les Ténèbres.

Mais elle discernait des peurs ancestrales tapies dans le regard hanté de Sam. Tous les démons de tous les âges, depuis celui de l'homme des cavernes.

– D'accord.

Elle avait songé à dire autre chose mais la supplication silencieuse que lui adressa Sam l'arrêta. Elle le prit par le bras et, sans savoir qui entraînait l'autre et qui se laissait conduire, ils se dirigèrent vers la porte de la cuisine.

Un gros thermomètre y était encadré. Il indiquait 25° mais si Sam se plaignait d'avoir froid, elle n'allait pas entamer une controverse. Elle aussi avait froid. Elle se pelotonna contre lui. Il avait la chair de poule et sa peau était moite. Et, sous son vieux T-shirt usé, elle aussi frissonnait.

Mais que peut-il donc y avoir dans ce maudit Catalogue ?

De nouveau, elle avait pensé le mot avec un C majuscule et, de nouveau, elle se dit qu'elle était idiote.

Cet absurde petit livre rouge commençait à être le tyran de leur vie. Cela faisait à peine cinq jours que le premier exemplaire était arrivé. *Sottises que tout cela !*

Non, elle savait que ce n'étaient pas des sottises. Les yeux de Sam. Sa pâleur. La façon dont il lui avait si douloureusement serré le poignet. La tape qu'il lui avait donnée pour repousser sa main. Et les choses qu'il avait dites : non, ce n'étaient pas des sottises. En aucune manière.

Ce fut soudain avec effroi qu'elle se prit à penser au lundi. Elle était là, à côté de son époux, dans la grande et confortable cuisine. Son corps retrouvait lentement sa chaleur. Leurs deux corps. Elle attendait que s'effacent ces étranges sentiments, cette confusion. Mais ils ne s'effaçaient pas. Elle savait qu'un autre Catalogue arriverait avec le courrier, le lundi suivant.

Les choses on ne peut plus normales qui l'entouraient s'éloignaient. Elle s'accrochait de toutes ses forces à Sam, sachant que cette normalité perdue ne reviendrait plus jamais.

Tout cela à cause de ce maudit Catalogue.

3

Le lundi matin, Dougie Greeley sonna à la porte.

Sam n'était même pas parti depuis dix minutes. C'était aujourd'hui qu'il avait prévu de refaire son bureau et il était allé acheter de la peinture. Joanne sortait à peine de sous la douche quand le timbre retentit. Pensant que c'était son mari qui avait fait un faux départ, elle s'empara d'une sortie de bain et dévala l'escalier.

Quand elle ouvrit, Dougie la regarda avec des yeux ronds. Joanne, quant à elle, poussa un soupir d'exaspération qui semblait devoir ne pas avoir de fin. La température était douce mais, après la douche brûlante, la fraîcheur du dehors lui donna la chair de poule. Elle éprouva instantanément une sensation de malaise ; elle se sentait vulnérable devant cet adolescent qui la dévisageait et elle avait l'impression que la serviette dont elle s'enveloppait rétrécissait à vue d'œil.

– Dougie...

Tout son embarras se résumait à ces deux syllabes, à ce prénom qui flottait dans l'air, et elle n'avait qu'une envie : claquer la porte au nez de ce garçon au visage rond et bouffi. Elle vit la pomme d'Adam de l'adolescent monter et descendre.

– Euh... (Jusque-là, leur conversation n'avait pas été brillante.) Euh... b'jour, madame Dennison. Comment ça va ?

– Comme quelqu'un qui a froid et qui est mouillé. Qu'est-ce que vous voulez, Dougie ?

Joanne ne se sentait pas d'humeur à rester plantée là, ruisselante, et surtout pas pour l'amusement et l'édification du jeune Greeley.

– Oh !... (Ce fut avec un effort visible que Dougie détacha son regard de l'ourlet du drap de bain.) Ben, maman m'a dit que vous aviez reçu un catalogue, l'autre semaine, et que ça m'intéresserait peut-être de le voir.

Sur le moment, Joanne demeura interloquée. Son esprit tournait à toute vitesse. *Un catalogue ? Non, il ne pouvait sûrement pas vouloir dire...*

– Elle... euh... elle m'a dit comme ça qu'il avait une couverture rouge. Rouge foncé.

C'était au tour de Joanne d'ouvrir des yeux ronds. *Mais si ! C'était bien ça ! Le Catalogue ! Cet horrible, cet odieux, cet effrayant* Catalogue *planant sur leur vie comme une menace ! Pourquoi diable est-ce que Babs...*

– Qu'est-ce que votre mère en a dit au juste, Dougie ?

– Ben, rien qu'ça. Qu'il y avait dedans des trucs qui pourraient m'intéresser, c'est tout.

De nouveau, il la dévorait des yeux. Joanne avait l'impression, sous ce regard, que sa peau nue grouillait de fourmis et elle eut un frisson à cette idée. Quelle étendue de peau nue était visible sous le drap de bain ? se demanda-t-elle.

Sam a raison. Ce garçon a quelque chose de répugnant.

– Ecoutez, Dougie, je n'ai pas le temps de bavarder maintenant. Nous avons jeté celui que votre maman a regardé. (Joanne lança un coup d'œil en direction de la boîte aux lettres. Le petit drapeau était baissé.) Et il me semble que le courrier d'aujourd'hui n'est pas encore arrivé.

Le visage de Dougie s'allongea.

– Vous l'avez... jeté ?

– Ecoutez, si nous en recevons un autre plus tard, je vous appellerai. Ça vous va, comme ça ? Il faut que j'aille me sécher, Dougie.

L'expression du garçon s'éclaira.

– O.K. ! Merci, madame Dennison, merci beaucoup.

Joanne referma la porte et se dirigea vers l'escalier.

Mais qu'est-ce qui t'a pris de lui dire ça ? Il n'est pas question de prêter cet abominable bouquin à qui que ce soit. Pas après avoir vu la tête que Sam a faite toute la semaine. Est-ce parce que j'avais hâte de me débarrasser de ce monstre que je lui ai menti ?

Joanne s'apprêtait à ôter la serviette pour achever de se sécher quand un pressentiment l'arrêta. Elle pivota sur elle-même, juste à temps pour apercevoir la figure ronde et joufflue de Dougie Greeley collée contre la partie vitrée de la porte ; elle disparut précipitamment.

– Petit vicieux ! s'écria Joanne.

Elle se demanda de nouveau ce qui avait bien pu pousser Babs à parler du Catalogue à son fils. Elle avait encore en mémoire l'attitude de sa voisine, l'autre jour, prête à défaillir. Et elle n'avait tourné que quelques pages du Catalogue.

Joanne se sentit prise d'une curiosité morbide qu'elle s'efforça de réprimer. Plus elle y repensait, plus le contenu de la brochure rouge faisait figure de fruit défendu, et elle commençait à regretter la promesse qu'elle avait faite à Sam.

Avec un peu de chance, il n'y aurait pas de Catalogue au courrier de ce matin. Avec un peu de chance, le cap difficile était passé. Les jours de cette nouvelle semaine ne commenceraient pas comme ceux de la précédente par cette mise au feu rituelle.

Certaine, maintenant, de ne pas contribuer à son insu à l'éducation de Dougie Greeley, elle dénoua la sortie de bain et commença à s'étriller tout en montant l'escalier. Le tissu-éponge était doux sur sa peau, l'épaisse moquette qui recouvrait les marches était tiède sous ses pieds. Autant de petits plaisirs sensuels qui l'aidaient à combattre ses inquiétudes. Quand elle ressortit de la salle de bains, habillée de pied en cap, il ne restait plus rien de ces pensées chagrines. C'étaient ses projets pour la journée qui occupaient son esprit. Cet après-midi, elle prenait sa leçon d'équitation. Et elle avait l'intention d'en prendre le plus possible avant que sa grossesse ne l'oblige à renoncer provisoirement à ses activités physiques. Elle voulait aussi commander un nouveau tapis pour la salle à manger.

La hideuse moquette verte portait une trace de brûlure à l'une de ses extrémités, juste entre les fenêtres. Lorsqu'ils avaient emménagé, Sam en avait décollé un coin déjà en lambeaux pour voir ce qu'il y avait dessous. Elle s'était laissé arracher sans difficulté mais un nuage de poussière avait jailli. Sam l'avait reçu en pleine figure et il avait passé le reste de la journée à tousser et à cracher. Joanne avait fait l'acquisition de masques protecteurs et ils s'étaient tous les deux attelés à la tâche. Arracher la vieille moquette verdâtre, l'entendre se déchirer, voir s'élever ces tourbillons de poussière féeriques les avaient ravis. Le plancher était en parfait état, exception faite de la profonde brûlure qui avait touché le bois jusqu'au cœur.

Ils avaient fait appel à un ébéniste la semaine suivante, pour connaître l'avis d'un spécialiste. Celui-ci leur avait dit que les planchers avaient été rabotés tant de fois au cours des deux siècles passés qu'ils étaient polis et arasés jusqu'à la corde, et il leur avait déconseillé de faire faire un nouveau ponçage, d'autant que la brûlure était loin d'être superficielle.

Sam et Joanne avaient donc décidé de remplacer la moquette par un tapis. Un tapis qui n'irait pas tout à fait jusqu'au mur afin de ne pas dissimuler entièrement le magnifique parquet de bois sombre.

Joanne appela un taxi par téléphone pour se faire conduire à Bridgeport où, leur avait dit Dick Keillor, un magasin discount proposait des tapis de la meilleure qualité à des prix défiant toute concurrence. Vingt minutes plus tard, le taxi franchissait la grille du manoir Wembledge.

Sur Wolf Pit Road, il dépassa la petite jeep de la poste. Le facteur agita le bras et Joanne lui rendit son salut. Brusquement, la prémonition qu'elle avait eue samedi matin lui revint à l'esprit. *Qu'y a-t-il à bord de cette jeep ? Que trouverai-je dans la boîte aux lettres, à mon retour ?*

Elle repensa à Dougie. L'image du fils Greeley feuilletant ce Catalogue la perturbait plus que tout, hormis le Catalogue lui-même. Ce Catalogue qui faisait brûler d'un feu si étrange les yeux de son mari. Ce Catalogue dont la vue avait fait vieillir de dix ans le visage rond de Babs. Ce Catalogue qui, par terre, dans l'allée, paraissait si froid, si livide et si maléfique.

Que diable Babs a-t-elle bien pu y trouver qui soit susceptible d'« intéresser » Dougie ? A-t-elle vraiment l'habitude de se soumettre à ses caprices au point d'accepter d'avoir sous son propre toit quelque chose dont la seule vue la met aux quatre cents coups ?

Est-elle accoutumée à faire plaisir à tout prix à son fils chéri et adoré ?

Une série d'images se mit bizarrement à défiler dans sa tête. *Je n'avais pas fermé à clé la porte de la maison le jour où je suis allée faire des courses à Fairharbour. Le jour où j'ai rencontré Babs chez Carson. Et Dougie était chez lui. Ce sont les vacances scolaires. Il était seul chez lui. Il s'ennuyait. Il n'avait rien à faire.*

Alors, est-il venu chez nous ?

Il guettait derrière la vitre quand je remontais l'escalier. A-t-il déjà fait ça auparavant ? Lui est-il arrivé de se rincer l'œil de cette façon quand je me balade toute nue dans la maison ? Je ne me promène pas tout le temps toute nue mais...

Et la fois où... Quand était-ce ? J'avais presque oublié cette péripétie. C'était il y a... combien ? Six semaines ? Quatre ? Je prenais un bain de soleil devant le garage et le téléphone a sonné. Comme j'étais loin de la route et protégée par les arbres, je n'ai pas remis le haut de mon maillot quand je suis allée répondre. Quand j'ai grimpé l'escalier de la véranda, je n'avais que le bas.

Et il y a eu ce bruit dans les taillis ! Comme un gros animal qui serait maladroitement tombé. Des branches cassées. Un choc sourd. Mais Sam était rentré avant que je n'aie eu le temps de faire mon enquête.

Tout lui revenait aussi clairement, aussi nettement que si cela datait seulement d'hier. *Etait-ce Dougie Greeley ?*

Et la semaine dernière ? Est-il venu ? S'est-il aperçu que la porte n'était pas fermée à clé ? Est-il entré ? A-t-il visité la maison ? Ouvert les tiroirs ? Fouillé dans nos affaires ? Regardé les prospectus accumulés sur le radiateur ?

A-t-il trouvé le Catalogue ? L'a-t-il apporté dans la

cuisine ? Peut-être dans l'intention de chercher quelque chose à grignoter tout en le parcourant ? Peut-être avait-il filé par la porte de devant quand je suis rentrée avec sa mère ?

En le laissant sur la table de la cuisine ? Est-ce que c'est là que Babs l'a trouvé ? Est-ce la raison pour laquelle Dougie a inventé cette histoire absurde... que Babs lui aurait dit – c'était le comble du ridicule ! – qu'il trouverait peut-être « quelque chose d'intéressant » dans les pages de l'album rouge ?

A moins que ce scénario ne soit le comble du ridicule ? La gêne que Joanne éprouvait à l'idée d'avoir été l'objet des regards concupiscents de cet adolescent adipeux déformait-elle sa vision ?

A son retour de Bridgeport, elle était si contrariée de ce que le tapis ne serait pas livré avant huit semaines qu'elle en avait oublié Dougie Greeley et sa visite furtive à son domicile.

Le taxi la déposa devant la grille. Sam n'était pas encore rentré : la boîte aux lettres débordait de paperasse. Mais la couverture rouge brillait par son absence. Une joie intense s'empara de Joanne.

Le siège était levé ! Le Catalogue n'était pas au courrier !

Un nouveau Catalogue arriva le mardi matin.

Cette fois encore, Sam n'était pas là. Il était parti dans l'intention de passer au crible tout le comté de Fairfield, comme la veille, pour trouver le coloris exact de la peinture qu'il voulait. C'était dans une véritable expédition qu'il s'était lancé.

Joanne passa la matinée à vider les derniers cartons du déménagement. Elle était très fière d'elle. Des cartons avaient traîné dans leur appartement de

Brooklyn pendant près de quatre ans ; et elle avait fait place nette dans le manoir Wembledge en moins de trois mois !

Elle se saisit non sans peine de la pile d'emballages et sortit en la portant avec précaution. Le ramassage des ordures avait lieu tous les mardis après-midi et une quantité imposante de sacs-poubelles s'entassaient déjà devant la grille. Quand elle eut déposé sa pile de cartons par-dessus, elle prit le courrier dans la boîte.

Elle resta longtemps immobile devant le portail, le courrier normal serré contre sa poitrine, les yeux fixés sur le Catalogue tombé à ses pieds dans l'herbe. Elle l'avait lâché comme s'il avait été un serpent quand elle l'avait découvert au milieu des autres brochures.

Les souvenirs de la soirée de la veille la hantaient. Elle avait décidé de mettre les petits plats dans les grands pour fêter l'événement avec Sam : l'absence du Catalogue au courrier du matin l'avait ravi autant qu'elle. Ils avaient ri ensemble. Pour la première fois depuis une semaine, ils avaient *réellement* ri. Le Catalogue s'était insinué dans leur bonheur. L'avait grignoté.

Mais il n'était pas au courrier du lundi. Ils ne le recevraient plus. Si ce n'était pas une raison pour faire la fête, il n'y avait pas de raison valable au monde ! Plus tard, quand ils s'étaient glissés dans leur vaste lit accueillant, Sam avait dit quelque chose qui avait poussé Joanne à poser un doigt sur ses lèvres en regrettant qu'il n'y eût pas un bouton magique capable de rembobiner et de repasser les mots qu'il avait prononcés.

– Je savais que cela aurait une fin, avait-il dit. C'était trop dément pour que cela continue. Il fallait nécessairement que ça finisse, tôt ou tard. Heureusement pour nous, ça a été plus tôt que plus tard.

Ces mots, Joanne avait eu l'impression qu'ils lui fouaillaient les entrailles. Elle avait réagi instantanément comme un enfant quand un vœu secret est, par inadvertance, formulé à haute voix. L'enfant a brusquement l'absolue certitude que la magie est rompue. Que dire tout haut ce qu'on a senti, pensé ou rêvé empêche que cela n'arrive. Ou le fait, au contraire, immanquablement arriver s'il s'agit de quelque chose de néfaste.

Elle se rendait compte qu'elle se comportait, par bien des côtés, comme une enfant depuis quelque temps. Depuis le jour où elle avait eu la vision fugitive des pages du Catalogue. C'était comme si le dur combat qu'elle avait mené durant tant d'années n'avait servi à rien. Elle était de nouveau tenaillée par la crainte, elle était de nouveau angoissée, elle était de nouveau une enfant « émotive ». Qui avait peur du noir. Peur d'être seule. Que le tonnerre terrifiait. Que terrifiait le hululement du vent dans la cheminée. Que terrifiait l'univers invisible qu'il y avait *derrière* elle.

Elle s'était battue toute sa vie pour avoir raison de ces craintes sans fondement. Pour se libérer.

Le Catalogue avait réduit tous ses efforts à néant. Et il n'aurait pas dû. Il n'aurait pas dû pouvoir faire ça. Ce n'était pas *juste*. Elle n'avait qu'à peine aperçu ce que renfermait sa couverture rouge sombre. Pourtant, elle ne nourrissait pas le moindre doute. C'était le Catalogue qui s'introduisait dans leur existence. C'était le Catalogue qui faisait qu'elle était là, les jambes molles, plantée devant la grille du manoir Wembledge, pâle, tremblante, le cœur battant, les yeux brûlants, tandis que toutes ses peurs anciennes, ses peurs enfouies, remontaient en rampant à la surface. Remontaient toutes griffes dehors, déchirant le ventre mou de sa vie.

– Non, non, non, non, non, non, non !

Il lui était égal, cette fois, d'avoir parlé tout haut. Il lui était égal que des voisins puissent passer. Assister à ce spectacle insolite. Voir cette petite femme brune en short et soutien-gorge, serrant contre elle, les muscles noués, un paquet de catalogues de vente par correspondance, secouant nerveusement la tête de gauche à droite en répétant inlassablement ce seul mot murmuré : « Non. »

Son sang s'était mué en glace, ses poumons la brûlaient, elle voulait pleurer, elle voulait crier, elle voulait tracer des signes de croix dans le vide, elle voulait demander leur aide à tous les saints, elle voulait bannir cette chose à jamais, la renvoyer dans les ténèbres extérieures d'où elle avait surgi. La brûler. L'enterrer. Et semer du sel à cet endroit.

– Non, non, non, non, non !

Il n'était pas venu hier ! Chaque jour de la semaine passée, cette immondice était arrivée au courrier. Mais pas hier. Le charme était brisé. *Sam n'aurait plus besoin de tourner en rond dans la cour comme un zombie. Plus besoin de procéder à la cérémonie d'exorcisme. Plus besoin de se livrer au rite de la purification par le feu.*

Joanne sentit des larmes brûlantes ruisseler sur ses joues. Mais elle pleurait ! En s'en rendant compte, elle se sentit ridicule. Etre là, devant leur grille, par cette splendide journée ensoleillée du mois d'août, en train de pleurer à chaudes larmes parce qu'un stupide Catalogue rouge était arrivé au courrier ! La logique et la raison se désagrégeaient. *Les gens rationnels ne se conduisent pas de cette façon !*

Une autre pensée, pas plus rationnelle que le reste, suivit dans la foulée : *C'est un complot. Tout cela fait partie d'une machination aberrante. Sam s'est plus d'une fois répandu en propos flatteurs sur le physique de Babs. Elle est mieux roulée que moi, c'est sûr. Et elle a Sam à la bonne, elle aussi. Sont-ils tombés amoureux l'un de l'autre ? Se désirent-ils ? Elle a dix ans de plus que lui mais qu'est-ce que cela peut faire ? Ces choses-là arrivent tout le temps à notre époque. Ont-ils imaginé cette mise en scène invraisemblable ? Pour me faire perdre la raison ? Pour pouvoir s'enfuir ensemble ? Pour abandonner Doug et Dougie ? Abandonner la pauvre petite Joanne enfermée derrière les murs capitonnés d'un asile de fous ? Sam sait tout de mon enfance. Il sait tout de mon état psychique. Des tours que me jouent mes nerfs. De mes crises. Des médicaments que je prends. Il a très bien pu organiser lui-même ce coup monté. En tablant sur mon point faible. Mon vieux talon d'Achille...*

C'était un raz de marée, un déferlement qu'elle ne pouvait stopper. D'un seul coup, elle constata que c'était insensé. Comme une poche de gaz fétide qui crève dans les noires profondeurs d'une fosse de goudron. Elle se sentit ridicule. Dépitée. Embarrassée. Elle était cramoisie et ses joues la brûlaient. C'était *trop* ! Trop pour être supportable. Elle n'avait plus de force.

Elle laissa choir le courrier qu'elle serrait contre sa poitrine et s'élança en courant vers la maison, déchirée de sanglots. Elle étouffait. Elle avait les poumons en feu. Elle voulait hurler, hurler, hurler.

Tout cela par la faute du Catalogue toujours par terre, à côté de la boîte. D'apparence si anodine et si banale, gisant comme il gisait sur l'herbe tondue de frais.

Quand Sam rentra, le courrier n'était plus là où Joanne l'avait laissé. Le soleil basculait derrière le rideau d'arbres bordant le côté droit de la propriété et dont l'ombre s'étirait pour envelopper le manoir Wembledge. Une vieille Studebaker cabossée était arrêtée devant la porte et Babs Greeley l'attendait. Sam la trouva toute petite, toute ronde.

Mais ce n'était pas tout. Elle avait l'air fatiguée. Elle était pâle. Et son corps bien en chair avait une lourdeur qu'il ne lui connaissait pas. Sam eut l'impression qu'une pointe acérée et glacée lui transperçait soudain le cœur. Il laissa tomber le sac contenant les bidons de peinture sur la bordure de gazon du perron, ce qui produisit un sourd bruit métallique.

– Joanne...

– Elle va bien, Sam. Elle est en haut. Au lit. (La voix habituellement suave de Babs était presque discordante.) Elle se repose. Le médecin dit...

– Le médecin ?

Sam passa devant elle, escalada les marches quatre à quatre. Oubliée, Babs. Oubliés les pots de peinture. Tout son univers se réduisait maintenant à la chambre du premier.

Le Dr Sanderson en sortait au moment où Sam atteignait la porte. Le vieux médecin n'était pas sans avoir une certaine habitude des maris affolés et il savait les prendre. Décharné, la peau de la couleur du cuir fatigué, il donnait l'impression d'être indestructible. Il empoigna Sam par le bras quand celui-ci fit mine de le bousculer pour entrer. Une étreinte ferme. Sans violence mais irrésistible. C'était inattendu.

– Elle va bien, monsieur Dennison. Elle se repose.

Entendre cet écho des paroles de Babs fut pire, pour Sam, que d'apprendre de mauvaises nouvelles.

– Qu'est-ce... (Sam avait le souffle court et son cœur battait à tout rompre.) Qu'est-ce qui est arrivé ?

Il plongea son regard dans les yeux de Sanderson que protégeaient des lunettes aux verres épais. Des yeux gris pâle. Des yeux de la couleur d'un ciel de printemps, quand s'amoncellent les nuages avant la pluie. Des yeux où se tapissait une souffrance secrète, un chagrin profondément enfoui. Très profondément.

L'espace d'un instant, Sam se demanda ce que pouvait être cette souffrance mais une pensée déchirante le ramena brutalement à sa propre douleur.

– Le bébé ?

– La mère et l'enfant se portent bien tous les deux, je vous en donne l'assurance. Maintenant, venez. Mme Greeley a fait du café et je pense qu'une tasse ne vous fera pas de mal.

Sam se laissa pousser vers l'escalier. La maison oscillait, flottait autour de lui. La réalité avait perdu ses arêtes vives. Sam était dans l'incapacité de se concentrer. Joanne occupait toutes ses pensées. Rien d'autre n'avait d'importance.

En bas, Babs était en train de remplir la dernière des trois tasses et le riche arôme du café embaumait la cuisine. Sam le huma, s'efforçant de se raccrocher à cette odeur ; une sensation merveilleusement normale dans un monde bouleversé. Du café. Fort. Odorant. Il n'avait jamais été très amateur de café avant que Phil Marsdon lui apprenne le truc qui en éliminait l'amertume : mettre une infime pincée de sel dans la tasse.

A peine cette pensée lui était-elle venue à l'esprit que des souvenirs de jeunesse se mirent à se bousculer dans sa tête. Le bistrot de Greenwich Village où Marsdon et lui venaient traîner leurs guêtres quand ils étaient tous deux à New York. Les images du Village, ses bruits. L'« appart » lilliputien du rez-de-chaussée : quatre cents dollars par mois pour une seule et unique chambre où l'on tenait tout juste debout mais qui donnait sur un petit jardin privatif plein de verdure.

L'« appart » de leur premier rendez-vous, à Joanne et à lui. Fondus l'un à l'autre. Il retrouvait les sensations qu'il avait connues cette nuit-là et en savourait le souvenir. Comme elle était petite contre son grand corps dégingandé ! Comme sa peau nue était douce !

Quelque chose ramena Sam au présent, à la cuisine du manoir Wembledge. Sanderson qui l'avait guidé jusqu'à la table essayait de l'obliger à s'asseoir. Sam plia ses jambes qui n'en finissaient pas et se laissa choir pesamment sur une chaise. Babs posa une tasse de café devant lui et, à côté, le pot à lait et le sucrier.

Et ce fut une nouvelle avalanche de souvenirs. Il y avait des années qu'il n'avait pas vu ce service décoré. Où diable Babs l'avait-elle déniché ?

Il saisit fermement sa tasse et allongea le bras vers la salière posée au milieu de la table. Un vif petit coup de poignet, puis il prit la cuiller et commença à remuer le liquide sombre. La tasse était chaude dans sa main.

– Qu'est-ce que...

Les mots avaient toujours autant de mal à sortir. Sanderson s'assit en face de lui. Posa une main consolatrice sur son épaule. Sam sentait, à travers l'étoffe de sa chemise, ses longs doigts noueux et chauds.

– Elle a eu une sorte d'attaque, lui dit le médecin. Une crise d'angoisse comme je n'en avais encore jamais vu. Si Mme Greeley n'avait pas remarqué le courrier éparpillé par terre dans l'allée et si elle n'était pas entrée pour savoir ce qui se passait, cela aurait pu être pire.

Sam eut l'impression que le sol se liquéfiait sous lui.

– Le... courrier ?...

Babs confirma d'un signe. Elle était toujours debout devant la cuisinière.

– Je revenais de chez June Craddock. En passant devant chez vous, j'ai vu tous ces catalogues, ces lettres et le reste qui voltigeaient sur la route, poussés par le vent. Je me suis arrêtée. La porte d'entrée de la maison était ouverte.

– Le... courrier... répéta Sam. Vous avez ramassé le courrier, Babs ?

– Oui, après être entrée voir Joanne. Vous attendiez quelque chose d'important ? Tout est là.

Sam tourna les yeux vers la pile de courrier posée sur le rayonnage à côté de la cuisinière, et que Babs tapotait de sa main soignée.

– Non, répondit-il. Rien d'important. Mais qu'avait Joanne ?

– Elle était... eh bien, elle était assise dans le vestibule sur la dernière marche de l'escalier. Et elle se balançait d'avant en arrière, recroquevillée sur elle-même. Elle répétait inlassablement « non, non, non ». Et... et, Sam... elle... elle s'était mouillée.

La tasse de café était trop lourde pour qu'il puisse la tenir. Sam la vit commencer à basculer, pivotant sur son index. Le liquide noir qui s'en échappa décrivit un gracieux arc de cercle dans les airs pour achever sa course sur le carrelage.

Il regarda la tasse quitter son doigt. La regarda tomber, se renverser. Le café formait une flaque. Tout se passait au ralenti. Un effort infime aurait suffi pour rattraper la tasse dans sa chute. Peut-être même aurait-il pu recueillir le café dans sa main en coupe tellement il s'écoulait lentement.

Il accomplit cet effort. Le sol de la cuisine se précipita à sa rencontre et le frappa en plein visage.

4

Babs Greeley s'acharnait à faire tout ce qui était en son pouvoir pour chasser l'horreur de son esprit. La folie. Cette immonde terreur qui s'y accrochait, qui voulait éventrer sa vie construite avec un si grand soin. La réduire en lambeaux et la jeter, déchirée et sanglante, à ses pieds.

Debout devant l'évier, elle s'évertuait à ne pas regarder par la fenêtre de la cuisine, qui donnait sur l'aire de stationnement. Là où étaient rangées la Mercedes de Doug et sa Volvo. Elle ne parvenait pas, en dépit de tous ses efforts, à comprendre que la Joanne Dennison qu'elle avait raccompagnée il y avait si peu de temps dans le break bleu et celle qu'elle avait découverte pelotonnée sur elle-même dans l'entrée du vieux manoir Wembledge étaient la même personne. Cela lui avait causé un choc de la retrouver dans cet état !

Elle la revoyait avec une parfaite netteté. Livide. Hagarde. Comme si elle était malade depuis huit jours. Tremblante et poussant des gémissements. Trempée comme un nouveau-né.

Babs frissonna. Elle eut un spasme de nausée. Sa gorge se noua. Elle s'efforça de se concentrer sur sa tâche. Une tâche toute bête : préparer le dîner de Doug. Une tâche qu'elle avait accomplie des milliers de fois depuis vingt-cinq ans qu'elle était mariée. De ces simples tâches domestiques, elle voulait maintenant se faire un bouclier. Un rempart protecteur derrière lequel s'abriter. Qui gommerait les événements affreux de cet après-midi.

Mais, chaque fois que son regard allait malgré elle au-delà des deux voitures, elle apercevait la maison des Dennison derrière les arbres.

Les deux propriétés étaient mitoyennes. Des chênes et des érables plantés au petit bonheur entouraient la demeure de style victorien à l'architecture tarabiscotée des Greeley. La petite allée qui faisait une courbe brutale à gauche du portail s'achevait sur une plateforme de graviers blancs, faisant office de parking. Il n'y avait pas de garage. La Mercedes et la Volvo étaient garées côte à côte, en face de la maison.

Elle était l'opposé des constructions conventionnelles. Il avait paru illogique aux Greeley, quand ils étaient entrés dans les lieux, de voir les pièces de derrière, grandes et ensoleillées, servir respectivement de cuisine et d'office. Doug avait tout rénové et modifié de ses propres mains, ou presque.

Il aimait bricoler. Réaliser ce qu'il considérait comme des travaux dignes d'un homme. Faire tomber un mur ici. Carreler un sol là. La cuisine était son plus bel exploit. Sa plus grande réussite. La refaire lui avait réclamé près de deux ans, en travaillant presque exclusivement pendant les week-ends et le soir. Il n'y avait pas trente centimètres de fils électriques ou de tuyauterie qu'il n'eût posés de ses propres mains. Il avait taillé et raboté les placards de pin noueux dans son atelier installé au sous-sol. Le parquet aussi était son œuvre. Il n'avait acheté que l'évier et les appareils ménagers. Il avait été jusqu'à dissimuler le four à micro-ondes sous un coffrage qu'il avait fabriqué lui-même. C'était une cuisine on ne peut plus douillette. Chaude. Confectionnée avec amour et tendresse : le reflet de Babs. Et Babs l'adorait.

Et, maintenant, elle s'y accrochait. S'accrochait à sa chaleur. A son confort douillet. A sa normalité. A tout ce qui faisait partie d'un monde *supposé* normal. Qui n'appartenait pas à ce qu'avait été le reste de la journée.

Mais malgré le mal qu'elle se donnait, Babs ne pouvait chasser l'image de Joanne Dennison de son esprit. Ce n'était tout simplement pas le genre de choses dont elle avait l'habitude, dans sa petite vie tiède et abritée. Une vie ayant pour seul fondement le foyer, la famille.

Babs n'aspirait à rien d'autre qu'à être une femme d'intérieur. Pas comme Angela, sa jeune sœur. Angela Finney dirigeait une entreprise dans la banlieue de Los Angeles. Pas une très grosse entreprise : une maison spécialisée dans la vente par correspondance d'épices, d'herbes et de condiments exotiques. Angela l'avait créée elle-même et elle lui appartenait. Elle gagnait très bien sa vie. Elle reprochait souvent à Babs de se contenter d'être une « femme au foyer ».

Ce n'était pas le genre de cette dernière de répliquer que le métier de femme au foyer était, sans conteste, le métier le plus dur, le plus astreignant qui fût au monde. Même un médecin, s'il le voulait vraiment, pouvait se libérer de ses patients. Une femme d'intérieur, elle, était sur le pont vingt-quatre heures sur vingt-quatre. Elle avait à charge les rhumes, les éternuements, les égratignures des uns et des autres, les soucis et les énervements, grands ou petits, qui s'accumulent dans une maison. Parfois même, elle ne trouvait pas le temps de s'occuper de ses tracas personnels.

Et puis cette chose affreuse était arrivée. Et Babs avait l'impression que l'existence qu'elle s'était soigneusement forgée était insensiblement en train de commencer à battre de l'aile. A peine. Les bords se décollaient. Et cela l'angoissait profondément.

Et c'est la deuxième fois que j'ai une expérience pénible chez les Dennison. En l'espace d'une semaine ! Cela ne faisait qu'une semaine qu'elle était tombée sur ce catalogue ! Elle sentit de nouveau son estomac se nouer.

Cet horrible catalogue. Ces images terribles.

Ces images affreuses – *affreuses* – qui lui donnaient pourtant envie de continuer à les regarder. De continuer à tourner les pages, bien que chacune fût plus *immonde* que la précédente. Des images insidieusement et irrésistiblement ignobles. Qui faisaient naître une espèce de *fourmillement* au fond d'elle-même. Comme lorsque Doug lui prodiguait des caresses intimes.

Rien que de penser aux dessins noirs sur le papier blanc et froid, voilà qu'elle l'éprouvait, ce chatouillement. *Maintenant.* Son cœur s'emballa dans sa poitrine. Ses doigts tremblaient.

– Oh !

Cette exclamation involontaire fit lever la tête à Doug plongé dans la lecture du journal.

– Qu'est-ce qui t'arrive ?

Babs sentit le sang lui brûler la nuque. Elle secoua la tête.

– Ce n'est rien. Le... euh... Je me suis brûlée. Continue de lire.

Doug Greeley étudia sa femme, la tête légèrement penchée de côté. Une attitude tout à fait caractéristique chez lui. On aurait dit un bull-terrier à l'écoute de bruits lointains. Ce qu'il voyait lui plaisait. Lui plaisait beaucoup. Vraiment beaucoup. A quarante-huit ans, Babs était encore une belle femme.

Dieu sait qu'elle est tout ce dont j'ai toujours eu besoin, pensa-t-il. *Au lit comme ailleurs.*

Il aurait seulement souhaité qu'elle ne passe pas tous ses caprices à Dougie, comme elle le faisait, mais, que diable, ce n'était pas un drame !

Si ça la rend heureuse, soit ! c'est très bien comme ça.

Elle avait eu un accouchement difficile, ce qui est exceptionnel pour un deuxième enfant. Doug sentit renaître en lui son anxiété d'alors. Cela avait été un moment terrible. Il avait failli perdre et la mère et le bébé. Si elle voulait l'élever dans du coton, il n'y voyait pas d'inconvénient.

On aura tout le temps de lui faire prendre le bon cap, plus tard.

Douglas possédait un catamaran à bord duquel il avait gagné des courses – le bateau était pour le moment au mouillage au yacht-club de Westport – et il aimait utiliser le vocabulaire nautique chaque fois qu'il estimait que l'occasion s'en présentait. Au bureau, le personnel l'appelait « Skipper ». Quand il avait le dos tourné.

Il se leva et jeta le journal sur la table de la cuisine. Massif et large d'épaules, il dominait d'une bonne tête le petit bout de femme qu'était Babs. Il avait un physique de footballeur, ce qu'il avait été quand il était étudiant. Il avait alors la dureté d'un roc mais le roc commençait à s'effriter, depuis quelque temps déjà.

Il enlaça Babs et sentit contre ses puissants pectoraux le dos de sa femme ; ses mains cherchèrent – et trouvèrent – son opulente poitrine. Son parfum monta à ses narines. Il le respira en l'étreignant contre lui.

Un frisson parcourut Babs. Elle s'abandonna en tortillant du derrière et aida les mains de Doug à poursuivre leur exploration. Le membre de Doug, contre lequel elle se frottait, se durcit.

Puis elle se reprit. « Dougie est à la maison », murmura-t-elle d'une voix oppressée. La réponse habituelle aux avances amoureuses de son mari quand elles avaient lieu ailleurs que dans la chambre à coucher. D'habitude, il la laissait le repousser. Cette fois, il insista.

Babs était particulièrement rayonnante. Ce n'était pas seulement l'éclat rosé de l'amour que n'éteignaient pas les années. Ses joues étaient empourprées, sa respiration hachée. Il savait que ce petit soupir saccadé n'avait rien à voir avec les oignons trop chauds qu'elle était en train de faire cuire. Il ne l'entendait que rarement et y attachait d'autant plus de prix.

Doug ne se faisait pas d'illusions : il ne se prenait pas pour un amant magistral. Quand ce petit hoquet lui signalait que sa femme était au bord du plaisir, cela émoustillait sa virilité. Mais il l'entendait bien peu fréquemment, à présent, ce halètement révélateur ! Il faisait tout ce qu'il pouvait pour satisfaire Babs mais elle avait trop souvent l'esprit occupé par l'élaboration des listes d'achats d'épicerie, ou par ce qui s'était dit à la dernière réunion de l'association des parents d'élèves et des enseignants.

Et par ce qui préoccupait Dougie, à cette période critique de sa croissance.

Mais elle ne repoussait jamais les avances de son mari, et Doug lui en était reconnaissant. Si pâlot que pût être le plaisir qu'apportait véritablement l'acte sexuel à sa femme, il semblait souvent que la satisfaction limitée qu'il en retirait lui-même suffisait à Babs.

Pourtant, quand il entendait ce souffle bien particulier, il savait qu'il y avait *quelque chose* de plus qu'il pouvait lui donner. Et cette fois était la bonne, tandis qu'elle était devant la cuisinière, à faire cuire des oignons !

A son « Dougie est à la maison », il répondit en écrasant davantage les seins de Babs dans ses mains. Il les pétrit doucement. Il sentit le mamelon gauche se durcir sous sa paume. Toujours le gauche. Et seulement le gauche. C'était ce phénomène qui lui avait inspiré le surnom qu'il donnait à sa femme et qui la faisait invariablement rougir, quand il le prononçait en public ou devant les enfants.

Il enfouit son visage dans le cou de Babs et les cheveux courts de sa nuque lui chatouillèrent le nez. Elle se tortilla encore quand son souffle brûlant lui effleura la gorge. Il souffla plus fort, ce qui fit voleter le col du chemisier flottant de Babs, et il plongea brièvement le regard dans l'obscure vallée que dissimulait l'étoffe fluide. Il la serra de nouveau avec force contre lui et fit un pas en arrière. *Plus tard. Plus tard.*

– Tu n'as pas fini de me raconter ce qui s'est passé chez les Dennison. Cela va s'arranger, disais-tu ?

Babs revint à sa cocotte.

– C'est ce qu'a dit le Dr Sanderson. (Doug vit ses joues cramoisies reprendre leur couleur habituelle.) J'ai été bien contente quand il est revenu de Washington. Je n'ai pas confiance dans ce Dr Witlaw avec qui il s'est associé, et jamais aucun des autres médecins des environs ne mettra les pieds ici. Même en cas d'urgence. Ticky Wheeler me disait, pas plus tard que l'autre jour...

Doug alla se rasseoir. Pour savoir ce qui s'était passé

chez les Dennison aujourd'hui, il faudrait qu'il sonde le Dr Anderson : c'était un sujet de conversation que Babs semblait résolue à éviter. Elle était comme ça : elle évitait tout ce qui pouvait être désagréable. Doug n'y voyait pas d'inconvénient.

Ses préparatifs culinaires étaient maintenant terminés et elle mit la cocotte au four, après quoi elle entreprit de s'occuper du repas de Dougie. Quinze jours plus tôt, il avait décrété que, désormais, il serait végétarien de stricte obédience. C'était avec une répulsion grandissante que Doug regardait Babs confectionner des sandwiches à la laitue, amoureusement agrémentés de côtes de céleri et de carottes émincées. Il aurait été ravi du goût inédit pour la diététique que manifestait soudain son fils, si ses repas ne s'accompagnaient pas de l'habituelle ration de sucreries qu'il affectionnait. Doug eut un reniflement de dégoût et reprit la lecture du *Courant.* Il était hautement probable que Dougie atteindrait ses cent trente-cinq kilos quand il aurait vingt ans !

Babs savait parfaitement ce que son mari était en train de penser, mais elle jugea préférable de faire comme si de rien n'était. Après l'affaire Dennison, elle n'était pas d'humeur à se lancer dans le genre de « discussions » qui suivaient souvent les commentaires de Doug touchant la préparation des repas de Dougie. C'était un bon, un merveilleux mari, elle l'aimait de tout son cœur, mais il avait parfois du mal à comprendre les besoins particuliers du petit.

Abandonnant Doug dans la cuisine qui commençait à embaumer, à cause du plat en train de cuire au four, Babs monta au grenier par l'escalier de service. Dougie tenait à avoir son escalier privé. Il exprimait souvent le vœu d'avoir aussi une entrée privée que l'on pourrait installer en haut d'un escalier extérieur. Il pourrait alors aller et venir, sans avoir à traverser la maison.

Mais, là, il se heurtait à une fin de non-recevoir sans appel. Son père avait passé près d'une année entière à isoler et arranger le grenier, tout ça pour que Dougie finisse par l'annexer. Pas question d'y ajouter une entrée extérieure !

Pour une fois, parce que les événements de la journée occupaient tout son esprit, Babs s'abstint de frapper à la porte de la chambre de Dougie. L'effet de cet oubli fut électrique. A l'extrémité opposée du grenier, le garçon bondit de son lit qu'éclairait la lumière du jour. Il tenait quelque chose dans la main droite. Quelque chose qu'il fourra hâtivement au milieu de la pile de revues pornographiques qui s'entassaient à son chevet.

Babs s'immobilisa sur le seuil, surprise par la précipitation dont Dougie avait fait preuve. Elle n'avait pas l'habitude de le voir ainsi, soudain galvanisé. Il avait l'air très jeune. Et très coupable.

Une autre mère que Babs aurait demandé à son fils ce qu'il faisait. Mais pas Babs. Quinze ans s'étaient écoulés depuis sa naissance et elle nageait encore dans le ravissement de le voir vivant et en parfaite santé ; et elle en était réellement si heureuse qu'il était bien rare qu'elle exigeât qu'il lui rendît des comptes. Elle ne s'était jamais demandé ce qu'un garçon à qui l'on permettait depuis l'âge de huit ans de lire *Playboy* et *Penthouse* pouvait vouloir cacher à sa mère.

Du seuil où elle se trouvait, elle était trop loin pour voir qu'il s'agissait d'un petit catalogue à la couverture rouge foncé.

Le lendemain matin, Babs suivait des yeux la voiture de Doug qui se rendait à la gare. Un pli soucieux lui barrait le front. Doug n'aurait pas reconnu son expression : une expression qu'elle affichait bien rarement.

Des souvenirs pénibles lui revenaient en mémoire, souvenirs d'autres moments où elle avait arboré cet air chagrin. Quand le médecin lui avait dit qu'il risquait d'y avoir un problème à la naissance de son second enfant. Quand Rod, son fils aîné, lui avait un jour annoncé que sa petite amie était enceinte.

Un mélange d'angoisse et de peur. Quelque chose qu'elle ne pouvait pas exprimer avec des mots. Quelque chose comme le besoin de hurler des injures. De dire à tout le monde de fiche le camp. D'être quelqu'un qui n'aurait aucun rapport avec ce qu'elle était, avec la jeune fille bien élevée qu'on avait fait d'elle. A quarante-huit ans, Babs n'avait aucune difficulté à penser à elle comme à une « jeune fille ».

La Mercedes bleu lavande atteignit le sommet de la colline, là où Wolf Pit croisait Grainge Road. Le regard de Babs se tourna alors vers la maison des Dennison. De la propriété des Greeley, on en apercevait le toit derrière le haut rideau d'arbres qui marquait la frontière entre les deux jardins. De sept mètres plus haut – disons de la fenêtre sud de la chambre de Dougie –, elle aurait sûrement une vue imprenable sur les fenêtres de la chambre des Dennison.

Elle savait que la maison des Dennison était au centre du malaise qu'elle éprouvait. Elle recelait elle ne savait quoi dans ses murs. Il s'y était passé des choses trop folles la veille. Trop folles pour que Babs pût les chasser de son esprit.

Debout sous la jolie véranda blanche de leur vieille maison victorienne à l'architecture biscornue, comme elle se sentait coupée des agréments quotidiens de Fairharbour, Connecticut ! Elle gardait les bras croisés sur sa poitrine, comme pour se protéger d'un vent froid. Mais on était en août. Il faisait bon. Le ciel était clair. Les oiseaux chantaient. La brise légère venant du nord était chargée de parfums de fleurs. Tout était normal dans ce petit coin du monde. Tout, sauf ce dont la maison des Dennison était le théâtre.

Cet affreux catalogue. (Babs n'y mettait pas encore de majuscule.) *Il est au centre de tout. Je ne sais pas comment mais je le sens. C'est comme une grosse araignée bien grasse, tapie chez les Dennison. Qui file une épaisse toile noire. Une toile qui s'étend dans l'air, comme un nuage d'orage.*

Que s'est-il passé dans cette maison ? Lorsque j'ai vu Joanne – quand était-ce ? Mardi ? Mercredi ? –, elle était dans une forme éblouissante. Débordante de vie. Tellement excitée par la venue du bébé. Elle n'aurait pu être d'une meilleure humeur.

Mais est-ce bien vrai ? Il y a eu ce moment... lorsqu'elle est ressortie des toilettes et qu'elle m'a surprise en train de regarder ce catalogue. Elle a changé. *D'une certaine façon. Elle s'est raidie. Elle... elle s'est repliée sur elle-même. Un fossé s'est creusé entre nous. Comme si le fait de me voir regarder cet horrible catalogue l'avait bouleversée. Elle a dit qu'il n'était pas à eux. Qu'il devait faire partie des milliers de catalogues que ces drôles de gens, les Hanson, recevaient pour faire leurs achats par correspondance. Mais... pourquoi, dans ce cas, la réaction de Joanne a-t-elle été aussi violente ? J'étais bouleversée moi aussi, à cause de cette horreur, mais j'ai quand même senti le froid, comme si un mur de glace s'était brusquement dressé entre nous. Quel a été mon soulagement quand elle s'est enfin rappelé qu'elle m'avait invitée à prendre le thé ! C'était une attitude tellement normale que l'atmosphère s'en est trouvée soudain réchauffée.*

Jusqu'à cet instant, Babs avait presque oublié la réaction que Joanne avait eue alors. Maintenant, elle la rapprochait de l'état de prostration dans lequel elle avait retrouvé sa voisine. « Choc nerveux », avait diagnostiqué le Dr Sanderson. Mais quelqu'un pouvait-il en arriver à ce point en un laps de temps aussi bref ?

Je ne connais rien aux anomalies susceptibles d'affecter le cerveau humain. Il s'agit d'autre chose que d'un rhume, d'un embarras gastrique ou d'une coupure. Ça, ça m'échappe totalement. Mais lorsque nous avons déjeuné ensemble, chez Teddy, Joanne se portait comme un charme. Même chose dans la voiture, quand nous sommes rentrées. Et quand nous avons déchargé le break. Et quand nous avons rangé les courses. Et quand elle a préparé le thé. D'ailleurs, après l'incident, elle avait de nouveau l'air en pleine forme, lorsque je l'ai quittée.

Il n'y a eu que ce moment-là. Ce seul moment. Et c'était uniquement à cause de cet affreux catalogue. Pourquoi Joanne et Sam gardent-ils une horreur pareille chez eux ? Je n'arrive pas à croire que c'est un... un vestige des Hanson. Ils étaient bizarres, *ces deux-là. Mais quand même, pas à ce point !*

Babs en arriva à la conclusion que c'étaient les Dennison eux-mêmes qui l'avaient commandé. Peut-être à un magasin de New York. Elle détestait New York. Elle était née à Fairharbour, elle y avait grandi et elle avait réussi à ne mettre, pour ainsi dire, jamais les pieds à Manhattan. Depuis qu'ils étaient mariés, elle n'avait laissé que trois fois Doug la persuader de l'accompagner là-bas et d'y passer la nuit. Elle ne supportait pas New York. Les odeurs. Le bruit. Cette bousculade perpétuelle.

Joanne, elle, y est née. Enfin, elle est née à Brooklyn, plus exactement. Mais on raconte aussi de drôles de choses sur Brooklyn. Les Brooklynois ont la réputation d'être des gens violents, des goujats.

Mais cela ne correspondait nullement au caractère de Joanne. *Et rien ne permet de penser que Sam puisse être aussi... pervers.* C'était le seul mot qui venait à l'esprit de Babs.

Et quel effet cela a-t-il sur toi ? Elle repensa à ce qui s'était passé la veille, quand elle préparait le dîner. Ce fourmillement qui l'avait surprise. Le soupir involontaire qui lui avait échappé alors qu'elle se remémorait le contenu du catalogue.

Comment de telles illustrations peuvent-elles me donner de telles idées ? Je suis une honnête femme, *une femme* civilisée. *Je prends plaisir à ces... à ces* moments-là *avec Doug, même s'il y prend manifestement plus de plaisir que moi. J'aime ses caresses, la façon dont il me touche quand nous passons l'un près de l'autre dans la maison. J'aime même le surnom de « Gauchette » qu'il m'a donné, encore que je préférerais qu'il ne l'emploie que dans l'intimité.*

Non. Je ne devrais pas avoir de ces émois... bestiaux *en regardant cet immonde catalogue. En y repensant après. Bestial. C'est le seul mot qui convienne. Ils ne sont pas humains, ces dessins grossiers, pas civilisés. Ils ressemblent aux eaux-fortes d'une vieille bible. Mais rien à voir avec les gravures de la Bible. Ils sont si* choquants. *Choquants, dans tous les sens du terme. Et tellement* noirs. *Si incroyablement noirs sur ces pages blanches. Et elles sont si froides, ces pages.*

Babs avait l'impression de les sentir sous ses doigts. D'en sentir le froid, alors que brillait le soleil matinal de cette claire journée d'août à Fairharbour, Connecticut.

Elle revint brutalement à la réalité. Elle divaguait. Elle vagabondait à des kilomètres de là. Ses pensées tourbillonnaient, erraient très loin, allaient dans des lieux où elle ne pouvait les empêcher d'aller. Elle fit brusquement volte-face.

Dougie se tenait là, dans l'embrasure de la porte. Les yeux ronds comme des soucoupes. Bouche bée. Il se... *se tripotait.* Caressait la bosse que faisait son pantalon.

Un filet de sueur glacée glissa le long de l'épine dorsale de Babs tandis que ses joues s'enflammaient. Le temps s'était arrêté. Figé. Il devenait une effroyable éternité qui n'avait rien à voir avec les moments qui avaient précédé cet instant. Avec ceux qui le suivraient. Car il n'y en aurait plus d'autres. Il n'y aurait plus que cet instant-là, ce terrible instant qui s'étirait, s'étirait et s'étirait jusqu'à un inaccessible, un impossible infini. Un infini au centre exact duquel Babs et Dougie étaient tous deux pétrifiés. Deux papillons épinglés sur un morceau de carton blanc.

Il m'observait. *Et il* se tripotait.

Et... qu'est-ce que j'ai fait, moi ? Qu'avait-elle fait tandis que les illustrations du Catalogue défilaient dans sa tête, lui brûlant les reins ? Ses mains étaient moites de sueur. Ses mains qui allaient et venaient sur son propre corps. Pressaient ses seins, les malaxaient. Exploraient la fente profonde s'ouvrant entre ses cuisses. La caressaient.

Je ne me suis jamais masturbée de ma vie ! Jamais ! Jamais ! Et maintenant... maintenant, j'ai fait ça en plein jour, sous la véranda ! Sous les yeux de mon fils ! Que la terre s'ouvre ! Qu'elle s'ouvre et qu'elle m'engloutisse ! Ses jambes, soudain, étaient toutes molles.

Des mains se posèrent sur elle. Qui la soutenaient. Des mains robustes qui ne la laisseraient pas tomber.

Et une voix lui parvint aux oreilles. Mal assurée mais réconfortante.

– M... m'man ? Ça va, m'man ? Qu'est-ce qui est arrivé ?

Elle avait devant elle le visage de Dougie. Rond. Pâle comme un linge. Une figure lunaire. Des yeux vides. Une expression stupide.

Babs avait toujours considéré son fils comme un garçon brillant. Jamais le moindre doute sur son intelligence ne l'avait effleurée. Et voilà que, soudain, elle voyait devant elle un simple d'esprit. Une physionomie ahurie.

Immédiatement, elle s'en voulut d'avoir eu une telle pensée. Elle *savait* pourquoi il avait cet air-là. C'était à cause de ses *turpitudes* à elle. A cause de ce qu'il avait forcément *vu* ! Elle se raidit et le repoussa. Le dos flasque de Dougie projeté en arrière heurta le mur de la maison avec un bruit étrangement sourd. Un bruit comparable à celui que faisait une tranche de foie jetée sur l'étal du boucher.

– Je... Ça va. (Babs suffoquait. Elle était déchirée par des émotions contradictoires. Elle sentait que sa physionomie changeait mille fois d'expression entre deux battements de cœur.) Rentre. Rentre à la maison et laisse-moi seule une minute.

Elle parlait sur un ton de plus en plus strident qu'elle ne contrôlait plus. Elle criait à tue-tête. C'était la première fois depuis quinze ans qu'elle s'emportait contre Dougie. Il lui était arrivé de s'en prendre vertement à Doug parce qu'il houspillait leur fils, justement. Et avec quelle véhémence ! Et voilà maintenant qu'elle avait envie de hurler. De griffer Dougie de ses ongles manucurés. D'arracher ces yeux qui avaient vu ce qu'elle avait fait. D'enfoncer des tiges de métal chauffées à blanc dans leurs orbites creuses.

– M'man...

– Rentre ! Est-ce que tu vas rentrer, oui ou non ?

Dougie se précipita vers la porte. Il trébucha et tomba avec le même bruit sourd et spongieux que tout à l'heure. Le cœur de Babs se serra. Son instinct maternel lui fit faire un pas vers lui mais sa fureur l'empêcha d'aller plus loin.

Epouvanté, Dougie se rua à quatre pattes à l'intérieur, se remit debout tant bien que mal, s'élança comme une flèche vers l'escalier. Pour la fuir.

Babs aussi voulait fuir. Fuir cette merveilleuse et ancienne demeure. Cette maison superbe. Cette maison normale. Où tout n'était que douceur, clarté, pureté. Et où tout lui rappelait l'acte épouvantable dont elle s'était rendue coupable.

Va-t'en d'ici. Elle descendit les marches de la véranda. S'engagea dans l'allée. *Sors. Suis la route. Pour aller ailleurs. N'importe où mais loin d'ici.* N'importe où, mais loin. Loin, loin. Loin de sa maison. Loin de son fils.

Loin de sa honte.

Elle s'éloignait, tournant le dos à la maison qu'elle partageait avec Doug et Dougie. Sans savoir où la menaient ses pas. Elle n'avait pas conscience de ce qu'elle faisait. Ses yeux ne virent pas la pelouse verte céder la place à l'asphalte, sale et gris. Ses oreilles n'entendaient ni le chant des oiseaux, ni le sifflet du train qui, quittant la ville, montait poussivement à l'assaut de la colline.

Une seule pensée habitait son esprit. Une idée fixe. *Expulsion.* Exorcisme. Tout le reste – toute émotion, tout sentiment –, elle l'évacuait. Elle voulait qu'il n'y ait *rien* dans sa tête. Rien. Juste un grand *vide* blanc.

Un vide qui occulterait le monde. Abolirait ces vingt dernières minutes. Les effacerait. Comme un maître d'école efface des chiffres au tableau noir.

Encore plus radicalement.

Que plus aucune trace n'en subsiste. Pas même d'indéchiffrables barbouillages. Rien. Rien. Rien.

– Bonjour, Babs !

Elle entendit la *voix* avant d'entendre les *mots*. Un son abstrait. Comme un bruit extérieur que l'on perçoit dans la nuit. Une portière de voiture qui claque ? Un couvercle de poubelle emporté par le vent ? Une partie de son esprit se mit au travail pour identifier ce son. Mais elle continuait de résister. Tout ce qu'elle voulait, c'était échapper aux réalités du monde qui l'entourait.

On t'a parlé.

C'était cela. Quelqu'un lui avait parlé. Avait dit « Bonjour, Babs ». *Il faut que tu répondes. La bonne éducation que tu as reçue t'interdit de faire la sourde oreille quand on t'adresse un salut amical.*

Son regard perdit sa fixité. C'était Sam Dennison. Son pouls s'accéléra. Il était *nu*.

Non. Il portait un vieux short maculé de peinture, si délavé que sa couleur était presque la même que celle de sa peau pâle et semée de taches de rousseur. Son torse nu était hérissé de poils roux. Comme ses longues jambes maigres. Il était coiffé d'une casquette de base-ball ornée de l'emblème de l'équipe des Chicago Cubs. Il avait des lunettes noires. L'ombre portée de la visière de sa casquette tombait sur l'étroit pansement qui lui entourait le front, masquant les blessures de la veille.

L'esprit comateux de Babs s'efforça de discerner les détails de l'image qu'elle avait devant les yeux. Sam tenait un fin pinceau dans la main droite et une longue et mince baguette dans la gauche. Il était accroupi, un genou à terre, devant sa boîte aux lettres sur laquelle il maintenait la baguette avec son poignet droit. Il peignait quelque chose sous son nom.

– B... bonjour, Sam.

Babs se rendait compte que sa voix, soudain retrouvée, était tendue. Même dans ces deux simples mots, il y avait... oui, il y avait une tension révélatrice. Les sourcils de Sam se rapprochèrent. Elle savait que ses paroles, son attitude et jusqu'à ses vêtements, peut-être, proclamaient haut et fort ce qui s'était passé. Ce qu'elle avait fait.

Je pourrais aussi bien être nue *devant lui.*

Brusquement, l'idée lui plut. L'idée d'être nue devant Sam Dennison. De sentir ses grandes et larges mains sur sa peau. Lui caresser les seins. En pincer les tétons. Se poser sur ses épaules. Il l'attirait vers lui. Elle se mettait alors à genoux en face de lui. Embrassait son ventre ferme. Y faisait glisser ses lèvres. De plus en plus bas. Jusqu'à ce que sa bouche...

– Com... comment vous portez-vous, ce matin, Sam ?

Fais-lui la conversation. Une conversation polie, ordinaire. Pourvu qu'elle parvienne à déguiser le timbre de sa voix ! Ce terrible timbre de voix qui livrait ses pensées, ses turpitudes au monde entier.

– Pas trop mal.

Sam se mit debout et Babs leva la tête pour ne pas perdre son visage des yeux. Il mesurait près de soixante centimètres de plus qu'elle et ses yeux arrivaient tout juste à la hauteur des pectoraux de Sam. Ses mamelons tranchant sur la blancheur de son épiderme étaient comme de petits yeux roses qui la regardaient. Il parlait comme un homme fatigué. Babs le dévisagea de nouveau. Il avait les joues creuses.

Elle se détourna et posa son regard sur la boîte aux lettres. Elle essaya de trouver un sens aux mots qu'il y avait peints. PAS DE CATAL. Qu'est-ce que cela voulait dire ? Ces quatre syllabes n'avaient aucun sens. Quelque chose disait à Babs qu'en réfléchissant, elle arriverait à leur trouver une signification. Mais elle en était incapable.

– Ce serait plutôt à moi de vous demander comment vous vous portez, Babs.

Au son de la voix douce de Sam, elle leva de nouveau les yeux, se concentrant sur le mouvement de ses lèvres. De jolies lèvres. Très gentilles. Très *sexy.*

Elle battit des paupières.

– Oh !... je vais bien. Je vais bien. Comment va... Joanne ?

Tout cela sonnait faux. C'était complètement factice. Parler à cet homme. Le mari de son amie. L'ami de son mari. Ne rien dire. Alors qu'elle *voulait* dire qu'il avait une bouche follement sexy. Qu'elle *voulait* lui dire qu'elle mourait d'envie de sentir ses lèvres contre les siennes. De sentir ses mains sur son corps. Le caresser. Le pétrir. Le pincer. Lui faire un peu mal. Juste un peu.

Il posa la main sur son bras. Comme elle était chaude !

– Babs ! Il y a quelque chose qui ne va pas ? Venez vous asseoir.

Elle ne résista pas. Elle laissa Sam l'entraîner vers la terrasse. La faire asseoir dans un des fauteuils à bascule que Joanne avait achetés quelques jours après avoir emménagé.

Elle avait l'impression d'être un jouet que manipulaient les solides mains de Sam. Elle se sentait impuissante. C'était comme si, à ce moment, il pouvait faire ce qu'il voulait d'elle. Une sensation délectable. Elle *voulait* qu'il fasse d'elle tout ce qu'il voulait.

– Sam...

Elle frissonna. Le seul fait de prononcer son nom la mettait dans tous ses états, lui donnait envie de s'étendre de tout son long, de se tortiller dans tous les sens, de... *Non ! Non, non, non !*

Elle se leva d'un bond. *Dieu du ciel ! mais qu'est-ce qui m'arrive ? Cette* folie *! Cette* saleté *? Ces pensées, ces émois que je ne me suis jamais permis d'avoir !* Une sarabande de souvenirs se bousculaient sous son crâne.

Il y avait Ricky Shoemaker, à l'école primaire, qui posait sa main sur sa jambe. Qui disait que c'était une voiture de pompiers. Pour l'empêcher de la glisser sous sa jupe et de la faire remonter le long de sa cuisse, elle avait dit : « Feu rouge. » Alors, Ricky avait ri et il avait répondu : « Les voitures de pompiers ne s'arrêtent pas aux feux rouges. »

Et, au lycée, Bob Hanley essayant de lui toucher les seins. Déchirant sa blouse quand elle s'était écartée de lui.

Et Doug. Doug qui avait été le premier. Le seul. *Jusqu'à maintenant. Jusqu'à...*

– Babs ?

Les mains de Sam de nouveau sur ses épaules. Fortes. Solides. Qui appuyaient. *Oui ! Oh ! oui, oui, oui !* Qui l'obligeaient à se rasseoir dans le fauteuil à bascule. Qui la forçaient à obéir. Comme elle *voulait* obéir !

– Oh !... Sam...

Il n'était plus là. Elle se rappelait qu'il était parti. Elle se rappelait les mots... les mots qu'il avait prononcés. Il avait dit quelque chose. Il lui avait donné un ordre. L'ordre de rester là. Oui. Il lui avait ordonné de rester là. De rester là pendant qu'il ferait... qu'il ferait quoi ? Pendant qu'il...

Irait chercher Dougie.

Elle jaillit littéralement hors du fauteuil. Nausée... Son petit déjeuner lui remontait dans la gorge. Sa tête bourdonnait. Elle avançait, elle reculait comme un animal pris au piège. Un pas en avant, un autre en arrière. Elle ne savait où aller. Elle ne savait que faire.

Elle voyait Sam partir en courant vers sa maison. Avec ses longues jambes, il allait à toute vitesse. Il l'atteindrait bientôt, c'était l'affaire de quelques secondes. Elle ne pouvait pas s'arrêter de sautiller sur place. Un pas en avant. Un pas en arrière. Elle pivota sur elle-même. Son cou était douloureux. Une sueur glacée lui poissait les paumes.

Il va chercher Dougie. Ton fils. Parce que tu te conduis de manière si étrange. *Et c'est ce qu'on fait quand on voit sa voisine se comporter comme une folle. On va chercher quelqu'un de la famille. Il peignait quelque chose sur sa boîte aux lettres. Par conséquent, il a probablement vu Doug s'en aller. Par conséquent, il va chercher Dougie.*

C'est-à-dire la dernière personne au monde qu'elle désirait voir. *Pas maintenant. A un autre moment, peut-être. Peut-être bientôt. Mais pas maintenant.* Il fallait qu'elle se cache. Il fallait *absolument* qu'elle se cache. Mais elle ne savait pas où. Elle apercevait, derrière les arbres, la véranda de sa propre maison. Même à cette distance, elle voyait Sam en escalader les marches. Il la verrait si elle essayait de fuir. Si elle essayait de courir. D'aller se cacher.

Dans la maison. A la cave. Peut-être. Peut-être. S'il revient avec Dougie et si je ne suis plus là, il n'aura jamais l'idée d'aller me chercher dans sa cave.

Babs ouvrit la contre-porte et se glissa dans la

maison des Dennison. Tous les rideaux étaient tirés. A l'intérieur, il faisait frais et sombre. L'entrée était comme une matrice, obscure et silencieuse. Même le chant des oiseaux ne lui parvenait qu'assourdi maintenant que la contre-porte s'était refermée derrière elle.

Elle fit quelques pas. Elle commençait à se sentir mieux. Dans cette semi-obscurité, personne ne pouvait la voir. Oui, elle pouvait rester là : Sam ne la verrait pas. Il entrerait avec Dougie. Tous deux passeraient devant elle. Sans la remarquer. C'est qu'elle était si petite et immobile, dans l'ombre silencieuse. Comme quelque chose qui faisait partie du décor, et non comme une femme plus de la première jeunesse qui s'était conduite d'une manière aussi *dégoûtante*. Non... quelque chose de petit et d'immobile et de *propre* qui était à sa place, ici.

C'est alors qu'elle entendit un bruit. D'abord léger. Indistinct. Impossible à identifier. Comme la voix de Sam quand elle avait franchi le portail, à peine quelques minutes auparavant. Mais Babs n'avait plus l'esprit ailleurs, à présent. Elle était calme et maîtresse d'elle-même. Il n'y avait aucune raison pour qu'un bruit quelconque lui paraisse insolite.

Qu'est-ce que c'est ? Qu'est-ce que c'est ?

Malgré tous ses efforts, elle était incapable de reconnaître ce bruit. C'était un bruit *extraterrestre*. Pas comme dans un film. Elle avait vu bien des films où il y avait d'étranges créatures extraterrestres. Dougie louait *par centaines* des cassettes vidéo de films de ce genre. Babs connaissait bien toutes ces sonorités soi-disant extraterrestres. Elle était incapable de les reconnaître. De comprendre ce qu'avait fait l'ingénieur du son pour fabriquer le rugissement d'une créature venue d'ailleurs, ou le hurlement strident des tuyères d'un astronef. Ce n'étaient jamais que des bruits ordinaires, des bruits de tous les jours. Simplement, on faisait passer l'enregistrement au ralenti ou en accéléré, ou en le mixant avec d'autres enregistrements.

Mais ce son-là était différent. C'était une sonorité qu'elle n'avait encore jamais entendue. Qui n'était pas humaine. Ce n'était pas Joanne qui reposait toujours dans son lit, juste au-dessus de la tête de Babs. Ce n'étaient pas Sam et Dougie dans l'allée. Ce n'était pas, non plus, le bruit qu'aurait pu produire un animal. Un oiseau, un blaireau, un chevreuil, un chien ou un chat. Non, elle ne connaissait rien qui puisse faire un bruit tel que celui-là.

Ce n'était *presque pas* un son. Elle le *sentait* plus qu'elle ne l'entendait. Le sentait jusqu'au bout de ses doigts. Jusque dans ses cheveux, sur sa nuque. L'infime caresse de la plus légère des brises sur sa peau nue.

Mais non. C'était bien un son. De cela, elle était sûre. C'était seulement un son *étrange*. Un son qu'elle n'avait jamais entendu jusqu'à présent. Et il était proche. Ça, elle en avait la certitude. Dans le silence et l'obscurité, il était tout proche. Babs se retourna lentement, debout sur la pointe des pieds, décrivant un cercle complet. Et recommença.

Elle ferma les yeux pour ne plus être qu'oreilles. Inclina imperceptiblement la tête de côté. Se concentrant, elle écouta. Ecouta.

Là ! Elle rouvrit les yeux. Au pied de l'escalier, juste devant elle, il y avait une petite table en bois de teck épousant la courbure de la rampe. Babs était avec Joanne quand celle-ci avait déniché ce guéridon dans un magasin d'antiquités de Post Road. Il était vraiment très petit. Pas plus de trente centimètres de diamètre. Il était muni d'un rebord destiné à empêcher les objets de tomber. L'entablement reposait sur un support fuselé se terminant par trois pieds largement espacés qui s'achevaient eux-mêmes par des griffes sculptées. *Comme les pattes d'un chat,* songea Babs. Elle s'en approcha.

Le bruit provenait du guéridon. Plus exactement du petit paquet plat posé dessus. Bien qu'elle eût maintenant localisé la source du bruit, sa nature continuait de lui échapper. C'était un bruit de froissement, mais pas tout à fait. De frottement, de glissement. Mais pas tout à fait non plus. De mouvement. *Mais quel genre de mouvement ?*

Elle s'approcha encore du guéridon. Le paquet n'était autre qu'une épaisse enveloppe de format commercial. Plissant les yeux, elle essaya de lire l'adresse qui y était inscrite, mais en vain : il faisait trop sombre. Tout ce qu'elle pouvait voir était que l'écriture était tremblée.

Le son provenait de cette enveloppe. Et comme elle était là à s'efforcer de déchiffrer le libellé griffonné à la va-vite, elle eut l'impression que le pli se déplaçait. Mais à peine. Tout juste de l'espace que pourrait balayer l'antenne d'une fourmi.

Babs avait fort bien pu être le jouet de son imagination. Un souvenir lui revint en mémoire. Au lycée, elle avait été volontaire, un jour, pour participer à une séance de travaux pratiques de physique. On avait enfermé le groupe d'élèves dont elle faisait partie dans une pièce totalement obscure, à l'exception d'une lampe allumée qu'il ne fallait pas quitter des yeux. Au bout de vingt minutes, on leur demanderait de combien cette lampe s'était déplacée. Chaque élève avait donné une distance. Très faible pour les uns, très grande pour les autres. Mais tout le monde, y compris

Babs elle-même, avait signalé que la lampe s'était déplacée.

Or, en réalité, elle était scellée au mur et n'avait pas bougé d'une fraction de millimètre.

Babs n'avait pas oublié cette expérience qui lui avait appris que l'on ne devait jamais faire absolument confiance au témoignage de ses sens. Et elle se la remémorait maintenant. N'importe comment, elle savait qu'il était hautement improbable qu'une enveloppe posée sur un guéridon en bois de teck dans le vestibule obscur d'une maison de Fairharbour, Connecticut, puisse bouger toute seule.

Et il est tout aussi improbable qu'elle émette des bruits étranges, des bruits extraterrestres. Babs se pencha au-dessus du guéridon, son oreille à toucher l'enveloppe. *Pas de doute, elle fait du bruit !*

Elle avança la main, sa petite main blanche dont les doigts tremblaient. Quelque chose en elle lui ordonnait de saisir l'enveloppe. Pour l'ouvrir. Elle *voulait* l'ouvrir. Seule une infime partie de son cerveau lui rappelait qu'ouvrir le courrier adressé à d'autres personnes ne ferait pas grandir l'estime qu'elle se portait à elle-même, déjà bien entamée.

Brusquement, elle sursauta et son cœur se remit à battre la chamade. Elle avait perçu un mouvement au-dehors. Sam et Dougie qui remontaient l'allée ? Elle se rua vers l'escalier de service. Vers la porte de la cave.

Celle-ci était munie de deux verrous de cuivre, un en haut, l'autre en bas. Babs ne les avait pas remarqués lors des précédentes visites qu'elle avait rendues aux Dennison, depuis qu'ils avaient pris possession des lieux. C'était certainement Sam qui avait dû les poser. Joanne n'avait-elle pas fait, un jour, allusion en passant à l'aversion que les caves inspiraient à son mari ?

Elle ouvrit le verrou du bas sans difficulté mais force lui fut de se dresser sur la pointe des pieds pour tirer celui du haut.

Elle s'immobilisa sur la dernière marche de l'escalier, tendant l'oreille. L'obscurité qui l'enveloppait était fraîche et humide. Elle n'avait jamais rien entendu d'aussi assourdissant que les battements de son cœur. *Je suis complètement folle !* Un autre souvenir lui revint en mémoire. Un jour, chez sa grand-mère, elle avait laissé tomber un verre qu'elle essuyait. Il s'était brisé sur le carrelage avec un fracas terrible. Elle revoyait encore la valse des débris chatoyant dans la lumière.

Elle s'était précipitée hors de la cuisine. Elle avait dégringolé les marches de la cave dans le coin de laquelle elle s'était jetée, bien décidée à rester cachée là pour toujours, ses petits poings plaqués sur ses yeux fermés. Ses larmes étaient brûlantes. Elle tremblait de la tête aux pieds sans pouvoir s'en empêcher.

Elle avait huit ans, à l'époque. Quarante ans s'étaient écoulés depuis cet épisode, et ses poings étaient crispés aujourd'hui comme alors. Mais, dans le droit, elle serrait quelque chose. Elle baissa la tête pour voir ce que c'était. Sans bouger la main.

C'était l'enveloppe.

Elle sentit que ses joues s'embrasaient. Ainsi, elle avait fini par s'en emparer. Quand elle s'était élancée en courant. Sans même penser à ce qu'elle faisait. Sans même s'en rendre compte.

Maintenant que ses yeux s'accoutumaient à la pénombre, il faisait juste assez clair pour qu'elle puisse voir la couleur de l'enveloppe. Le gribouillis du libellé. Une tache plus pâle dans un coin – l'étiquette « faire suivre » au nom et à l'adresse des Dennison, agrémentée du logo d'une association pour la protection de l'environnement.

L'esprit de Babs battait la campagne. Elle s'efforçait de nier le fait patent que l'enveloppe était là, dans sa main. D'un doigt frémissant, elle en suivait le contour. Elle la serrait si fort que l'emballage en était tout froissé à l'endroit où s'exerçait la pression. Il y avait quelque chose à l'intérieur. Elle plia le paquet plat. C'était quelque chose d'épais. De flexible.

Elle décolla un angle du rabat. Juste un petit peu. Et puis encore un peu. Et encore un peu.

Le papier se déchira. Elle lâcha un juron et arracha le rabat d'un geste maladroit. Le contenu du pli glissa hors de l'enveloppe et tomba en voltigeant sur la marche sur laquelle se tenait Babs.

Elle se mordit la main et réussit à ne pas pousser un hurlement.

5

Dougie traversa la maison aussi vite que ses grosses jambes pouvaient le porter. Son cœur battait, il avait les poumons en feu et, devant les yeux, un voile rouge qui donnait à tout ce qui l'entourait la couleur du sang.

Ses pas firent résonner de façon assourdissante les marches de l'escalier. Une fois dans sa chambre, il referma brutalement la porte. Comme il aurait souhaité qu'elle eût une serrure ! Mais il s'était, là aussi, heurté à l'interdit paternel. Qu'il ait son coin à lui en haut, passe encore, mais pas question que ses parents n'aient pas le droit d'entrer dans son repaire.

Dougie s'adossa à la porte. Pourvu qu'il n'entende pas sa mère monter à son tour l'escalier ! Pourvu qu'elle ne vienne pas le chercher ! *Pas après ce que j'ai vu !*

Ce que j'ai vu ! Ce que j'ai vu ! Il avait beau essayer de toutes ses forces, il lui était impossible d'effacer de son souvenir le spectacle dont il avait été témoin. Ces images le hantaient. Elles dansaient dans sa tête. Un flux et un reflux sans fin. Tantôt nettes et précises, tantôt estompées et brouillées. Mais impossible de leur échapper. Sa mère. Sous la véranda. *Qui se touchait.*

Se caressait et se tripotait. Comme les femmes qui illustraient les pages de ses magazines porno. Se pétrissant les seins. Les malaxant. Les écrasant l'un contre l'autre. Ses seins semblables à d'énormes pamplemousses mûrs. Doux et ronds et...

– NON ! (Il avait hurlé ce « non » d'une voix éraillée. Ses genoux cédèrent sous lui et il y eut un choc sourd quand son gros derrière rencontra le sol.) NON ! NON ! NON ! NON !

Avoir vu ça ! Avoir de pareilles pensées ! S'agissant de sa propre mère !

Il avait été incapable de détacher sa main du renflement que faisait son pantalon. *J'ai essayé ! J'ai essayé !* Cela avait été une réaction instinctive. Dougie était obsédé par la masturbation. Et il se le reprochait. Mais que pouvait-il faire d'autre ? Ces morveuses, à l'école, ne faisaient que se moquer de lui.

Le Dr Sanderson – *ce vieux con de Sanderson* – disait que c'était la faute à sa façon d'être. Et à son embonpoint. Et à ses cheveux. *Qu'il aille se faire foutre !* Les filles des magazines ne se fichaient jamais de lui, elles. Elles s'ouvraient pour lui. Pour lui tout seul. La nuit. La flaque de lumière de la lampe éclairant le lit. Une boîte de Kleenex à portée de la main. C'étaient les femmes qu'il voulait, *elles.* Pas les morveuses de sa classe.

Et pas ma mère ! Mon Dieu, je vous en supplie, pas ma mère !

Il avait vu son père badiner avec sa mère, la peloter quand tous les deux le croyaient dans sa chambre. Croyaient qu'il ne pouvait rien entendre et rien voir. Il avait vu son père caresser sa mère. Caresser ses seins. Une fois, même, toucher le devant de sa jupe.

Objectivement, il savait qu'ils devaient *faire ça* de temps en temps. Qu'ils l'avaient fait au moins deux fois, sinon, comment Rod et lui seraient-ils là ? Il avait lu, dans ses magazines, que même des gens aussi *vieux* que ses parents pouvaient avoir encore parfois des rapports sexuels.

De nouveau, son imagination l'entraînait. Une image fulgura dans son esprit. L'image de ses parents. Nus tous les deux. Nus et couverts de sueur et poussant des grognements tandis que son père chevauchait sa mère et s'enfonçait en elle, s'enfonçait...

Dougie avait envie d'être malade. De vomir tout ça. Un gigantesque haut-le-cœur, une nausée qui viderait son cerveau en même temps que ses tripes. Qui expulserait tout. L'image de sa mère en train de se trifouiller sous la véranda. Et l'autre image, la nouvelle : celle de son père qui baisait sa mère.

Mais impossible de dégobiller tout ça. Tout ce qu'il parvenait à faire, c'était à produire un hoquet minable et souffreteux. Un filet de salive coula au coin de ses lèvres et le long de son menton rond, où il se mêla aux larmes qui ruisselaient sur ses joues. Des larmes brûlantes et qui faisaient mal. Des larmes de feu.

Dans l'escalier, pas un bruit. Sa mère ne montait pas. Dougie se releva en titubant et se dirigea vers la plus proche des trois lucarnes qui faisaient face à l'est. Le soleil éblouissant l'aveuglait et une grimace tordit son visage joufflu. Il regarda en plissant les paupières.

Elle était là. Sur la route. Qui allait chez les Dennison. Elle avançait comme un robot. Comme un jouet mécanique. En plein milieu de la route. Rien qu'à sa façon de marcher, Dougie pouvait dire qu'elle ne voyait ni n'entendait rien. Qu'elle était aveugle et sourde à tout ce qui l'entourait.

Il songea aussitôt que si une voiture ou un camion surgissait brusquement à toute vitesse, de la cime de la colline, elle ne s'en rendrait même pas compte. En même temps, il *souhaita* que cela se produise. Un énorme poids lourd venant de Grainge Road et roulant si vite que le chauffeur ne verrait pas ce petit bout de femme qui marchait sur la route. Qui l'apercevrait trop tard, beaucoup trop tard.

Un crissement de freins. Les pneus laissent d'épaisses traînées noires sur la chaussée. Babs tourne subitement la tête. Un cri. Un seul. Un cri terrible. Qui s'arrête net.

Dougie hocha le menton. Il n'y aurait plus de problème. Il n'aurait plus à faire face à sa mère. Il n'aurait plus à s'asseoir à sa table. Il ne serait plus hanté par ces images. Celle de Babs en train de se caresser. Celle de sa mère en train de se faire enfiler par son père.

Aucun camion ne surgit à l'improviste. Babs continuait d'avancer d'un pas raide.

Dougie tourna le dos à la fenêtre, marcha en vacillant jusqu'à l'autre bout du grenier et s'affala sur son lit. Roula sur lui-même pour se mettre sur le dos.

Des « playmates du mois » – une collection qui couvrait bien deux années – étaient épinglées au plafond en pente au-dessus de lui. A l'envers pour qu'il puisse les regarder, la tête sur l'oreiller. Elles souriaient, le regard vide. Pour Dougie, elles étaient parfaites à tout point de vue avec leurs yeux de plastique. Elles avaient de gros nichons et de longues jambes. Pas de cervelle.

C'était ce que Dougie voulait. Une femme qu'il puisse *sauter*, pas une femme à qui il devrait faire la causette. Juste une grosse poupée bien lisse, avec qui il pourrait s'amuser. A qui il pourrait *faire* des choses.

Quelqu'un comme Joanne Dennison, peut-être.

C'est pas exactement une playmate. *Elle est trop courte sur pattes. Et elle n'a pas de nichons du tout.*

Mais elle avait une peau douce, couleur de miel. Les

tétons les plus gros et les plus sombres que Dougie avait jamais vus.

Parce qu'il l'avait vue toute nue plus d'une fois. Il l'épiait depuis que les Dennison occupaient le manoir Wembledge. Parfois, il se servait pour cela du télescope que son père lui avait offert pour Noël. De la lucarne du milieu, il voyait parfaitement leur maison. La fenêtre de leur chambre était juste dans l'axe. Il avait vue jusqu'à la porte de la salle de bains. Parfois, tard dans la nuit, il les voyait aller et venir, tout nus. Et, parfois, Sam Dennison était en érection. Dougie voulait détourner son regard mais il ne le pouvait pas. Ils se croisaient souvent, à la porte de la salle de bains, l'un entrait, l'autre sortait. Alors, ils se touchaient mutuellement. Ils s'embrassaient sur la bouche. Ce petit bout de femme disparaissait presque entre les larges mains de Sam Dennison. Il lui modelait la chair entre ses doigts. *Pas de nichons du tout.* Mais suffisamment quand même. Assez pour être pétris. Dougie voulait les pétrir. Rien qu'une fois.

Il était allé chez eux à plusieurs reprises. Il se glissait en douce à travers les buissons. S'approchait des fenêtres. Regardait à l'intérieur. De près, Joanne Dennison était encore plus belle. Toute petite, toute brune. Si parfaitement proportionnée. *Sauf pour ce qui est des nichons.* Elle était à peine plus grande que la mère de Dougie. Mais d'une sveltesse ! Un corps élancé, tout en courbes. Rien que d'y penser, il s'en léchait les lèvres.

Et la fois où... (*C'était quand ? Ça fait un mois ? Plus que ça...*), la fois où il s'était faufilé à travers les fourrés avec les jumelles de son père. Il s'était approché de la maison bien à l'abri, sans se faire voir. Les oiseaux s'égaillaient devant lui. Un gros écureuil gris avait glapi furieusement. Mais lui, il était invisible dans le boyau végétal où il rampait furtivement.

Il était arrivé jusqu'à la rangée de buissons parallèle au mur du garage des Dennison. Et elle était là ! A prendre un bain de soleil ! Couchée sur une serviette, à quelques mètres de l'escalier de la véranda, vêtue en tout et pour tout d'un bikini format timbre-poste. Elle était juste devant lui. Le haut de son maillot était dégrafé. Ses petits seins étaient tout aplatis. Ils débordaient un peu. Elle avait les bras croisés derrière la tête. Tout son corps n'était qu'une longue courbe dorée.

Méditerranéen, avait pensé Dougie. Il avait lu quelque part que les Méditerranéennes étaient *spéciales*. Elles avaient les cheveux et les yeux noirs. Le teint olivâtre. Ça, il avait du mal à le concevoir. Les olives, c'est noir ou vert foncé, et Joanne n'était ni l'un ni l'autre. Mais, pour lui, elle faisait l'effet d'être une Méditerranéenne.

Bien qu'elle ne fût même pas à cinq mètres de lui, il avait porté les jumelles à ses yeux. Il avait suivi les rondeurs de son corps, s'attardant ici sur un creux, là sur une tache d'ombre. Son épiderme luisait de transpiration et d'huile solaire. *Elle scintillait.*

Et puis, la chose était arrivée. Le téléphone avait sonné. Joanne avait relevé la tête. L'avait tournée vers la véranda en fronçant les sourcils. Dougie avait braqué les jumelles dans la même direction. Le téléphone sans fil était en haut des marches.

Quand son regard était revenu à la serviette, plus de Joanne. Il avait regardé par-dessus les jumelles. Elle se hâtait vers la véranda. *Et elle n'avait pas rattaché son soutien-gorge de maillot.* La maison était loin de la route et entourée d'arbres. Personne ne pouvait la voir. Personne, sauf Dougie.

Joanne Dennison était à partir de cet instant devenue la propriété personnelle de Dougie Greeley. Plus que ne pouvait l'être n'importe quelle playmate du mois. Parce que, ses playmates, il les partageait forcément avec des millions et des millions d'autres. Joanne, elle, il ne la partagerait *avec personne.* Sam ? Ce n'était qu'un empoté fruste et maigrichon. Facile à éliminer. Comme on essuie une crotte de chien sous la semelle de sa chaussure quand on a marché dessus. Dougie imaginait souvent des tas de façons de se débarrasser de Sam.

Oui, à partir de ce moment-là, Joanne lui avait appartenu. Elle était devenue son bien. De la tête aux pieds.

Il avait lutté pour ne pas gémir tandis qu'elle traversait la pelouse pour gagner sa maison. Elle avait décroché. Elle s'était adossée au montant de l'entrée de la véranda. Elle avait replié une jambe sous elle, presque comme si elle était assise dessus. Sa cuisse ronde était parfaitement lisse. Elle faisait porter tout le poids de son corps sur son autre jambe. Elle était légèrement déhanchée sur la droite. Tout en parlant, de l'index, elle étalait son huile solaire sur sa peau.

Dougie, accroupi au milieu des buissons, sentait qu'il allait devenir fou. Son zizi menaçait de jaillir à l'air libre.

Non, pas zizi. Zizi, c'est un mot bon pour les bébés. Maman, elle dit bite. *Les hommes ont une* bite. Et Dougie était un homme. Comment pourrait-on douter qu'il en était un ? S'il n'en était pas un vrai, est-ce que cette ravissante créature lui ferait un tel effet ?

Joanne avait fini de parler. Elle reposa le téléphone sur la marche où elle l'avait pris, s'étira. La vision de Dougie se brouilla. Le sol parut se liquéfier sous lui et il glissa sur le côté dans un fracas épouvantable de branchages brisés. Joanne se raidit. Dougie eut envie de vomir.

Elle sait que je suis là ! Elle va venir et elle me trouvera et elle le dira à maman et ils m'enfermeront dans ma chambre en me confisquant mon télescope et je ne pourrai plus jamais la voir encore toute nue !

Sam Dennison avait sauvé la situation. Il était arrivé et remontait l'allée à grandes enjambées en agitant le bras et en appelant sa femme. Joanne s'était tournée vers lui et, du coup, le bruit qu'elle avait entendu dans les fourrés lui était complètement sorti de la tête.

En pensant à Joanne, Dougie songea, par association d'idées, au Catalogue. Il était toujours caché à côté de son lit, sous une collection de *Playboy* et de *Penthouse*. Se tournant sur le côté, il fouilla dans le tas et ne tarda pas à sentir sous sa main la texture de la petite brochure à la couverture terne. Il s'en empara, s'assit sur le lit et prit une profonde inspiration.

Ce Catalogue était la découverte la plus sensationnelle de toute sa vie. Il n'avait jamais imaginé auparavant que des choses pareilles existaient, pas même dans ses rêves les plus débridés. C'était comme s'ils le connaissaient : eux, les gens qui publiaient ça. Comme s'ils connaissaient Doug Greeley Junior, ses désirs et ses besoins intimes, ses fantasmes les plus obscurs.

Il ouvrit le Catalogue. Les pages en étaient parfaitement lisses, parfaitement blanches. Merveilleusement fraîches contre sa peau brûlante. Les dessins au trait d'une finesse incomparable. Comme s'il voyait les dessins qu'il avait dans sa tête. Si différents pourtant, de ce qu'ils étaient après, sur le papier. Le noir profond de l'encre faisait un contraste sur la blancheur des pages.

Les dessins ! Ils rendaient avec une prodigieuse exactitude l'état de conscience d'un garçon de quinze ans sexuellement frustré.

Une fois de plus, Dougie se demanda ce qui avait

bien pu pousser les Dennison à se faire expédier une brochure pareille. Il n'y avait aucune raison pour que Sam Dennison souffre de frustration sexuelle alors qu'il avait à sa disposition pleine et entière le corps à la peau sombre et satinée de Joanne.

A moins qu'elle se refuse à lui ! Tenant pour nulle et non avenue la preuve du contraire que lui avait apportée l'espionnage télescopique auquel il s'était livré, Dougie s'accrocha à cette explication. *Il n'y a personne dans le Catalogue qui ressemble à Sam Dennison. Mais toutes les femmes ressemblent à Joanne. Et tous les hommes* à moi ! Un Dougie de rêve. Un Dougie idéal. Qui, au lieu d'être obèse, avait des muscles fermes et fuselés. Un Dougie que seul Dougie pouvait reconnaître.

Dans chacune de ces illustrations criantes de vérité, la femme qui était Joanne Dennison était une esclave empressée à satisfaire les désirs de cet homme qui *était* Dougie Greeley. Pleinement et sans réserve. D'une façon que Dougie avait à peine commencé à imaginer.

Un bruit soudain brisa ses rêveries. La sonnette de la porte d'entrée. *Maman ? Non, abruti ! Elle ne sonnerait pas.* Il se leva et alla se pencher à la fenêtre la plus proche. De ce poste d'observation, il pouvait généralement voir une voiture arrêtée devant la maison.

Il n'y avait pas de voiture.

La sonnette retentit de nouveau. Ding, dong ! Ding, dong ! Ding, dong ! *Il est obstiné, ce tordu !* pensa Dougie. Il sortit en trombe de sa chambre et dévala l'escalier, traversa la cuisine et surgit dans le vestibule, sans avoir eu le temps de s'arrêter pour ne pas être vu de l'homme qui était derrière la porte.

C'était Sam Dennison. Et Dougie, horrifié, réalisa que sa main brûlante et gluante de sueur étreignait toujours le Catalogue qu'il avait chapardé, lundi matin, dans la boîte aux lettres des Dennison.

– Dougie ? Ouvre-moi, Dougie.

Sam secoua le loquet. Dougie réfléchit à toute vitesse. Il n'arrivait pas à se rappeler avoir fermé à clé. Il avait sûrement dû le faire. Pour que sa mère ne puisse pas rentrer. Il avança de quelques pas dans le hall, le Catalogue caché derrière son dos. Sam Dennison ne pouvait pas l'avoir vu. Ce n'était donc pas pour ça qu'il était là.

– Dougie, laisse-moi entrer. (Il commençait à y avoir de l'énervement dans la voix de Sam qui secoua le loquet avec une énergie redoublée). Il est arrivé quelque chose à ta mère.

Le parquet de chêne massif devint soudain comme un toboggan sous les pieds de Dougie. Il trébucha. Il voulut se retenir au montant de l'ouverture de l'entrée, le Catalogue lui échappa et tomba bruyamment par terre.

Quelque chose est arrivé à maman. Le fantasme qu'il caressait, même pas dix minutes plus tôt, lui revint à l'esprit. Une chose étincelante, en acier, avec des lames qui tournoyaient et des pointes barbelées acérées comme des aiguillons. *Quelque chose est arrivé à maman. Parce que je* l'ai souhaité. *Parce que je* l'ai souhaité *!*

– Qu'... qu'est-ce que... (Il était incapable de parler. Sa bouche était sèche comme de l'amadou. Il avait l'impression que sa langue avait dix fois son volume normal. Il toussa.) Qu'est-ce... qui... lui... est... arrivé ?

– Elle a eu une sorte d'attaque... je ne sais pas. Je l'ai laissée sur la terrasse de la maison. Il faut que je téléphone à ton père. Quel est son numéro ? (Sam parlait soudain avec un débit précipité, sans cesser de secouer le loquet. Dougie marcha en titubant jusqu'à la porte qu'il ouvrit, et Dennison se rua dans l'entrée, passant devant le jeune garçon.) Quel est le numéro du bureau de ton père ?

Dougie s'efforça de trouver un semblant de logique dans le maelström qui déferlait dans sa tête.

– Il... il vient tout juste de partir. Il y a une demi-heure, peut-être. Il ne sera pas encore arrivé.

– Oui, je comprends. (Sam empoigna Dougie par les épaules. La chair molle et flasque dans laquelle s'enfonçaient ses doigts lui donna la nausée. Il le secoua.) Il faut que je laisse un message pour lui à son bureau. C'est la seule façon que j'ai de le prévenir. Il doit sûrement être dans le train de New York.

Dans les yeux de Dougie d'où jaillissaient les larmes, Sam décelait de la rage. De la douleur. Et quelque chose d'autre encore qu'il ne parvenait pas à identifier.

– Lâchez-moi ! s'égosilla-t-il. Laissez-moi.

Sam lui lâcha une épaule et gifla le jeune garçon. Fort. Plus fort qu'il n'était nécessaire. Dougie se dégagea de l'étreinte de Dennison et alla se coller le dos au mur.

– OUILLE ! Vous m'avez tapé !

Ses bras battirent l'air et il se mit à bourrer Sam de coups de poing. Des poings qu'il fermait, le pouce à l'intérieur. Ses mains dodues fouettaient comme de la guimauve les muscles élastiques de Sam.

– Salaud ! glapissait-il. Fumier ! Je vous tuerai ! *Je vous tuerai !*

Sam fit deux pas en arrière pour prendre ses distances avec le jeune garçon déchaîné. Son pied glissa sur quelque chose. Il abaissa les yeux et vit un catalogue par terre. Le Catalogue ! Le Catalogue chez les Greeley ! Dougie mit à profit ce court instant de distraction et ses longs doigts griffèrent le visage de l'homme qui poussa un cri de douleur et de surprise, tandis que le sang perlait des égratignures.

Ce fut comme un déclic dans sa tête. Son poing se ferma et partit de bas en haut, visant le diaphragme ; Dougie, sous la puissance de l'impact, fut projeté en arrière et s'écroula sur le vieux banc d'église disposé devant le mur de droite. Il voulut crier mais pas un son ne sortit de sa bouche. L'uppercut lui avait vidé les poumons.

Sam l'empoigna par le devant de son T-shirt, et ses doigts se refermèrent sur la bizarre profession de foi qui s'y étalait, proclamant JE SUIS UN MUTANT ENRAGÉ. Une partie du cerveau bouillonnant de Dennison essaya de trouver un sens à ces mots. Mais sans succès. Ils étaient grotesques. Incongrus.

D'une main, il souleva Dougie, le dos toujours collé au mur.

– Le numéro du bureau de ton père... *où est-il ?*

Dougie le contemplait en clignant des paupières. Ses gros yeux bovins se brouillaient et ne parvenaient pas à accommoder. C'était à peine s'il reconnaissait l'homme qui l'immobilisait.

Un rictus – le rictus macabre d'une tête de mort – déformait la bouche de Sam dont les yeux étaient incandescents.

– Je lui dirai, balbutia d'une voix étranglée Dougie qui suffoquait. (Une traînée de bave verdâtre s'échappait de la commissure de ses lèvres. Son haleine était fétide.) Je dirai à mon père que vous m'avez frappé.

Sam le secoua violemment et l'arrière du crâne du jeune garçon entra par deux fois en contact avec le mur, laissant une tache ovale et grasse sur le papier à fleurs. La joue de Dennison qu'avaient labourée les ongles de Dougie le brûlait. Il martelait la poitrine de

Greeley Junior comme s'il tapait sur un ballon de basket.

– Le numéro ! (Sa voix était glaciale. Il allait tuer ce gamin. Sans que cela lui demande plus d'effort que d'écraser une mouche. Sa main libre s'abattit à toute volée sur le côté de la tête de Dougie.) Le numéro ! (Il lui assena une nouvelle claque.) Le numéro ! (Encore une claque.) Le numéro !

Les oreilles de Dougie tintaient.

– Dans la cuisine ! (Il avait crié ces mots.) Dans la cuisine ! La cuisine ! (Sam continuait de faire pleuvoir les coups.) Sur la porte du frigo !

Sam parut revenir de très loin. Profitant de ce qu'il cognait avec moins d'ardeur, Dougie plongea sous son bras et fonça vers la porte. Dennison fit un pas en avant pour le poursuivre, mais il n'alla pas plus loin. Le sang battait dans ses oreilles. La pièce tournoyait autour de lui.

Mais qu'est-ce qui... Il considéra ses mains. Ses phalanges étaient repliées comme des serres. Il respira plusieurs fois à fond. Força ses mains à se décontracter. Elles étaient douloureuses. Les muscles saillaient comme des cordes.

Ce fut alors que ses yeux se posèrent de nouveau sur le Catalogue.

Le Catalogue. Il était là. Dieu seul savait comment il était arrivé là mais il y était. Cette petite brochure reliée de rouge dévoilait la part la plus ténébreuse de son âme pour que tout un chacun puisse la voir librement. Là. Sur ces pages d'une blancheur intolérable. La rage. La fureur. La haine. Enfouies durant toutes ces années. L'ardent désir de tuer, de mutiler, de détruire. Pour peu que l'occasion s'en présente. Se venger de dix-sept années d'enfer. Trouver son père. Trouver sa mère. Les tuer. *Les massacrer.*

Les images que le Catalogue évoquait étaient si réelles qu'il aurait pu les *vivre.* Il sentait la haine bouillonner dans ses veines. Il entendait le craquement sec des os fracassés. Le bruit mou et gélatineux de la chair broyée sous les coups de la gigantesque masse qu'il faisait tomber, tomber, tomber...

Sam s'appuya contre le montant de la porte. Il avait un mal fou à respirer. Le Catalogue dansait devant ses yeux. Il allait défaillir. Il se laissa glisser le long du mur et s'assit par terre, regardant stupidement la brochure. Elle était ouverte, à l'envers, sur le plancher. Sa couverture rouge foncé paraissait vivante. Les ailes d'une abominable chauve-souris.

D'où venaient ces fascicules ? Qui les envoyait ? Etait-il possible que les Hanson aient réellement commandé des articles proposés par un tel catalogue ? Mais alors, *quoi* ? Ce *n'était pas* un catalogue au sens strict du terme. Il n'y avait pas de bon de commande glissé à l'intérieur. Et d'après ce que Sam avait pu voir, il n'y avait aucun article à *commander.* Peut-être étaient-ce ces illustrations elles-mêmes qui étaient à vendre. Il avait été si dégoûté, si outré, qu'il n'avait pas vraiment regardé. Les images en noir et blanc restaient gravées comme au fer rouge dans son cerveau. Il n'avait pas pensé à chercher à savoir à quoi elles étaient destinées, ce qui était proposé à la clientèle.

– De la folie. (Sam avait parlé tout haut dans l'entrée déserte.) Ils vendent de la folie.

Tendant une main tremblante, il toucha la couverture du Catalogue. Elle était chaude et sèche. Comme les autres fois. Comme ceux qu'il avait brûlés. Comme les deux dont il avait fait un paquet pour les envoyer à Phil Marsdon.

Peut-être Phil pourrait-il remonter jusqu'à ceux qui le publiaient, trouver l'origine de cette folie. Déterminer s'il était même légal d'expédier de telles immondices par la poste. Lorsque Sam avait vu le Catalogue pour la première fois, son impulsion avait été d'appeler la police. Mais Phil était mieux placé pour s'occuper de ce genre de choses. Si cela s'avérait nécessaire.

Sam avait longuement hésité avant de glisser ces deux exemplaires dans une épaisse enveloppe commerciale qu'il avait collée. Phil était son plus vieil ami. Ce qui ne représentait d'ailleurs pas une très longue période de la vie de Sam Dennison. Quand il avait quitté Evanston, peu après la disparition de ses parents, il avait erré à travers tant de villes, grandes et petites, que l'opportunité ne s'était jamais présentée à lui de nouer des amitiés durables. Il avait fait la connaissance de Marsdon quelques jours après son arrivée à New York. Ils avaient vécu ensemble des moments intéressants. Et aussi des moments difficiles.

Parfois, Sam se demandait si le mot « ami » convenait pour définir l'avocat. Il aurait été malaisé de trouver deux hommes d'une nature aussi opposée. Marsdon avait tout du porc-épic. Sa cravate était toujours de travers et ses chemises toujours douteuses. Il était obèse et avait mauvaise haleine. Il était vulgaire. Brusquement, Sam songea que, physiquement, Marsdon avait beaucoup de points communs avec Dougie Greeley.

Il avait pour secrétaire une petite Portoricaine et, un jour, il avait dit à Sam que s'il la gardait, c'était uniquement parce que sa première obligation, quand il arrivait le matin, était de lui faire une politesse. « Commencer la journée par une pipe et la finir avec une bière » : tel était le slogan de Marsdon. Encore une chose que Sam n'avait jamais répétée à Joanne.

C'était en partie la raison pour laquelle il avait hésité avant d'expédier les deux Catalogues à Marsdon, les Catalogues dont les gravures en noir et blanc, nettes et précises, étaient autant de témoignages de ce que l'âme de Sam Dennison traînait en secret. Comment un homme comme Marsdon aurait-il la sensibilité indispensable pour comprendre ce que Sam lui révélait ? Pour comprendre à quel point il se livrait pieds et poings liés à l'analyse critique de l'avocat ?

Démentiel ! C'était le seul mot, vraiment. Aucun autre n'était à même de décrire quelque chose comme ce Catalogue. Quelque chose qui pouvait arriver avec le courrier, sans avoir été expressément réclamé. Quelque chose dont la sombre couverture recelait exactement les images qu'il fallait pour que ressuscitent les apparences et la substance des fureurs anciennes de Sam Dennison. Malfaisance et folie.

Il était toujours là, par terre, entre ses pieds. D'apparence tout à fait anodine. Sans rien qui permette de le distinguer de n'importe quel autre catalogue de vente par correspondance. Seul Sam Dennison pouvait voir la malfaisance dissimulée sous la reliure. Seul Sam Dennison entendait battre les ailes de la chauve-souris.

Il secoua la tête. Il était fou mais il avait toujours ses responsabilités à assumer.

Quelle était terrible, cette folie qui ne le laissait pas échapper à la réalité. C'était là une cruelle insanité qui rendait irréelle la réalité même. Qui ne laissait à Sam que le souvenir de la manière dont les choses étaient *supposées* être. Une horrible démence qui le forçait à se remettre sur ses pieds. A se diriger vers la cuisine.

Il avait laissé le Catalogue là où il était.

La cuisine des Greeley n'était pas aussi grande que celle du manoir Wembledge. La moitié du peu de place disponible était monopolisée par un billot de boucher que Doug avait installé de ses propres mains, et à une extrémité duquel était posé un cruchon en poterie de fabrication artisanale, contenant des spatules et autres cuillers en bois. Une large planche à découper occupait un tiers de l'espace de travail, surmontée de toute une batterie de casseroles suspendues à des crémaillères. Ces casseroles et ces marmites parurent à Sam accrochées trop bas, jusqu'au moment où il se rappela la taille de la personne qui les utilisait.

La seconde moitié de la cuisine était presque entièrement occupée par une table ronde en bois blond, artificiellement vieilli, sur laquelle était posé un napperon carré de couleur foncée. En son centre trônait un bouquet de fleurs d'agave. Du courrier y avait été négligemment jeté. Le réfrigérateur se trouvait à côté de la porte latérale, et un bureau encastré était logé entre sa paroi et la fenêtre d'angle. Tout était dans les coloris brun foncé ou brun clair.

Sam aurait pensé que c'était une pièce accueillante et sympathique s'il avait été dans d'autres dispositions d'esprit, mais il n'était pas, pour l'heure, d'humeur à savourer les joies sereines de la vie. Le téléphone était sur le bureau : un téléphone sans fil d'un modèle voisin de celui des Dennison. Quand, après un instant d'hésitation, il eut localisé la touche de mise en marche, il posa le pouce dessus et rechercha le numéro de Doug.

La porte du réfrigérateur était couverte de bouts de papier maintenus en place par des marguerites ou des fruits en plastique aimanté. Une liste de commissions. Le calendrier des réunions de l'association des parents d'élèves. Enfin, Sam dénicha le numéro et le composa.

Le téléphone émit une série de bips : il mettait le numéro en mémoire avant de le transmettre au central. Sam avait horreur de ces claviers à retardement et il bouillait d'impatience tandis que l'appareil crachotait ses petits borborygmes impersonnels.

– Ici le cabinet Manshot et Greeley. En quoi puis-je vous être utile ?

Sam n'avait jamais eu de raison d'appeler Doug Greeley à son bureau et la voix de la réceptionniste le surprit. Elle ressemblait beaucoup à celle de Babs, et il se demanda fugitivement si Greeley n'avait pas engagé comme standardiste une réplique de son épouse.

– Euh... bonjour. Sam Dennison à l'appareil. Je suis le voisin de M. Greeley.

– Je regrette, monsieur Dennison, mais M. Greeley n'arrivera que...

– Oui, je sais. Je voudrais lui laisser un message.

– Certainement.

Le ton s'était fait plus sec. Cette dame n'aimait pas être interrompue. Sam parla avec calme. Il relata avec sang-froid ce qui était arrivé à Babs, employant à plusieurs reprises le mot « attaque » pour souligner son propos.

Quand il eut terminé, la voix de la réceptionniste avait perdu sa belle assurance.

– Est-ce... est-ce que...

– C'est tout. Dites à M. Greeley quand il arrivera de me rappeler immédiatement. Chez moi.

Il donna son numéro et raccrocha.

– Pauvre gourde ! lança-t-il à l'adresse du réfrigérateur.

Il se rendit brusquement compte qu'il serrait si fort le récepteur que ses articulations étaient livides. Il vida lentement ses poumons et posa le combiné. Le petit voyant rouge annonçant que l'appareil se rechargeait s'alluma. Il resta un long moment à le contempler. La lumière était trop vive. Les arêtes du téléphone aussi.

Tout, autour de lui, était agressif. Une mouche bourdonnait quelque part, de l'autre côté de la cuisine : on aurait cru entendre une scie circulaire. Les muscles maxillaires de Sam se nouaient. Il sentait battre les veines de son front.

Il recula et buta contre le billot. Ses bords étaient semblables à des lames de rasoir. Le coin lui mordit la paume. Il poussa un cri. Lui flanqua un coup de pied et essaya de le renverser, mais le billot était boulonné au sol.

Il assena un coup de poing au frigo. La surface émaillée résonna comme une cloche. Sam entendit craquer les os de sa main et poussa un braillement de douleur. Il lâcha un juron et se mit à faire des moulinets frénétiques avec les bras. Sa main intacte heurta un dossier de chaise. Il l'empoigna et la balança à l'autre bout de la cuisine. Elle acheva sa trajectoire en heurtant la fenêtre au-dessus de l'évier et des éclats de verre volèrent en tous sens. La chaise resta immobile pendant un temps qui n'en finissait pas avant de retomber dans l'évier où elle se démantibula.

Et Sam continua de hurler, de faire des moulinets et de fiche en l'air tous les objets qui lui tombaient sous la main. La lumineuse cuisine de Babs Greeley fut bientôt jonchée de débris.

De nouveau, Dougie courait. Courait le long de Wolf Pit Road en direction de la maison des Dennison. Une force le poussait en avant et ses pensées n'avaient plus de cohérence. Il avait peur d'aller là-bas. Et plus peur encore de ne pas y aller. Il avait souhaité du mal à sa mère. Et son vœu s'était réalisé. Il ne connaissait pas la nature du mal qui l'avait frappée. Il savait seulement qu'il l'avait souhaité.

Et qu'il devait se rendre auprès d'elle. Aller la retrouver et défaire le mal qui avait été fait. Arranger les choses comme elle les avait arrangées cent mille fois pour lui. Pour qu'elle guérisse. Pour qu'elle le protège contre Sam Dennison.

Il haletait et sa respiration hachée était douloureuse. Le poing de Sam lui laisserait un méchant bleu au sternum. Pour le moment, cela le faisait atrocement souffrir.

Il fit halte devant la grille du manoir Wembledge. Il y avait quelque chose d'écrit sur la boîte aux lettres bleue, juste sous les lettres dorées du nom de Dennison. PAS DE CATAL. PAS DE CATAL ? *Pas de catalogues, bien sûr. C'était sûrement ce que l'autre fumier était en train d'écrire quand maman l'a interrompu. Pas de catalogues.*

Dougie réfléchit. Les Dennison ne voulaient plus recevoir les petits bouquins à la couverture rouge. Ils savaient aussi qu'ils ne pouvaient pas les frapper d'interdit. Le facteur n'avait pas pour habitude de censurer le courrier qu'il était chargé de distribuer avant de le déposer dans la boîte. D'où cette injonction : « Pas de catalogues », destinée à refuser *tous* les catalogues quels qu'ils soient, sans exception.

Dans l'allée menant à la maison, Dougie chercha sa mère des yeux. Sam avait dit qu'elle était sur la terrasse. Mais il ne la voyait pas. Il grimpa les marches et sonna. Il entendit, derrière la contre-porte, le bourdonnement grave du timbre qui retentissait à l'intérieur. Un bourdonnement qui s'harmonisait avec celui des mouches autour de lui. Il se dit qu'il faisait étrangement chaud. Une chaleur pas naturelle. Son esprit n'était que souffrance, sang et tortures. Et résolution. Il *se vengerait* de Sam Dennison. Il le verrait écorché vif, ce bourreau d'enfants !

Ils l'emmèneront. Joanne le verra tel qu'il est réellement, et ils l'emmèneront. Il sera détruit et elle n'aura personne vers qui se tourner pour chercher consolation. Personne sauf moi. *Parce que c'est moi qui aurai démasqué le monstre qu'il était. Qui l'aurai peut-être* libérée *de ce monstre.*

Est-ce qu'il l'a battue ? Dougie la voyait ligotée. Sam debout devant elle, tenant un énorme fouet. Cinglant sa chair nue. *Oui, elle était nue. Ses poignets liés à ses chevilles. Le poignet droit à la cheville droite, le poignet gauche à la cheville gauche.* L'image était claire et nette dans son esprit. Aussi claire et aussi nette qu'une des illustrations du Catalogue. Une qu'il aimait tout particulièrement. *On comprend la raison d'être de cette posture.* Ainsi, la victime était totalement impuissante, ouverte à toutes les pénétrations possibles.

Dougie revint à pas lents sur la terrasse. Personne ne venait répondre au coup de sonnette. Il chassa les images brûlantes et noires qui peuplaient son esprit. Il essaya le loquet. La porte n'était pas fermée à clé. Il entra dans le vestibule. Il y faisait plus frais. Mais pas autant qu'il l'aurait désiré.

– Ohé ! Ohé ! Maman ? Madame Dennison ?

Dougie ne savait rien de l'état de santé de Joanne. Babs ne lui avait pas parlé du choc nerveux dont leur voisine avait été victime. A quoi bon impressionner son fils ?

– Madame Dennison ?

Rien. Dougie entreprit d'explorer les lieux. Le rez-de-chaussée était désert. Il ne voyait pas de raison de visiter la cave. Il fit l'ascension de l'escalier du fond. Une marche grinça bruyamment sous son poids. Sa main boudinée laissait de larges taches humides sur le bois blond de la rampe.

Au premier, tout était silencieux. Il avançait avec

précaution. A pas de loup. Comme un espion dans une histoire d'aventures. Il sentait un creux au ventre. Un creux douloureux. Son souffle était inégal. Il s'attendait à tout instant à voir quelqu'un sortir d'une pièce, surgir d'un coin d'ombre.

Personne ne se montra. Il s'arrêta devant la fenêtre du palier et regarda la route. Regarda sa propre maison. Aucun signe de Sam Dennison.

Il s'approcha de la porte de la chambre. Elle était légèrement entrebâillée. A l'intérieur, les rideaux étaient tirés. Il y faisait sombre et chaud. Il repoussa un peu plus le battant de la pointe du pied. La lumière venant du couloir faisait sur le tapis de haute laine un trapèze de clarté qui allait s'élargissant à mesure que la porte s'ouvrait davantage, qui révéla soudain une table de chevet orientale, qui finit par atteindre le lit. Dougie se figea sur place.

Joanne Dennison était allongée sur le lit. Un simple drap la recouvrait. Sa chevelure noire était répandue sur l'oreiller. Dougie fut frappé par sa pâleur et éprouva un fugitif sentiment d'effroi.

Elle est morte !

Il cligna des yeux. Non, elle respirait. Lentement. Il y avait entre les sourcils de la femme qui reposait sur le lit un pli qu'il interpréta comme un nœud de douleur.

Il entra, glissant sans bruit sur l'épais tapis, tout son corps tendu. Il lévitait presque. Maintenant, il était au bord du lit. Le visage de Joanne était rond et lisse. De grands yeux pour le moment fermés. Une bouche petite, des lèvres charnues. Le menton légèrement en pointe. Sa peau luisait de sueur et, dans le faux jour, cela donnait à sa figure un lustre de pierre polie.

Dougie la scruta attentivement. Comme elle respirait lentement ! Quelle immobilité ! Il regarda autour de lui. Il avisa un flacon de comprimés sur la table de nuit et le prit. *Des sédatifs.* Il reconnut le nom sur l'étiquette. A force de lire des bandes dessinées, il avait acquis au fil des années certaines connaissances pour le moins hétéroclites. Il se rappelait qu'il était largement question de ce produit dans une histoire de Batman, parue deux ans plus tôt.

Elle est hyperdéfoncée si elle a avalé ça. Qu'est-ce qu'elle a qui ne tourne pas rond ? Pourquoi est-ce qu'elle a besoin de prendre des tranquillisants ? Est-ce qu'il arrive à l'autre fumier de la droguer ? De la droguer pour qu'elle ne puisse pas lui résister quand il...

Dougie reposa le flacon en plastique là où il l'avait pris. Il allongea le bras et posa la main sur les cheveux de Joanne. Les caressa. Ils étaient doux comme de la fleur de maïs sous sa paume brûlante, sa paume humide où quelques mèches folles restaient collées. Joanne ne bougeait pas. Dougie prit alors une décision lourde de conséquences. Il saisit avec précaution le bord du léger drap couleur rouille et le fit glisser, dévoilant le corps de Joanne Dennison de la tête aux pieds.

Oubliée, sa mère. Oublié, Sam Dennison. Joanne emplissait la chambre, le monde, l'univers. Dougie resta un très long moment sans faire un geste. Il la regardait, c'est tout. Elle portait un T-shirt trop grand pour elle, très blanc sur les draps foncés. Assez long pour lui arriver presque aux chevilles. A présent, cependant, il était retroussé et lui découvrait les genoux. Le devant de la poitrine était barré d'une profession de foi en lettres décolorées : NÉE POUR DORMIR.

Dougie reconnut ce T-shirt. Il l'avait vu dans un tiroir, le jour où il avait fouillé dans la maison. Le jour où il avait trouvé le Catalogue. Sous l'étoffe informe, le corps de Joanne n'était qu'un ensemble de creux et de bosses indéchiffrable.

Dougie avait la gorge sèche. Sa respiration haletante était saccadée. Il avança une main tremblante qui n'était qu'une vague tache blanche dans la flaque de clarté que laissait filtrer la porte béante, et la posa sur le renflement indistinct que faisait le sein gauche de la femme inconsciente. Quand il la referma et le serra, il sentit ses doigts s'enfoncer dans la chair élastique qui cédait sous la pression. Il le travailla comme une pâte moelleuse. Chaude. Vivante. D'une douceur qu'il n'aurait jamais imaginée. Sous sa paume, le mamelon n'était pas aussi gros que dans son souvenir.

Dougie prit une seconde décision, encore plus importante que la première. Abandonnant le sein de Joanne, il allongea le bras et saisit l'ourlet du T-shirt qu'il remonta. Il buvait des yeux l'étendue de peau couleur de miel qui s'exposait de plus en plus à sa vue. Ce furent d'abord les genoux. Puis les cuisses.

Il continua de relever le vêtement. Lentement. Jusque-là, celui-ci glissait sans difficulté. Les mollets fuselés de Joanne étaient bien musclés. Ses cuisses avaient le poli du marbre. Elles rappelaient à Dougie les statues qu'il avait vues dans les musées. Le T-shirt poursuivait son ascension. Plus haut. Toujours plus haut.

Voilà ! Un triangle de poils noirs. Ce n'était pas le triangle parfait qu'aurait dessiné le poinçon du sculpteur. Il était tout frisotté. Un peu désordonné. Pas du tout ce à quoi Dougie s'était attendu. Pas du tout tel qu'il l'avait imaginé.

Maintenant, le T-shirt résistait, coincé sous les fesses. Il allait falloir la soulever un peu. Elle ne pesait pas bien lourd. Il glissa aisément sa main libre sous le dos de la jeune femme. La peau du ventre, bronze pâle, était tendue entre les hanches. Il y avait un profond V inversé à la jonction de la cage thoracique et du sternum, qui pointait comme une flèche entre les petits monticules jumeaux des seins.

Dougie eut besoin de ses deux mains pour faire remonter le T-shirt le long des flancs. La moitié inférieure des seins était à présent à découvert et il s'astreignit à aller moins vite. Son cœur cognait dans sa poitrine, son front était moite de transpiration et il agrippait le tissu avec tant de force que les articulations de ses doigts en étaient douloureuses.

Fais en sorte que ce moment dure éternellement. C'était une prière, une supplication.

Un mamelon apparut et Dougie se pétrifia. Rien n'existait plus que ce téton. Petit et sombre. *Pareil à un promontoire émergeant d'une mer obscure.*

Et, à présent, les deux seins étaient entièrement découverts. Dougie abandonna le T-shirt maintenant boudiné autour des épaules de Joanne. De l'index de la main droite, il effleura le téton gauche. Le caressa. Le pinça doucement. Joanne était loin, très loin dans le pays des rêves : elle ne réagit pas.

Mais le mamelon, lui, réagit. A la grande stupéfaction de Dougie, il durcit et grossit. Les femmes de ses magazines avaient des tétons de toutes les formes et de toutes les tailles, mais il n'avait jamais songé qu'un mamelon pouvait se modifier ainsi. *C'est comme une petite queue. On le touche, on le caresse et il grandit.*

Cette pensée lui fit brusquement prendre conscience que son pénis raide frottait contre son short. *Et pourquoi qu'il ne se raidirait pas ? L'autre fumier m'a flanqué une castagne. Ce n'est que justice que sa femme me fasse bander !*

Il baissa son short. Il ne portait rien en dessous. Sa mère était furieuse quand il ne mettait pas de slip. Ne pas en mettre donnait à Dougie l'impression d'être un peu plus une grande personne.

Son cœur cognait toujours et sa vision devenait trouble. D'un coup de pied, il se débarrassa du short enroulé autour de sa cheville gauche. Quand il s'allongea sur Joanne Dennison, la meurtrissure de son sternum, qui commençait à bleuir, lui fit mal mais il n'en tint pas compte. Le sommier grinça. Joanne ne fit pas un mouvement. Il l'embrassa à pleine bouche. Toujours pas la moindre réaction.

Prenant appui sur ses coudes, il se colla contre le corps de la femme immobile. Il lui tritura les seins. Il prit son mamelon droit entre ses dents. Il le mordilla plus fort. Encore plus fort. Jusqu'à ce qu'elle émette un petit gémissement. Mais elle était toujours endormie.

Il glissa ses jambes entre celles de Joanne, lui écartant les cuisses. Leur contact était plus rêche qu'il ne l'aurait cru. Elles étaient recouvertes d'une légère pilosité qui grattait. Dougie fronça les sourcils. Il n'aimait pas ça. Cela déparait l'image qu'il avait de Joanne. Elle n'aurait pas dû avoir besoin de se raser les jambes. Cela portait d'une certaine manière atteinte à sa perfection.

Se soulevant, il inséra entre leurs deux corps une main exploratrice. Son ventre grassouillet à lui était proéminent et mou, formant une ample bouffissure. Le plexus solaire de Joanne était ferme et lisse. Le contraste était déplaisant. Il s'efforça de ne pas penser à son corps blanc et flasque de limace, avachi sur ce corps dur à l'épiderme doré.

Il sentit sous ses doigts l'amorce du triangle de la toison. Sa main continua d'aller à la découverte. Elle rencontra son propre pénis. Il s'en saisit et le guida vers l'entrejambe de Joanne.

Mais sa bedaine était trop grosse et, couché sur elle comme il était, elle gênait ses mouvements. Il se mit alors à demi à genoux, les jambes de Joanne passées autour de sa taille. Son cœur tressautait comme un marteau-piqueur. Il ne savait pas très exactement où sa queue était supposée *aller*, mais peu importaient pour l'instant ces détails : elle irait bien *quelque part.*

Il avait le souffle court, l'haleine brûlante et ses joues étaient en feu. Un spasme le fit se convulser. Non ! NON ! Pas encore ! PAS DÉJÀ ! Le sperme jaillit et sa chaude traînée gluante ruissela le long de la cuisse de Joanne. Basculant en avant, Dougie s'effondra sur elle de toute sa masse, la figure enfouie dans ses cheveux.

Même inconsciente et droguée, elle bougea pour se dégager de ce fardeau qui l'écrasait en émettant un étrange petit grognement étranglé.

La première fois ! La première fois ! Et tu as tout raté ! *Tout* gâché ! Il se laissa rouler de côté. Elle était toujours aussi brune, aussi ravissante dans le rectangle de clarté de la porte.

Une ombre rampa sur les jambes nues de Joanne.

Dougie sursauta comme touché par un aiguillon. Quand il glissa du lit et retomba sur le tapis, cela fit un choc sourd et une vive douleur fulgura dans son genou.

Il y avait quelqu'un dans l'encadrement de la porte. Une silhouette haute comme trois pommes.

– M... m'man ?

Babs fit trois pas en avant. Elle était toute tremblante. Bien qu'elle tournât le dos à la lumière, Dougie pouvait voir que la rage déformait ses traits. Comme il n'aimait pas cette expression ! Surtout quand la fureur qu'elle trahissait était dirigée contre lui. Après tout, on ne pouvait pas lui reprocher *à lui* d'être ici.

– M'man... c'était Sam Dennison. Il m'a cogné, m'man. Il...

Babs ne l'écoutait pas. Elle regardait autre chose. Derrière lui. Le corps dénudé de Joanne gisant sur les draps rouille. La tache poisseuse sur la face intérieure de la cuisse de la jeune femme.

Elle avança encore d'un pas et empoigna Dougie par la nuque. Ce n'était pas facile. Il avait le cou épais et la main de Babs était toute petite. Ses doigts minuscules se plantèrent dans la chair flasque.

– OUILLE ! Maman ! Tu me fais MAL !

Elle l'obligea à se remettre sur ses pieds. Jamais il n'aurait cru que sa mère eût tant de force. Maintenant que ses jambes supportaient tout le poids de son corps, son genou meurtri le lançait.

Un poing lancé à la volée s'abattit sèchement sur sa tempe. Babs frappa encore, et encore. Et encore. Dougie criait en sautillant sur place. C'était le cauchemar qu'il avait vécu en présence de Sam Dennison qui recommençait. Les ongles acérés de Babs qui lui labouraient la nuque le faisaient saigner. Des fragments de chair rouge y restèrent accrochés quand, d'une secousse, il se dégagea. Il recula en vacillant. Elle avança de nouveau sur lui.

La panique, alors, saisit Dougie qui, aux coups, répondit par des coups. Ses bras tournoyaient comme des fléaux. A l'aveuglette. Ils frappaient frénétiquement comme, un peu plus tôt, ils avaient frappé Sam. Dougie ne connaissait pas d'autre façon de se battre. A un moment donné, son poing toucha Babs sous le menton et un bruyant claquement de dents se fit entendre. Titubant, Babs recula, se prit les pieds dans le short de Dougie, toujours par terre à côté du lit, trébucha et, chancelant dans ses vains efforts pour reprendre son équilibre, s'écroula.

Il y eut un craquement sourd quand son crâne heurta le coin de l'entablement de briques de la cheminée. Elle parut rester un moment immobile, comme accroupie, avant de basculer lentement – si lentement – en avant. Son épaule gauche rencontra le sol et elle s'écroula, le visage contre la grille du foyer. Sur la bordure de briques peintes en blanc, une traînée rouge pointait vers sa tête, comme un doigt accusateur.

6

Paul Sanderson engagea sa vieille Studebaker cabossée dans l'allée de la propriété des Greeley. Il avait promis à Babs qu'il ferait un saut pour voir comment elle allait tellement la sale histoire qui était arrivée à Joanne Dennison l'avait bouleversée. Toutefois, il n'avait pas précisé le moment de sa visite et, s'il se rendait chez elle ce jour-là, à cette heure-là, c'était un pur effet du hasard.

Ses vieilles articulations ankylosées protestèrent lorsqu'il descendit de la voiture. Il sentait le poids de chacune de ses années. Et il savait pourquoi. Cette sale histoire qui était arrivée à Joanne Dennison l'avait affecté plus qu'il ne s'y serait attendu.

Une si jolie fille ! Quelle tristesse de la voir dans cet état !

Pourtant, sa propre réaction le surprenait. Jamais il n'aurait imaginé que quelque chose comme cela pût autant le remuer. Pas après tant d'années de pratique.

Le Dr Sanderson avait soixante-dix-huit ans et il y avait près d'un demi-siècle qu'il exerçait à Fairharbour. Il n'avait d'ailleurs plus qu'une activité réduite. Il ne voulait plus avoir à s'occuper de nouveaux clients. Sa vue n'était plus ce qu'elle avait été et il n'avait plus confiance dans la sûreté de ses mains. Il ne soignait plus que ses clients les plus fidèles, ceux qui étaient trop âgés pour aller consulter un autre médecin, un médecin plus jeune. Dans les cas qui exigeaient une habileté supérieure à celle qui était à présent la sienne, il s'en remettait à son confrère.

Autrefois, c'était à son fils, Malcolm, qu'il s'en remettait. Un serrement de cœur devenu familier lui fit battre des paupières. L'éclatement d'un obus de mortier dans l'enfer de la jungle vietnamienne avait mis fin à leur association, et à la carrière prometteuse de Malcolm.

Deux semaines plus tôt, Paul Sanderson s'était rendu pour la première fois à Washington en pèlerinage au mémorial des soldats tombés au Viêt-nam. Il avait passé presque une journée entière à chercher son nom parmi les milliers d'autres gravés dans le monument noir dont la couleur était bien assez éloquente. Au milieu de la foule silencieuse des veuves, des frères et des sœurs, il s'était senti ému aux larmes. Des fils, des filles, des amis. Qui tous cherchaient un nom cher gravé dans la pierre. Un nom, un souvenir.

Mais Paul Sanderson n'était pas homme à pleurer. Il n'avait pas versé une seule larme depuis la mort de Malcolm. A ses yeux, étaler ainsi publiquement sa douleur eût été inconvenant. Cela aurait été rabaisser le disparu.

Quelques gouttes d'eau salée pour commémorer le souvenir d'une existence ? Jamais. Jamais.

Son nouvel associé – comme tout le monde à Fairharbour, c'était le mot « nouveau » qui lui venait à l'esprit quand il pensait à lui bien qu'il y eût plus de dix ans que son confrère était installé et qu'ils travaillaient ensemble – se nommait Josh Witlaw. Il était brillant, avait la passion de son métier et, plus important que tout, était très compétent et digne de confiance.

Il avait quarante-deux ans. Sanderson avait fait sa connaissance quand Josh avait ramené le corps de Malcolm. C'était un ami intime de son unique rejeton. Il avait demandé au service de santé de l'armée, qui la lui avait accordée, une permission spéciale pour accompagner le cercueil. Pendant les quelques jours qu'il y était resté, Witlaw avait été sensible à la magie de Fairharbour, cette même magie à laquelle avait succombé Sam Dennison. Il en était tombé amoureux et, lorsqu'il avait été démobilisé, il s'y était établi, et Sanderson avait été ravi de le prendre comme associé.

Il savait que Witlaw s'était presque habitué à ce que les vieux clients l'appellent parfois « Malcolm ». Jamais – et cela dès la première fois – il ne les avait repris. Un jour, Sanderson lui avait demandé pourquoi, mais son jeune confrère s'était borné à un haussement d'épaules en guise de réponse. Qu'est-ce que cela pouvait bien faire du moment que sa présence contribuait à maintenir vivant un peu de Malcolm dans le cœur et dans l'esprit de tous ces braves gens ? Paul Sanderson était profondément touché par l'attitude de Witlaw. Par l'amour qu'elle signifiait.

Witlaw s'était parfaitement intégré à Fairharbour. Il avait acheté une maison délabrée de cinq pièces, en bordure de la rivière, et avait passé de longues heures à travailler dur pour la remettre en état. Il était en très bons termes avec la population locale. Il avait même trouvé en la personne de Timothy Hanson un autre survivant de l'horreur du Viêt-nam. De tous les habitants, il avait eu l'honneur d'être le seul à être régulièrement invité chez lui.

Parfois, il semblait que la véritable raison de son assiduité avait nom Polly Hanson. Quelques-uns de ses patients rapportaient souvent à Sanderson que celle-ci et son associé déjeunaient ensemble quand Hanson était absent.

Sanderson traitait ces ragots par le mépris. Il soulignait que le fait même qu'on les avait *vus* ensemble était la preuve qu'ils n'avaient rien à cacher. Certains de ses interlocuteurs cherchaient à tirer de cette explication des déductions qui étaient un défi à la logique. Il ne les laissait pas faire. Même chose pour Babs Greeley, et c'était justement là le motif de sa visite. Il savait qu'elle n'appréciait guère Witlaw, encore qu'il n'eût jamais très bien compris pourquoi.

Il grimpa péniblement les marches de la terrasse, sa main noueuse et déformée serrant la poignée de sa vieille trousse noire. Il sonna et tourna le dos à la porte pour contempler le jardin. La brise qui caressait sa peau tiède et tannée avait encore la chaleur de l'été mais son expérience lui faisait discerner des signes avant-coureurs de l'approche de l'automne qui auraient, il en avait la conviction, échappé à l'attention d'un étranger. Une variation dans l'atmosphère. Un changement dans la direction et la force des vents dominants. Bientôt, les nuits seraient plus fraîches. Les ombres qui, en s'allongeant, venaient effleurer les rosiers poussant sous la fenêtre de son cabinet arrivaient un peu plus tôt chaque jour.

Comme personne ne répondait à son coup de sonnette, le vieux médecin frappa à l'encadrement de la contre-porte. La porte intérieure était ouverte. Il appela. Toujours pas de réponse. Quand il essaya de soulever le loquet, celui-ci céda à la première poussée. Il entra.

A peine eut-il franchi le seuil qu'il se sentit envahi par un agréable sentiment de bien-être. Il avait toujours aimé la maison des Greeley. Il se rappelait que, jadis, c'étaient les Champerton qui l'habitaient. Et les Donovan avant eux. Les plafonds des pièces du rez-de-chaussée étaient hauts et ornés de moulures de plâtre formant des motifs inextricablement entremêlés. Les planchers étaient en bois sombre parfaitement poli. Tout était irréprochablement tenu. Babs avait un sens de la décoration suffisant pour que l'ameublement traditionnel et le mobilier moderne s'harmonisent au lieu de détonner. Au-dessus du vieux banc d'église disposé à droite de la porte était accroché un poster encadré, provenant du musée d'Art moderne. De part et d'autre du banc s'ouvraient les portes de la salle à manger et, en face, celles du salon et du repaire de Dougie. Sanderson eut un hochement de menton approbateur. C'était une maison confortable qui allait comme un gant à des gens qui aimaient leurs aises.

Il appela de nouveau, un peu plus fort, cette fois. Comme il n'y avait toujours pas de réponse, il avança dans l'entrée en faisant autant de bruit que ses pieds arthritiques lui permettaient d'en faire. Il ne voulait pas effrayer les Greeley. Arrivé à l'extrémité du banc, il s'immobilisa. Il y avait quelque chose au milieu du rectangle lumineux que plaquait sur le sol le jour entrant par la porte béante conduisant à la chambre de Dougie. Juste devant la seconde porte de la salle à manger. Sanderson plissa les yeux. C'était un objet sombre sur le plancher sombre. Une sorte de brochure.

Il se baissa précautionneusement et la ramassa. La couverture de la publication était rouge. Un rouge foncé comme il n'en avait jamais vu. Si foncé, même, qu'il dut l'incliner vers la lumière pour être tout à fait sûr de la couleur. La texture rugueuse du petit livre faisait penser au contact d'une peau desséchée. Elle était tiède, cette couverture, et Sanderson songea que le fait que la brochure se trouvait dans la flaque de soleil qui inondait le sol à cet endroit ne justifiait pas qu'elle fût aussi chaude. On aurait presque dit que c'était la chaleur d'une créature vivante. S'ajoutant à la texture de la couverture de ce petit livre, cela donnait encore davantage l'impression du contact de l'épiderme humain. Il retourna l'étrange objet à la recherche d'un logo, d'une marque commerciale. Il n'y en avait pas. Il ouvrit le bouquin à la première page.

Et plongea en plein cauchemar.

La guerre. La guerre dans tous ses horribles détails. La mort. La douleur. La mutilation. Le sacrifice rituel de jeunes garçons sur l'autel de l'idéal des vieillards.

Au nom du ciel, qu'est-ce que c'est que ce catalogue ? Quel produit aurait besoin, pour se vendre, d'illustrations aussi affreusement explicites de la mort sur une aussi gigantesque échelle ?

Sanderson posa sa trousse noire sur le banc d'église et se mit à feuilleter lentement le Catalogue. Toute la folie du déchaînement guerrier était rassemblée dans ses pages. Il pressentait que les images se succédaient selon une ordonnance voulue. Curieuse. Presque historique. Des tribus d'hommes des cavernes se massacrant entre elles à l'aide de haches de pierre. Des pelotons de chevaliers revêtus d'armures, l'épée à la main et montés sur d'immenses chevaux. Des archers. Des mousquetaires. Une demi-douzaine de pages étaient consacrées au carnage sans rime ni raison de la Première Guerre mondiale.

La Grande Guerre... Sanderson s'en souvenait. Il avait huit ans quand son père était parti au pas cadencé avec les autres enfants d'Amérique. Etait parti pour se précipiter dans la gueule de cet immonde et inhumain conflit. Son père qu'il n'avait plus jamais revu, sinon en rêve. Des rêves toujours emplis de boue et de sang, où il se voyait traverser les champs de bataille de France avec son père.

Et voilà que ce bizarre petit opuscule libérait toute l'horreur de ces rêves. Les répandait sur tous les âges de l'humanité. Les dessinait avec une absolue précision et d'une encre si noire, que les traits étaient comme autant de coups de griffes égratignant le papier. De lacérations s'ouvrant sur un ténébreux infini.

Une force intérieure à laquelle il ne pouvait résister contraignait le vieux médecin à continuer de tourner les pages. De les tourner et de les tourner, sans pouvoir s'arrêter, bien qu'il sût ce qui devait arriver, que cette remontée dans le temps le conduirait inexorablement à la campagne qui avait eu pour théâtre l'Asie du Sud-Est. Que ce périple aboutirait à ce morceau de métal sifflant dans l'air qui devait transformer le visage de son fils en une bouillie sanguinolente d'os fracassés.

Il tournait les pages. Tournait les pages.

Et voilà. La jungle. Sa chaleur étouffante et moite. *Si seulement il pouvait pleuvoir. Si seulement les Viets arrêtaient, rien que cinq minutes. Si seulement on pouvait les voir. Mais on ne peut pas. On ne voit que les arbres et le feuillage et les flammes soudaines que crachent les fusils. Et puis, quelqu'un poussera un cri. Ce terrible cri étranglé. Qui ne ressemble à aucun autre cri. Et quelqu'un hurlera : « Infirmiers ! »*

Sanderson avait lu et relu si souvent les lettres de son fils que, parfois, la fragile barrière séparant l'imagination de la mémoire s'estompait. Alors, il était là. Là, au milieu de la puanteur, de la boue, du brasier. Les balles sifflaient. Les insectes grésillaient. *Et l'univers tout entier était une folie qui se poursuivait sans trêve tandis que vous couriez, trébuchiez et pataugiez dans la boue. Pour tenter de rejoindre un homme qui n'avait plus que la moitié d'un bras. Et vous voyiez le sang qui jaillissait, brûlant et vermeil, pour se mélanger à la boue. Et vous saviez que vous ne pourriez rien faire pour lui dans cette vase et dans cette gadoue. Que les bactéries étaient déjà en train de ronger son moignon. Qu'il faudrait le transporter à travers des kilomètres de jungle hostile. Des kilomètres et des kilomètres avant d'atteindre un terrain où les hélico pourraient se poser et l'évacuer. Le conduire jusqu'à un hôpital qui n'était rien de plus qu'une clairière dans la jungle. Où il y avait la même boue, la même gadoue, les mêmes insectes et les mêmes sifflements de balles.*

Et maintenant, un silence de mort enveloppe la jungle. Les feuilles ne bruissent plus. Les hommes ne crient plus. Le sifflement des balles, les détonations des armes se taisent. La plainte déchirante d'un moteur retentit au-dessus des arbres. Quelqu'un hurle : « Planquez-vous ! » Les hommes s'éparpillent dans toutes les directions. La jungle s'embrase. Des projectiles à fragmentation fusent de partout. Et une dernière, une impossible image : un éclat de la taille d'une balle de golf qui vous arrive droit dans la figure et...

Paul Sanderson s'appuya au cadre de la porte comme, un peu plus tôt, l'avait fait Sam Dennison. Il pleurait sans pouvoir se contrôler. Les larmes ruisselaient sur son visage. Quelques-unes dégoulinaient de ses joues anguleuses et giclaient sur les pages froides et blanches du Catalogue, formant de petits ruisselets que le papier n'absorbait pas et qui se répandaient sur l'image précise et détaillée où l'on voyait Malcolm Sanderson. Rien que la partie de son visage qui n'avait pas été emportée, et suffisait pour le rendre reconnaissable. Le reste n'était qu'un jaillissement d'écume rose. Rose. La couleur brillait devant les yeux de son père, bien que l'illustration fût en noir et blanc.

Comment pouvaient-ils savoir ? Comment peuvent-ils retracer si fidèlement, *si* cruellement *la substance même de mes cauchemars ?*

Et qui sont-« ils » ? Quelle est la maison de commerce qui fait de la publicité pour les produits qu'elle vend par l'intermédiaire de ces pages hideuses ?

Sanderson referma la petite brochure et la considéra. Un calme soudain l'envahit. La subite concentration objective d'une intelligence rompue à la démarche analytique.

C'est quand même étrange, en vérité. Il n'y a rien, absolument rien qui indique qu'il s'agisse là d'un catalogue. *Que cette publication ait pour objet de vendre des marchandises. Et pourtant, quand je l'ai vue là, par terre, l'idée ne m'a pas effleuré un instant que ce puisse être autre chose qu'un catalogue. Mais pas un seul article destiné à la vente ne figure sur les dessins. Je m'étais attendu qu'un livre de cette espèce présente des reproductions d'armes. Mais non.*

D'ailleurs, même si tel était le cas, qu'est-ce que la mort de mon fils *vient faire là-dedans ? Le dernier moment de sa vie, si détaillé, si exactement figuré ? Cette image ne peut avoir de signification que pour moi, et pour moi seul.*

Qu'est-ce qu'elle fait dans cet abominable catalogue ?

– Docteur Sanderson ?

La voix venait de sa droite. De derrière. Sanderson chassa avec effort les images de mort qui obsédaient ses pensées et tourna la tête. C'était Sam Dennison.

Sam se tenait debout dans l'embrasure de la porte

de la cuisine. Non, il ne se tenait pas vraiment droit. Il était comme affaissé sur lui-même, le dos rond. Son grand corps dégingandé s'appuyait sur l'encadrement de bois laqué. Il tenait précautionneusement sa main droite dans la gauche. Une de ses joues était zébrée de griffures verticales. Rouges. A vif. Il luisait de sueur. Il paraissait épuisé. Plus que cela, même. Avec ce bandage autour de la tête, on aurait dit un blessé. Un blessé de guerre.

Sanderson redressa les épaules.

– Sam...

La seule vue de Dennison dans l'état où il était fit revenir tous ces affreux souvenirs à la mémoire du vieux médecin. Paul Sanderson battit des paupières. Il ferma les yeux. Il ne parvenait pas à faire le vide dans son esprit. Les images épouvantables continuaient leur farandole dans sa mémoire. Enfin, il rouvrit les yeux. Sam était toujours là.

Sans y réfléchir, Sanderson fourra le Catalogue dans une des profondes poches de sa veste noire. Il fallait que le Catalogue fût hors de sa vue. Il fallait évacuer son contenu de ses pensées. Mais il fallait aussi que le Catalogue demeurât à portée de sa main.

– Sam, répéta-t-il d'une voix raffermie, s'efforçant de restituer tout son tranchant à la réalité. Que... qu'est-ce que vous faites ici ?

– J'étais venu chercher le numéro du bureau de Doug. Babs a eu un malaise chez moi.

Sanderson se polarisa sur ce mot, « malaise ». Il était médecin. C'était à lui que revenait le soin de prendre la situation en main. Ses pensées désordonnées pouvaient attendre dans les oubliettes de son cerveau jusqu'à ce que les exigences prioritaires du moment aient été satisfaites.

– Quand ? Quel genre de malaise ? Et que vous êtes-vous fait à la main ?

Tout en parlant, il s'était avancé et avait contourné la grande table noire de la salle à manger. Allongeant le bras, il saisit le poignet de Sam. Ce dernier poussa un bref cri de douleur et se dégagea de son étreinte. Sanderson s'empara derechef du poignet de Dennison. Son regard se posa derrière celui-ci. La vision qu'il découvrit au-delà de la porte béante de la cuisine était un spectacle de désolation. On aurait dit que la pièce avait subi un bombardement. Les chaises étaient renversées et deux d'entre elles brisées. La table était sens dessus dessous. Une de ses rallonges ne tenait plus que par une seule charnière. Le sol était jonché de morceaux de verre et de débris de vaisselle. Il y en avait partout. Les rideaux de la fenêtre aux carreaux cassés étaient arrachés et il y avait une chaise dans l'évier.

Sanderson dévisagea Sam qui détourna les yeux, essayant d'éviter son regard. Il se dandinait gauchement d'un pied sur l'autre.

Comme un enfant surpris en train de faire une bêtise. Tout à fait comme un enfant.

– Mais que diable s'est-il passé, Sam ?

– Je... (Sam n'arrivait pas à articuler : c'était comme s'il avait la langue enflée. Il avait les lèvres sèches et le feu aux joues.) Je... je ne sais pas. C'était dans... dans cet état quand je suis entré. Peut-être que Dougie...

Il comprit à l'instant même où il prononçait le nom de Dougie que c'était un mensonge inutile. Un mensonge stupide. Et il s'en voulut de l'avoir proféré. Mais ce qui était dit était dit : il ne pouvait pas revenir en arrière.

– Et votre main ?

Sam eut presque l'impression que Sanderson ne demandait pas mieux que de laisser passer le mensonge sans le relever. Comme si le vieux médecin cherchait à fermer les yeux sur des détails qui l'auraient forcé à approfondir les circonstances de la situation telle qu'elle se présentait.

– Comment vous êtes-vous blessé ?

– J'ai trébuché... sur une chaise...

Sam se sentait consumé par la honte. Une honte familière. Combien de fois, quand il était enfant, avait-il déjà menti pour échapper à la punition ! Des millions de fois ! Jamais son père n'avait même *essayé* de le comprendre. Il exigeait que tout ce que faisait son fils soit parfait. Tout le temps.

A combien de reprises l'avait-il fouetté avec sa grosse ceinture de cuir ? La ceinture qu'il suspendait à un crochet à la porte de la chambre de Sam. La ceinture dont il ne se servait que pour une seule chose : corriger Sam. Et Sam s'efforçait sans cesse de couper à la correction. Il faisait tout ce qu'il pouvait pour cela, par tous les moyens possibles. Parce qu'il n'était pas un si mauvais garçon, il le savait. C'était presque toujours afin de ne pas être puni pour des choses qu'il n'avait pas faites qu'il mentait.

Des punitions qui, bien souvent, n'étaient pas simplement physiques : il y avait aussi ces heures terribles, interminables pendant lesquelles il demeurait enfermé dans le cloaque, sous la maison. Avec la boue, les bêtes et la puanteur de l'eau stagnante. Et la chose terrible qui habitait là, lui avaient dit ses parents.

Les souvenirs de Sam étaient soudain aussi frais à sa mémoire que s'ils ne dataient que de la veille. Il avait huit ans. Il avait un ami du nom de Danny DeFrancis. Des cheveux et des yeux noirs. Plus petit que Sam. Plus hargneux. C'était un aventurier. Il poussait perpétuellement Sam à en faire plus. A se donner davantage. A vivre plus pleinement.

Un jour, ils remontaient à vélo Chicago Avenue, l'une des artères d'Evanston où la circulation était la plus dense. En arrivant à l'intersection de Main Street, Sam avait fait une embardée pour éviter une voiture arrêtée. Derrière lui, Danny avait effectué un écart encore plus large, se déportant sur la partie de la voie où les voitures roulaient en sens inverse. Il n'avait même pas eu le temps de voir le camion qui l'avait heurté. Il était mort avant même que Sam n'eût compris ce qui venait de se passer.

Dès lors, Danny était peu à peu devenu une nouvelle arme contre lui dans l'arsenal de ses parents. Son père n'avait pas tardé à laisser entendre que Sam portait l'entière responsabilité de la mort de Danny DeFrancis. Que « Danny le Mort » allait avant peu exercer une vengeance terrible à l'encontre de son ancien copain. Peut-être la prochaine fois que Sam serait enfermé dans la cave.

Et lorsque cette « prochaine fois » arriva, qu'il fut exilé dans les ténèbres de la cave, il lui fallut une semaine pour s'en remettre. Il hurlait tandis que son père lui faisait descendre de force l'escalier. Il hurla quand la clé tourna dans la serrure. Il hurla quand la grossière porte de bois s'ouvrit. Il hurla quand son père lui plongea le visage dans la mare d'eau fétide. Il martela de ses poings la porte refermée, et hurla jusqu'à ce qu'il fût incapable d'émettre un son. Pendant tout le reste de la semaine, il se réveilla toutes les nuits en hurlant, griffant le vide, serrant et desserrant des mains qui n'étaient plus les siennes. A l'école, son stylo tremblait si fort qu'il ne pouvait plus écrire.

Trente ans plus tard, il tremblait encore devant Paul Sanderson. C'était de nouveau le Sam Dennison de huit ans dont les yeux étaient rivés aux yeux gris et larmoyants du médecin. Comme si, quand Danny

DeFrancis était mort, il était mort, lui aussi. Comme si un autre avait pris possession de son corps. Le faisait fonctionner, bouger à l'instar d'une marionnette qu'on manipule. Chaque fois que l'existence se faisait trop écrasante, que, dans sa tête, il rampait pour se cacher, c'était toujours comme si Sam avait de nouveau huit ans. Joanne elle-même ne pouvait le libérer entièrement de ce retour en arrière.

Sanderson lui tenait le poignet. Comme le faisait son père. La douleur montait dans son bras, comme en ce temps-là. Sam se dégagea d'un mouvement brusque. L'étreinte de la main du vieil homme n'était pas aussi solide que celle de la main de son père. Et le poignet qu'il emprisonnait n'était pas celui d'un enfant de huit ans sur qui pleuvaient les coups de ceinture.

– J'ai trébuché sur une chaise, répéta Sam. (Il y avait de l'emportement dans sa voix. Il mettait Sanderson au défi de contester ses dires. Sam mentait avec une assurance grandissante.) J'ai trébuché et je me suis cogné contre le mur. Je l'ai heurté avec ma main.

– Je croirais plutôt que vous lui avez lancé un coup de poing.

Son expérience professionnelle mettait Sanderson en mesure d'identifier les mutilations volontaires. Il pouvait dire à la seule vue des phalanges ensanglantées et enflées de Sam qu'elles avaient fait tous les frais de l'impact. Il n'était pas vraisemblable qu'en trébuchant sur une chaise renversée il eût allongé le bras en fermant son poing. La réaction naturelle aurait été d'écarter largement les doigts, au contraire.

– Et vous vous êtes en même temps abîmé la joue ? Bon, je vais m'occuper de votre joue et de votre main.

Après, nous irons voir Babs. Elle est toujours chez vous ?

Sam continuait de lutter intérieurement pour avoir raison de la sensation qu'il avait d'être de nouveau un petit garçon de huit ans. Il avait un mal fou à trouver les phrases qui convenaient pour répondre à la question que lui avait posée Sanderson. Il se laissa docilement pousser dans la cuisine où il faisait plus clair. Le docteur baigna sa main endommagée et lui fit un pansement, après quoi il prit dans sa trousse une pommade jaune pâle qu'il étala avec précaution sur les égratignures verticales qui marquaient sa joue. C'était frais sur la chair brûlante. Cela piquait un peu.

– Il faudra que vous passiez demain au cabinet pour que je soigne votre main. Je n'ai pas ce qu'il faut pour cela avec moi. Mais je vais déjà vous donner un calmant.

Sanderson fouilla derechef dans sa trousse d'où il finit par extraire un petit flacon de plastique rouge. Il fit tomber dans sa main deux gélules blanches qu'il tendit avec un verre d'eau à Sam qui les avala sans regimber. Presque aussitôt, il se sentit envahi par une sorte d'engourdissement et la souffrance qui lui lancinait les phalanges reflua. Il remua les doigts avec précaution sans que ce simple mouvement fasse irradier la douleur dans son bras.

Une minute plus tard, les deux hommes étaient devant la porte d'entrée des Greeley.

– Où est le gamin ? demanda Sanderson. Cela m'ennuierait de partir en laissant la maison ouverte.

Normalement, comme la plupart des habitants de Fairharbour, il ne s'en serait pas soucié. Mais il pressentait que la situation n'était pas normale. Absolument pas normale.

Sam secoua la tête.

– Je ne sais pas. Je ne l'ai pas revu depuis que je suis entré pour lui dire que sa mère avait été prise d'un malaise.

– Alors, il était là quand vous êtes arrivé ? Vous lui avez parlé ?

Sam battit des paupières, hébété. Il ne parvenait pas à donner de la consistance à son mensonge. Il était incapable de l'habiller en l'agrémentant de détails réalistes logiques. Il avait stupidement essayé d'imputer à Dougie les dégâts de la cuisine. Mais si Dougie était là quand il était arrivé...

– Il... m'a croisé en courant dans l'allée. Il... a pris la direction de la colline. De Grainge Road.

Ses tripes se nouèrent. C'était un mensonge idiot. Complètement idiot. Mais maintenant qu'il l'avait lâché, il ne pouvait pas ravaler les mots qu'il avait prononcés.

– Et vous n'avez pas eu la possibilité de lui parler de sa mère ?

– Lui parler... Non, non, je ne crois pas.

Les yeux gris pâle de Sanderson, énormes derrière les verres épais de ses lunettes, étaient indéchiffrables mais son expression disait clairement ce qu'il pensait. Pourquoi mentait-il ? Le vieil homme était patient, il avait le souci des autres. Il comprendrait sûrement pour le Catalogue...

Le Catalogue ! Le sang se glaça dans les veines de Sam. Il l'avait laissé par terre dans le hall. Il fit mine de vouloir rentrer dans la maison.

– Il faut que je...

– Non. (La main aux phalanges proéminentes de Sanderson se referma comme une menotte autour du poignet de Sam qui, cette fois, n'osa pas résister.) Montez dans la voiture. Je vous ramène chez vous.

– Mais...

– Montez dans la voiture, Sam. Tout de suite.

Dennison obéit de mauvaise grâce. Sanderson prit, non sans peine, place derrière le volant et mit en marche le moteur asthmatique qu'il emballa. La Studebaker fit un bond en avant quand il desserra le frein à main. Sam eut l'impression de recevoir un coup dans le dos, et sa tête oscilla au bout de son long cou. Enfin, la voiture s'engagea en douceur dans l'allée et franchit la grille. Quand elle prit le virage du manoir Wembledge, Sam se retourna. Comme la maison beige et grise des Greeley avait l'air paisible et normale dans la clarté du matin !

Car ce n'était encore que le matin ! Deux heures à peine s'étaient écoulées depuis que la Mercedes bleu lavande de Doug Greeley avait franchi ce même portail. Il était malaisé d'admettre que tant de folie ait pu se manifester dans cette lumineuse matinée d'été. Oui, la folie. C'était la seule explication. *Je suis en train de perdre la raison.* Après tout ce temps.

C'était la seule explication logique. Ce maudit Catalogue ne pouvait pas être réellement à l'origine de tout ce qui s'était produit.

Dougie Greeley avait la tête en feu. Tout, dans la chambre, se détournait et prenait soudain un relief saisissant. Chaque atome vibrait sur sa fréquence propre et saluait dans un murmure la place unique que le garçon occupait dans l'univers.

La tache rouge sur la brique blanche pointait toujours un doigt accusateur sur la tête de sa mère. Et Babs gisait toujours, le visage contre le foyer de la cheminée, les pieds pris dans le short dont Dougie s'était débarrassé. Elle semblait ne plus respirer.

Dougie se retourna lentement pour examiner la

pièce. Joanne Dennison était toujours, elle aussi, allongée dans son lit. Sur les draps rouille, son corps à demi nu était sculpté dans du miel. Mais, maintenant, le spectacle avait perdu tout intérêt.

L'esprit de Dougie était très, très clair. A présent, les bêtises du sexe n'y avaient plus de place. Ni avec Joanne Dennison comme partenaire, ni avec qui que ce soit d'autre. Il se baissa pour dégager son short entortillé autour des pieds de sa mère qui ne bougea même pas, l'épousseta, l'enfila et enfonça son T-shirt dans sa ceinture. Il eut une grimace de douleur quand il fit porter le poids de son corps sur son genou abîmé. Il n'était pas cassé. Cela, au moins, Dougie en était sûr.

Il alla jusqu'à la table de nuit dont il ouvrit le tiroir. Comme il se le rappelait, il y avait une boîte de Kleenex à l'intérieur. Il en sortit une pleine poignée et essuya la cuisse de Joanne pour effacer toute trace du sperme qui l'engluait. Cela fait, il alla jeter les Kleenex poisseux dans les W.-C. et tira la chasse d'eau.

Il s'immobilisa un instant devant la porte de la salle de bains et balaya la pièce du regard. *Je ne peux rien faire pour maman,* décida-t-il, *mais il vaudrait quand même mieux recouvrir Joanne.* Il revint vers le lit et commença à rabattre le T-shirt remonté jusqu'à ses épaules. Il était beaucoup trop grand pour elle. Il était immense. De plus, Joanne pesait comme un âne mort.

Il tira le bas du vêtement autour de ses genoux, juste à la hauteur des mollets. Cela fait, il lissa l'étoffe qui, ici et là, faisait des faux plis. Il passa à plusieurs reprises les mains sur le léger renflement des seins de la jeune femme. Cela ne lui fit strictement aucun effet. Puis il remonta le drap jusqu'au menton et recula.

Pour autant qu'il s'en souvînt, Joanne était dans l'état où il l'avait trouvée. Mais pour ce qui était de Babs, c'était une autre paire de manches. Dougie s'assit sur le coin du lit le plus proche de sa mère et réfléchit une bonne minute. Qu'allait-il faire d'elle ? Dans un contexte différent, son père aurait été surpris et ravi de le voir étudier un problème avec cette froide détermination et cette logique. Dougie lui-même était conscient que son esprit avait l'éclat du cristal. Il était aussi peu à sa place dans la chambre des Dennison que l'espèce de poupée désarticulée qu'était devenue Babs.

Je pourrais la déplacer sans grande difficulté. Lorsque je la soutenais sous la véranda... Quand était-ce ? Dans une autre vie ?... elle était bien plus légère que je ne l'aurais cru. Elle dit qu'elle a « l'ossature fine ». Cela explique pourquoi quelqu'un d'aussi grassouillet peut être aussi léger.

Dans un éclair, il revit Babs sous la véranda caressant langoureusement sa poitrine opulente. Il ferma les yeux. Quand il secoua la tête, ses joues ballottèrent. De ses lèvres s'échappa un bruit qui faisait penser à un hennissement.

Il revint au problème qu'il avait à résoudre. *Je peux la bouger, mais est-ce que je le veux ?* Un début de plan s'ébaucha dans sa tête. Il fallait qu'il trouve un moyen de se venger de Sam Dennison. Bien que Joanne eût cessé d'être le trophée venant récompenser la destruction de Sam, le détruire demeurait une nécessité capitale.

Pour autant que je puisse en juger, il n'y a rien ici qui soit susceptible de m'accuser. A ma connaissance, Dennison ne m'a pas vu entrer. Non, il n'y a rien qui permette d'établir un rapprochement entre le meurtre et moi.

Le mot lui était venu tout seul à l'esprit. Il posa les yeux sur la forme immobile, la forme minuscule de sa mère. Il était parfaitement détaché. Ce n'était pas la femme qui lui faisait prendre son bain, qui le nourrissait, qui le protégeait de la colère de son père. C'était un simple objet dont il convenait de tirer le meilleur parti. En l'occurrence, pour détruire Sam Dennison.

D'ailleurs, même s'il m'a effectivement vu, ce sera sa parole contre la mienne. Il n'y a que lui et moi à savoir qu'il est venu à la maison m'apprendre que ma mère se sentait mal. Elle aurait pu venir ici... il aurait pu la tuer... et partir ensuite à ma recherche.

A moins qu'il n'ait déjà appelé papa ? Est-ce que cela foutrait les choses en l'air ? Mais comment ? Si je suis venu ici après qu'il m'a agressé, il aurait pu téléphoner à papa pour se fabriquer un alibi. Et j'ai des traces de coups : ça confirme ma version.

Il y eut un crissement de gravier au bout de l'allée. Dougie se releva et alla précipitamment à la fenêtre dont il écarta les rideaux de la largeur d'un doigt. Il reconnut la vieille Studebaker de Paul Sanderson. A Fairharbour, elle faisait figure de monument historique. Pour Dougie, elle faisait plutôt figure d'abomination.

Qu'est-ce que ce vieux con vient faire ici ? Dougie se retourna vers le lit. La poitrine de Joanne se soulevait et s'abaissait régulièrement. Sa respiration était légère. *L'examiner,* elle, *probablement. Ce sont ses pattes de mouche sur l'étiquette du flacon de pilules.*

La voiture fit halte juste sous la fenêtre de la chambre. Dougie ne pouvait pas voir la portière côté conducteur. Celle du côté passager s'ouvrit à peine le véhicule arrêté, et Sam Dennison en descendit.

Dougie connut un moment de panique aveugle, une panique qui ruinait son sens tout neuf de la logique, telle une lame lacérant une toile. Il se rua en direction de la porte mais la douleur aussitôt réveillée dans son genou l'empêcha de continuer.

Sois logique ! Logique ! En bas, ils entendront le martèlement de tes pieds sur le plancher.

Il savait qu'il devait être logique. Toujours logique. Maintenant, en particulier. Il traversa la chambre avec lenteur en marchant sur le tapis, les pieds bien à plat, à petits pas prudents pour qu'aucune lame du parquet ne risque de grincer. Il accéléra l'allure dans le couloir et, arrivé à l'escalier, il prêta l'oreille. Il entendit Sam Dennison appeler Babs. Sa voix était mal assurée mais son ton était pressant. Extrêmement pressant.

D'après les sons qui parvenaient aux oreilles de Dougie, les deux hommes étaient dans l'entrée. Il traversa toute la maison pour rejoindre l'escalier de service. Se disant qu'il avait peut-être laissé des empreintes sur la rampe, il sortit de son short le bas de son T-shirt dont il se servit pour les essuyer, tout en descendant.

Une marche craqua et lui fit l'effet d'une détonation. Il était sûr qu'il allait entendre le médecin et Sam se précipiter vers lui. Mais il n'en fut rien : il n'entendait que le frottement étouffé de leurs pieds sur l'épaisse carpette. Ravalant la bile qui lui était remontée dans la gorge, Dougie continua de descendre.

L'escalier du fond aboutissait à une buanderie en retrait, à côté de la cuisine. Jadis, ce réduit servait à accueillir les visiteurs quand il faisait mauvais temps. A présent, il contenait la machine à laver et le sèche-linge. Il y avait aussi une porte : celle de la cave. Elle était entrouverte et laissait passer un courant d'air froid imprégné d'une odeur de moisi.

Dougie, qui s'apprêtait à se diriger vers la cuisine, s'arrêta net. Sur la dernière marche de l'escalier de la cave était abandonnée une épaisse enveloppe déchirée.

Et deux exemplaires du Catalogue.

Sam n'avait pas une idée précise de la raison pour laquelle il s'était rué dans l'escalier. Juste la dévorante conviction que Joanne était en difficulté... en danger... qu'il fallait à tout prix qu'il se rende auprès d'elle. Babs Greeley était oubliée. Paul Sanderson n'était plus qu'une ombre indécise à la limite de sa conscience. Seule Joanne occupait ses pensées.

Sanderson haletait et soufflait derrière lui. Il avait beau être presque aussi grand que Sam, il n'avait pas les longues enjambées de celui-ci et il s'était rapidement laissé distancer.

Mais que diable se passe-t-il ? s'interrogeait-il de nouveau.

Je ne connais rien des Dennison, assurément, mais ils ne me font pas l'impression d'être des gens susceptibles de se trouver au cœur d'une situation aussi folle.

Le choc traumatique de Mme Dennison. La détérioration physique et mentale de Sam. La cuisine sens dessus dessous des Greeley. Et Dougie qui a disparu. Qu'est-ce que tout cela veut dire ? Qu'est-ce que tout cela peut bien vouloir dire ?

Il était inutile d'essayer de mettre de l'ordre dans cette confusion. Sanderson disposait de trop peu d'éléments pour tenter de se faire une idée. Les données disparates qu'il possédait ne lui permettraient, tout au plus, que de hasarder quelques conjectures débridées. Et le médecin n'avait pas le goût des conjectures.

Il fit halte pour reprendre son souffle sur le palier, là où l'escalier tournait avant d'atteindre le premier étage. Une lumière glauque tombait de la fenêtre.

De l'autre côté de la vitre, on voyait à gauche se déployer en vagues verdoyantes les arbres et le gazon de la propriété des Dennison. Sanderson se perdit dans la contemplation de ce paysage agreste. Dans le feuillage, des écureuils, filant comme l'éclair entre les branches, se livraient avec une stupéfiante aisance à leurs étourdissantes acrobaties. Deux gros corbeaux noirs s'élevaient en spirale et plongeaient en piqué. Une grive lança son appel. La fraîche brise matinale qui entrait par la fenêtre ouverte était lourde des odeurs de la vie et de la végétation.

Du coin de l'œil, Sanderson aperçut une ombre qui passait devant le garage. Ce fut si furtif qu'il n'était pas vraiment sûr de l'avoir vue. S'il ne s'agissait pas d'une brève hallucination, quelqu'un devait être sorti – il s'efforça de se remémorer le plan du manoir Wembledge – par la porte de la cuisine.

Sa pensée revint à Dougie Greeley. *Quel drôle de garçon ! Rien à voir avec son frère aîné.*

Sanderson avait beaucoup d'affection pour Rod Greeley. Assez pour avoir sérieusement songé à le dissuader de donner suite à son projet de s'engager. Mais cela n'avait pas été plus loin. Jamais il n'aurait médit de l'armée.

Si seulement Dougie pouvait ressembler un peu plus à Rod !

Sans être particulièrement versé en psychologie – ce n'était pas sa branche –, Sanderson pouvait facilement diagnostiquer les problèmes de Dougie. *Trop gâté par sa mère. Soustrait à une réelle autorité paternelle. Et libre d'explorer des domaines qui auraient dû lui être encore interdits, à son âge.*

Sanderson avait été stupéfait d'apprendre que, quand il avait neuf ans, le jeune Greeley avait déjà réuni une appréciable collection de magazines à caractère pornographique. Que de jeunes personnes étalent leurs charmes dans les pages de certaines revues, il n'y voyait pas d'inconvénient. Mais il estimait que ces représentations étaient inutiles pour le rite de passage de l'enfance à l'âge adulte.

Un garçon doit être déjà assez grand pour comprendre la réaction de son corps en face de ses images. Parfois, je pense que Dougie ne comprendra jamais *ces choses-là.*

Que ses parents le laissent faire était un mystère encore plus grand aux yeux de Sanderson. Il aimait bien Babs. Ce n'était pas lui qui l'avait accouchée – lui qui avait pourtant accouché la moitié de la population féminine de Fairharbour – mais il connaissait sa mère depuis trente-cinq ans. Il avait vu Babs grandir, vu la petite fille devenir une femme charmante. Il avait suivi sa métamorphose comme un oncle affectueux.

Il savait que sous son apparence enjouée et son entrain jamais démenti, il y avait, hélas ! des zones d'ombre, floues comme de minuscules taches d'encre sur un papier mouillé projetant des linéaments de ténèbres, aussi fins que des cheveux, sur la blancheur de la surface.

Quelque chose chez Babs ne lui avait jamais entièrement permis d'accepter les plaisirs de sa propre sexualité. Sanderson la soupçonnait de refouler bien des choses. Jusqu'à quel point ? Il ne pouvait que faire des hypothèses. Jamais, au grand jamais, elle n'abordait les questions de cette nature avec lui. *Peut-être a-t-elle pu se confier à un étranger ? J'en doute.*

C'était tout de même étrange que, sexuellement refoulée comme elle l'était, Babs Greeley laisse Dougie collectionner *Playboy* et *Penthouse*. Pour Sanderson, de telles lectures ne pouvaient que favoriser les pires fantasmes chez une personnalité ayant les penchants particuliers de Dougie. Il avait suffisamment bavardé avec lui pour savoir que son attitude envers les femmes était indéniablement malsaine. Quand il parlait des filles de sa classe, il employait invariablement les expressions de « morveuses » ou « merdaillonnes ». Le médecin avait beau faire et beau dire, il n'y avait aucun moyen de lui faire admettre que son attitude était responsable, et pas qu'un peu, de la manière dont elles le traitaient en retour.

Un jour, Babs était venue voir Sanderson après une de ces conversations avec Dougie. Ce souvenir le fit se rembrunir. Elle avait tempêté. Non mais, pour qui se prenait-il ? De quel droit se permettait-il de faire la leçon à son fils et de lui dire comment conduire sa vie ? Ils avaient beau se connaître tous les deux depuis toujours, il y avait des choses dans lesquelles il serait bien avisé de ne pas fourrer son nez, bonsoir ! L'incident avait jeté un froid sur leurs relations. Un froid qui avait duré.

Par la suite, Doug Greeley était venu le voir à son cabinet pour lui présenter des excuses. Elles étaient parfaitement inutiles, avait répondu Paul Sanderson.

Et, maintenant, Sam dit que Babs a eu une attaque et Dougie a disparu.

Une attaque ! Sanderson eut un reniflement de mépris et reprit l'ascension de l'escalier. « Attaque » était un mot qui ne voulait rien dire. Il pouvait recouvrir toutes sortes d'états morbides. Babs était si manifestement bouleversée par ce qui était arrivé à Joanne que Sanderson redoutait le pire. C'était exactement le genre de personne qui avait tendance à ravaler ses impressions, à refouler ses sentiments et à les tenir pour nuls et non avenus jusqu'au moment où quelque chose, tel que le choc nerveux que Joanne Dennison avait subi, faisait voler en éclats la forteresse protectrice édifiée avec tant de soin.

Babs ne connaissait Joanne que depuis quelques

mois, mais il ne faisait pas de doute, aux yeux de Sanderson, que des liens assez forts s'étaient noués entre elles. Et ce, en dépit de la différence d'âge qui les séparait. Elle ne semblait guère avoir d'importance. Somme toute, quinze ans de différence ne signifiaient pas grand-chose pour des adultes. Si Joanne avait eu dix ans et Babs vingt-cinq, une amitié durable entre elles eût été improbable. Mais la première avait trente-trois ans et la seconde quarante-huit : ce qui changeait tout. Sam Dennison et Doug Greeley paraissaient fort bien s'entendre, eux aussi.

Paul Sanderson atteignit la dernière marche et s'engagea dans le couloir conduisant à la chambre à coucher. Un malaise l'habitait. Le fait de s'être trouvé nez à nez avec un Sam à moitié nu chez les Greeley l'avait dérouté. Surtout après la découverte du Catalogue. *Cette saloperie.*

Il s'immobilisa. Mais oui ! Cela expliquait dans une large mesure son agitation. Elle tenait beaucoup moins aux Greeley et aux Dennison qu'au contenu de cette affreuse petite brochure. Il tapota la poche de sa veste. Elle était toujours là. Rien que d'y penser, ses yeux se remirent à le picoter. Il dut faire un effort de volonté pour combattre la soudaine impulsion qui s'emparait de lui : l'envie presque irrépressible de la sortir de sa poche et de regarder de nouveau les illustrations. Il n'avait pas besoin de les voir. Elles étaient gravées au fer rouge dans son cerveau. *Horribles ! Indiciblement horribles !*

Il pensa brusquement à quelque chose. Quand il était arrivé pour s'occuper de Joanne, Babs avait dit qu'elle avait trouvé le courrier éparpillé près de la grille. C'était ce qui lui avait mis la puce à l'oreille et lui avait fait craindre qu'il ne se soit produit quelque chose de grave.

Et la réaction de Sam a été bizarre quand Babs a fait allusion à ce courrier. Le courrier. Le courrier. Pourquoi cela a-t-il une signification particulière ?

Il sortit le Catalogue de sa poche. Délicatement. Entre le pouce et l'index. L'étiquette portant l'adresse était toujours en place : « Actuel Résident, 1717, Wolf Pit Road. »

Sanderson fronça les sourcils. *Le 1717, c'est ici. L'adresse des Dennison. Mais c'est chez les Greeley que je l'ai trouvé...*

Il ouvrit sa trousse noire et y fourra le Catalogue. Il songea que le petit livre avait l'air d'être encore plus rouge qu'au grand jour. Il donnait presque l'impression qu'il émanait de lui une très faible luminosité. On aurait dit du sang. Du sang au milieu de l'éclat froid des instruments d'acier que renfermait sa trousse.

Il la referma et entra dans la chambre. Les stores étaient baissés. Il y faisait frais et sombre. Sam Dennison, à genoux devant le lit, n'était qu'une ombre plus dense dans la pénombre. Puis les yeux du Dr Sanderson s'accoutumèrent et sa vision recouvra son acuité, dissipant les ombres. La large main de Sam était posée sur le front de sa femme. Il le caressait avec tant de douceur que le vieux médecin se demanda ce qui avait pu faire naître cette méfiance en lui, tout à l'heure.

– Elle va bien, dit Sam dans un murmure si bas qu'il était à peine audible. (Et Sanderson devina qu'il pleurait.) Elle va bien. Elle dort encore.

Il se tourna vers le médecin mais s'arrêta au milieu de son mouvement. Eclairé comme il l'était par le jour qui entrait par la porte, Sanderson vit qu'il ouvrait de grands yeux terrifiés et il suivit son regard.

Babs, le visage dans les cendres de la cheminée... Sur la brique du foyer, une traînée rouge s'incurvait vers ses cheveux bouclés.

Sanderson mit à terre un genou qui protestait contre ce traitement et retourna Babs sur le dos. Elle avait les yeux ouverts. Ils étaient vitreux. Il y avait de la cendre sur ses joues, sur ses sourcils. Le côté gauche de sa tête était une bouillie de sang coagulé. Lorsque Sanderson l'avait déplacée, cette croûte s'était craquelée et, maintenant, un mince filet de sang vermeil sinuait sur son front. Le médecin l'essuya du bout de l'index avant qu'il ne lui coule dans les yeux. Elle respirait encore.

D'une voix sèche, Sanderson appela Sam à la rescousse. Il fut immédiatement à son côté et l'aida à mettre la blessée dans une position plus confortable.

– Mieux vaut ne pas trop la bouger, dit le vieux médecin. Son état n'est pas brillant. (Il leva la tête. Dans le faux jour, le visage de Sam était une tache clair et imprécise. Il tremblait comme une feuille. *De rage ? De peur ?* Impossible de le dire.) Que lui est-il arrivé, Sam ?

– Je... je...

Dennison bafouillait. Les mots qui se pressaient sur ses lèvres ne parvenaient pas à les franchir. La question de Sanderson était comme un poing. Il était incapable d'imaginer ce que Babs faisait dans leur chambre. Et dans cet état.

Il tourna la tête vers sa femme, toujours profondément endormie. Elle n'y était pour rien, assommée comme elle l'était par les somnifères. Les trompettes de l'Apocalypse elles-mêmes auraient été impuissantes à la réveiller.

– Je ne...

Les mots se refusaient toujours à prendre forme dans la bouche de Sam.

Ses genoux craquèrent lorsque Sanderson se releva. Il alla actionner l'interrupteur et la lumière qui inonda brutalement la pièce fit cligner Sam des yeux. Le médecin s'avança vers le téléphone posé sur la table de nuit.

– Je vais appeler l'hôpital, Sam. (Il parlait d'une voix lente, comme s'il s'adressait à un enfant attardé ou à un étranger.) Je vais appeler l'hôpital. Et, après, je crois qu'il serait préférable d'appeler la police.

Sam acquiesça, hébété, et, faisant le tour du lit, s'assit au chevet de Joanne. Lui caressa les cheveux. L'embrassa.

Pourquoi leur vie se brisait-elle ainsi ?

7

Personne ne pouvait douter qu'Angela Finney était la sœur de Babs Greeley : mêmes cheveux, mêmes yeux, même opulente poitrine. Mais elle avait une tête de plus et était plus mince.

Elle avait l'attitude assurée et désinvolte d'une femme habituée à n'en faire qu'à sa tête. Et c'était le cas. Alors que Babs était restée dans son Connecticut natal pour s'y marier et y fonder un foyer, Angela avait quitté le cocon douillet de son lieu de naissance en quête d'aventures. Ou, au moins, pour faire autre chose qu'épouser un garçon comme Doug Greeley et élever sa progéniture.

Elle détestait Doug, elle éprouvait pour lui un profond mépris, un violent dégoût pour lequel la logique et la raison étaient impuissantes. Elle l'avait détesté dès le jour, trente ans plus tôt, où Babs l'avait présenté à la famille. Elle l'avait détesté le jour de leur mariage. Elle l'avait détesté quand Rod était né et quand Doug Junior était né. Elle le détestait encore aujourd'hui. Pourquoi ? Elle était incapable de le dire. Elle ne s'était jamais donné la peine d'analyser ce sentiment. C'était une affaire de chimie. La seule vue de cet homme lui donnait des boutons.

Et elle en eut presque une poussée lorsqu'elle le vit

qui l'attendait dans le hall des arrivées. Une sensation désagréable de plus dans une mer grandissante de sensations désagréables. La Guardia était un aéroport qu'Angela essayait de toutes ses forces d'éviter. Il était toujours sale. Toujours surpeuplé. Toujours sombre et plein de vacarme.

Son goût allait à la foisonnante et lumineuse architecture californienne. Se rendre sur la côte est était chaque fois, pour elle, comme une petite mort. Une mutilation.

– Salut, Angie !

Doug avait l'air d'avoir mille ans. Ses joues étaient creuses, ses yeux cernés, son regard fixe. Un chaume hirsute et blanc hérissait son menton. Sa chemise fripée était maculée de taches de transpiration. On aurait dit qu'il avait dormi avec. Et il avait effectivement dormi avec. Cela faisait deux jours qu'il avait téléphoné à Angela à son bureau. Et deux jours qu'il ne s'était ni déshabillé ni éloigné de sa femme.

– Je suis content que tu aies pu venir.

Angela fourra la poignée de son sac de voyage dans la main qu'il lui tendait.

– J'ai d'autres bagages qui arrivent. Trois.

Doug poussa un soupir et prit le sac alors qu'il s'attendait à une poignée de main. Cette fois encore, il avait espéré qu'entre sa belle-sœur et lui les choses auraient miraculeusement changé. Il ne comprenait pas son aversion pour lui. Peut-être cette antipathie disparaîtrait-elle un jour, comme par enchantement, aussi illogiquement qu'elle était née. Mais ce n'était pas pour aujourd'hui.

Il lui fraya un chemin à travers les couples qui s'étreignaient, les grands-parents en larmes, les hommes d'affaires fatigués au regard vague. Qui devenait moins vague sur le passage d'Angela. Elle se tenait droite. Ses seins saillaient sous son corsage. Elle allongeait le pas pour mieux découvrir la cuisse fine et musclée que laissait entrevoir la longue fente de sa jupe.

C'était au sous-sol qu'on récupérait ses bagages. Doug ouvrit un chemin à coups de coudes dans la foule des passagers déjà agglutinés devant le tapis roulant, et Angela se dit qu'être escortée d'une armoire à glace comme Doug avait quand même des avantages. Quand il s'agissait de traverser la cohue, personne, à sa connaissance, n'était aussi efficace que lui.

Il réceptionna les trois valises et les transporta à bout de bras jusqu'à la sortie de l'aéroport. Sa Mercedes était arrêtée en travers de la voie, en plein stationnement interdit. Le vent agitait le papillon glissé sous l'essuie-glace. Doug mit les bagages d'Angela dans le coffre, ouvrit la portière côté passager et s'écarta pour la faire monter.

Seule une partie de l'esprit d'Angela suivait le déploiement d'activité de son beau-frère. Elle était à l'écoute de toutes les sensations qu'elle éprouvait. L'air, lourd et oppressant, empestait le kérosène, les gaz d'échappement et cent autres poisons. Dans cette atmosphère empuantie, ses cheveux lui retombaient sur la figure, le tissu de son corsage lui collait à la peau. Elle ne désirait qu'une chose : être loin, très loin d'ici. Sur une plage, près de Santa Monica. Dans les bras d'un homme très particulier. Un étranger. Un bel étranger ténébreux et mystérieux aux mains et à la bouche habiles. Patientes. Expérimentées.

Elle monta dans la Mercedes. Doug referma la portière, fit précipitamment le tour du véhicule et s'installa au volant. Avant de faire claquer sa propre portière, il sortit le bras pour arracher la contravention coincée sous le balai d'essuie-glace, la considéra en plissant les yeux, puis la roula en boule et la jeta. Cela fait, il mit le contact.

Pour Angela, les choses ne collaient pas. *Ce gros rustaud de M. Muscles au volant d'une voiture de soixante mille dollars, c'est ridicule !*

A ses yeux, Doug aurait été plus à sa place dans une antique Buick, un mégot de cigare fiché entre les dents, un T-shirt trop petit emprisonnant son torse massif. Un T-shirt barré de quelque slogan salace. Un remède contre l'amour : c'était toujours l'image qui lui venait quand elle pensait à son beau-frère.

Doug s'inséra dans le flot de la circulation et prit la direction de la voie express. Ni l'un ni l'autre ne parlaient tandis que se succédaient les lampadaires de Queens Road. Au loin, scintillaient les tours de Manhattan.

Une ville crasseuse, répugnante, songeait Angela, *mais qui n'en reste pas moins la capitale de cette saleté de pays. Le seul endroit où la grandeur suprême et la pire bassesse marchent main dans la main, comme deux sœurs.*

Quand, à la sortie du Bronx, ils s'engagèrent sur la I-95, la route inter-Etats, elle baissa un peu – un tout petit peu – sa garde. Il était absurde, dans les circonstances actuelles, de s'enfermer dans son aversion pour Doug. On était dans une de ces situations où tous les membres d'une famille doivent se serrer les coudes.

– Comment va-t-elle ?

Elle regardait droit devant elle. Les phares des voitures qui venaient en sens inverse, éblouissants, l'obligeaient à plisser les paupières, et elle savait que des pattes-d'oie se formaient subrepticement au coin de ses yeux. Les odeurs de la ville, rebelles à la climatisation de la Mercedes, imprégnaient obstinément ses vêtements.

– Bien, je crois.

Penché en avant, le dos arrondi pour mieux voir la route, Doug ressemblait à un vieil homme. Tous ses muscles étaient contractés. Angela lutta contre elle-même pour ne pas céder à la tentation soudaine de masser les tendons saillant comme des nœuds sur sa nuque.

– Bien, je crois, répéta-t-il. Elle souffre d'une commotion. Ils disent que le cerveau est peut-être touché. (La voix de Doug vacilla.) Elle n'a toujours pas repris connaissance.

– C'est anormal ?

– Peut-être. Je ne sais pas. Je n'arrive pas à tirer un mot des médecins. En tout cas, ils n'ont pas l'air d'être d'accord. Sanderson m'a demandé si elle subissait un stress nerveux.

Angela haussa les sourcils en entendant le nom familier du vieux médecin. *Seigneur ! Il est encore vivant ? Il doit avoir un million d'années !*

– Et alors ?

– Je ne pense pas. Je ne sais pas. Je ne sais rien. Parfois... enfin, tu connais Babs. Tu sais qu'elle ne s'extériorise guère.

Tu parles ! Babs avait toujours fait à Angela, qui était d'une nature bouillante et sans complexes, l'effet de quelqu'un de renfermé. L'aînée désapprouvait le non-conformisme de sa cadette. Chaque fois qu'Angela avait un nouveau petit copain, chaque fois que sa conduite était un tant soit peu extravagante, sa sœur lui faisait des reproches.

Angela reconnaissait maintenant – en secret – que certaines de ses frasques d'alors n'étaient pas toujours de très bon goût. Mais l'attitude de Babs allait au-delà du comportement de la sœur aînée style mère poule. Même compte tenu du fait qu'il n'y avait pas de présence maternelle à la maison.

Angela avait souvent pensé que Babs était jalouse d'elle, au fond. Elles avaient dix ans de différence, et elle savait que cet écart était important. Il y avait à peine un an que Babs avait épousé Doug quand elle avait, pour la première fois, ouvert toutes grandes ses ailes et fait preuve de son esprit d'indépendance en filant au Mexique avec un garçon de Bridgeport.

Un « garçon » ! A l'époque, avec son menton râpeux et son Perfecto à clous, il lui avait fait l'effet d'être un homme, et quel homme ! Angela réprima le grognement qui lui montait à la gorge. *Quel cliché !*

Babs était venue la chercher. Seule. Et enceinte jusqu'aux dents. De Rodney. *Ah ! Le tableau qu'elle faisait ! Ce minuscule petit bout de bonne femme toute ronde, houspillant les copains de Greg. Oui, c'est ça, il s'appelait Greg. Gregory Makepeace.* Ce souvenir arracha un sourire à Angela. *Je n'avais jamais pensé que ma petite Babs avait un polichinelle dans le tiroir. Et elle ne l'avait jamais dit à papa. Il était en voyage d'affaires. Il était toujours en voyage d'affaires. Et ce petit bout de bonne femme enceinte est venu me chercher et m'a ramenée à la maison. Avait-elle fait part de son intention à Doug ? Non, elle ne pouvait pas. Même Doug Greeley n'aurait jamais laissé sa miniature d'épouse enceinte de huit mois partir toute seule au Mexique pour me récupérer. Et quand papa est rentré, elle n'a pas eu l'occasion de lui dire quoi que ce soit.* Angela exhala un soupir. Son père était mort un mois seulement après son équipée mexicaine. Une crise cardiaque brutale, totalement inattendue.

Angela prit soudain conscience du bourdonnement monotone de la voix de Doug à côté d'elle.

– ... du tout le genre de type à ça, mais je ne pense pas que Dougie aurait menti.

Elle essaya de retrouver ce qu'il avait dit pendant qu'elle était plongée dans ses souvenirs. *Quelque chose à propos du fou qui avait agressé Babs ? Sam Dennison, c'était son nom. Et Doug disait qu'il était surpris parce que ce Sam ne semblait pas être le genre de type à ça.*

– Ce n'est jamais le genre de type à faire ça qui le fait. (Ses mots sonnaient creux.) Pardon. Je suppose que tu n'es pas dans l'état d'esprit voulu pour écouter des platitudes. Il a vraiment tout cassé dans la cuisine ? Et la femme ? Sa femme, je veux dire.

– Elle va bien. On continue de la bourrer de tranquillisants mais elle est hors de danger. Une de ses sœurs est venue s'occuper d'elle. Elle est enceinte.

– La sœur ?

– Non, Joanne. Joanne Dennison. Bon Dieu ! Je n'arrive pas à croire que tout ça est vraiment arrivé.

Angela tourna la tête. Doug étreignait le volant avec force. Ses mains tremblaient.

– Que dit la police ?

– Pas grand-chose. Tout confirme la version de Dougie. Dennison est venu. Il a poursuivi Dougie dans toute la maison. Il l'a frappé. Dougie a réussi à lui échapper. Et puis Sanderson est arrivé, il l'a ramené chez lui et il a trouvé... il a trouvé...

Une sorte de petit hoquet étranglé interrompit Doug.

Angela comprit qu'il pleurait. Au passage, la lumière des phares faisait briller les larmes qui coulaient sur ses joues. Malgré elle, elle posa la main sur la sienne.

– Doug...

– Ça va. Ne t'en fais pas. (Il lâcha le volant de la

main gauche pour serrer celle de sa belle-sœur.) Merci.

Angela se dégagea en réprimant un frisson. Ce simple contact lui donnait le sentiment d'une souillure. *Il faut que je surmonte la répulsion que j'éprouve si je veux être de quelque utilité dans les jours qui viennent. Il ne fait aucun doute que toute la maison va à vau-l'eau maintenant que la poigne efficace de Babs n'est plus là pour tenir la barre. Ce n'est pas comme s'il fallait que tu le prennes, lui, sous ton aile.*

Elle avait répondu « présente » sans la moindre hésitation quand Doug lui avait téléphoné pour lui annoncer la terrible nouvelle. Tout ce qu'elle espérait, c'était qu'elle vaincrait son aversion vis-à-vis de son beau-frère. Cela faisait *sept ans* qu'elle ne l'avait pas revu.

– Quand Rod doit-il arriver ?

Doug se livra à un rapide calcul.

– Aux environs de minuit, je pense. Une heure après nous, quelque chose comme ça. Il vient de la caserne de Seneca, par la route. Son colonel lui a accordé une permission spéciale lorsqu'il a su ce qui était arrivé à sa mère.

Voilà qui satisfaisait Angela. *Cela facilitera les choses.*

Elle aimait bien Rod Greeley. Un beau et grand garçon brun. L'antithèse de son père. Bien élevé. Toujours élégant. Les traits fins et bien dessinés, les yeux d'un bleu profond. Il rappelait à Angela les photos de son propre père, quand il était jeune. Son uniforme impeccable ne faisait qu'ajouter à son charme.

Très sexy, s'était-elle dit la première fois qu'elle l'avait vu après qu'il avait atteint l'âge adulte. *Quel dommage qu'il soit mon neveu.*

Elle consulta sa montre. 9 h 30, lut-elle sur le cadran numérique lumineux. *Ce qui fait 6 h 30 sur la côte ouest. Et quand nous arriverons à la maison, il sera... quelle heure ? 11 heures ? C'est-à-dire 3 heures à Los Angeles. J'aurai largement le temps de contacter Todd.* Todd Martin était son associé et son plus proche ami.

Ni l'un ni l'autre n'ouvraient plus la bouche. Fallait-il parler à bâtons rompus juste pour meubler ? Elle estima que le silence était préférable. *Comment parler de la pluie et du beau temps quand votre propre sœur vient d'être attaquée et presque massacrée par un voisin pris d'une crise de folie furieuse ?*

Elle se demanda à quoi pouvait ressembler ce Sam Dennison. Evidemment, Doug ne lui avait pas donné au téléphone la description physique de l'agresseur de sa femme. Angela imaginait un homme à l'ossature massive, avec des doigts épais et poilus, un menton bleui par la barbe de 5 heures du soir, et des yeux profondément enfoncés dans les orbites, des yeux où flamboyait une flamme sauvage. *De ces yeux qui vous déshabillent quand on entre dans un restaurant ou quand on se promène dans la rue.*

Que les hommes admirent son corps ne causait aucune gêne à Angela. Son corps, elle en était fière. Elle n'avait pas ménagé sa peine pour améliorer ce que la nature lui avait donné. Mais il fallait que ses admirateurs en soient dignes.

Des images commençaient à défiler dans sa tête. Elle croisa les jambes, parfaitement consciente du bruissement soyeux du nylon et de la généreuse surface de peau qu'elle dévoilait dans ce mouvement. *Et rien que Doug Greeley pour apprécier le panorama !*

Elle revint à la réalité. Encore une fois, ses pensées avaient dérivé loin, très loin. Ce coup-ci, Doug n'était pas en train de lui parler. Nul besoin d'essayer de renouer le fil de la conversation.

Ils étaient dans le Connecticut profond, sur la I-95, quand elle aperçut les lumières de Fairharbour. La Mercedes empruntait maintenant des routes de campagne plongées dans la nuit. Vingt minutes plus tard, ils traversèrent Grainge.

En sept ans, rien n'a changé. La bibliothèque était toujours semblable à elle-même. Le bureau de poste. Le seul cinéma. Maintenant, passaient *deux* films. Dont un de Steven Spielberg, annonçait l'affiche. Passé le centre, les maisons s'espaçaient. Des maisons chaudes et douillettes. Angela sentit un flot de souvenirs monter à l'assaut de sa mémoire. Elle y fit barrage.

Il y en avait suffisamment d'agréables remontant à l'époque de Fairharbour. Mais, à présent, songer à ces jours heureux provoquait en elle un refus. Cela lui faisait penser à Babs et à Doug. A la vie qu'elle aurait pu avoir. Alors, elle avait envie de crier.

Elle se mit à identifier au passage les maisons de Grainge qu'elle connaissait... celle des Gruenwald... celle des Simonson... celle des Stern... celle des Carlin... celle des Wheeler... chacune était une moisson de souvenirs.

Cela faisait un siècle qu'elle connaissait Ed et Ticky Wheeler. Elle se redressa quand Doug passa devant chez eux et ses cheveux se hérissèrent lentement sur sa nuque. Doug ralentit.

Autour de la maison, des gyrophares rouges tournoyaient. Partout, il y avait des voitures vert et blanc... les voitures de la police de Fairharbour. Et, aussi, la vieille Studebaker du Dr Sanderson.

– Mais qu'est-ce qui se passe ?

Doug se pencha pour regarder par la fenêtre d'Angela qui se recroquevilla contre la portière pour laisser place à son épaule envahissante.

– On ne devrait pas aller voir ? fit-elle.

– Non, répondit Doug au bout de quelques secondes de réflexion. Tu as fait un long voyage. Je t'emmène directement à la maison. (Il appuya sur l'accélérateur. La roue de la Mercedes qui touchait le bord du trottoir fit jaillir une gerbe de graviers.) J'émettrai des signaux pour savoir ce qui s'est passé.

– Comment ça... tu émettras des signaux ?

– Je passerai un coup de fil à Ed.

Angela se rappela la manie ridicule de Doug – l'affectation qu'il mettait à employer des termes de marine à tout bout de champ. Elle eut envie d'éclater de rire et ne se contint que par crainte que le rire ne se transforme en autre chose. Quelque chose qu'elle ne pourrait pas contrôler. *C'est pour toi, Babs. Uniquement pour toi.*

Ils tournèrent dans Wolf Pit Road et, quarante secondes plus tard, ils étaient arrivés. Doug arrêta la Mercedes à côté de la Volvo de Babs, devant la maison. Il descendit pesamment et se dirigea vers le coffre pour en sortir les bagages de sa belle-sœur.

– Entre, lui lança-t-il en désignant la porte du menton. Ça doit être ouvert.

Angela mit pied à terre. L'air frais la gifla. Il avait une odeur de pluie. Les feuilles bruissaient. Elle leva la tête. La lune était un brillant croissant. Et le ciel plein d'amis oubliés : Cassiopée, Orion, la Grande Ourse.

Même tout en haut de L.A., on ne voit pas les étoiles comme ça.

Elle monta les marches et poussa la porte. Pour s'immobiliser, pétrifiée sur place. *Je croyais que cette canaille de Dennison n'avait fait de carnage que dans la cuisine.* On aurait dit qu'une tornade était passée dans la maison. Des jours durant.

Angela ne pouvait pas savoir que le spectacle de désolation qu'elle avait sous les yeux était le résultat de la fouille en règle à laquelle avait procédé Dougie à la recherche de son Catalogue.

Comment les choses ont-elles pu si mal tourner, alors que tout s'était passé à la perfection ? Pour la énième fois, Dougie repassa les événements dans sa tête. *Papa est rentré à la maison. Il a été accueilli par ce vieux con de Sanderson. Les flics se sont amenés. Une ambulance est venue chez les Dennison. D'autres flics ont rappliqué. Ils ont emmené l'autre fumier. Menottes aux poignets.* Pour Dougie, Sam n'était plus désormais que « l'autre fumier ».

Tapi au milieu des buissons, le long de Wolf Pit, à mi-chemin du manoir Wembledge, il avait tout vu. Tout avait été parfait. Aussi bien réglé que le scénario d'un téléfilm. Les événements s'étaient succédé avec la régularité d'un mouvement d'horlogerie. Quand la voiture de police dans laquelle se trouvait Sam Dennison était passée devant sa cachette, Dougie s'était levé. A sa vue, Sam avait été pris d'une véritable crise de folie furieuse. Il avait commencé à pousser des hurlements et à lancer des coups de pied. *Et il avait semblé à Dougie que le flic qui était à côté de lui sur la banquette arrière avait dû le* cogner *pour le faire tenir tranquille.*

Dougie avait attendu que la voiture, continuant sa route vers Grainge, ait entamé la descente et soit devenue invisible. Alors, il avait regagné la maison en se faufilant dans les fourrés. Il était entré par la porte de derrière et s'était directement rendu dans sa chambre. Il faisait noir. Il y avait des grains de poussière dans le rayon de clarté que dessinait la lucarne, qu'il avait laissée ouverte. La brise était fraîche.

Dougie s'était déshabillé – ses vêtements portaient des traces de transpiration – et, nu, il s'était planté devant la fenêtre. Sa main droite s'était posée sur son pénis qui pendait et qui, à son contact, s'était redressé. Des sensations physiques et des souvenirs surgissaient, enchevêtrés, tandis qu'il se caressait. Les souvenirs des merveilleuses images du...

Catalogue.

Le Catalogue ! Le Catalogue ! Le fait d'en avoir trouvé deux autres lui avait fait oublier le premier. Il l'avait laissé tomber dans l'entrée quand Dennison était venu.

Dougie s'empara de son peignoir, accroché derrière la porte, et dégringola l'escalier. Il traversa la cuisine comme une flèche sans même remarquer l'état de dévastation dans lequel l'avait laissée Sam Dennison, puis la salle à manger.

Il doit être toujours là ! Il doit être toujours là !

Il n'y était pas.

Il pivota sur lui-même. La même douleur lancinante irradiait de son genou. Il avait les poumons en feu. Il se dit qu'il allait tourner de l'œil.

Effectivement, il tourna de l'œil.

Quand il reprit conscience, Doug Greeley lui passait un linge mouillé sur la figure.

– Ça va, matelot ?

Dougie s'efforça de distinguer plus nettement le visage flou de son père. *On est dans le salon. Je suis sur le canapé. Le canapé est devant la cheminée. Il y a un autre type. Sanderson.* Le médecin lui paraissait plus décrépit que dans son souvenir. On aurait dit un squelette revêtu d'un vieux costume dont la veste retombait en faisant des plis. Il était l'image même de la mort.

– Maman ?

Il avait une voix de crécelle.

– Elle va bien, mentit Doug. (Puis il jugea préférable de revenir sur son mensonge :) Enfin, non. On ne peut pas dire qu'elle aille bien. Elle... elle a eu un grave accident. On l'a emmenée à l'hôpital.

Les paupières de Dougie battirent. *Non, c'est pas vrai. C'est peut-être bien à la morgue qu'ils l'ont emmenée. Il cherche à me cacher la vérité, l'imbécile !*

– Elle... va pas bien ?

C'était en partie une question, en partie un défi. Dougie fit mine de vouloir se dresser sur son séant. Sanderson s'avança et posa une main osseuse sur son épaule.

– Ne bouge pas, mon garçon. Il faut que tu te reposes. Ta maman sera guérie dans quelques semaines. Un traumatisme crânien, ça peut être grave, mais c'est une femme solide.

– J'étais venu te chercher avant d'aller à l'hôpital. (La voix de Doug tremblait. Ses yeux étaient pleins de larmes.) Je... pense que nous devrions être tous les deux auprès d'elle, tu ne crois pas ?

Dougie ne trouvait rien à dire. Pas un seul mot. *Elle est toujours vivante !* La phrase résonnait dans sa tête comme un gong. *Elle devrait être morte. Elle est censée être morte. Mais elle l'est pas.*

Pourtant, il avait vu le scénario parfait se dérouler sous ses yeux. La police. Son père. L'arrestation de Sam Dennison.

– Sam Dennison, dit-il tout haut sans réfléchir.

– Oui, opina Doug. C'est Sam Dennison. Comment le sais-tu ?

Les mâchoires de Dougie se contractèrent. Les gros

yeux chassieux de Sanderson étaient braqués sur lui. Des yeux qui semblaient danser derrière les verres épais de ses lunettes. Des yeux qui donnaient à Dougie envie de vomir.

– Je... je...

Il tremblait sans pouvoir se contrôler. *Tout va de travers ! de travers ! de travers !*

– Il m'a tapé dessus ! (Les mots avaient jailli de sa bouche. Le mensonge était son seul bouclier. Il fallait qu'il s'y accroche. Qu'il le façonne pour lui donner une forme nouvelle. Il fallait faire en sorte qu'il marche.) Il est entré, il avait des griffures sur les joues et il m'a crié après et il m'a cogné. Il m'aurait tué si je m'étais pas enfui.

– Ce doit être à ce moment-là qu'il a fait ce carnage dans la cuisine, dit Doug à Sanderson sans se retourner.

Sanderson approuva.

Dougie était perdu. *La cuisine ? Qu'est-ce que la cuisine vient foutre là-dedans ?*

– C'est sûrement lui, p'pa. C'est lui qui a fait du mal à maman.

Sanderson l'obligea de nouveau à rester étendu.

– Oui, fit Doug sur un ton apaisant. C'est ce que le médecin a pensé.

Sanderson ? Il était déjà là ? Avant la police ? Avant que papa soit rentré ? Dougie essaya de rassembler les pièces du puzzle. Pour que son mensonge ait la moindre chance de tenir la route, il fallait absolument que tous les détails soient clairs, nets et précis dans son esprit. *Oui. Sanderson a ramené l'autre fumier au manoir Wembledge. Ce vieux con a dû le trouver chez nous. J'ai cru qu'il venait examiner Joanne mais...*

Joanne. Joanne. Un autre facteur inconnu. L'expression plaisait à Dougie. Même dans son état d'angoisse, il la savourait, il en jouait. *Est-ce qu'elle était réveillée pendant ce temps-là ? Suffisamment pour se rendre compte que j'essayais de la violer ? Suffisamment pour qu'elle sache que j'ai presque tué maman ?*

– Joanne...

Le front de Sanderson se plissa en épais bourrelets.

– Tu veux dire Mme Dennison, n'est-ce pas, mon garçon ?

– Oh ! Je vous en prie ! (Doug, jusque-là assis à côté de son fils, se leva, furieux. Ce rappel des convenances était totalement déplacé dans cette situation aberrante.) Ce n'est pas le moment de sortir des idioties de ce genre, Paul. Que veux-tu dire à propos de Joanne, Dougie ?

– Elle... Maman est allée chez eux. Si Sam Dennison l'a agressée...

– Joanne...

Il perdait le fil.

Mais Doug Greeley regardait son fils avec un respect nouveau. *Que ce garçon se fasse du souci pour Joanne Dennison dans un moment pareil... je n'en reviens pas.*

– Tout va bien pour elle. Elle venait de se réveiller quand je suis sorti de chez elle. Une assistante de police est avec elle. Je crois que la police essaie de joindre sa famille.

Dougie se calma un peu. Juste un peu. *De ce côté-là, c'est bon. C'est tout bon.* Pour l'instant, tout au moins. Mais sa mère...

– L'hôpital...

Doug jeta un coup d'œil à sa grosse Rolex.

– Oui, il faut y aller. Je ne veux pas que ta mère soit toute seule si elle se réveille. (Il exhala un soupir, bref et sec.) Je veux dire *quand* elle se réveillera.

Dougie monta dans sa chambre pour s'habiller. Les

choses lui paraissaient étranges. Tous les coins de la maison étaient remplis d'ombre. Il y avait une zone obscure à la limite de son champ de vision. Mais il y avait de l'espoir. Il fallait qu'il y ait de l'espoir. *A condition que tu foutes pas tout en l'air et que tu recommences pas à perdre ton sang-froid.*

Traumatisme crânien, il a dit ? Il connaissait ça par ses lectures. D'après ses bouquins de B.D., les traumatismes crâniens pouvaient faire complètement perdre la mémoire aux gens. Ils recevaient un coup sur la tête et ça pouvait les rendre entièrement différents de ce qu'ils étaient. En faire des étrangers, même pour leurs proches. *Peut-être que c'est ce qui arrivera à maman. Peut-être que quand elle se réveillera, elle aura plus aucun souvenir de ce qui s'est passé aujourd'hui. Plus de souvenirs de cette affreuse journée de merde.*

Alors, ce serait la parole de Dougie contre celle de Sam. Il s'arrêta net devant la porte de la cuisine. Maintenant, son cerveau captait le message que lui transmettaient ses yeux. La cuisine ressemblait à un champ de bataille. On aurait dit que les différents éléments du mobilier s'étaient bagarrés entre eux. *Alors, c'est l'autre fumier qui a fait ça ? Quand ? Et pourquoi ? Après que tu lui as échappé, évidemment. Mais pourquoi ? Pourquoi ?*

Il se remémora le curieux regard de Sam Dennison. Ses traits tordus. Comme s'il essayait de changer de physionomie. De se transformer en quelqu'un d'autre. Dougie frissonna. Il traversa la cuisine et fit l'ascension de son escalier personnel la tête basse, en regardant ses pieds nus. Son peignoir s'ouvrit. Son sexe pendait mollement.

Il n'avait qu'un désir : se mettre au lit avec un de ses magazines. Polariser toute sa rage dans un violent fantasme masturbatoire. Un fantasme avec plein de douleur et plein de sang. Une chair nue, lisse et tendue, prête à recevoir le baiser du fouet.

Il toucha son pénis qui n'eut pas de réaction. Refermant la porte de sa chambre, il se dirigea vers son lit, prit un numéro de *Penthouse* dans la pile de revues et le feuilleta. Une femme à la longue chevelure noire, avec d'énormes seins moelleux, était étendue, bras et jambes écartés, sur un lit aux draps mordorés. Elle avait de grands yeux marron foncé. On ne voyait qu'un seul de ses poignets enserré par une fine cordelette qui faisait deux ou trois boucles autour de lui.

Le visage de la femme devint le visage de Joanne Dennison. Ses yeux imploraient la pitié. Dougie n'avait pas de pitié à donner. Il prit ce tendre cou de cygne entre ses mains. Commença à serrer. Les yeux de sa victime s'élargirent sous l'effet de l'épouvante. Elle essaya de crier. Il lui enfonça les pouces dans la gorge jusqu'à ce que sa langue lui sorte de la bouche.

De belles images. De belles images. Des images comme personne n'en avait jamais vu avant le Catalogue.

Le Catalogue. Abandonnant le magazine, Dougie chercha ses chaussettes qu'il enfila en soufflant péniblement. Ses pieds étaient poisseux de transpiration. *Où est-il passé ? Où est-il passé ? Je me rappelle exactement où je l'ai laissé tomber. Est-ce que l'autre fumier l'a pris ?*

Oui, probablement. Il était à lui. Tu l'as piqué. *Et il a pas voulu courir le risque que papa ou maman, ni personne, entrent et voient ces illustrations. Les images de moi et de Joanne.*

Dougie éprouva subitement le besoin de les regarder de nouveau. Un besoin physique. Comme la faim. Pire que la faim.

Il s'en voulait de ne pas avoir fait main basse sur les

deux Catalogues qu'il avait trouvés en haut de l'escalier de la cave chez les Dennison. Il les avait seulement cachés en vue de son éventuel retour. *Pourquoi je les ai pas* pris *? Pourquoi ? Pourquoi ?*

Parce que je savais *que je reviendrais. J'ai une bonne raison pour retourner là-bas.*

Joanne. Il faudrait peut-être faire quelque chose en ce qui la concernait. Ça vaudrait mieux que de fantasmer en regardant le papier glacé d'un magazine. Il faudrait peut-être qu'il *s'occupe* d'elle avant qu'elle ne devienne un véritable problème. Il allait peut-être *vraiment* falloir qu'il la tue.

Il sentit derechef le cou de Joanne entre ses mains. Le battement des veines contre ses paumes. Le sang qui ne pouvait revenir au cœur congestionnait le visage de Joanne Dennison. Ses yeux immenses débordaient de terreur.

A présent, son pénis se raidissait. Il concentra son imagination sur ce visage empourpré. Les membres de Joanne, maintenus par les fines cordelettes, tressautaient. Le cri muet qu'elle poussait lui faisait la bouche ronde comme un o.

– Dougie ! Tu te dépêches ?

Papa ! Il l'appelait du bas de l'escalier. Dougie émergea de son rêve éveillé comme un homme en train de se noyer qui se trouve par hasard drossé contre un éperon rocheux. Il se laissa retomber sur son lit. Sa vision était brouillée. Avec effort, il rouvrit son poing. Son pénis redevint presque instantanément flasque.

Il se leva et alla se passer la figure à l'eau froide dans son petit cabinet de toilette. Se regarda dans la glace. Des cheveux longs et gras. Un soupçon de duvet ombrant ses bajoues molles.

Il ressortit du cabinet de toilette et se mit en devoir de continuer de se rhabiller. Le numéro de *Penthouse* reposait, grand ouvert, là où il l'avait lâché. Il enfila ses baskets et, d'un coup de talon, écrasa le visage du modèle à la sombre chevelure. Il y eut un bruit de papier froissé. Quand il enleva son pied, le visage du modèle ne ressemblait plus à rien.

Dougie descendit l'escalier en courant. Sanderson était parti. Il monta dans la Mercedes à côté de son père qui démarra. Doug roula comme un fou jusqu'à l'hôpital, brûlant trois feux rouges et manquant par deux fois de justesse d'emboutir d'autres véhicules.

Enfin, ils arrivèrent au Fairharbour Memorial Hospital. Le soleil était déjà très bas au-dessus de l'horizon et, lorsqu'il sortit de l'abri de la Mercedes aux vitres teintées, Dougie eut l'impression d'un poing qui le frappait entre les yeux. Doug ne l'attendit pas. Il traversa le parking au pas de course, on aurait dit un champion olympique et le garçon à la traîne était pantelant.

L'hôpital était un vaste bâtiment d'un étage avec, à son angle sud-ouest, une annexe qui en comportait trois. La façade était d'un gris terne, à peine égayé de taches jaunes servant d'encadrement – d'excuse ? – à quelques-unes des plus grandes de ses fenêtres. Dougie avait toujours considéré que c'était un endroit où l'on allait pour mourir. Il était heureux de n'avoir jamais eu besoin d'y revenir depuis sa naissance, quinze ans auparavant.

Jusqu'à maintenant. Jusqu'à ce que tout se soit mis à tourner terriblement de travers. Il avait la rassurante conviction que la prochaine fois qu'il la reverrait, sa mère serait dans son cercueil. L'état dans lequel elle se trouvait présentement était loin de ce scénario parfait. Les choses échappaient au contrôle de Dougie.

Lorsque, haletant, le souffle court, il entra dans le hall, Doug était déjà au bureau d'accueil. Les infirmières se montrèrent très gentilles, pleines de compréhension. Fairharbour était une ville paisible et les actes de violence y étaient rarissimes. Toutes les conversations, dans l'hôpital, tournaient autour de Babs Greeley et de ce qui lui était arrivé. L'une des infirmières prit Doug par le bras pour le conduire à la chambre de sa femme, et Dougie les suivit.

Babs était en soins intensifs. Des tubes et des tuyaux serpentaient sur son lit, s'enfonçant dans ses bras, ses narines, sa bouche. A cette vue, une nouvelle qu'il avait lue un jour dans un bouquin de B.D. revint à la mémoire de Dougie. « La Pieuvre », elle s'appelait. Au fond de la pièce, un cardiographe émettait des bips réguliers. Le teint de Babs était cireux. Chaque seconde de son âge était gravée sur son visage. Doug pleurait comme une Madeleine lorsqu'on l'autorisa à s'installer au chevet de sa femme.

Le soleil était de plus en plus bas. Le pourpre du ciel vira au noir. Les étoiles commencèrent à scintiller. Fairharbour se métamorphosait en une féerie de lumières. Dougie était planté devant une fenêtre du couloir. Il était à des années-lumière de l'hôpital. Ses pensées étaient sombres. Hantées par la mort violente.

Une main qui se posa sur son épaule le ramena d'un seul coup à la réalité, à la blancheur qui l'entourait de toute part. *Sanderson.*

– Il est inutile que tu restes, Dougie. Je suis sûr que ton père serait soulagé que tu rentres à la maison et que tu aies une bonne nuit de sommeil.

Dougie acquiesça. *A la maison. Tout seul. Je réussirai peut-être à retrouver le Catalogue. Je pourrai peut-être même parvenir à m'introduire chez les Dennison pour le chercher. Si la femme flic est partie. Si Joanne est seule. Surtout si Joanne est seule.*

Chaque fois qu'il songeait à elle, des pensées de

meurtre continuaient de l'assaillir. Les courbes douces de son corps à la peau dorée n'étaient plus qu'accessoires. C'était la toile de fond d'images de souffrances et de violence. L'idée de tuer Joanne lui provoqua une érection immédiate. Une idée qui lui plaisait de plus en plus. *Prendre une autre vie. Tuer un autre être humain...*

– Dougie ? Si tu préfères rester...

– Non ! Non ! J'aimerais mieux... rentrer à la maison. Mais... il faudra que je me fasse raccompagner.

– Bien sûr. Je vais te reconduire moi-même.

Dougie rentra la tête dans les épaules. Il ne lui était arrivé qu'une seule fois de monter dans la Studebaker de Sanderson. Dedans, ça puait l'éther. Et quelque chose d'autre, aussi. Quelque chose qui était peut-être bien l'odeur de la vieillesse.

– Je... je pourrais prendre un taxi...

– Ne dis pas de bêtises. Ce sera avec plaisir que je te déposerai. Autrefois, mon fils, je l'emmenais partout. Partout.

Les doigts du médecin s'incrustaient dans l'épaule de Dougie. Ils ne voulaient pas la lâcher.

– D'accord, docteur. Juste le temps d'aller dire au revoir à papa.

Sanderson n'avait pas entendu. Il était à quinze mille kilomètres de là, dans les jungles étouffantes du Sud-Viêt-nam.

– Tante Angela !

La voix – une voix de fausset – venait du salon et Angela Finney tourna la tête. Ses yeux verts scrutèrent la pièce comme deux radars. L'obscurité y régnait. La seule source de lumière était le lustre du vestibule où elle se tenait et que reflétaient les fenêtres du salon.

En dehors de cette lueur, le salon n'était qu'une masse d'ombre.

La jeune femme plissa les paupières.

– Dougie ? (Il était invraisemblable que la voix chaude de Rod qu'elle avait entendue pour la dernière fois cinq ans plus tôt, quand il était venu la voir en Californie, soit devenue ce glapissement aux sonorités de crécelle.) C'est toi, Dougie ?

Elle avait conscience que, derrière elle, Doug, les bras chargés de ses bagages, avait toutes les peines du monde à franchir la porte d'entrée.

– Dougie ! Ne reste pas là comme une limace ! Viens m'aider, bon Dieu !

Une silhouette rondouillarde et avachie émergea de l'ombre et Angela se trouva en présence de son second neveu. Elle réprima une exclamation de dégoût à sa vue. Dougie Greeley avait bien changé depuis ses huit ans !

A l'époque, il était mignon comme tout, potelé comme un bébé. Maintenant, il était obèse et répugnant. Ses cheveux huileux et trop longs se hérissaient en tous sens. Il devait y avoir des semaines qu'ils n'avaient pas été lavés. Ses joues molles s'ombraient d'un duvet naissant. Le regard de ses gros yeux ronds était vide. Il était vêtu d'un T-shirt auréolé de taches de sueur et d'un short. Un foulard était noué autour de son cou gras. De la tête aux pieds, tout dans son physique offusquait le sens de l'esthétique d'Angela Finney.

Il tendit une main bouffie et luisante vers l'une des valises que son père essayait de faire passer par la porte et elle eut un instant l'envie de la repousser d'une claque. Elle ne voulait pas que cette masse de graisse rosâtre touche et saisisse la maroquinerie.

Mais c'était trop tard. Dougie avait saisi deux de ses

valises et se dirigeait vers l'escalier. Un frisson parcourut Angela. Le cuir des bagages faisait entendre un chuintement spongieux chaque fois qu'ils battaient contre les cuisses nues de son neveu.

Doug n'avait pas l'air de remarquer le désordre qui régnait chez lui. Mais comment deux hommes – non : un homme et un garçon – qui vivaient seuls depuis deux jours avaient-ils pu faire autant de dégâts ? Enfin, le mot « dégâts » n'était pas approprié. Rien ne paraissait avoir été saccagé. Simplement, cela donnait l'impression générale que l'on avait arraché la maison à ses fondations et qu'on l'avait secouée dans tous les sens.

Les livres étaient tombés des rayonnages. Les corbeilles à papier étaient sens dessus dessous et leur contenu éparpillé par terre. Les coussins des fauteuils jonchaient le sol.

– Je t'ai préparé la chambre du fond, disait Doug.

Angela reporta son attention sur lui. *Prends garde. C'est la troisième fois que tu l'oublies. Tu as de la chance qu'il ne s'en soit pas rendu compte.*

– Elle ne reçoit pas le soleil avant une heure avancée de la matinée, poursuivait son beau-frère. Je... j'ai pensé que tu voudrais sans doute dormir pour ajuster ton horloge interne après le décalage horaire.

– Je suis sensible à cette délicate attention.

Il n'y avait pas la moindre trace de chaleur dans le sourire dont Angela gratifia Doug. Et elle s'abstint d'ajouter qu'elle n'avait pas l'intention de rester à Fairharbour suffisamment longtemps pour avoir le temps de s'adapter à l'heure locale. Elle se demanda fugitivement si elle allait passer tout son séjour à ne pas exprimer tout haut ce qu'elle pensait tout bas. *C'est pour toi, Babs. Uniquement pour toi.*

Elle monta derrière Doug. Comme promis, la

chambre de derrière était assez agréable. En matière de décoration, le goût de Babs allait vers un style vaguement colonial. L'épais tapis était égayé de motifs traités en camaïeu. Le papier mural bleu pâle était orné de guirlandes de fleurs – peut-être de minuscules marguerites. Le lit de cuivre s'adossait au milieu d'un des murs. Doug déposa les bagages et alla ouvrir une porte.

– La salle d'eau. Il faudra que tu surveilles la chasse. Il arrive qu'elle fuie. L'année dernière, les Cody sont restés coucher et elle a coulé toute la nuit après que Gary l'a eu tirée. Le lendemain, la salle à manger, juste en dessous, était inondée.

A l'appui de ses dires, Doug frappa le plancher du talon.

– Ah ! bon ? Mais est-ce que je pourrai prendre une douche ?

– Oh ! bien sûr. Tout le reste fonctionne très bien.

Il resta quelques instants à danser d'un pied sur l'autre, comme s'il cherchait quelque chose de profond à dire pour faire sa sortie. Dougie, une valise dans chaque main, était debout dans l'encadrement de la porte. Finalement, son père lui dit de les poser avec le reste des bagages et tous deux se retirèrent l'un derrière l'autre. Après leur départ, Angela referma avec un profond soupir de soulagement.

Elle s'approcha de la première des deux hautes fenêtres et balaya du regard le jardin obscur. Il y avait un large rectangle de lumière dorée au-delà duquel on devinait la masse sombre des arbres se détachant sur le fond du ciel étoilé. A nouveau, Angela se dit qu'il faisait plus frais qu'en Californie. Elle avait la chair de poule. Mais elle laissa la fenêtre ouverte, se contentant de baisser les stores.

Elle ôta son chemisier, sa jupe et, en slip et soutien-gorge, fit rapidement quelques flexions, une main posée sur la table de toilette en acajou. Les muscles de ses jambes jouaient avec aisance et souplesse. Elle enleva ses barrettes et ses cheveux couleur d'ambre, libérés, retombèrent en vagues sur ses épaules.

Elle s'étira, ce qui fit craquer ses articulations, et passa dans la petite salle d'eau. Elle ouvrit les robinets de la douche et, dès que le jet d'eau brûlante commença à jaillir, elle se sentit ragaillardie. Etre débarrassée de ses vêtements salis par le voyage, dénouer ses muscles raidis après être restée assise pendant onze heures d'horloge la revigoraient.

Los Angeles était loin d'être la ville la plus propre du monde, c'était un fait, mais Angela s'y sentait moins crasseuse que n'importe où ailleurs. Cela tenait à son éclat, à son ouverture sur le grand large. L.A. n'était pas recroquevillée sur elle-même comme les cités de la côte atlantique. Et Angela avait sa théorie pour expliquer ce phénomène. Quand les pionniers avaient atteint le Pacifique, ils avaient pu constater l'immensité de l'espace américain et ils avaient rayonné avec délectation.

La salle d'eau était maintenant pleine de vapeur. Angela ferma la porte, détacha son soutien-gorge et se défit de sa petite culotte de soie. En cherchant un endroit où les poser, elle se trouva face à face avec un miroir en pied fixé derrière le battant. Elle s'immobilisa pour admirer l'image qu'il lui renvoyait. Comme toutes les fois qu'elle était devant une glace.

Oui, elle était bien la sœur de Babs Greeley, cela sautait aux yeux. Et la fille de Margaret Finney. Mais Angela n'avait pas ménagé sa peine pour tirer le meilleur parti de ce qui lui avait été donné par la nature. Elle y avait consacré bien plus d'énergie que Babs ou que sa propre mère. Elle n'avait que de vagues souvenirs et de rares et mauvaises photos de sa mère pour en juger, mais il était évident que celle-ci s'était alourdie avec l'âge. Comme sa sœur.

Elle, elle avait fait du sport. Ses muscles étaient durs et lisses sous l'épiderme radieux qui était de tradition dans la famille Finney. La perfection de son teint était la plus grande fierté d'Angela avant – *comment disait donc toujours Babs ? « Avant que le reste de l'attirail arrive. » Est-ce qu'elle emploie encore cette formule ? Oui, j'en suis sûre. Avec ses amies les plus proches. C'est l'idée qu'elle se fait du « parler cru ».*

Angela sourit à son reflet. Le reste de l'attirail était incontestablement arrivé. Une paire de seins généreux. La taille fine. Les hanches rondes. Angela était toute en jambes. Si elle ne les avait pas eues si longues, elle aurait été de la même taille que Babs. Celles de sa sœur étaient courtes avec les cuisses et les chevilles lourdes, les siennes très longues et galbées à ravir.

Oui, ce que le miroir lui montrait lui plaisait infiniment. Elle se mit sous le pommeau de la douche, tira le rideau de plastique bleu et commença à se savonner. Brusquement, elle se rappela son intention d'appeler Todd dès son arrivée. Elle sortit de la baignoire aux pieds griffons et s'empara d'une serviette. Elle était sûre d'avoir vu un téléphone dans la chambre.

Le voilà. C'était un antique modèle Princess. Il était sur la table de nuit. Angela secoua la tête en souriant. Cela faisait dix ans qu'elle n'avait pas vu ce type d'appareil suranné. Elle décrocha.

– ... n'ai jamais rien vu d'aussi effroyable.

Je connais cette voix. Elle feuilleta rapidement le copieux fichier de sa mémoire. *Ed Wheeler. Doug doit l'avoir appelé*. Elle allait reposer le combiné mais la réplique de son beau-frère excita sa curiosité.

– Mais combien de temps est-il resté seul ? On ne prend pas une décision pareille en un instant.

Angela plissa le front. La voix de Doug était mal assurée.

– Pour moi, sa décision était déjà prise.

Ed, lui, bredouillait. *Est-ce qu'il a bu ?* La jeune femme écarta le récepteur de sa bouche et s'efforça de ne pas faire de bruit en respirant.

– Mais, bon Dieu, poursuivit Doug, qu'arrive-t-il à cette ville, Ed ? Tentatives de meurtre, suicides et quoi encore ? Fairharbour est en train de devenir un Bridgeport, bon Dieu de bois !

– Peut-être.

Ed, c'était indéniable, avait un coup dans l'aile. Angela se souvenait surtout de lui du temps où il était son prof d'histoire. Avant qu'il n'ait « pris sa retraite » pour se reconvertir dans l'immobilier. Déjà, à cette époque, il avait une capacité à boire qui forçait l'admiration.

Qu'est-ce qui a bien pu se passer ? Toutes ces voitures de police. La Studebaker du vieux Dr Sanderson. De nouveau, Angela s'émerveilla qu'il fût toujours du monde des vivants. Et qu'il exerçât encore la médecine, par-dessus le marché.

– Si tu avais vu dans quel état était mon bureau... Putain de merde, Doug, jamais je n'arriverai à nettoyer les éclaboussures de sang sur les murs.

Du sang ? Quel sang ? Qu'est-ce que tout cela veut dire ?

– Qu'a dit le coroner ?

La voix de Doug paraissait plus ferme que celle d'Ed, mais à peine.

– Qu'il a dû s'enfoncer cette saloperie d'engin dans la bouche et arracher la cuiller. Et puis, il s'est assis dans le fauteuil. Putain ! Cet enfoiré avait un délai de *quinze secondes.* Tu te rends compte de ce que ça peut être long, Doug ? Quinze secondes à attendre avec une grenade dégoupillée dans la bouche !

Il s'en fallut d'un rien qu'Angela ne lâchât l'écouteur. Elle avait l'impression que les murs de la chambre tournoyaient. Elle se laissa choir sur le pied du lit tandis que ses poumons se vidaient en sifflant.

– Dougie ? C'est toi, Dougie ?

La voix de Doug. Venant du téléphone. *Le téléphone que tu as à la main.*

– Non, c'est moi... Angela. Qu'est-ce que... Je m'excuse d'avoir surpris la conversation mais que s'est-il passé ?

– C'est toi, Angie ? (La question venait d'Ed.) Je suis désolé que pour ton retour tu tombes dans un pareil merdier. D'abord ta sœur, maintenant Paul Sanderson. (Il faisait des efforts manifestes pour se montrer aimable et poli, mais c'était sans compter avec tout l'antigel qu'il avait dû ingurgiter. Sa voix se brisait.) Il s'est donné la mort tout à l'heure. Dans mon bureau. Il s'est fait sauter la tête avec la vieille grenade quadrillée que je gardais comme souvenir de guerre. (Il ménagea une pause comme pour laisser l'atroce image s'imprimer dans l'esprit d'Angela.) Oh ! Il y a quelque chose que je n'ai pas mentionné.

– Oui ? firent en chœur Doug et Angela.

– Il était donc assis à mon bureau quand il s'est donné la mort. Et il y avait un bouquin. Un catalogue, disons. Ouvert devant lui.

– Un catalogue ? (Doug faisait d'héroïques efforts pour trouver un sens à tout cela.) Vous voulez dire comme les catalogues des établissements Sear's ou...

– J'n'connais pas cette boutique. Je ne l'avais pas vraiment regardé avant que les enquêteurs le mettent dans un sachet en plastique. Il était couvert de... il en était couvert, quoi. C'est drôle maintenant que j'y repense. Je ne sais même pas ce qui m'a fait croire que c'était un catalogue. J'ai juste... *senti* que c'en était un.

Cette digression oiseuse commençait à impatienter et à énerver Angela.

– Où voulez-vous en venir, Ed ?

– Moi... nulle part. Je me demande pourquoi un type en train de regarder un catalogue se fait sauter la tronche avec une grenade à main, c'est tout.

Tout ce que j'ai à faire, c'est de me réveiller. Réellement. C'est tout ce dont j'ai besoin de faire pour sortir de ce délire.

Il n'y avait qu'un problème : en dépit de tous ses efforts, Douglas Greeley était incapable de se convaincre qu'il était en train de dormir.

Ce ne peut pas être autre chose qu'un cauchemar qui n'en finit pas ; mais je ne dors pas. Et je ne pense pas être fou. Tout cela pourrait s'expliquer en partie si j'étais complètement siphonné. Mais ça non plus, ça n'a pas de sens.

Et ne dit-on pas que les seules personnes qui ne doutent jamais d'avoir toute leur raison sont précisément des gens qui sont bel et bien fous ? Chouette ! Si douter de sa raison est la preuve clinique qu'on pète la santé, je n'ai pas de souci à me faire. Pas la queue d'un problème.

Juste ma femme à l'hôpital avec, peut-être, une fracture du crâne. Juste un vieil ami de la famille qui s'est servi d'un souvenir de guerre appartenant à un autre ami pour refaire la décoration de son bureau avec des bouts de cervelle. Juste un fils à qui il manque à peine quelques vices pour être un fardeau totalement intolérable.

Doug fit tournoyer le bourbon au fond de son verre. Sa pensée se concentra sur son jeune fils. *Dougie.* Dougie, Dougie, Dougie.

Pourquoi est-ce que je reviens sans cesse à toi, Dougie ? Pourquoi suis-je incapable de chasser cette impression que tu es, d'une manière ou d'une autre, la cheville ouvrière de toute cette histoire ? Qu'il existe d'étranges rapports entre toi d'une part, Sam Dennison et Paul Sanderson d'autre part ? Et Joanne. Et Babs.

Il termina les dernières gouttes qui restaient dans son verre, se leva du vieux et confortable fauteuil de cuir et se dirigea vers le bar gigantesque qui occupait tout le mur nord de son « usine ». Ce bar était sa joie et sa fierté.

Il y avait un grand magasin de brocante à South Norwalk, comme un monstrueux Disneyland. Doug avait horreur des antiquités mais Babs avait un jour réussi à le persuader de l'y accompagner. Et il avait vu le bar. Dieu seul savait d'où il pouvait venir. Quatre mètres cinquante de long, et un comptoir large d'un mètre vingt. Derrière, il avait de superbes montants d'acajou travaillé et, dans le fond, les étagères destinées à recevoir les bouteilles étaient en miroir finement ciselé.

Il coûtait quarante-cinq mille dollars. *Autant que le prix de la maison, il y a vingt ans. Mais il fallait que je l'aie. Même si le transport m'a coûté trois mille dollars de plus.* Pour le loger, il avait fallu dégager tout un mur. Il remplissait la pièce. La dominait. L'écrasait.

Ce bar était, aux yeux de Doug, la beauté absolue.

Babs l'aimait elle aussi, ne serait-ce que parce que cette acquisition lui avait donné carte blanche pour aller fouiner chez les antiquaires. Elle aurait beau faire, jamais elle n'achèterait quelque chose dont le prix ne ferait qu'approcher celui de cette monstruosité. Doug le savait. D'ailleurs, et c'était à porter au crédit de Babs, ses petites dépenses en la matière demeuraient dans les limites raisonnables.

Bon Dieu ! mais je gagne tellement d'argent que je ne sais qu'en faire ! Il n'y a pas eu une seule année où le bureau d'études Manshot et Greeley n'a pas fait de bénéfices. Pour ce qui est de décrocher les marchés, Stan est un magicien. Il était déjà cent fois millionnaire quand il m'a proposé de devenir son associé à part entière.

Debout derrière cette splendeur, Douglas s'efforçait d'intégrer les trois derniers jours à l'ensemble de sa vie. De les glisser en douceur entre le bureau d'études Manshot et Greeley et les bars anciens en acajou, qui valent plus que ce que certains gagnent en un an.

Mais c'était peine perdue. *A moins que je n'aie traversé le miroir sans y faire attention. A moins que cette ville ne soit pas réellement Fairharbour, Connecticut.*

Sa pensée revint à Babs. *Babs. Comment, au nom du ciel, une chose aussi épouvantable avait-elle pu arriver à quelqu'un d'aussi doux et d'aussi charmant que...*

– Qu'est-ce que vous me servez, barman ?

Doug leva les yeux. L'espace d'un instant, fugace, il vit Babs encadrée par la lumière du vestibule. Mais non. La silhouette était plus grande, plus déliée que celle de Babs.

– Prends un tabouret, Angie. Ce n'est pas ce qui manque.

Angela s'assit. Elle était vêtue d'un peignoir en éponge qui lui arrivait aux chevilles et qu'un cordon serrait à la taille. Il mettait en valeur les rondeurs de sa poitrine. Les pans s'en écartèrent lorsqu'elle se jucha sur le tabouret et Doug ne put s'empêcher de remarquer ses jambes fines et bronzées à la chair ferme.

Il n'aimait guère la façon dont elle le regardait. Il n'ignorait pas qu'Angela ne le tenait pas en très haute estime. Il lui arrivait même parfois de prendre toute la mesure de l'aversion qu'il lui inspirait. Mais il avait toujours été incapable de comprendre les raisons de cette antipathie. Tout ce qu'il savait, c'était que sa belle-sœur évaluait chaque mouvement qu'il accomplissait, chaque mot qu'il prononçait en fonction de règles non écrites, et qu'elle ne cessait d'accumuler les raisons qui le rendaient indigne d'être le mari de sa sœur.

– Que veux-tu ? s'enquit-il.

Angela balaya du regard les bouteilles alignées sur l'étagère en face d'elle.

– Un Johnnie Walker. *On the rocks.*

Tandis que Douglas remplissait son verre, elle jeta un coup d'œil à sa montre. Elle la portait à l'envers. *Comme un camionneur,* se dit Doug.

– Presque minuit. Rod ne devrait plus tarder.

Il consulta sa montre à son tour. 23 h 58.

– Oui, il sera là d'une minute à l'autre, maintenant. S'il n'a pas été retardé.

– Comment s'est-il remis de son divorce ?

Doug haussa les épaules.

– Je n'en sais rien. Je pense que ça a été plus dur pour sa mère que pour lui. En fait, moi, je m'y attendais depuis belle lurette. Je lui avais toujours dit qu'il ne pouvait pas laisser Carol se faire avorter et continuer ensuite comme si de rien n'était.

– Je n'ai jamais estimé pour ma part que Rod était du genre à penser que des raisons de convenance personnelle justifiaient un avortement.

Angela faisait des efforts méritoires pour se montrer polie envers son beau-frère. *Pourquoi est-ce que tout ce qu'il dit me hérisse ? Babs m'a expliqué une fois que je n'aime pas les* hommes, *et voilà tout. Elle a toujours eu tendance à simplifier les choses.*

Angela avait un appétit hétérosexuel parfaitement normal à l'endroit du mâle de l'espèce. Les choses, le plus souvent, s'arrêtaient là. Elle adorait s'envoyer en l'air avec un beau garçon, mais elle n'avait jamais eu de relations suivies avec un homme. « Relations » était même un mot qu'elle détestait. Cela faisait trop *sixties.*

Abstraction faite de son escapade mexicaine, Angela n'était pas un produit des années 60. Elle se rappelait ce que Todd répétait si souvent : si elle s'entendait si bien avec lui, c'était uniquement parce qu'il était un homo impénitent et que, par conséquent, elle n'avait pas à transiger avec lui comme on le fait avec l'Homme : c'était elle qui mettait la majuscule. Il occupait simplement dans sa vie un espace agréable et confortable, fait à sa mesure, et qui n'avait strictement rien de sexuel.

Peut-être que Babs a raison, après tout. N'est-ce pas Jules Feiffer qui disait quelque part que les hommes confondent l'amour de la chagatte *avec l'amour des* femmes *? C'est peut-être la même chose pour moi, vu du côté opposé. Peut-être que j'ai simplement du goût pour le* braquemart *mais pas pour les mecs qui vont avec.*

Merde, encore un coup, Doug est en train de dégoiser !

– ... a dû le pousser à ce geste. C'est presque comme ça que Malcolm est mort, tu sais ?

Malcolm, Malcolm Sanderson. Oui. Il a eu la tête arrachée au Viêt-nam. C'est du suicide de Paul Sanderson que Doug est en train de parler.

– Ce geste, comme tu dis, ne ressemble vraiment pas au Dr Sanderson que je me rappelle. Et que fais-tu de cette histoire de catalogue ? Encore qu'Ed Wheeler n'ait peut-être raconté tout ça que parce qu'il était imbibé, selon son habitude.

– Non, Angie, tu es injuste. Tu n'as pas vu Ed depuis... combien ? Douze ans ? Il s'est mis au régime sec. Ce n'est plus comme dans le temps.

Angela eut un reniflement de mépris. *Je l'ai trop souvent vu dégringoler de son bureau quand il faisait son cours au lycée pour être dupe.*

Mais ce n'était pas là la question.

– Alors, tu acceptes sa théorie ? Paul Sanderson est allé chez Ed parce qu'il savait qu'il y trouverait exactement l'objet dont il avait besoin pour reconstituer la mort de son fils. Et il s'en est servi. Mais il a commencé par sortir je ne sais quel catalogue qu'il a posé devant lui sur le bureau.

Douglas toussota et prit une nouvelle gorgée de bourbon.

– On peut donner une coloration insolite à n'importe quoi en présentant les choses de cette manière. D'ailleurs, le suicide est, en soi, une chose qui sort de l'ordinaire. Je veux dire que Sanderson n'avait pas loin de quatre-vingts ans. S'il en avait assez de la vie, il aurait pu tout bonnement attendre avec fatalisme de voir arriver sa fin. En outre, c'était un catholique très pratiquant, le savais-tu ?

– Vraiment ?

– Et pour les catholiques, le suicide est un aller simple direction l'enfer. Vous ne passez pas par la case départ. Vous ne touchez pas deux cents dollars. Pffuit ! Passez muscade !

La main de Doug décrivit un arc de cercle de haut en bas mais l'alcool estompait ses perceptions : elle heurta le dessus du bar, ce qui produisit un *vlam !* sonore. Il poussa un cri de douleur. Cela ressemblait tellement au jappement d'un jeune chien qu'Angela ne put s'empêcher de sourire.

– Dans ces conditions, pourquoi se serait-il donné la mort ? poursuivit Doug tout en léchant son petit doigt endolori. A moins qu'il n'ait eu déjà l'impression d'être en enfer.

Là, c'est un point de vue que je peux comprendre !

– Qu'est-ce qui te fait dire ça ?

– Oh ! merde ! Je n'en sais rien. C'est juste que... enfin, j'aimais bien Sam Dennison. Sans blague. Comment aurait-il pu commettre cet acte effrayant si tout n'avait pas basculé dans l'enfer.

– Je reconnais qu'une tentative de meurtre et un suicide en l'espace de trois jours, ça commence à faire beaucoup, mais ce n'est quand même pas une raison pour faire intervenir le diable.

Ce genre de conversation mettait Angela mal à l'aise. Elle traînait derrière elle, embusqué quelque part au fond de sa mémoire, un sombre et sinistre souvenir. Elle était encore au lycée quand elle avait eu un aperçu des choses occultes. Trois de ses camarades l'avaient invitée à venir chez l'une d'elles, pour la Toussaint. Ils avaient, lui avaient-ils dit, trouvé le plus sensass des gags pour l'occasion. Quand Angela était arrivée, ils lui avaient annoncé qu'on allait tenir une messe noire. Comme elle ne savait pas ce qu'était une messe noire, ils lui avaient expliqué qu'ils allaient invoquer le diable en personne. Ou, à tout le moins, un démon mineur.

Cette seule idée avait bouleversé et horrifié Angela : elle avait sur-le-champ tourné les talons. Le lendemain, aucun de ses copains n'avait voulu parler de la soirée. Sa meilleure amie, Ticky Andrews, avait eu une crise de nerfs quand Angela avait essayé de la pousser dans ses retranchements. Une semaine plus tard,

Jimmy Dolan, qui était en quelque sorte le chef de leur petit groupe, avait tenté de se pendre. Il avait raté son coup. Mais comme son cerveau avait été privé d'oxygène, il avait été condamné à passer le restant de ses jours dans un fauteuil roulant. Lorsque, trois ans auparavant, il était finalement mort d'un cancer, ç'avait été avec soulagement qu'Angela avait appris la nouvelle. Betty Hamilton, qui appartenait elle aussi au groupe, avait quitté Fairharbour après ses études. Et Ticky avait épousé Ed Wheeler, qui était de trente ans son aîné.

Somme toute, songea Angela, *ils ont probablement eu les uns et les autres un « destin pire que la mort ».*

– Il ne s'agit pas d'invoquer le diable. (Doug finit son verre et mit ce qui restait de glaçons dans son mouchoir dont il se servit comme d'une compresse pour atténuer les élancements de son petit doigt meurtri.) Simplement, il est en train de se passer des choses que je n'aime pas du tout. Et puis, tiens... rappelle-toi dans quel état nous avons trouvé la maison en arrivant.

– Ah bon ? Parce que tu n'y étais pour rien ? Je me suis posé la question.

– Non, c'était Dougie. Franchement, Angie, il y a des fois où je me demande pourquoi j'ai donné mon prénom à ce gamin. Il n'a pas un seul gène à moi.

Angela le fusilla du regard.

– Jamais une Finney n'a joué à ce petit jeu-là, mon cher.

Douglas devint écarlate.

– Oh ! Ce n'était pas ce que je voulais dire... Eh ! Ecoute !

Des pneus crissaient sur le gravier. Il y eut un grincement de freins et, quelques secondes plus tard, le carillon de la porte retentit. Angela alla ouvrir : elle irait plus vite que Doug, qui aurait dû faire le tour du bar. D'ailleurs, ce devait être Rod. A cette pensée, son pouls s'accéléra.

Le garçon qui entra était le plus beau gosse qu'Angela eût jamais vu. Encore plus beau que dans son souvenir. Son uniforme était d'une netteté irréprochable. Il était rasé de près. Bien qu'il n'eût que vingt-quatre ans, il avait les tempes argentées. *Très distingué.*

– Ça alors ! (La surprise que la vue d'Angela provoqua en lui fit s'immobiliser Rod une fraction de seconde.) Tante Angela ! Non mais je rêve !

Angela lui pinça le biceps.

– Je t'ai dit il y a cinq ans de cesser de me donner du « tante Angela », soldat. J'ai l'impression d'avoir cent ans quand tu m'appelles comme ça.

Rod l'étreignit. Sous son blouson, ses muscles étaient durs.

– Cent ans ? Tu veux rire, lui murmura-t-il à l'oreille. Tu en fais à peine vingt et un.

Elle s'esclaffa.

– Tu n'as pas changé. Tu sais toujours ce qu'il faut dire au bon moment. Tu as des bagages ? Ton père est dans son bureau.

– Je n'ai que ça. (Rod brandit un petit sac format baise-en-ville.) Dans l'armée, on ne s'encombre pas quand on voyage.

Il passa devant Angela pour aller à la rencontre de son père qui apparaissait dans le vestibule, massant toujours sa main endolorie. Le taxi qui l'avait conduit redémarra. La jeune femme sentit soudain comme une nausée monter en elle. A propos de quelque chose que Doug avait dit. Quelque chose où il était question du côté dément de la situation.

– Je pensais que tu viendrais en voiture, s'étonna Douglas.

– C'était ce qui était prévu mais mon meilleur copain avait décidé d'aller faire sa folle et sa fière ce soir, au lieu de me prêter sa voiture. Alors, je me suis joint à un groupe de gars qui filaient sur Sikorski, et me voilà.

– Tu as pris un taxi à Bridgeport pour venir ? Pourquoi n'as-tu pas téléphoné ? J'aurais pu...

Rod leva la main.

– J'ai opéré avec efficacité, papa. Tu m'as toujours dit qu'il fallait « agir avec efficacité », n'est-ce pas ?

Doug se crispa. Toujours la même vieille mise en boîte. Jamais Rod n'arrêterait de l'asticoter là-dessus.

– A propos d'efficacité, tu devrais relever plus souvent la boîte aux lettres.

Rod sortit une poignée d'enveloppes de dessous son blouson. Lorsqu'il les tendit à son père, le gros élastique qui les maintenait claqua et elles s'éparpillèrent comme des cartes à jouer.

Machinalement, Angela se baissa pour les ramasser. Elle ne prêta qu'à peine attention aux factures et aux prospectus. La seule chose qui attira son regard fut un petit catalogue à la couverture rouge foncé.

8

– Eh bien, j'ai de bonnes et de mauvaises nouvelles.

Sam Dennison blêmit. Il leva les yeux vers le visage rubicond de l'avocat et se demanda une fois de plus pour quelle raison ils étaient amis.

– Je ne suis pas d'humeur à apprécier ton sens de l'humour, Phil.

Marsdon haussa les épaules.

– Comme tu voudras.

Les deux hommes étaient dans la cellule de garde à vue du commissariat de Fairharbour qui hébergeait Sam depuis trois interminables journées. Marsdon n'aurait dû être porteur que de bonnes nouvelles !

– La bonne nouvelle, poursuivit l'avocat, c'est que les analyses effectuées sur les lambeaux de peau retrouvés sous les ongles de Mme Greeley te disculpent entièrement : ce ne sont pas les tiens, ils ne correspondent pas.

– Ça, j'aurais pu te le dire.

– Peut-être, mais c'est le miracle de la médecine légale et on a tendance à faire plus confiance aux éprouvettes et aux microscopes de ces gars-là qu'aux dénégations d'un individu soupçonné de tentative de meurtre. Et tu es toujours suspect. C'est ça, la mauvaise nouvelle.

– Alors, je vais rester bouclé dans ce piège à rats ?

– Il n'en est pas question. Fort du verdict des tubes à essai, j'ai interrompu la partie de golf du juge Richard Shoemaker et l'ai obligé à revenir sur sa position, c'est-à-dire sur son refus de te libérer sous caution. De toi à moi, tu n'aurais pas dû foutre une dérouillée à une gonzesse pour qui il marquait midi.

Sam bondit sur ses pieds.

– Par moments, je me demande ce qui m'a pris de m'associer avec un tas de merde comme toi, tu sais. Parce que pour manquer de tact, tu te poses un peu là, permets-moi de te le dire.

Marsdon pouffa.

– C'est pour ça que je ne suis pas criminaliste, Sammy. Et que tu as besoin d'un autre aigle du barreau pour t'éviter d'être broyé par l'engrenage de la justice. En tout cas, j'ai réglé le problème de ta caution.

– Combien ?

Phil Marsdon toussota.

– Cent cinquante mille dollars. Ne me dis pas que tu ne disposes pas d'une somme pareille. Je le sais. Mais je t'ai dégotté un *bondsman* – un bon vieux garant des familles, avec les intérêts – tout ce qu'il y a de sympa et il m'a filé l'oseille. A propos, tu me dois une pipe.

– Bon Dieu, tu ne peux pas être sérieux cinq minutes ?

Marsdon haussa à nouveau les épaules.

– Bon, bon. Je demanderai à Jojo de m'en faire une.

C'était ainsi qu'il surnommait Joanne et Dennison imagina la scène avec une netteté indésirable. Pris d'une bouffée de rage, il leva le poing. Marsdon n'avait pas l'ombre d'une chance de l'éviter. Sa tête rebondit, heurta le mur de la cellule et il s'affala par terre.

– Salope ! (Il lança un coup de pied qui n'atteignit que le vide car Sam avait déjà fait un saut de côté.) Salope ! répéta Marsdon. Espèce d'enfoiré ! C'est comme ça que tu me remercies, raclure !

Sam avait le souffle court. La peau de son visage était tendue et elle avait viré au cramoisi. Sa vision était obscurcie et il dut faire un effort pour accommoder. Il tendit une main à l'avocat et l'aida à se relever.

– Fais attention à ton langage, cher maître. (Il fit mine d'épousseter le pantalon de Marsdon.) Et ne parle plus jamais de ma femme de cette manière. Plus jamais. Compris ?

– Putain de merde ! Qu'est-ce qui te prend ?

Sam exhala un petit rire sec et amer.

– Moi ? Oh ! trois fois rien. Je suis accusé de tentative d'assassinat. Et ma femme a une dépression nerveuse.

Marsdon redressa sa cravate et prit son veston et son attaché-case, posés sur l'étroite couchette.

– D'accord ! Mais tâche de mettre une sourdine, putain de moine ! Si tu te conduis de cette façon devant les cognes, ils te ficelleront sur la chaise électrique sans même prendre la peine de te faire passer en jugement.

Sam acquiesça.

– J'en prends bonne note. Quand pourrai-je rentrer chez moi ?

– Quand tu voudras. Attends que j'appelle la flicaille.

Six minutes plus tard, Sam Dennison respirait à pleins poumons l'air froid de la nuit. Mais il ne se sentait pas dans la peau d'un homme libre, et Phil Marsdon lui rappela sans délai qu'il n'en était pas un :

– Il y a quelques petites choses que tu dois te mettre dans la tête, mon gars. Primo, il faut que tu maîtrises tes coups de colère. Tu as peut-être réussi à cacher ton sale caractère à bobonne mais moi, je te pratique depuis une sacrée paye, et je connais par leur petit nom quelques-uns de tes démons familiers. Deuzio, la poulaille locale a probablement enfreint tous les règlements pour te foutre comme ça en cabane mais ça, c'est pas mon affaire. Trouve-toi un criminaliste à la coule, et il y a des chances pour qu'il te tire d'affaire par un artifice de procédure. Souviens-toi de ça.

– Je ne veux pas recourir à des artifices de procédure. (La tête levée, Sam contemplait le ciel qui était d'une pureté cristalline.) Je n'ai pas touché à Babs Greeley. Je crois que j'ai sonné deux fois Dougie en le balançant contre un mur, mais je n'ai rien fait à sa mère. C'est une brave femme. Je n'aurais jamais fait une chose pareille.

– Vraiment ? Et ce loubard de Central Park, tu lui as pas à moitié arraché le bras, peut-être ? Te fatigue pas à me bourrer le mou, fiston : j'étais là.

Le regard de Sam croisa celui de Marsdon. L'avocat faisait facilement vingt centimètres de moins que lui, mais comme il se tenait sur la dernière marche du perron du commissariat, les yeux des deux hommes étaient au même niveau. Dennison sentit ses joues s'enflammer.

– C'était... enfin, les circonstances étaient différentes.

– Peut-être. Mais tu as, dans tes antécédents, des actes d'une violence pas ordinaire, mon con. Les tronches que tu as défoncées dans ton jeune temps, on les compte pas. Depuis que tu as vingt-cinq ans, c'est fini, je sais. Là aussi, je suis témoin. Mais si ces connards font des recherches – et ils en feront –, tout ça, ils le ressortiront. Alors, prie le bon Dieu qu'un type surgisse de la cheminée de ta chambre en disant : « C'est moi qui ai fait le coup », ou place tes espoirs dans les artifices de procédure. La révélation de ton véritable caractère fera salement mauvais effet dans le patelin, crois-moi.

Sam sentait que ses yeux commençaient à le picoter. Tout ce que disait Marsdon était vrai. Oui, bien sûr, c'était vrai ! Mais il avait pourtant fait tellement attention ! Il avait eu une conduite tellement exemplaire !

Il tremblait. Marsdon lui posa la main sur l'épaule.

– Allez, viens, je te ramène retrouver Jojo la Joie. Probable qu'elle va mouil... qu'elle sera plutôt joice de revoir ta sale gueule.

Sam suivit Marsdon qui se dirigeait vers la Jaguar X-KE jaune citron, garée derrière le commissariat. Il n'était pas facile de loger son grand corps dégingandé dans cette voiture de sport surbaissée, mais il finit par y arriver. Le moteur émit un grondement feutré.

Treize minutes plus tard, ils arrivaient au manoir Wembledge. Sam fut surpris de constater que la maison était telle qu'il l'avait vue pour la dernière fois, il y avait de cela des siècles. N'aurait-il pas dû y avoir des tentures funéraires, un signe extérieur quelconque de l'horreur qui se tapissait derrière ses murs ?

La voiture s'arrêta. Il mit pied à terre, sombre et silencieux. Il entendit derrière lui claquer l'autre portière et Marsdon le rejoignit. Les deux hommes gravirent l'escalier de la terrasse.

La porte d'entrée s'ouvrit et Joanne sortit en trombe.

Sam sentit son cœur se serrer. Comme elle était pâle ! Ses yeux étaient cernés mais son sourire radieux. Et très, très réel. Elle se jeta à son cou et ses lèvres cherchèrent les siennes.

– Oh ! chéri ! Ce que je suis heureuse de te voir !

Sam la serra de toutes ses forces contre lui. Elle était, lui semblait-il, deux fois moins épaisse que dans son souvenir. Il avait l'impression d'étreindre un squelette.

– Tu as pris soin de toi ? Et le bébé...

– ... est au mieux de sa forme, docteur. Et la mère aussi. Maintenant que tu es de retour. Oh ! Sam !

Joanne enfouit sa figure contre la poitrine de son mari. Levant les yeux, celui-ci aperçut Nancy, sa belle-sœur, dans l'encadrement de la porte. Elle lui adressa un vague signe de la main.

Sam aimait bien Nancy mais sa froideur avait le don de le mettre mal à l'aise, même s'il en devinait la raison. Elle avait neuf ans de plus que Joanne. Deux fois divorcée. Revenue de tout. C'était quelqu'un de fort, de physiquement fort, mais elle avait toujours fait plus que son âge. C'était la seule personne de la famille géographiquement assez proche pour être appelée à l'aide afin de s'occuper de Joanne.

– Bonjour, Sammy, dit-elle tandis que tout le monde entrait enfin dans la maison. J'ai mis de l'eau à chauffer. Il y a du thé, du café et du cacao. Tu n'as qu'à faire ton choix.

– Café. Non... du chocolat. Avec plein de crème fouettée.

Joanne éclata de rire.

– Mon mari est un sybarite. Et il a raison !

En approchant de la cuisine, Sam ralentit le pas. Nancy et Marsdon passèrent devant lui. Brusquement, il s'arrêta et se tourna vers Joanne qui était restée à sa hauteur.

– Tu sais ce qui est la cause de tout ça, n'est-ce pas ? Tu comprends ce qu'il y a en réalité derrière cette situation démente ?

Joanne hocha affirmativement la tête.

– Le Catalogue. Oui, je sais. Mais j'ai une nouvelle merveilleuse à t'annoncer. Il n'en est pas arrivé pendant... ton absence.

Sur le moment, ces paroles ne furent pour Sam qu'un tissu de mots inintelligibles. Comme il vacillait sur ses jambes, Joanne lui empoigna le bras. Quand il parla, Sam eut le sentiment que sa voix venait de très loin :

– Il n'est pas...

– Non, pas depuis trois jours, Sam. Il y a trois jours que nous n'avons pas reçu le Catalogue.

– Ne te casse pas la tête pour ça, mon chéri. Ce sont des choses qui arrivent à tout le monde. L'essentiel, c'est que tu sois là, à la maison. Sain et sauf.

Sam caressa les cheveux de sa femme et sourit dans l'obscurité de la chambre.

– Toi, tu as encore lu un de tes magazines féminins ! « Comment consoler son mari qui n'arrive plus à bander » !

Joanne eut un petit rire rauque.

– Tu dates, mon cher. Maintenant, ce serait plutôt : « Comment échanger un vieux cheval de retour contre un étalon toujours prêt à passer à l'action. » (Elle déposa un baiser sur la poitrine de Sam.) Au cas où tu ne l'aurais pas remarqué, mon amour ne s'arrête pas au fait que ton zizi se mette ou non au garde-à-vous au commandement.

Il l'attira contre lui. Son corps était chaud contre le sien. La main de Sam glissa le long du bras de Joanne, s'attarda dans le creux de ses reins, se referma sur son postérieur. Il lui pinça la fesse.

– Je pourrais peut-être dire que j'ai l'esprit ailleurs ?

– Oh ! Plutôt faiblard comme explication, le railla Joanne avec un mépris feint. Mettre ça sur le compte d'une accusation de tentative d'homicide que tu n'as pas commise... non. Tu pourrais peut-être arguer d'un état de fatigue ou quelque chose comme ça.

Son index gauche traçait des spirales au milieu des poils qui garnissaient la poitrine de Sam. Des spirales qui descendaient de plus en plus.

– Ou que j'ai trop bu, peut-être ?

Elle eut un reniflement dédaigneux.

– Non. Tu n'as pas de preuves. Tu pourrais prétendre que tu as sauté la grosse blonde du pool de dactylos et qu'elle t'a mise sur les genoux.

– Hum ! Non, ce n'est pas valable non plus. Cela fait une semaine que je ne suis pas allé au bureau.

– La femme flic du commissariat qui a des nichons énormes ? Une passion torride entre les barreaux ?

– Non.

– Sam... (Subitement, la voix de Joanne était devenue à peine un murmure. Son changement d'humeur se percevait dans la façon qu'elle avait eue de prononcer son prénom. Maintenant, elle allait être sérieuse.) Si c'est encore le Catalogue... (Elle sentit que Sam se raidissait et elle se serait volontiers mordu la langue.) Chéri, je te demande pardon. Je...

– Il n'y a pas de mal. J'ai eu amplement le temps de réfléchir. Je ne sais toujours pas quelles conclusions il faut tirer de tout ça, mais il y a, en tout cas, une chose certaine : cette saloperie est à la base de cette histoire de fous. Comment ? Pourquoi ? Je n'en ai aucune idée. Je le sais, c'est tout.

– Il faut que je te dise... Dougie Greeley est venu en chercher un. La semaine dernière, je crois. Le jour où tu étais allé acheter de la peinture pour refaire ton bureau. (Le doigt de Joanne continuait de tracer des cercles. C'était maintenant son abdomen qu'elle chatouillait agréablement.) A mon avis, c'est pour ça qu'il y a eu un jour où nous ne l'avons pas reçu. Il l'avait *volé*.

– C'est ce qu'il semblerait. Mais je me demande pourquoi ils ont arrêté de nous l'envoyer.

Joanne haussa son épaule libre et se serra encore davantage contre Sam. Elle avait une jambe posée sur les siennes. Il lui caressa la cuisse. Comme elles étaient longues ! Si douces, si tièdes !

Elle étendit sa jambe. La main de Sam passa sur sa cheville, sur son pied, remonta le long du mollet. Le Catalogue s'éloignait de sa pensée.

Joanne déplaça sa jambe pour laisser ses doigts poursuivre l'exploration de ses régions sud. Sam était moins tendu. Il enfouit son visage dans l'odorante chevelure de Joanne. Un parfum d'infini...

Des souvenirs heureux l'assaillaient. Cela ressemblait tellement à leur première nuit ! Enfin... presque. Parce que, cette fois-là, il avait été à la hauteur. La seule présence de Joanne suffisait à lui faire oublier tout le reste. Sa voix basse et rauque qui faisait naître le désir. La senteur de ses cheveux, de son corps. Pas de parfum : juste l'odeur de la propreté. Elle était à peine maquillée, elle ne mettait presque jamais d'eau de toilette. Ses boucles étaient parfaitement naturelles. Ses grands yeux noirs n'avaient pas besoin d'être rehaussés de mascara.

Sam revivait les jours anciens. C'était cette beauté sans artifices qui l'avait attiré tout d'abord. Elle lui avait paru si parfaite, si saine qu'il lui avait fallu trois semaines pour rassembler le courage nécessaire pour l'aborder au milieu du bataillon des autres secrétaires. Ç'avait été comme de plonger pour attraper un poisson rouge dans une piscine bourrée de piranhas. Si elle avait refusé son invitation à dîner, une demi-heure après, on n'aurait parlé que de ça dans toute la maison. Sam savait comment les filles du pool de dactylos le décrivaient quand elles parlaient de lui, et il était forcé d'admettre qu'il ressemblait à un gorille aux poils roux.

Mais ceux qui prétendaient que l'âge des miracles était révolu se trompaient. Joanne avait dit « oui ».

Il y avait huit ans de cela. Quelquefois, il avait l'impression que c'était hier, quelquefois que cela remontait à une éternité. A une vie tout entière. Celle de Sam n'avait pas été ce qu'il est convenu d'appeler une vie heureuse avant Joanne. Il avait réussi, certes. Mais il y avait toujours eu un impalpable *quelque chose* entre lui et le bonheur auquel il aspirait.

Il n'avait pas été totalement surpris quand ce quelque chose intangible s'était avéré avoir l'apparence de Joanne McAllister.

Pour ce premier dîner en tête à tête, il l'avait invitée à la *Tête de Lion* de Sheridan Square, un restaurant situé à deux pas de sa piaule du Village, et dont les prix n'outrepassaient pas les limites de son maigre budget. Du moins après une semaine d'économies sordides. C'était un endroit sympathique et confortable, placé sous la houlette d'un gros chat noir dont la rumeur prétendait qu'il était le véritable patron. Sam ne le fréquentait guère mais les rares fois où il y était allé, l'atmosphère de pub anglais de l'établissement l'avait enchanté.

Ce soir, dans leur grande maison du Connecticut, le souvenir de cette première soirée était aussi net dans son esprit que si elle datait de la veille. Il se rappelait que Joanne était un peu sur la réserve. Presque intimidée.

Petit à petit, elle s'était abandonnée. Elle lui avait

parlé de sa mère, de ses trois sœurs, de son père. De son enfance qui avait été à peu de chose près une enfance heureuse. Ce soir-là, elle n'avait fait qu'effleurer les moments difficiles qu'elle avait connus : ses crises de nerfs, ses terreurs enfantines irraisonnées.

Elle était convaincue que, quoi qu'ils aient pu être, ses problèmes étaient intrinsèquement d'origine intérieure. Plus tard, Sam Dennison avait compris qu'elle n'avait nulle intention de lui donner une image faussée de sa vie de famille. Qu'il était très important pour Joanne qu'il aimât autant qu'elle sa mère, son père et ses sœurs.

Ç'avait été l'heure de la fermeture. Dans la rue, Joanne lui avait pris le bras le plus naturellement du monde, et avait posé la tête sur son épaule.

On était trois semaines avant Noël. Avec ses illuminations et ses vitrines décorées, Greenwich prenait des airs de royaume magique. Des couples formant toutes les combinaisons imaginables les croisaient. Quand ils arrivèrent à la grille tordue clôturant le jardin de la maison où logeait Sam, Joanne n'avait pas posé de questions.

Pas un mot ne fut prononcé. Ils entrèrent. Sam alluma la bougie fichée dans la bouteille, à côté de la porte. Il ôta à la jeune fille son manteau. Elle lui enleva le sien. Ils restèrent longtemps immobiles l'un devant l'autre, respirant à peine.

Puis elle noua ses doigts derrière son cou et attira son visage vers le sien. Ce fut leur premier baiser. Beaucoup d'autres devaient suivre, cette nuit-là.

Le lendemain matin, il lui apporta le petit déjeuner au lit et lui demanda sa main. Elle répondit qu'elle avait besoin de temps pour réfléchir. Elle attendit d'avoir terminé ses flocons d'avoine et bu sa seconde tasse de café pour dire oui.

– Un sou pour connaître tes pensées...

Sam revint brusquement au présent. Il lui pinça de nouveau la fesse.

– Ah ! (Elle avait la tête nichée sur sa poitrine mais Sam sentit néanmoins le sourire qui se dessinait sur ses lèvres.) Ce sont des pensées délectables !

Son doigt baladeur ne pouvait pas aller plus loin. Elle ouvrit la main toute grande et la fit caressante. Elle piqueta encore la poitrine de Sam de baisers. Prit le bout de son mamelon entre ses dents et le mordilla. Partant de là, sa langue effectua un long périple jusqu'à son nombril. Elle lui embrassa le ventre.

Ses doigts câlins, ses lèvres étaient féeriques. Faisant s'évanouir toutes les tensions. Sam Dennison sentit le désir monter en lui. Il referma ses larges mains autour de la taille de Joanne et la souleva. Du bout des doigts, elle pianota sur ses biceps gonflés tandis que sa chevelure caressait la figure de l'homme.

Il la maintint un long moment dans cette position, ombre dans l'ombre qui l'environnait. Enfin il desserra imperceptiblement son étreinte. La laissa retomber sur lui. Lentement. Si lentement...

Elle s'ouvrit pour lui, s'empalant avec un soupir qui n'en finissait pas. Une chatte qui ronronne. Elle prit ses hanches en étau entre ses mollets et commença à osciller. D'avant en arrière. D'arrière en avant.

Il lui lâcha la taille et promena ses mains sur cette chair si douce. Elle se pencha, le corps cambré, et leurs bouches se fondirent.

Le Catalogue était bien loin de leurs pensées à l'un et à l'autre.

Nancy McAllister essayait de se concentrer sur son livre.

Des sons étouffés lui parvenaient de l'autre côté du mur et elle se doutait de ce qu'ils signifiaient. Ayant été mariée deux fois, les bruits accompagnant les ébats amoureux n'avaient pas de secret pour elle. Et elle était contente que Joanne s'adonne aux plaisirs de l'amour.

Mais elle se sentait gênée de jouer les voyeuses – les « écouteuses », plus exactement.

L'idée lui vint d'aller se faire un thé à la cuisine. Mais descendre au rez-de-chaussée posait des problèmes. Parfois, les planchers grincent de façon assourdissante dans les vieilles maisons et elle ne voulait pas les déranger. Ou donner l'impression qu'elle rôdait à pas de loup pour les espionner.

En dépit de tous ses efforts, elle ne parvenait pas à se concentrer sur sa lecture. C'était un combat perdu d'avance. Et elle savait pourquoi. Cela faisait trop longtemps qu'il n'y avait pas d'homme dans sa vie. Son divorce remontait à deux ans. Elle pensait que la fureur, la frustration qu'avait fait naître en elle la manière dont Ned la traitait suffiraient pour sublimer sa sexualité pour les cent ans à venir. Elle se trompait. Les bruits qui venaient de la chambre contiguë et les réactions physiques qu'ils suscitaient en elle en étaient la preuve. Elle se trompait du tout au tout.

Bien entendu, cela avait pour seul résultat de réveiller sa rage à l'endroit de Ned. Une rage dont les modalités étaient bien établies. Les souvenirs archiconnus revenaient en bon ordre. Comme c'était merveilleux, au début, quand tout avait commencé.

Elle avait près de douze ans de plus que lui mais cela ne paraissait pas avoir d'importance. Son physique tenait le coup. Et elle avait l'amour de la vie. Elle se sentait entièrement libre de commencer une existence nouvelle avec un homme qui l'aimait autant qu'elle l'aimait.

Trois jours avant le deuxième anniversaire de leur mariage, il était allé passer un week-end aux Bahamas avec sa secrétaire. Nancy ne s'en était pas remise. Elle n'arrivait pas à croire à une chose pareille. C'était une Américaine de la fin du XX[e]siècle, intelligente et à l'esprit rationnel. *Se faire piquer son jeune mari par une miss Clairol avec une paire de nénés gros comme ça !* C'était d'une telle banalité ! Quasiment insupportable.

Après deux longues années, la blessure n'était toujours pas cicatrisée. Elle se demandait encore si elle pourrait vraiment faire à l'heureux couple, si jamais elle le rencontrait de nouveau, ne serait-ce qu'une petite partie des vacheries qu'elle imaginait. Le divorce avait été moche, très moche. Elle avait fait raquer Ned jusqu'au dernier sou mais ce n'était pas encore suffisant. Les plaies à vif continuaient de crier vengeance. Des pensées persistaient à sourdre des plus obscurs recoins de son esprit, la nuit, quand elle était trop fatiguée pour leur faire barrage... trop fatiguée pour se soucier du jugement qu'elle porterait sur elle-même pour n'avoir pas eu la volonté de couper court à ces ignobles fantasmes.

Parfois, il lui arrivait de s'interroger avec angoisse sur la terrible, la sadique tournure que prenait son imagination. De se demander si ce n'était pas là une manifestation de la cruelle disposition d'esprit à l'origine des épouvantables crises nerveuses qui avaient quelquefois eu raison de Joanne, quand elle était enfant, quand elle voyait des monstres à l'affût dans tous les pans d'ombre.

Nancy McAllister avait ses propres pans d'ombre. Et ses propres monstres.

Le seul, de tous les gens qu'elle connaissait, à l'avoir remarqué avait été Sam Dennison. Pas ses sœurs, pas sa mère, Sam Dennison. Cela lui faisait du bien de penser à lui ; cela estompait le fantôme de Ned. Elle aimait beaucoup Sam. Mais, jusqu'à ce moment, l'idée ne lui était jamais venue qu'il avait assez d'intuition pour percer à jour ses pensées secrètes.

D'autres souvenirs l'assaillaient. C'était trois mois après le divorce. Elle revenait de voyage – elle avait fait le tour du monde. Ce qui était d'une parfaite stupidité. Elle avait seulement cherché à se changer les idées. Sam et Joanne lui avaient proposé de l'héberger chez eux, à Brooklyn Heights, pendant qu'elle chercherait un appartement. Parce qu'elle ne voulait à aucun prix reprendre celui qu'elle habitait avec Ned.

Un soir, très tard, Sam était entré dans le séjour. Elle était là à regarder dans la nuit, plantée devant la fenêtre. Il s'était approché. S'était assis à côté d'elle sans ouvrir la bouche. Nancy n'avait vraiment pris conscience de sa présence qu'au bout de plusieurs minutes. Et quand, brusquement, elle s'était tournée vers lui, il avait posé une main sur la sienne.

– Je crois deviner ce que tu ressens, avait-il dit. (Son visage qu'éclairait la lune paraissait très jeune. On aurait presque dit un visage d'enfant. Pas la moindre trace de rides de rire aux coins de ses yeux.) Ton regard, avait-il repris, je le reconnais. Je sais que tu souffres. Je sais que la colère bouillonne en toi. Le mieux serait que tu essaies d'évacuer et ta souffrance et ta colère. Comme si tu essuyais de l'huile qui suinterait de tes pores, si tu veux. (Sa voix, aussi, était plus jeune. Une véritable voix d'enfant.) Pas d'un seul coup, bien sûr. Mais il ne faut pas, non plus, garder tout cela au fond de toi.

Il lui avait serré la main et s'était esquivé. Le lendemain matin, il n'avait pas fait la moindre allusion à ce qui s'était passé. Nancy avait longtemps été à moitié persuadée qu'elle avait rêvé.

Mais non, ce n'avait pas été un rêve et, dès lors, son attitude envers Sam s'était irrévocablement modifiée.

Et maintenant, songeant à la vie que Sam et Joanne s'étaient forgée, Nancy s'abandonnait à ce petit espace de chaleur qui demeurait en elle, rempart contre les idées ténébreuses qui l'assaillaient. Elle aimait l'image qu'elle avait de Sam. L'image qu'elle avait du couple que formaient Sam et Joanne. Un couple qui serait bientôt une vraie famille.

En dépit de l'attitude réservée qui avait été la sienne lorsque Sam avait été relâché par la police, elle n'avait pas douté un seul instant que cette histoire avec Mme Greeley avait été une affreuse erreur. Il ne pouvait en être autrement.

Ce n'était pas Sam qui avait agressé Babs Greeley, c'était quelqu'un d'autre. Quelqu'un qui était entré dans la maison. Dans la chambre. Alors que Joanne était couchée sur son lit, inconsciente. Seule.

Le silence avait repris ses droits dans la chambre voisine.

Nancy abandonna son livre et s'assit au bord du lit. La tête penchée, elle tendit l'oreille. Elle prit la décision de sortir. Sa robe de chambre était accrochée derrière la porte. Elle s'en saisit et la passa par-dessus sa nuisette. Un vêtement presque impalpable, plein de falbalas, qui était à l'opposé de la masculinité que lui donnait parfois son gabarit athlétique. Elle avait un faible pour les tenues féminines qui étaient un rappel de son sexe. Pas pour elle : pour les autres.

Elle se dirigea vers l'escalier de service qui aboutissait à la buanderie. Pas une seule lampe n'était allumée dans la maison. La lune brillait de tout son éclat, parsemant les marches et le sol de flaques d'argent. Elle n'alluma pas dans la buanderie. Arrivée devant la porte de la cuisine, elle fit halte et respira.

Une odeur bizarre flottait dans l'air. Des effluves de moisi. De vieux. D'humidité. Nancy alluma dans la cuisine et regarda autour d'elle, mais ce fut en vain qu'elle chercha dans la pièce aux couleurs vives la source de ces relents nauséabonds.

Un frisson glacé fouetta ses mollets nus. Elle pivota.

La porte de la cave était ouverte.

Elle était encastrée dans un petit renfoncement, à droite de l'entrée de la buanderie. Un œil-de-bœuf en éclairait le panneau couleur de rouille. On voyait la pente abrupte du plafond qui était, en fait, le soubassement de l'escalier de service.

La porte de la cave était ouverte lorsque Nancy était arrivée pour s'occuper de Joanne. L'assistante de police qui l'avait accueillie lui avait dit que l'on avait passé toute la maison au peigne fin, dans l'espoir de trouver la trace d'un intrus. On avait appréhendé Sam, considéré comme le suspect n° 1, mais cela n'avait pas empêché les policiers de procéder à une fouille systématique des lieux. Comme ils avaient trouvé la porte de la cave ouverte, ils ne l'avaient pas refermée.

Mais Nancy était certaine de l'avoir refermée, elle. Et voilà qu'à présent, elle était béante.

Il était possible que Sam ou Joanne l'ait rouverte. Ou Philip Marsdon. Pourtant, Nancy était incapable de se rappeler qu'aucun des trois se soit rendu à un moment ou un autre dans la buanderie. Entre le moment où Sam était rentré jusqu'à celui où Marsdon était parti, tout le monde était resté dans la cuisine. Sam, Joanne et Nancy étaient montés se coucher en même temps.

Un nouveau frisson parcourut Nancy. Elle n'était

pas très portée vers le surnaturel mais il y avait quelque chose, dans les vieilles demeures comme celle-ci, qui la mettait toujours mal à l'aise. Elle alla jusqu'à la porte de la cave. Elle s'apprêtait à la refermer quand un détail attira son regard.

Il y avait, entre le montant et le battant, un espace de deux ou trois centimètres par lequel passait un rai de lune argenté qui sabrait les dernières marches de l'escalier, comme un impitoyable rayon laser. Et ce rai de lumière éclairait un objet glissé entre deux vieilles pierres qui avaient joué au fil du temps.

Nancy chercha en tâtonnant l'interrupteur que Sam avait installé en haut de l'escalier. Elle finit par le trouver et le fit jouer. Et elle vit alors ce qui était logé dans cette étroite fissure.

Le journal du matin apprit le suicide de Paul Sanderson aux Dennison qui n'en crurent pas leurs yeux. Non ! Pas cet adorable vieux monsieur ! Et quelle épouvantable façon de se donner la mort !

– Il devait être beaucoup plus malheureux qu'on ne le pensait, commenta Sam. (Babs avait parlé un jour de la mort tragique de Malcolm Sanderson à Joanne, qui l'avait relatée à son mari.) Je suppose que c'est le genre de choses qui deviennent de plus en plus lourdes à porter, à mesure que les années passent. Et s'il se sentait responsable d'une manière ou d'une autre...

Joanne posa une petite assiette contenant un *bagel* grillé accompagné de crème devant Sam qui en grignota quelques bouchées, la tête ailleurs, tandis qu'elle se servait une tasse de café indien très fort.

L'air était plein d'arômes gourmands. Derrière les grandes fenêtres voilées de rideaux translucides resplendissait un ciel d'azur. A l'horizon dérivaient des nuages blancs, semblables à une escadre de voiliers de haut bord, ces voiliers que Sam et Joanne s'étaient attendus à trouver à Fairharbour. Les histoires de meurtres et d'affreux suicides n'étaient vraiment pas les sujets de conversation qui convenaient par une journée pareille.

– De quoi aurait-il pu se sentir coupable ? répliqua Joanne. Babs m'a dit que son fils était engagé volontaire et que Sanderson était fier de le voir s'embarquer. Fier de le voir servir son pays les armes à la main.

– Ce n'était rien de plus qu'une conjecture parmi d'autres.

Sam leva le journal en pleine lumière pour étudier la photo de Paul Sanderson publiée en première page. A vue de nez, elle datait d'une trentaine d'années. Les cheveux n'étaient pas encore blancs, juste un soupçon de poivre et sel. Les sourcils broussailleux et arqués qu'il connaissait si bien étaient des chenilles noires chevauchant la monture des lunettes. Seuls les gros yeux de noyé étaient demeurés inchangés.

Les détails du suicide étaient sommaires. La visite nocturne rendue à Ed et Ticky Wheeler... la grenade-souvenir. Wheeler serait condamné à une amende légère, essentiellement symbolique, pour détention d'armes de guerre. Après tant d'années, il serait difficile d'engager des poursuites. La police de Fairharbour était au courant de l'existence de l'engin dont Ed ne faisait pas de secret. Les autorités regardaient poliment ailleurs tant que la grenade faisait office de presse-papiers.

Mais maintenant qu'elle avait rempli la fonction à laquelle elle était primitivement destinée, maintenant qu'elle avait finalement *tué* quelqu'un, il n'était plus possible de feindre de l'ignorer.

Sam essaya d'imaginer ce qu'avaient pu être les derniers moments de l'existence de Paul Sanderson. Quand il était à l'université, Sam avait fait sa préparation militaire et s'était plus ou moins initié à l'usage des grenades et autres accessoires de guerre. La seule idée d'enfoncer une grenade à main dans sa bouche, puis de la dégoupiller...

D'après Ed Wheeler, un laps de temps substantiel s'écoulait entre le moment où l'on arrachait la cuiller et le moment où l'explosion se produisait. Quinze secondes. Sam ferma les yeux et compta intérieurement. *Une... deux... trois...*

Une éternité !

De quelle *détermination* invraisemblable fallait-il faire preuve pour rester là, assis avec cette masse de métal qui vous distendait les mâchoires. A attendre patiemment. Pour ne pas céder à la tentation de la retirer de sa bouche et de la lancer au loin.

Selon les déclarations de Wheeler, Sanderson était assis, le dos bien droit, comme à l'église. Les mains posées sur ses genoux, les doigts croisés.

Il n'y avait plus rien au-dessus des clavicules.

Sam frissonna. Joanne, debout derrière lui, penchée par-dessus son dos, lui posa la main sur l'épaule.

– Est-ce qu'ils disent... quelque chose d'autre ? Qu'il aurait laissé une lettre avant de se suicider, par exemple ?

Elle alla s'asseoir sur la chaise à côté de Sam et pencha la tête pour lire la légende sous la photo de Sanderson. Mais elle était incapable d'établir un lien entre les mots et la photo, entre la photo et l'homme.

Sam lut en diagonale le reste de l'article.

– Non, non. Il était juste assis dans le bureau de

Wheeler. Ah ! si... il y a quelque chose. Ils pensent qu'il lisait un...

Ce fut comme si une main géante se refermait autour de la poitrine de Sam et *la broyait.*

– Sam ?

– Un catalogue. (Les mots avaient eu un mal fou à sortir. Il sentit le *bagel* qu'il n'avait mâché qu'à moitié lui remonter dans la gorge.) Le journal dit qu'il lisait un catalogue.

La tasse que tenait Joanne cliqueta contre la soucoupe et du thé brûlant gicla, lui arrosant le dos de la main et le poignet. Elle poussa un cri de douleur.

Sam ne releva pas la tête. Ses yeux étaient rivés au mot « catalogue ». Un tout petit mot, tout noir. Les caractères bavaient.

– Tu ne penses quand même pas...

Joanne ne put aller jusqu'au bout de sa pensée.

Sam fit un effort de réflexion. Etait-ce possible ? Bien sûr que oui. Ce ne l'était même que *trop.* Il avait laissé le Catalogue dans le vestibule des Greeley. C'était là que Sanderson l'avait trouvé. L'espace d'un instant, avant que Sam ne lui adresse la parole, on aurait dit un cadavre. S'il avait ramassé le Catalogue... s'il l'avait ouvert...

Mais cela ne tenait pas debout. Les illustrations du Catalogue étaient empruntées aux cauchemars personnels de Sam Dennison. Si hideuses qu'elles fussent, ces images ne pouvaient pousser un autre homme au suicide. Il ne pouvait s'agir que d'une coïncidence inouïe. Forcément.

A moins...

A moins que... à moins que...

Une idée se formait dans l'esprit enfiévré de Sam. Qui lui fit instantanément l'effet d'une hypothèse ridicule. Grotesque. Démente. Il leva les yeux du journal et les arracher à ce petit mot tout noir lui demandait un tel effort que l'on voyait saillir les tendons de son cou.

– Tu m'as dit... tu m'as dit que Dougie Greeley était venu chercher le Catalogue je ne sais plus quel jour de la semaine dernière. Quels sont les mots exacts qu'il a prononcés ?

Les sourcils de Joanne se froncèrent.

– Je ne me rappelle plus les mots *exacts* qu'il a employés. Sa mère lui avait dit qu'il y trouverait peut-être « quelque chose d'intéressant », c'est tout. Pourquoi me demandes-tu ça ?

Sam secoua la tête. Il n'était encore prêt à répondre à aucune question. Il fallait d'abord qu'il en pose certaines lui-même.

– Babs... C'est la première qui l'a vu. Te souviens-tu de ce qu'elle a dit à ce moment-là ?

Joanne réfléchit. Cela ne remontait qu'à... Combien ? Dix jours ? Quinze ? Le temps avait perdu toute signification. Elle ferma les yeux. Elles étaient toutes les deux dans la cuisine. Babs était assise sur la chaise qu'elle occupait en ce moment. Le Catalogue était grand ouvert sur la table devant elle.

Non, les paroles exactes de Babs lui échappaient. Sur le coup, elle ne leur avait pas attaché une importance particulière.

– Quelque chose comme : « Où diable avez-vous trouvé ça ? Vous n'avez quand même rien commandé à ces gens-là ? » (Inconsciemment, Joanne avait pris le ton haché avec lequel Babs avait posé ces questions dans un souffle.) Elle avait l'air d'avoir cent ans ; cela, je m'en souviens.

L'air d'avoir cent ans. L'image qui remontait à la

mémoire de Joanne avait la clarté du cristal. Les plis de chair qui retombaient de part et d'autre du visage potelé de Babs Greeley. Les arêtes vives de ses os qui pointaient. La façon dont elle était tassée, affaissée sur elle-même.

– Sam... que veulent dire ces questions, Sam chéri ? A quoi penses-tu ?

– Je ne suis pas sûr... Babs a regardé le Catalogue. Elle est revenue à la maison une semaine plus tard et elle a eu cette attaque. Toi, tu l'as à peine aperçu et tu as eu un choc nerveux. Peut-être que Dougie a pris un Catalogue dans notre boîte lundi matin. Peut-être que Paul Sanderson l'a feuilleté après que je l'ai découvert dans le vestibule des Greeley. Et, hier soir, il s'est suicidé.

– Chéri... (Joanne se rendit compte qu'elle ne voulait pas poser la question qui lui venait aux lèvres. Elle avait peur de la poser. Peur de la réponse de Sam. Elle prit sur elle de la poser quand même :) Chéri... qu'y a-t-il dedans ? Qu'y a-t-il dans le Catalogue ?

Sam exhala un long soupir.

– Des tortures. Des instruments de torture. (Sa voix, totalement dépourvue d'émotion, était dure comme le roc. Glacée. Ses yeux fixes et immobiles auraient pu être ceux d'un mannequin.) Et des gens qu'on torture. Des corps brisés. Des souffrances épouvantables. Une créature atroce au visage de tête de mort. Et... et c'était aussi mon visage. Mon propre visage. Et... et... (Joanne posa une main sur la sienne qu'il retira précipitamment comme si elle l'avait piqué.) C'étaient mes parents. (Maintenant, les mots se bousculaient dans la bouche de Sam.) Les gens qui étaient torturés. C'étaient ma mère et mon père.

– Mais ça ne se peut pas... ce n'est pas possible !

Le regard de Sam perdit sa fixité. Il considéra longuement Joanne comme pour graver ses traits dans sa mémoire. Comme s'il la voyait pour la première fois.

– Non. Cela ne se peut pas. Ce n'est pas possible. A moins...

Il était incapable de développer plus avant sa pensée. C'était trop *dingue* ! Joanne serait terrifiée. Elle comprendrait qu'il avait définitivement perdu les pédales...

... ou elle éclaterait de rire. Il ne savait lequel des deux serait le pire.

C'est alors qu'elle fit quelque chose de prodigieux et son amour pour elle n'en fut que renforcé. Plus qu'il n'aurait jamais pu l'imaginer.

Elle termina la phrase à sa place :

– A moins que tous ceux qui ouvrent le Catalogue n'y voient quelque chose de *différent*. A moins qu'il ne *change* selon la personne qui le feuillette.

Sam se leva d'un bond.

– Dougie... Il faut que j'aie une conversation avec Dougie Greeley.

Joanne se leva à son tour pour le retenir. Cette fois, quand elle l'étreignit, il n'eut pas de mouvement de recul.

– Non, mon amour, tu ne peux pas...

– Je le dois. C'est la seule explication au fait que le Catalogue se soit trouvé chez les Greeley ; il n'y en a pas d'autre. Dougie l'a volé et il l'a regardé.

Joanne serrait de toutes ses forces son mari entre ses bras, le visage enfoui dans sa poitrine.

– N... non. Peut-être pas. Peut-être qu'il n'en a pas eu l'occasion.

– Il en avait tous les jours l'occasion. Tous les jours ! Il l'a regardé, il n'a pas pu ne pas le regarder tout de suite. Et tu le sais. Pourquoi aurait-il volé cette saleté si ce n'était pas pour voir ce qu'il y avait dedans ? (Il se dégagea de l'étreinte de Joanne.) J'y vais.

Joanne sentit un étau d'acier se resserrer sur sa nuque. Un signe avant-coureur qu'elle connaissait bien. Elle allait basculer. Passer de l'autre côté. Cela venait. Autour d'elle, tout allait devenir flou, se brouiller. Elle désirait que son esprit parte à la dérive. Voulait penser à autre chose. A n'importe quoi d'autre.

Puis elle se ressaisit. Se raccrocha. Parce que Sam avait besoin d'elle. Plus encore qu'elle n'avait besoin, elle, de se renfermer en elle-même pour fuir la folie.

– Je t'accompagne.

– Non. Je...

– Si. Inutile de discuter ; j'y vais avec toi. Tu ne peux pas aller seul dans cette maison. *Tu ne le peux pas.* Pas si nous avons raison. Pas après tout ce qui est arrivé. Je t'accompagne.

La voix de Joanne était de bronze. Sam l'embrassa.

– D'accord. On va laisser un mot à Nancy.

Il y avait une vieille ardoise au-dessus du radiateur, au pied de l'escalier. Joanne prit un bâton de craie et y griffonna hâtivement un bref message à l'intention de sa sœur.

Nancy McAllister ne devait jamais en prendre connaissance. En cet instant, elle était assise dans sa chambre, les jambes croisées, sur son lit. Elle tenait à deux mains l'un des Catalogues grand ouvert. L'autre était posé sur la table de nuit. Du sang tachait les pages du premier. Le sang qui ruisselait de sa narine droite.

L'hémorragie avait noyé son cerveau, détruit tout ce qui pouvait être considéré comme étant Nancy McAllister. Rien ne demeurait d'elle qu'une coquille vide, vivante mais qui n'était plus véritablement humaine.

L'attaque d'apoplexie était intervenue trente secondes après que Nancy eut commencé à feuilleter les pages glacées du Catalogue.

9

Respirant avec effort, Rod Greeley prit le virage de Wolf Pit Road. La traversée de Fairharbour n'avait pas manqué d'intérêt. La ville n'avait guère changé depuis trois ans. Et pourtant, tout avait changé, bien sûr.

C'est ça, l'esprit humain, songeait-il. *Tout reste figé dans l'état où on l'a vu pour la dernière fois. Et ça fait un drôle de choc quand la réalité n'est pas conforme au souvenir qu'on en garde.*

Il y avait des constructions nouvelles dans le centre. La plupart d'entre elles avaient été dessinées pour s'harmoniser avec l'atmosphère coloniale du reste de l'agglomération. Certaines étaient... stupéfiantes. Il y avait peu de chances que Fairharbour se coule aisément dans le XXIesiècle.

Les gens n'avaient pas bougé. Rod avait été heureusement surpris de voir que Mary Beth Wilcox tenait toujours le stand du *Carvel,* le glacier de Washbourne. Mary avait été le grand amour de sa vie quand ils avaient sept ans tous les deux. Dix-sept années avaient passé et elle était toujours aussi ravissante.

Il se demanda – et ce n'était pas la première fois – pourquoi leurs relations n'avaient pas pris un tour différent. Et il arrivait, comme toujours, à la même conclusion. Cela n'avait rien de surprenant : ils avaient commencé par être amis ; il fallait que cela finisse en amis.

Il avait agité le bras au passage et, automatiquement, Mary avait répondu par le même geste. Rod était déjà à un bloc de là quand elle avait compris que c'était lui. Elle s'était précipitée pour le regarder mais il était déjà trop loin pour qu'il entende son appel.

D'ailleurs, il préférait ne pas s'arrêter. Chaque fois qu'il le pouvait, il commençait sa journée par quinze kilomètres de jogging. Les muscles de ses jambes étaient durs comme de l'acier. Ce matin-là, il portait un short et sa musculature athlétique faisait tourner bien des têtes. Ce n'était pas tous les jours qu'on avait l'occasion de rencontrer, dans une cité-dortoir comme Fairharbour, des jeunes hommes aussi bien bâtis.

Quoi qu'Angela pût penser, Rod avait quelque chose de son père. Cette ossature massive et anguleuse, cette musculature bien découplée, il les tenait de Doug. En plus déliées. Rod était plus du type coureur à pied que du type demi de mêlée.

Il se retrouvait dans les vieilles photos que sa mère conservait de son propre père. Il était incapable de considérer cet homme aux yeux sombres comme son grand-père. Il lui était difficile, sinon impossible, d'établir des liens familiaux aussi directs avec quelqu'un qui était mort avant qu'il ne soit lui-même né. Quelques semaines avant.

Chaque fois que Rod interrogeait Babs sur son père, elle tournait autour du pot et évitait de répondre à la question. C'était un sujet dont elle ne voulait pas parler. Il avait du mal à admettre qu'elle dissimulât des secrets mais il y avait quelque chose qui se cachait derrière son sourire, derrière sa gaieté débordante.

Tout ce que Rod avait pu comprendre, c'était que

Babs se sentait dans une certaine mesure responsable de la mort de son père. Des lambeaux de conversations qu'il avait surpris lui avaient laissé l'impression très nette qu'elle lui avait révélé quelque chose de terrible, qui la concernait. Elle ou tante... ou *Angela*. Une révélation qui avait tué son père.

Ce n'était là, bien sûr, qu'une supposition. Rod ignorait tout des relations qui avaient existé entre sa mère et sa tante d'une part, et entre elles et leur père d'autre part. Tout ce qu'il savait, c'était qu'Angela disait bien souvent qu'elle trouvait qu'il ressemblait à « papa ». Et elle le disait sur un tel ton, un ton où une sorte de tristesse et de désenchantement se mêlaient à quelque chose qui avait des résonances sexuelles empreintes de nostalgie, que Rod en éprouvait de l'embarras.

La première fois, il avait dix-huit ans. Peut-être était-ce sa propre sexualité débordante qui dénaturait les propos d'Angela, que c'était seulement le souvenir qui les maintenait dans ce contexte, après tant d'années. A dix-huit ans, il ne manquait pas d'admiratrices qui lui couraient après. Mais Angela Finney, qui en avait alors trente-deux, était infiniment plus *femme* que toutes les filles qu'il connaissait, et l'intérêt qu'il lui inspirait provoquait en lui un trouble mêlé de répulsion. Elle avait beau pousser les hauts cris quand il la qualifiait ainsi, c'était sa *tante*, après tout. Et, si fascinante qu'elle fût, elle ressemblait tellement à sa mère !

N'empêche qu'il avait alors dix-huit ans et qu'à l'époque, il y avait une vaste *terra incognita* qui n'attendait qu'à être explorée. Evoquer sa tante sous l'angle sexuel, ce qui suffisait à faire naître des images on ne peut plus précises dans son esprit, le mettait mal à l'aise mais de telles pensées lui venaient chaque fois plus facilement à l'esprit.

Et voilà que le Rod Greeley de vingt-quatre ans, à présent divorcé, en train de courir sur Wolf Pit Road, se remettait à penser de la même façon à Angela Finney, et éprouvait le même sentiment de malaise.

Mais il avait six ans de plus et il voyait maintenant les choses dans une tout autre perspective. La notion d'inceste ne lui mettait pas autant la tête à l'envers que dans le temps. Une femme sexy était une femme sexy, après tout. S'agissant d'une tante, il y avait juste assez d'écart pour que la chose soit moins épouvantable qu'avec... une sœur, disons.

Encore qu'il fût hautement improbable que tout cela quittât le domaine de la spéculation pure – le mot *impure* aurait d'ailleurs mieux convenu. Même s'il s'était parfaitement rendu compte de la façon dont les yeux d'Angela avaient caressé le contour de ses muscles quand il avait pris le départ, ce matin. Spéculation peut-être, mais spéculation qui ne manquait pas d'intérêt. Rod avait déjà vu Angela en bikini et ce spectacle l'avait indéniablement secoué. Elle avait dix ans de moins que sa mère. Ce qui revenait quand même à dire qu'elle en avait plus de dix de plus que lui.

Si Carol avait été aussi attrayante à vingt-quatre ans qu'Angela à l'âge qu'elle a aujourd'hui, notre mariage aurait peut-être tenu la distance.

Rod reconnaissait qu'une des plus grosses sottises qu'il avait faites dans sa vie avait été d'épouser cette fille, au lieu de lui avoir donné l'argent nécessaire pour qu'elle se fasse avorter. *Si seulement je n'avais pas été un tel crétin romantique !* Il était alors à tel point convaincu que le mariage ferait naître en lui l'amour qu'il n'éprouvait pas !

Mais il n'y a rien eu à faire. Surtout après que Carol s'était laissée aller. Que la jeune fille potelée qu'elle était avait viré à la grosse dondon, que sa voix pointue était devenue glapissante.

Et puis merde !

Rod accéléra l'allure pour le dernier sprint avant le portail.

Il y avait deux personnes au départ de l'allée. Un homme grand et maigre avec un pansement autour de la tête et une petite femme brune et gracile. Rod ralentit et s'arrêta à quelques pas du couple.

– Puis-je vous être utile ?

L'homme – Rod le sentit – eut une hésitation avant de lui tendre une main large et épaisse.

– Vous êtes sûrement Rod Greeley. Je suis Sam Dennison.

Rod serrait déjà la main de Sam quand ce nom fit tilt dans sa tête et il la lâcha vivement, comme si Dennison s'était d'un seul coup métamorphosé en serpent à sonnettes.

– Espèce de salopard...

Joanne s'interposa aussitôt.

– Gardez votre calme, sergent. Il faut que nous parlions à votre frère. A vous tous, à dire vrai.

Rod se sentait perdu. L'air frais du matin glaçait la sueur qui recouvrait son dos et ses jambes. Il frissonna. De colère aussi, pour une part.

– Qu'est-ce que... De quoi... voulez-vous... parler ?

– De ce qui est arrivé à votre mère. (Joanne prenait sur elle pour s'exprimer avec calme. Elle posa une main sur le bras de Rod avec tant de douceur qu'il ne s'en rendit pas compte immédiatement. Les doigts de Joanne étaient tièdes sur sa peau.) Et également de ce qui est arrivé à Paul Sanderson.

– Nous pensons qu'il y a peut-être un lien entre les deux incidents, ajouta Sam.

Rod en était encore à prendre sa mesure. A le situer.

Un visage juvénile. Une tignasse rousse qui dégageait le front. Une bouche qui devait sourire facilement, et un sourire chaleureux.

C'est ce type qui a attaqué ma mère ? Qui l'a mise dans le coma ? Cela ne correspondait pas au personnage.

– Un lien ? (Le jeune homme avait recouvré tous ses esprits et la maîtrise de sa voix.) Comment serait-ce possible ? Est-ce que vous avez tué le Dr Sanderson ?

Sam se raidit et la vue de ses biceps impressionna Rod. C'était un bagarreur-né mais ce grand escogriffe risquait de lui donner du fil à retordre s'ils devaient en venir aux mains.

Joanne intervint à nouveau de sa voix apaisante. Rod aimait son timbre rauque. A une autre époque, quand il entendait une voix pareille, cela lui donnait envie de s'éclaircir la gorge. Mais plus maintenant. Ses yeux rencontrèrent les grands yeux noirs de Joanne, et il se sentit mieux.

– Si nous engageons la conversation de cette manière, dit-elle, cela ne nous mènera nulle part.

Rod acquiesça.

– D'accord. Vous avez raison. C'est faire fausse route. (Il dévisagea Sam. Une vive souffrance se lisait sur ses traits. Et on discernait aussi de la rage au fond de ses yeux bleus.) Si nous rentrions avant que je n'attrape une pneumonie ?

Tous trois, le jeune Greeley en tête, remontèrent l'allée. Le soleil était encore bas derrière les érables qui délimitaient le côté est de la propriété, et leur ombre fraîche baignait la terrasse. Une odeur de bacon en train de frire qui s'échappait de la porte grande ouverte parvenait aux narines de Joanne. Rod ouvrit la contre-porte et fit signe aux Dennison de passer de-

vant. Quand tout le monde fut entré, il appela son père.

Doug émergea de l'« usine » et se figea sur place. Il était toujours en peignoir. Le manque de sommeil donnait à son visage carré un teint grisâtre et il avait une barbe de trois jours. Il tenait un journal qui bruissa quand il le serra avec force dans sa main droite ; dans la gauche, un verre rempli de bourbon.

– Qu'est-ce que...

– Calme-toi, papa.

Rod s'interposa entre son père et Sam Dennison, exactement comme Joanne s'était interposée entre lui et son mari. Il aurait été incapable d'expliquer pourquoi il agissait ainsi. Sa réaction première avait été suscitée par ce qu'il avait lu dans la physionomie de Douglas : le désir de transformer le visage de Dennison en bouillie. Il faisait de son corps un rempart pour protéger celui-ci de la fureur de son père.

La seule explication raisonnable à son comportement était la présence de Joanne Dennison. Il émanait de cette femme comme une sorte de pouvoir magique, une aura d'apaisement et, brusquement, Rod réalisa que l'homme qui avait une épouse pareille ne pouvait pas être le monstre qui avait agressé sa mère.

– Il veut nous parler, dit-il. Nous parler, c'est tout. De ce qui est arrivé à maman. Je... je pense que nous devrions écouter ce qu'il a à dire.

Doug exhala un long soupir haché. Sa nuque était rouge brique. Mais le journal bruissa à nouveau quand sa main relâcha son emprise. Il porta son verre à ses lèvres tout en examinant Sam. Finalement, il posa son journal sur un grand fauteuil de cuir près de l'entrée de son bureau.

– Soit. Angela a préparé du café dans la cuisine.

Nous y serons très bien pour parler. (Il tendit le bras vers une des deux portes.) Vous connaissez le chemin.

L'allusion était claire et Sam marqua le coup. Il avança en donnant le bras à Joanne dans la demeure paisible, s'efforçant de trouver un point de contact quelconque entre lui et les événements des trois derniers jours. En vain. Ces trois jours appartenaient à l'existence de quelqu'un d'autre, pas à la sienne. Ils étaient totalement étrangers à la vie tranquille, idyllique qu'il menait avec Joanne et le bébé à naître dans la tranquille et idyllique petite ville de Fairharbour, Connecticut.

Il retint son souffle quand le petit groupe pénétra dans la cuisine. Toutes les traces du saccage dément auquel il s'était livré n'avaient pas disparu. La plus grande partie des dégâts avaient été réparés ou camouflés mais il restait encore suffisamment de signes de détérioration pour que Sam se sente encore plus dans ses petits souliers.

On avait enlevé l'abattant brisé de la grande table. Les débris de vaisselle et les fragments de verre avaient disparu. Une feuille de plastique avait été punaisée sur la partie inférieure de la fenêtre, audessus de l'évier.

Dougie était assis à table, contemplant, la mine morose et le regard fixe, un bol de flocons d'avoine à moitié vide. Il ne parut pas remarquer l'entrée des autres. Il portait un jean coupé et effiloché, et un T-shirt bleu. Un de ses genoux noyé de graisse portait une vilaine meurtrissure. Un S rouge et jaune, emblème de Superman, s'étalait sur le devant de son T-shirt. Le tiers inférieur du bouclier disparaissait sous les bourrelets que faisait son torse adipeux. Un foulard marron foncé était noué autour de son cou mais son triple menton flasque en cachait le nœud.

Son attention demeurait ailleurs tandis que Doug présentait les Dennison à Angela, dont la première réaction fut, aussi, l'emportement. Ce fut encore Rod qui joua les médiateurs et elle accepta de s'incliner et de contenir sa colère. Elle posa la main sur son épaule et Joanne fut frappée de voir ses doigts s'attarder un peu trop longtemps sur le renflement que faisait le biceps de son neveu.

Doug se tourna vers son plus jeune fils et son front s'assombrit. Celui-ci était à des milliers de kilomètres de là. Le père l'empoigna par l'épaule et le secoua. Ce ne fut pas sans effort que Dougie revint à la réalité, à cette cuisine quelque part dans le Connecticut. Il n'y avait plus de rapport entre ses yeux et son cerveau. Ils ne perdirent leur fixité que lorsque Joanne lui eut dit : « Bonjour ».

L'adolescent fit alors quelque chose qui ne lui ressemblait pas.

Il se mit à hurler. A hurler de toute la force de ses poumons, à hurler comme quelqu'un que l'on pousse lentement, très lentement, dans la gueule embrasée d'un haut fourneau. Même après que son père l'eut sèchement giflé, il continua. Et il continua encore alors que sa gorge n'était plus capable, faute d'air, de proférer un son. Le cri était là, silencieux, derrière son visage violacé. D'étranges petits hoquets sortaient de son gosier. Ses yeux étaient ceux d'un animal acculé.

Quand il s'effondra, les Dennison reculèrent. Sans regarder, Sam chercha la main de Joanne. Il la trouva et la serra. Sa femme serra la sienne en retour, accentuant sa pression jusqu'à s'accrocher littéralement à lui, comme si elle avait peur d'être balayée ou entraînée au loin.

Dougie finit par se calmer. Sa respiration, bien que hachée, redevint progressivement normale. Ses traits grimaçants se décrispèrent. Rod aida son frère à se relever et l'entraîna vers l'escalier du fond.

– Je le conduis dans sa chambre, dit-il. Attendez-moi.

Quand les deux frères passèrent devant les Dennison, Dougie fit halte. Ses yeux se rivèrent à ceux de Joanne, qui frissonna sous le poids de ce regard terrifiant, hanté.

– Pardon. (Il parlait d'une voix si basse que Joanne comprit à peine les mots qu'il prononçait.) Pardon d'avoir pris le Catalogue. Pardon d'avoir essayé de vous violer.

Sam Dennison se rappelait avoir lu des choses dans ce genre. Des chambres qui devenaient « si froides qu'on aurait pu les débiter en tranches comme un bloc de glace ». D'instants suspendus dans le vide, hors du temps et de l'espace. D'univers isolés, livrés à eux-mêmes. Il avait toujours pensé que c'étaient là de purs artifices rhétoriques.

Mais plus maintenant.

La cuisine des Greeley était orientée à l'est et ils étaient baignés par l'éclatante lumière de ce jour d'été. Mais Sam aurait pu allonger le bras et prendre l'air à pleines mains. En arracher une poignée qu'il aurait étreinte, dure et froide dans sa paume.

Ils étaient assis autour de la table. Doug Greeley. Rod. Angela. Sam. Joanne. Et Dougie. Qui, réflexion faite, n'avait pas été autorisé à se réfugier dans sa chambre. Pas après ce qu'il avait dit. Les céréales de son petit déjeuner formaient une masse spongieuse et sucrée au fond du bol, devant lui. Son père lui faisait face de l'autre côté de la table, Sam et Joanne étaient à sa gauche, Rod et Angela à sa droite.

Dougie regardait fixement ses mains croisées sur le set de table. Il faisait des prières pour que le sol s'ouvrît. Pour que le linoléum façon carrelage se déchirât, révélant un abîme sans fond. S'il y pensait avec assez de force, il pourrait voir le faux carrelage se déchirer. Voir le plancher s'ouvrir. Comme une immense gueule affamée.

Pas pour l'engloutir, lui. Pour les engloutir, eux, avec leurs yeux accusateurs. Leurs voix rudes. Si violentes. Qui faisaient si mal. Pourquoi la terre *ne pouvait-elle pas* s'ouvrir et les avaler ? Avaler sa mère, aussi. Avaler Fairharbour. Avaler tous ceux qui pourraient jamais regarder Dougie Greeley avec ces yeux accusateurs. Lui parler avec ces voix brutales.

Son père lui ordonna de parler. De s'expliquer. Dougie faisait la sourde oreille. Il avait une grosse verrue brune à l'articulation de son pouce droit, et n'avait d'yeux que pour elle. Toute son attention était concentrée sur cette tache sombre. Il se polarisa sur elle jusqu'à ne plus rien voir d'autre que cette verrue. Jusqu'à ce que le monde cessât d'être accusateur, froid et dur.

– Nous avons eu raison de venir pour avoir cette conversation avec vous.

La voix de Sam Dennison. *Va-t'en, fumier. Va-t'en !*

– Quoi ? *(Rod. Ferme-la ! Ferme-la !)* Vous avez fait allusion à ma mère et au Dr Sanderson. Vous croyez que ce qui s'est passé pour l'un et pour l'autre pourrait avoir un lien. Vous pensez que *ceci* a quelque chose à voir avec ce qui leur est arrivé à tous les deux ?

– Vous ne prétendez tout de même pas que Dougie s'en est pris à sa mère ?

Tante Angela. Tais-toi ! Mais tais-toi !

– Si vous essayez de faire porter à mon fils la...

– Non, pas du tout. Je vous demande de garder

votre sang-froid, Doug. *(Encore ce fumier ! Il la bouclera jamais ?)* Joanne et moi avons eu... un problème ces deux dernières semaines. Je crois qu'il y a un rapport. Ne me demandez pas comment c'est possible, je n'en sais rien. Mais Dougie a mentionné le Catalogue...

Dougie leva la tête. Rod et Angela regardaient Sam. Doug passait sur son visage une main aux doigts courtauds. Joanne avait les yeux fixés sur le jeune garçon. Son expression était terrible. Atrocement. Une expression de dégoût infini. Comme si on lui fourrait sous le nez quelque chose à l'odeur fétide. Quelque chose d'obscène et de putride.

Quelque chose comme Dougie Greeley.

Que pourrait-elle penser de moi, maintenant ? Le pur chevalier à la blanche armure qui devait la délivrer de l'autre fumier a plus qu'à aller se rhabiller. Le bras droit de Joanne était passé sous le bras gauche de Sam et leurs mains étaient jointes. *Comme elle le serre fort ! Et avec quel dégoût elle me regarde !*

Dougie s'efforça de prendre le masque qui convenait. On aurait dit que son visage était un bloc d'argile humide. Impossible d'afficher le sourire, le pincement de lèvres ou le haussement de sourcils qu'il aurait fallu pour faire pièce à cette expression de répulsion. Tous ses efforts se soldèrent par une ébauche de grimace torve.

Il rougit et cacha sa figure derrière ses mains. Son cœur battait à grands coups. Son estomac était un sac plein de lames de rasoir. Des idées de sang et de mort peuplaient son esprit.

Pourquoi est-ce qu'elle meurt pas tout simplement ? Pourquoi est-ce que je peux pas empoigner ce cou gracile et serrer, serrer jusqu'à ce que les yeux sortent des orbites, que sa langue devienne toute noire et que le sang jaillisse de sa bouche à gros bouillons ?

Alors, elle me regarderait pas comme ça. Alors, je pourrais de nouveau faire d'elle ce que je voudrais. Me servir d'elle selon mon plaisir. Jusqu'à ce qu'elle soit trop ignoble pour que je la touche. Alors, je la jetterais. Comme on jette une saleté. D'ailleurs, elle est rien d'autre. Elle m'aurait pas laissé essayer de la violer si elle était pas une ordure. Oui. Oui. Je peux la tuer et me servir d'elle jusqu'à plus soif et la jeter. La tuer. La tuer !

A cette pensée, le sang engorgea de nouveau son pénis. Cette image flamboyante embrasa son imagination. Un paroxysme d'émotions l'envahit. *La tuer et me servir d'elle et la jeter ensuite. La tuer et me servir d'elle et la jeter ensuite. La tuer et me servir d'elle et la jeter ensuite. La tuer et me servir d'elle...*

Quelque chose heurta la tête de Dougie qui, projeté de côté par la violence du choc, entra brutalement en collision avec le billot de boucher. Ce fut une explosion de bruits. Braillements. Cris de douleur. Quelque chose qui s'enfonçait dans son côté. Quelque chose de dur. D'autres bruits.

Il battit des paupières et entrevit à travers ses larmes brûlantes Rod qui agrippait son père pour le faire reculer. Doug bourrait Dougie de coups de pied et il y allait de toutes ses forces. Sam Dennison se précipita pour prêter main-forte à Rod. Dougie se traînait sur ses genoux. Il avait la nausée. Il ouvrit la bouche et vomit sur le sol de la cuisine.

Joanne Dennison était affalée sur sa chaise, une main sur sa gorge. Angela la soutenait.

Oh ! Merde ! Je l'ai fait. Je l'ai vraiment fait !

Il avait lancé en avant ses mains aux doigts boudinés qui avaient trouvé le cou de Joanne. Et... et...

Il vomit encore. La matière ruisselait tel un torrent

d'un blanc jaunâtre. La nausée montait à l'assaut de sa gorge, le flot roulait sur son palais, s'échappait de ses dents qu'il forçait. Dougie voyait la flaque qui s'élargissait sur les carreaux factices. Il avait l'impression d'un hiatus entre lui et son corps, les spasmes et les hoquets qui le déchiraient. Replié sur lui-même, à l'abri comme dans une petite capsule, il était à mille années-lumière de là.

Dans un lieu chaud et moelleux rempli de jolies choses. Qui n'avaient jamais rien eu à voir avec le Catalogue. Il se tapit plus étroitement dans cette chaleur. Il expulsa toutes les pensées de Joanne Dennison, de sa mère, de Sam, de Rod, de son père. Et Fairharbour. Et le Connecticut. Et le monde entier.

Soudain, la douce chaleur qui l'enveloppait se mua en un brasier ardent. Dougie émit un hurlement d'agonie et, basculant en avant, chavira dans la flaque de vomi.

Une ambulance emporta la masse molle qu'était à présent Dougie Greeley. Une masse de chair qui gisait à l'arrière, contemplant de ses yeux vides le plafond du véhicule, l'infini qui s'étendait au-delà. Son cœur battait dans sa poitrine. Ses poumons inspiraient et expiraient l'air avec l'efficacité rythmique nécessaire pour maintenir les cellules en vie.

En réalité, ce n'était plus Dougie Greeley. Ce qui constituait l'essentiel de Dougie Greeley était le mucus moucheté de rouge qui suintait de ses oreilles et de ses narines. Les infirmiers disaient qu'ils n'avaient jamais rien vu de semblable. L'un d'eux déclara que c'était comme si le cerveau du jeune garçon avait été passé au mixer. Son collègue se montra plus éloquent : il se contenta de vomir, grossissant de ses propres vomissures la flaque dans laquelle Dougie avait chaviré.

Doug en était à son cinquième bourbon sec quand l'ambulance était arrivée : il en était au septième lorsque Rod le délogea de derrière le bar et le fit sortir *manu militari* pour l'installer sur le siège du passager de la Mercedes bleue. Doug était toujours en pyjama et robe de chambre. Rod avait enfilé une légère chemise de coton sur sa poitrine nue.

Angela suivit des yeux l'ambulance et la voiture à bord de laquelle étaient montés son beau-frère et son neveu. Elle croyait encore sentir l'odeur écœurante qui empuantissait la cuisine.

Elle imprègne aussi mes vêtements. J'ai besoin de prendre une douche et de me changer le plus vite possible. Ce retour au foyer n'était pas celui auquel elle s'était attendue. Vraiment pas ! Dans son esprit, Fairharbour avait tout d'une zone de guerre.

Ma sœur à l'hôpital dans le coma.

Mon neveu dont le cerveau est mort.

Un vieil ami de la famille qui se fait éclater la tête dans le bureau d'un autre ami.

Mais qu'est-ce que tout cela signifie, bon Dieu ? Dennison n'a pas eu le temps d'aller jusqu'au bout et de dire ce qu'il s'apprêtait à dire sur le lien qui unissait ces horreurs entre elles. Dougie l'a coupé net dans son élan quand il s'est jeté sur sa femme.

Une scène absolument incroyable ! Jamais je n'aurais imaginé que quelqu'un d'obèse comme Dougie puisse se mouvoir avec tant de rapidité. Il était là, affaissé et tout avachi, affalé devant son bol – et un instant plus tard, il a sauté à la gorge de Joanne. Je ne le regardais pas au moment où c'est arrivé. Je concentrais mon attention sur Sam Dennison. Je n'ai pas vu Dougie bouger. Même pas du coin de l'œil. N'ai-je pas lu quelque part que c'est la vision périphérique qui est la plus sensible au mouvement ? Il n'y a pas de problème, il a dû se téléporter *d'un côté à l'autre de la table. Il n'a pas bougé. Il n'a pas* bougé *!*

C'était ridicule. Grotesque.

Il n'y avait qu'une explication plausible : elle avait cligné des yeux et le hasard avait voulu que Dougie se rue sur elle à l'instant précis où elle avait les paupières fermées. Quelle vitesse vertigineuse ! Quelle férocité ! Il avait littéralement arraché Joanne de sa chaise. L'avait secouée comme une poupée de chiffon. Elle avait eu beau faire des moulinets avec ses bras, ç'avait été en pure perte.

Sam s'était précipité mais Doug Greeley avait été encore plus rapide, les yeux flamboyant de rage, et son poing s'était abattu sur le crâne de Dougie avec la force d'une masse à enfoncer les pieux.

Les infirmiers leur avaient assurés que le coup de poing n'était pour rien dans l'hémorragie de Dougie. Doug était trop imbibé de bourbon pour s'en soucier. Il ne faisait plus que pleurnicher.

Angela ne lui en voulait pas. Si un homme pouvait revendiquer le droit de craquer, c'était bien lui !

Et Sam et Joanne ! Angela les revit au moment où l'ambulance négociait la cime de la colline. Ils s'étaient réfugiés sous la véranda pendant que les ambulanciers faisaient leur travail. La jeune femme fit demi-tour pour rentrer dans la maison mais, changeant d'avis, elle suivit le petit chemin dallé qui en faisait le tour. Les Dennison n'avaient pas bougé. Joanne était assise sur une chaise de jardin, devant la table au plateau de verre. Sam était debout ; il ne la regardait pas.

Le parc descendait en pente douce jusqu'à un ruisseau. L'air calme du matin portait au loin son gargouillement que ponctuaient les trilles des oiseaux, affirmant leurs droits sur leur territoire.

Brusquement, Angela trouva ce paysage tranquille révoltant dans son calme et sa quiétude. La folie aurait dû montrer son visage à nu. Des nuages chargés de menaces auraient dû s'amonceler à l'horizon. Il aurait dû y avoir des vols de corbeaux décrivant des cercles haut dans le ciel. Un homme squelettique vêtu d'un costume noir en lambeaux aurait dû traverser la ville sans adresser la parole à personne.

Cette image lui rappela Paul Sanderson. *Ce pauvre vieux médecin !*

Angela toussota tandis qu'elle escaladait les quatre marches de la petite véranda. Sam se retourna et Joanne se redressa :

– Ils sont partis ? demanda-t-elle.

Angela s'adossa à la balustrade, ses longues jambes étendues devant elle. Elle leva les orteils, sentant se contracter les muscles de ses mollets et de ses cuisses. C'était une position qu'elle affectionnait, qui mettait son corps au mieux de son avantage. Surtout avec un minishort comme celui qu'elle portait présentement.

Presque aussitôt, elle s'écarta de la rambarde, se rendant compte que cette attitude calculée la fichait vraiment mal, et le rouge lui monta aux joues. Voyons... qu'avait donc demandé Joanne ?

– Oui... oui, ils sont partis. Est-ce que je peux... est-ce que je peux vous apporter quelque chose ? Un peu de café, peut-être ?

Sam eut un geste de dénégation.

– Non merci. D'ailleurs, je crois que le moment est venu de nous retirer.

Angela leva une main parfaitement soignée.

– Tss-tss ! Rod et Doug ne sont peut-être plus là

mais je voudrais bien entendre tout ce que vous avez à dire. Je voudrais tout savoir sur cette affaire.

Joanne tourna la tête vers Sam. Angela se dit qu'il y avait quelque chose de merveilleux dans son regard. Il était si simple. Si éloquent. Tout était dedans. La confiance. L'amour. Le désir. *Si seulement je pouvais trouver un homme que je pourrais regarder avec ces yeux-là ! Mais tu peux toujours courir...*

– Je ne sais pas comment dire ça maintenant que nous devons le dire, fit Joanne. Je ne sais pas par où commencer.

– Par le commencement, c'est toujours la meilleure façon de s'y prendre. (Ce cliché arracha une grimace à Angela.) Pardonnez-moi. Parler pour ne rien dire est une de mes mauvaises habitudes. Ne faites pas attention à mes manières californiennes, je vous prie.

Elle prit une chaise à côté de Joanne et Sam s'assit à son tour.

Quel tableau ! songea Angela. *Trois personnes en tenue d'été assises sur une terrasse dans le Connecticut à prendre le soleil et qui s'apprêtent, au milieu des chants d'oiseaux, à parler de mort et de traumatismes crâniens !*

– Eh bien, commença Sam, il y a à peu près deux semaines, ce Catalogue est arrivé avec le courrier...

Il relata tout à Angela sans lui faire grâce d'aucun des détails clairement inscrits dans sa mémoire. Quand il avait un trou, Joanne complétait. Raconter leur petite histoire d'horreur par ce beau matin d'été les mettait tous deux mal à l'aise.

Angela écoutait, imperturbable, sans faire de commentaire. Son visage était un masque totalement dépourvu d'expression. Ses yeux allaient de Sam à Joanne selon que l'un ou l'autre parlait.

Quand il fut arrivé au bout de son récit, Sam essaya de conclure, de donner un semblant de cohérence à ce récit démentiel, en vain : il n'y parvenait pas.

– Alors... ce matin, nous sommes arrivés tous les deux à la même conclusion. Et nous sommes venus pour en parler à Douglas et à Dougie.

L'élan qui, jusque-là, animait Sam commençait à donner des signes de faiblesse. Sa voix avait pris une intonation sèche. Joanne parut sur le point d'ajouter quelque chose mais elle s'en abstint. Qu'y avait-il à dire de plus ?

Angela etudia le couple avec attention. Si Sam tentait en quelque sorte de plaider la folie, elle ne voyait pas en quoi Joanne pouvait être mêlée à l'affaire. S'il s'était livré à des voies de fait sur Babs et sur Dougie, ç'avait été lui, et lui seul, qui avait perdu la tête. S'il adoptait ce système de défense, il ne pouvait prétendre que sa femme était folle, elle aussi.

Non, ils n'étaient fous ni l'un ni l'autre. Ils ne donnaient pas l'impression de chercher à couvrir un mensonge ou un crime ; ils étaient plutôt comme deux êtres à la dérive confrontés à l'impossible.

– Bon, fit-elle. Qu'est-ce que vous essayez de dire ? Qu'il y a dans tout cela quelque chose d'occulte ? De surnaturel ?

Elle s'efforçait de ne pas paraître si peu que ce fût sarcastique. Pour réussir à déterrer quelque chose qui ressemblerait tant soit peu à la vérité, il importait que Sam et Joanne Dennison pensent qu'elle les croyait. Pour le moment, *tout au moins.*

Sam haussa les épaules.

– Je... ne sais pas. Je ne sais pas. Je n'ai jamais eu d'expérience dans ce domaine. Il est *possible* que nous ayons affaire à des phénomènes surnaturels. Peut-être. Je n'en sais rien. A quoi reconnaît-on le surnaturel quand il vous tombe dessus au détour du chemin ?

Angela lutta pour chasser de sa mémoire les vieux souvenirs de sa jeunesse. La messe noire. Ticky Wheeler. Jimmy Dolan. Betty Hamilton.

– Quoi qu'il en soit, vous pensez que ce Catalogue est au cœur de tout cela ? Vous en avez reçu un et ça a commencé à vous travailler. Vous pensez que c'est peut-être parce que Joanne l'a entrevu qu'elle a eu ce choc nerveux. Vous pensez que Dougie en a volé un et que c'est ce qui est à l'origine de... de son effondrement. Et que le Dr Sanderson en a pris un à la suite de quoi il s'est suicidé.

Joanne était au bord des larmes.

– Cela paraît délirant, je sais. Mais vous n'avez pas vu, vous, cette maudite brochure. Sa couverture rouge sombre. Et ses pages blanches, si blanches !

– Rouge sombre ? *(Pourquoi ces mots éveillent-ils un vague écho dans ma tête ?* Angela repoussa son fauteuil dont les pieds de métal grincèrent sur les planches qui formaient le sol de la petite terrasse. Elle se leva.) Attendez-moi un instant, je reviens.

Elle disparut à l'intérieur. Quand la contre-porte battit, s'ouvrant et se refermant, une écœurante bouffée d'air nauséabond balaya la terrasse ; Joanne frissonna. Sam quitta sa place et s'accroupit à côté d'elle, posant sa main valide sur la sienne.

– A ton avis, est-ce qu'elle nous croit ? demanda-t-elle sans le regarder.

Sam ne put que hausser de nouveau les épaules.

– Je ne sais pas. Elle est différente de Babs, même si elles se ressemblent physiquement, n'est-ce pas ? Je suis incapable de dire ce qu'elle pense. Babs est un livre ouvert mais il en va tout autrement de sa sœur.

Joanne eut la vision du visage de Babs. Du visage de son amie quand, rentrant dans la cuisine du manoir Wembledge, elle l'avait trouvée plongée dans le Catalogue.

Un visage hagard. Si vieux. Babs est-elle réellement *le livre ouvert qu'il se figure qu'elle est ?*

– Je ne sais trop si je l'aime beaucoup, dit-elle en tournant les yeux vers la porte.

Les sourcils de Sam se haussèrent. Joanne n'était pas du genre à porter des jugements à la légère sur autrui, il le savait. Elle avait attendu longtemps, lui laissant sa chance une douzaine de fois, avant de se décider à exprimer finalement le dégoût que lui inspirait Phil Marsdon.

– Elle me fait l'effet d'être... comment dire ? Très froide. Très distante. Peut-être est-ce simplement à cause de sa très grande ressemblance avec Babs, je m'attendais à ce qu'elle *soit* Babs. Du coup, rien ne va plus.

Derechef, Sam pressa la main de sa femme avant de se remettre debout. Son crâne était douloureux : souvenir de sa brutale rencontre avec le plancher de la cuisine, il y avait combien d'éternités de cela ? Il avait les joues en feu. Tout était exagéré. Il se sentait près d'éclater. Il avait *besoin* d'éclater. Pour évacuer tout ça de son organisme.

Quelque chose se tenait en permanence embusqué à la frontière de son âme. Quelque chose qui voulait se libérer en un gigantesque cyclone destructeur.

Ce n'était pas la première fois qu'il s'apercevait que le seul fait de parler du Catalogue le mettait dans cet état.

Le Catalogue. Mais qu'avait-il donc de particulier ? Se pouvait-il qu'il fût de nature... surnaturelle ? Dans ce cas, pourquoi arrivait-il dans leur boîte à eux, les

Dennison ? Pourquoi, de toutes les maisons de Fairharbour – du monde entier –, était-ce sur celle-ci qu'il avait jeté son dévolu ?

Une ébauche d'hypothèse se forma dans l'esprit de Sam. Cela devait être lié d'une manière ou d'une autre aux Hanson. Tous ces catalogues qu'ils recevaient tous les jours... Quel était donc ce vieux dicton ? « Le meilleur endroit pour cacher une feuille, c'est la forêt. » Oui, une feuille dans la forêt. Si l'on souhaite introduire quelque chose chez quelqu'un – quelque chose, disons, dont ce quelqu'un a toutes les raisons de se méfier, qu'il ne veut pas avoir chez lui, eh bien, on le camoufle. Pour lui conférer un aspect des plus ordinaires. Quelque chose que l'on prend le plus naturellement du monde.

Non, cela ne collait pas. Sam était en train de construire des châteaux de sable, et il s'en rendait compte. Il ne possédait pas tous les paramètres, voilà.

Et il savait aussi qu'il y avait un défaut dans son raisonnement. Si les destinataires des Catalogues étaient précisément les Hanson, comment se faisait-il qu'ils continuent d'arriver au manoir Wembledge maintenant que les Dennison – Joanne et lui – leur avaient succédé ? Et pourquoi les livraisons avaient-elles soudainement cessé ?

Joanne se massait précautionneusement le cou. Il était encore rouge après la tentative d'étranglement dont elle avait été l'objet de la part de Dougie.

Sam s'assit dans le fauteuil voisin et le rapprocha de celui de sa femme.

– Ce qu'il a dit... ce que Dougie a dit...

Il ne put aller plus loin, la brise emporta ses paroles.

Joanne le regarda droit dans les yeux.

– Qu'il avait essayé de me violer ? (Elle hocha la tête.) Je ne sais pas ce qu'il entendait par là, et je crois que je ne tiens pas à le savoir. Quand aurait-il pu... (D'un seul coup, et pour tous les deux, ce fut la révélation.) Pendant que j'étais assommée par les sédatifs du Dr Sanderson ? Quand Babs a été attaquée ? Ô Dieu du ciel, Sam...

Elle s'écroula, en larmes et secouée de frissons, dans les bras de Sam qui la serra de toutes ses forces contre lui. Elle allait de nouveau craquer.

– Non, ma chérie... non, mon petit. Non.

Mais les mots n'étaient qu'un rempart de carton contre l'ouragan.

Joanne l'agrippa aux épaules. Il sentait ses doigts s'enfoncer dans sa chair, relâcher leur pression, se contracter encore. Et il comprenait qu'elle se battait avec une énergie farouche.

Elle reprenait son empire sur elle-même. Elle releva la tête. Ses joues étaient inondées de larmes et elle avait ce regard hanté que Sam connaissait bien et qui lui faisait peur. Mais elle s'était reprise ; de cela, il était certain.

– Ça va, chéri... ça va, dit-elle. Je crois que... le seul fait de savoir ce qu'il y a derrière... m'aide à lutter. (Elle repoussa ses cheveux qui lui tombaient sur la figure, se secoua et se redressa.) Tu peux ranger le gentil mari attentionné dévoré d'inquiétude dans sa petite boîte. (Elle souriait. Un sourire encore pâlichon mais qui n'était pas feint.) En définitive, je ne pense pas que j'aurai besoin de lui, après tout.

Sam lui tapota la joue.

– Il y a belle lurette que je l'ai fichue en l'air, la petite boîte. Il est tout le temps là, le mari attentionné. Présent en permanence. Que tu aies besoin de lui ou pas.

Joanne se pencha pour l'embrasser. Leur baiser se prolongea.

– Est-ce cela que vous... Oh ! Pardon !

Leurs lèvres se séparèrent vivement. Angela venait d'apparaître et, déjà, elle s'apprêtait à faire demi-tour pour les laisser seuls.

– Non, restez ! lui dit Sam. Nous sommes à vous.

Angela scruta le visage de Joanne. Ses yeux noirs étaient francs. L'amélioration était spectaculaire.

– Eh bien, Sam, fit-elle, vous devez être un expert ! Cela dit, voilà ce que j'ai trouvé. Je pensais bien l'avoir vu avec le courrier, le soir de mon arrivée.

Elle laissa tomber le Catalogue sur le plateau de verre de la table. Sam allongea précautionneusement le bras et, de sa main indemne, il en toucha la couverture.

Elle était chaude. Et sèche.

– Avez-vous... l'avez-vous ouvert ?

Angela eut un geste de dénégation.

– Après ce que vous avez dit ? Il n'y avait guère de chances ! Ecoutez et entendons-nous bien. Je ne prétendrai pas que je croie votre histoire à cent pour cent. Mais il y a des phénomènes étranges en ce bas monde et... enfin, il est arrivé certaines choses à des amis que j'avais, dans le temps. J'étais encore une gosse. Mais cela m'a rendu méfiante à l'égard de ce qui présente des aspects insolites. Je veux dire... il me serait probablement égal de me balader à minuit dans une ruelle sombre de Los Angeles. Dans ce cas, je suis tout à fait capable de faire face à l'imprévu. Mais s'il y a vraiment quelque chose... si ce petit livre rouge a vraiment quelque chose de particulier...

Angela s'assit et croisa les bras sur la table. Le Catalogue était pratiquement à égale distance de chacun d'eux. Sam le prit et le retourna d'une pichenette. « Douglas Greeley Junior. 1655, Wolf Pit », pouvait-on lire sur l'étiquette. Il resta un long moment à fixer le libellé rédigé en petits caractères d'imprimerie.

Aucun des Catalogues arrivés au manoir Wembledge ne portait son nom à lui. Ils étaient simplement adressés à l'« Actuel Résident ». Or, celui-ci était directement adressé à Dougie.

Joanne se pencha à son tour sur l'étiquette.

– Comment est-ce possible ?

Sa voix était à peine un souffle.

– J'ai pensé, dit alors Angela Finney, que nous pourrions tous jeter un bref coup d'œil sur la première page pour savoir si nous voyons effectivement chacun quelque chose de différent. Evidemment, ajouta-t-elle en martelant les mots pour leur conférer davantage de portée, je serai bien obligée de vous croire sur parole, n'est-ce pas ?

Joanne la dévisagea.

– Si nous devions mentir, mademoiselle Finney, ne croyez-vous pas que nous aurions commencé par raconter une histoire plus plausible ?

– Je n'ai aucune raison, vous en conviendrez, de croire un seul mot de ce que vous pouvez dire, rétorqua Angela. Votre mari est accusé d'avoir attaqué ma sœur et mon neveu. Si vous êtes tous les deux fous, vous avez peut-être escompté que nous avalerions votre histoire, si délirante qu'elle puisse paraître.

– D'accord, laissa tomber Sam. Je pense que le mieux serait encore que vous regardiez vous-même, mademoiselle Finney. (Il poussa le Catalogue sur le dessus de la table jusqu'à ce qu'il touche les bras croisés d'Angela.) Allez-y. Si nous disons la vérité, je pense que vous serez convaincue, sans que ni Joanne ni moi posions les yeux dessus.

Angela s'empara du Catalogue. Sa couverture était sèche comme de la peau humaine, ainsi que l'avaient déclaré les Dennison. Et elle était d'un noir de jais, sauf aux endroits où la lumière accrochait les légères aspérités de sa surface grenue. Là, elle était d'un rouge profond. Angela tourna et retourna à plusieurs reprises le Catalogue entre ses mains. Les agrafes avaient, au soleil, des reflets d'argent. L'étiquette était un simple rectangle blanc collé au dos.

Mais était-elle vraiment collée ?

Angela approcha la brochure de ses yeux en plissant les paupières.

– Cette étiquette n'est pas collée, dit-elle. Elle fait partie intégrante de la couverture. Elle est très légèrement travaillée en relief pour donner l'illusion qu'elle l'est mais... (La jeune femme essaya de glisser l'ongle sous l'étiquette.) Non. Elle fait partie de la couverture, c'est sûr. (Elle humecta son pouce d'un coup de langue et frotta le libellé de l'adresse.) Et ce ne sont pas, non plus, des caractères d'imprimerie. C'est la couleur même de la couverture qui change. Elle devient blanche à l'endroit de l'étiquette, noire à l'emplacement des lettres.

Angela releva la tête. Joanne et Sam se penchaient en avant, tendus.

– Je... je n'ai pas envie de regarder à l'intérieur. Je pense que je vous crois. Je... *oh !*

Angela lâcha le Catalogue avec un sursaut. Instantanément, Sam fut sur ses pieds.

– Qu'y a-t-il ?

– Elle... *a changé.* La texture de la couverture. La chaleur...

Elle fixait Sam comme si elle craignait que ses yeux ne reviennent au Catalogue.

– Quand j'ai dit que je ne voulais pas regarder à l'intérieur, il a... *réagi* ! Comme s'il avait compris !

– Il est vivant. (La voix de Joanne était calme et posée.) J'en avais la prémonition. Ne me demandez pas comment, mais je le savais. Le Catalogue est vivant !

10

Il n'y avait que trois quarts d'heure que Philip Marsdon était dans son bureau quand il entendit le téléphone sonner. Il leva les yeux par-dessus les petits verres de ses lunettes de lecture et suivit du regard l'ombre de Roberta qui se détachait sur la vitre dépolie de la porte de communication avec la réception.

Tendant l'oreille, il l'écouta tandis qu'elle s'efforçait de décourager la personne qui appelait. Un imposant tas de dossiers s'empilait devant Marsdon tous plus urgents les uns que les autres, et sa secrétaire avait ordre de ne pas le déranger pendant deux heures. Seul lui parvenait le murmure de la voix de Roberta ; les mots lui échappaient. De toute évidence, son interlocuteur insistait. L'ombre de la jeune fille se déplaça. Se dirigea vers la porte de communication. Elle frappa. Très discrètement, comme si elle espérait que Marsdon n'entendrait pas.

– Entrez.

– Je suis désolée, monsieur Marsdon. C'est M. Dennison. Il dit que c'est très important.

– D'accord ! (Marsdon ôta ses lunettes et tendit la main vers le téléphone.) Je le prends, Bert.

Elle referma la porte. Son ombre réintégra sa place. *En ombre chinoise, elle apparaît encore plus maigrichonne que dans la réalité,* songea l'avocat. *Il y a belle lurette que je l'aurais vidée si elle n'avait pas une bouche aussi* talentueuse.

Pour ce qui était de ce détail, il n'avait pas raconté d'histoires à Sam Dennison. Quels que fussent ses autres défauts – et ils étaient légion –, Marsdon n'était pas un menteur. Le mensonge, c'est différentes nuances de gris. Lui, il était exclusivement noir et blanc.

Noir de cheveux et noir de peau. Bien qu'il eût à peine un an de plus que Sam, ses grosses joues commençaient déjà à retomber en bajoues. Il avait les lèvres molles et ses dents jaunes étaient plantées n'importe comment.

Il avait confié une fois à Sam, avec une totale sincérité, qu'il aimait tellement son épouse qu'il gardait en quelque sorte un second fer au feu : une autre femme juste pour le sexe. Joanne avait officiellement renoncé à poursuivre les efforts qu'elle faisait pour le prendre en sympathie ou pour le comprendre, lorsque Sam lui avait répété cette confidence. Celui-ci s'était d'ailleurs bien gardé de rapporter à Joanne les histoires que lui racontait Philip Marsdon, touchant aux activités extraprofessionnelles de sa secrétaire, craignant qu'elle ne se jetât sur Marsdon armée d'un couteau de boucher.

– Salut, l'enflure, dit Marsdon dans le combiné. Est-ce que tu aurais dérouillé d'autres avocats, ces temps-ci ?

Il y avait de la friture sur la ligne. On entendait en fond sonore la voix de deux femmes parlant avec animation.

– Il faut que je te voie.

Le ton de Sam était froid. Distant. Jamais Marsdon

ne lui avait entendu ce timbre. *Et pourtant je lui en ai connu, des voix, à ce gars-là ! A croire, par moments, qu'il y avait plus d'un seul cerveau sous son crâne tordu.*

– Que se passe-t-il ? Encore des ennuis avec la *polizia* ?

– Non. Enfin, pas directement. Dis donc, est-ce que tu pourrais faire un saut cet après-midi ? Il faut que je te montre quelque chose.

– Tu me montres la tienne et je te montre la mienne ? Je préférerais voir la chatte à Jojo. Là, je pourrais te donner l'opinion d'un juriste digne de ce nom.

Suivit un silence prolongé. Les deux femmes avaient fini de jacasser. Sam reprit enfin la parole :

– Je t'ai déjà averti une fois de ne pas parler de ma femme sur ce ton. Jamais. Cela étant dit, j'ai besoin de ton assistance *professionnelle.* C'est d'accord ou dois-je m'adresser à un autre avocat ?

– Il y a peu de chances que tu le fasses, mon coco. Je sais où les cadavres sont enterrés, rappelle-toi.

C'était la formule favorite de Marsdon. Sam la détestait. Elle faisait vibrer une corde au fond de lui. Comme un nerf qu'on agace. Le ton avantageux et onctueux de Philip lui donnait envie de hurler. Comme il gardait le silence, Marsdon enchaîna :

– C'est entendu, je pourrai être chez toi vers... (il jeta un coup d'œil à sa montre)... une heure. Non, disons plutôt une heure et demie. Ça te va ?

– Très bien. Je t'attends.

Et Sam raccrocha.

L'avocat tripota un moment le combiné, le faisant passer d'une main à l'autre. *Qu'est-ce qui lui prend ? On n'a jamais été comme deux frères, Sammy et moi, c'est vrai, mais il ne m'avait jamais causé non plus comme il le fait ces derniers temps. Il ne s'est jamais comporté comme ça. Même à l'époque où il était le classique jeune homme en colère.*

Marsdon raccrocha et revint aux papiers étalés sur le bureau. Il faudrait deux bonnes heures pour que le tas s'amenuise de façon acceptable. Après, il avait un déjeuner d'affaires qui ne finirait sans doute pas avant midi.

Merde ! La Jag est à la révision.

– Bert !

La secrétaire surgit.

– Monsieur Marsdon ?

– Appelez Jerry et demandez-lui si je peux avoir la voiture pour midi. Si ce n'est pas possible, téléphonez à la gare de Grand Central et prenez les horaires des trains pour Fairharbour. C'est sur la ligne de New Haven, je crois bien.

– Bien, monsieur Marsdon.

L'avocat consulta son agenda. Le déjeuner avait lieu *Chez Aurora*, sur la 48e. Il avait un faible pour ce restaurant. C'était une oasis aux teintes pastel ; la cuisine y était parfaite mais il ne se faisait pas d'illusions : il savait que ses manières frustes et sa voix éraillée juraient avec le décor.

N'importe comment, ce n'était pas un déjeuner important. S'il devait prendre le train, il pourrait faire faux bond.

– Vous avez un train à midi cinq, lui annonça Roberta de Vasquez. Vous devrez changer à Stamford. Le trajet dure une heure trente-cinq.

– La Jag n'est pas prête ?

– Pas avant jeudi.

– Merde ! Merci, Bert. Et maintenant, au travail.

Y a intérêt à ce que ce soit vachement important, ton truc, Sammy, mon petit père. Faudra que ça mérite le dérangement. Et que tu me permettes de mettre la main au cul à Jojo.

Se laissant aller contre le dossier de son fauteuil, il s'abandonna un moment à la pensée de Joanne Dennison. *C'est quand même pas croyable ! Penser qu'un zozo comme Sam a pu décrocher une gonzesse aussi gironde ! Un pareil morceau de roi ! Sûr et certain qu'il a dû dénicher le diable qu'il fallait pour lui vendre son âme en échange. Si elle est seulement à moitié aussi bonne au page qu'elle en donne l'impression, c'est encore une affaire, quel que soit le prix que ça a pu lui coûter.*

Il prit le papier posé sur la pile de documents la plus proche. Mais il n'arrivait pas à concentrer son attention sur les lignes écrites en tout petits caractères. Sa pensée dérivait dans le passé. Il revoyait certain petit bistrot du Village. *Chez Finnegan.* C'était là qu'avait eu lieu sa première rencontre avec Sam Dennison.

La dernière fois qu'il lui était arrivé de passer dans le quartier, ç'avait été en vain qu'il avait cherché le vieux rade de sa jeunesse. C'était devenu une maroquinerie.

A l'époque où c'était encore un abreuvoir, on aurait pu dire que Sam Dennison et Philip Marsdon avaient plus d'une chose en commun. Sam était habité par une rage permanente qu'il contenait. Il bouillonnait de fureur rentrée mais ne la laissait jamais déborder. *Presque jamais.*

Marsdon l'avait pris en main, il se le rappelait. Il l'avait fait émerger des recoins obscurs de son âme pour lui faire aborder quelque chose qui se rapprochait davantage du monde réel. Il lui avait mis des filles dans les bras. Surtout des prostituées, au début. Mais hygiéniques et spécialement sélectionnées en fonction des normes propres à Marsdon.

Des gros roberts et une bouche diligente. Et pas de cervelle. Si j'ai envie de conversation, j'en prendrai deux.

La clientèle féminine régulière de *Chez Finnegan* était composée de secrétaires et de jeunes femmes cadres aux dents longues. L'attitude guindée de Sam, ses yeux brûlants les faisaient fuir. Les professionnelles que Marsdon recrutait à son intention savaient dégeler le petit jeune homme venu de son Illinois natal, qui avait toujours ignoré que c'était à l'argent de son compère qu'il devait ses succès de fraîche date auprès des dames.

Un an après que se fut nouée cette amitié entre les deux hommes, Sam en était arrivé à être capable de communiquer avec ses contemporains sur un plan presque humain, et Marsdon était on ne peut plus fier de sa singulière statue de Pygmalion.

Il prenait parfois plaisir à lui rappeler que Joanne ne serait jamais – et si vite – tombée dans les bras du Sam Dennison dont il avait fait la connaissance devant *Chez Finnegan*. Mais Sam préférait ne pas évoquer leurs fredaines de jeunesse. En fait, il avait prévenu Marsdon que quiconque se permettrait de faire allusion aux frasques dont ils étaient coutumiers en ce temps-là devant Joanne s'en repentirait.

« Ça, c'est le passé, disait-il. Un passé mort et enterré. »

Philip Marsdon n'en était qu'un dernier vestige, et vestige il était, vestige il resterait !

Marsdon en avait maintenant fini avec ses écritures et il s'aperçut qu'il avait accompli les deux tiers de son travail en pensant à tout autre chose. Il estima inutile de se relire. Il y avait assez longtemps qu'il était avocat pour pouvoir mettre en forme ces âneries en dormant. Ou avec l'esprit ailleurs.

Il rassembla toute sa paperasserie en un tas précaire, se leva et alla déposer le fruit de ses peines sur le bureau de Roberta.

– Eh bien, à demain, ma cocotte, dit-il avec un large sourire.

Il passa la langue sur ses lèvres et sortit.

Roberta le suivit des yeux jusqu'à ce qu'il eût disparu et se demanda pour la mille et unième fois pourquoi le bon Dieu avait voulu qu'elle tombât amoureuse d'un homme comme Philip Marsdon. Car c'était bien de l'amour qu'elle éprouvait pour lui, aucun doute là-dessus. Mais pas le genre d'amour que l'éducation qu'elle avait reçue lui avait enseigné.

Mais pourquoi s'en étonner ? Rien dans sa vie ne ressemblait de près ou de loin à ce qui lui avait été enseigné. Son existence n'était pas celle dont sa mère avait rêvé pour elle. Ni celle que sa grand-mère avait prié le ciel de lui accorder en partage.

Il lui arrivait parfois de se demander s'il faudrait attendre la mort de Philip Marsdon pour que lui échoie la vie qui était supposée être son dû. De se demander s'il y avait réellement quelque chose de mieux qui l'attendait écrit quelque part dans le grand livre du destin.

C'était un tout petit bout de femme frêle à l'ossature d'oiseau. Ses bras et ses jambes étaient des allumettes, elle n'avait ni hanches ni poitrine. Une épaisse chevelure noir corbeau surmontait deux grands yeux tristes qui semblaient perpétuellement sur le point de verser des larmes. Sa mâchoire supérieure saillait légèrement et elle avait les dents écartées.

Parfois, elle *souhaitait* que Philip Marsdon meure. Certaines nuits, elle sanglotait jusqu'à ce que vienne le sommeil, toute seule dans la minuscule chambrette sous les toits qu'elle occupait dans le Harlem hispanique. Certaines nuits, elle se demandait combien de temps elle passerait en enfer si elle le tuait de ses propres mains.

Le raclement de la poignée de la porte vint soudain la distraire de ses sombres pensées. C'était Morrie, le préposé au courrier de l'immeuble. Roberta n'était pas d'humeur à lui faire bon accueil. Pas aujourd'hui. Morrie se conduisait comme s'il était au courant du rituel qui, dans le petit bureau, ouvrait chaque journée du lundi au vendredi inclus. Naturellement, elle était sûre que ce n'était pas possible. Il ne pouvait rien savoir. Que Philip Marsdon parle à qui que ce soit de *ce qu'il y avait* entre elle et lui était une idée parfaitement inimaginable.

Elle décocha à Morrie son regard le plus glacial lorsqu'il entra. Pourvu qu'il se contente de déposer le courrier et qu'il s'en aille sans demander son reste !

– On dirait qu'y a comme qui dirait du nouveau, aujourd'hui, dit Morrie. (Il commença à faire un tri dans le tas de lettres qu'il avait dans les bras.) J'vous avais encore jamais apporté de catalogue, les amoureux.

Il considéra Roberta en plissant les paupières. C'était à peine si sa tête dépassait le bureau. Les rides qui marquaient son visage étaient si profondes qu'on aurait dit qu'il avait été entaillé à coups de couteau. Il avait les cheveux blancs et les yeux chassieux avec, toujours, un reliquat de sommeil dans les coins.

Roberta gardait le silence. Le crayon qu'elle tenait entre ses mains se cassa soudain avec un bruit sec. Morrie gloussa de rire et posa le courrier à côté des papiers que Marsdon avait laissés sur le bureau de sa secrétaire.

– Et c'est un sacré catalogue, Bertie. J'y ai jeté un coup d'œil. P'têt' ben qu'on pourrait essayer un ou deux trucs qui y a dedans quand le patron sera pas là, hein ?

Il se lécha les babines et se tourna vers la porte. Son expression ressemblait tellement à celle qu'avait eue Marsdon en sortant que Roberta avait envie de crier.

– En tout cas, j'aurais jamais cru qu'on envoyait des bouquins comme ça par la poste, j'peux vous l'dire.

Roberta gardait les yeux fixés sur le tas de courrier. Elle ne remarqua même pas que la porte s'était refermée sur Morrie. Toute son attention était concentrée sur la mince brochure, au-dessus de la pile.

On voyait encore les empreintes laissées par les doigts moites de sueur du préposé sur sa couverture rouge sombre.

Sam et Joanne regagnaient à pas lents le manoir Wembledge, main dans la main. Un éventuel observateur passant par là n'aurait vu dans ce spectacle qu'un couple heureux en train de faire une petite promenade matinale en amoureux.

C'est ce que nous devrions être, songeait Joanne. *Il n'y a pas de raison que cette aventure démente nous soit arrivée. Il n'y a pas de raison que Sam ait un pansement autour de la tête. Qu'on lui ait mis des attelles à la main droite et qu'on l'ait bandée. Que j'aie l'impression de n'être retenue à mon équilibre mental que par un fil.*

Le bébé.

Il y a longtemps que je n'ai pas pu penser au bébé. A la petite vie en train de se développer en moi. Elle posa la main sur son ventre. Ce n'était pas encore visible. C'était beaucoup trop tôt. *Maman disait toujours que les événements que vit une femme pendant sa grossesse modèlent l'enfant qu'elle porte, qu'ils le marquent. Si c'est vrai, que se passera-t-il pour elle quand elle viendra au monde, dans sept mois et demi ?*

A partir du moment où elle avait appris qu'elle était enceinte, Joanne n'avait jamais douté qu'elle aurait une fille. Elle avait le sentiment d'une affinité de nature, d'une sorte d'identité avec l'enfant à naître.

Sept mois et demi. Ce sera pour avril. Le mois que je préfère. Le printemps dans toute sa vigueur. La promesse de l'été dans l'air si tonique. Notre premier printemps au Connecticut.

Ils l'avaient manqué à l'époque où ils s'étaient installés à Fairharbour. Que donnerait la maison quand les branches ne seraient plus nues ? Quel aspect aurait le terrain quand il reviendrait à la vie sous forme de petites pousses vertes ? Des mouchetures de peinture sur une toile encore vierge.

Ils étaient arrivés à l'allée. Ni l'un ni l'autre n'avaient ouvert la bouche depuis qu'ils avaient quitté la demeure des Greeley. Joanne aurait eu mille et mille choses à dire. Elle ne savait par où commencer.

Au moins, l'épisode Greeley est passé. Angela a l'air assez sympathique, après tout. Elle manque de chaleur. Mais c'est une fille intelligente.

Ce n'est pas Babs. Ce ne sera jamais Babs.

Mais elle s'est rapprochée de nous. C'était gentil de sa part de nous promettre de téléphoner à Doug à l'hôpital, pour tout lui raconter. Si on arrive à lui faire comprendre l'étrange pouvoir du Catalogue, toute cette histoire a peut-être encore une chance de bien finir. Doug verra que Sam n'est pas le genre d'homme à attaquer une femme innocente. Même s'il est habité par la fureur.

Au moment où Joanne était en train de penser à cela, Sam serra sa main plus fort et elle se dit qu'il avait capté sa pensée. Mais non, il ne s'agissait pas de télépathie. C'était la jeep du facteur qui sortait de la propriété de leurs autres voisins, les Gibney. Comme elle paraissait petite, à cette distance !

– Chut ! (A son tour, Joanne pressa la main de Sam.) Rappelle-toi qu'ils ont arrêté de nous l'expédier. (Elle l'attira contre elle, l'obligea à pencher son visage sur le sien et, des lèvres, elle lui caressa le menton.) Ils ont cessé de s'intéresser à nous.

Sam secoua la tête et son front se plissa.

– Je... je n'arrive toujours pas à mettre tout ça à plat. Il y a des trous, des choses qui m'échappent. Je sais ce que j'ai dit à Angela mais j'entendais ma voix, et cela n'avait ni queue ni tête. Voir maintenant cette jeep et penser : Il n'y aura pas de Catalogue pour nous aujourd'hui. C'est chez les Greeley qu'il va. (Un spasme involontaire secoua Sam.) Cela n'a pas de sens.

Arrivée à la hauteur de leur boîte aux lettres, la jeep fit halte. Il n'y avait qu'une seule et unique lettre dans la main du facteur. Abandonnant son mari, Joanne alla la chercher.

C'était une lettre de sa mère. Elle éprouva un léger choc en prenant conscience que Sheila McAllister ne savait absolument *rien* de ce qui se passait ici. Sam avait arraché à Nancy la promesse de ne dire à personne pourquoi elle était partie pour le Connecticut rendre visite à sa sœur.

Joanne déchira l'enveloppe et jeta un bref coup d'œil à la lettre de quelques lignes. L'écriture coulante et penchée de sa mère avait quelque chose de réconfortant. Elle lui disait que tout était normal dans le reste du monde, qu'il n'avait changé en rien.

Je commençais à en douter...

Même de la terrasse, Sam reconnut la calligraphie de sa belle-mère quand Joanne s'approcha tout en lisant.

– Quelles nouvelles de notre vaillante aventurière ? lui demanda-t-il.

– Elle va bien. Elle a fait la connaissance de deux Anglaises en voyage. Deux sœurs qui ont son âge. Lily et Maude Kitchener. Il paraît qu'elles sont charmantes.

Tous deux entrèrent et passèrent par la cuisine. Sam mit de l'eau à bouillir tandis que sa femme continuait de parcourir la missive de la voyageuse. Rien d'important. Ses vacances étaient tout ce qui comptait pour Sheila. La seule ombre au tableau était que son mari n'était plus là pour les partager. Le père de Joanne était mort alors qu'il n'y avait pas un an qu'il avait pris sa retraite.

Ses yeux s'emplirent de larmes.

– Sam... (Elle n'avait pas levé la tête.) Sam, je ne veux pas te perdre.

Sam, qui était en train de verser du café instantané dans les grosses tasses frappées de leurs initiales, s'interrompit.

– Moi non plus, je ne veux pas te perdre, ma caille. Ne te mets pas martel en tête. Je ne pense pas qu'on en arrivera là.

– Comment pouvons-nous en être sûrs ? répliqua Joanne en pliant et dépliant la lettre. Personne n'a jamais vécu ce que nous vivons. Personne n'a jamais eu affaire à un maudit Catalogue dans lequel chacun voit quelque chose de différent. Personne n'a jamais eu à subir l'assaut de quelque chose qui se nourrit de ses proies. Comme un vampire.

Sam s'approcha de sa femme, avança une chaise, s'assit à côté d'elle et prit ses mains dans les siennes.

– Veux-tu que je te dise ? Je suis convaincu qu'il y a une explication logique à tout ça. Laquelle ? Je n'en ai pas la moindre idée, je ne prétendrai pas le contraire. Mais je te parie qu'une fois que Phil aura mis son nez là-dedans, qu'il aura mis la main sur l'expéditeur de ces saloperies, nous découvririons qu'il y a... je ne sais pas quoi. Que le papier est imprégné d'un hallucinogène, peut-être. Mais, en tout cas, que le surnaturel n'a rien à y voir.

Joanne laissa échapper un petit rire.

– Bravo ! Tu as gagné. Pour redonner du cœur au ventre à ta moitié, tu es le champion.

Elle libéra ses mains de l'emprise de Sam et noua ses bras à son cou. Ce fut un baiser passionné qui s'éternisa. Quand elle sentit que les grosses pattes de son mari partaient à l'exploration de ses rondeurs, elle fit un pas en arrière et chuchota :

– Nancy...

– Si tu insistes, c'est d'accord, mais elle n'est pas vraiment mon type, tu sais.

Il souriait. Un vrai sourire qui n'avait rien de forcé. Un sourire merveilleux qui faisait battre plus vite le cœur de Joanne.

– Tu sais ce que je veux dire. Mais, à propos, où est-elle passée ? Ma grande sœur a toujours été une lève-tôt, pourtant.

Sam la tenait toujours enlacée.

– Nous l'avons peut-être empêchée de dormir, cette nuit.

Joanne devint rouge de confusion.

– Oh ! là ! là ! Je n'ai pas pensé un seul instant qu'elle était dans la chambre voisine !

La bouilloire commençait à siffler.

– Va voir si ça lui dirait de goûter à mon sombre breuvage, fit Sam. Je vais préparer une autre tasse.

Joanne l'embrassa encore une fois avant de sortir de la cuisine pour grimper l'escalier de la buanderie. Sam versa l'eau bouillante dans les tasses déjà prêtes et alla en prendre une troisième dans le lave-vaisselle.

Comme elle était sale, il ouvrit le robinet d'eau chaude de l'évier pour la rincer.

Le hurlement de Joanne résonna dans toute la maison.

Sam lâcha la tasse et se rua vers l'escalier. Joanne hurlait encore quand il arriva en haut, continuait de hurler tandis qu'il franchissait au pas de course le petit couloir sur lequel donnait la chambre de Nancy et qu'il y entra en trombe, hurlait toujours lorsqu'elle s'écroula dans ses bras.

Il l'assit avec précaution dans la bergère qui occupait un coin de la pièce, puis il s'efforça de comprendre le spectacle qui s'offrait à ses yeux. On eût dit que la scène était dissociée, morcelée en petits fragments.

Nancy.

Dans le lit.

Assise dans le lit.

Ses lunettes sur le nez.

Une liseuse jetée sur ses épaules.

La lèvre supérieure et le menton barbouillés de sang.

De la salive qui coulait au coin de sa bouche.

Le Catalogue sur les genoux.

Sam s'approcha du lit avec l'impression de marcher dans la vase d'une invisible fondrière. Une partie de son esprit attendait que Nancy se lève d'un bond en criant : « Hou ! » Tout avait l'air d'une farce de mauvais goût.

Mais ce n'en était pas une.

Un Catalogue fermé était posé sur la table de nuit. La main de Sam se tendit vers lui. Hésita. Retomba.

Son attention revint à sa belle-sœur. Nancy était dans le même état que Dougie Greeley. Les mêmes yeux vitreux. La même respiration mécanique et âpre. Sam posa son index sur le cou de la jeune femme. La jugulaire battait régulièrement.

Il faisait d'héroïques efforts pour ne pas regarder le Catalogue grand ouvert sur ses genoux. Sa vision périphérique l'avertissait qu'il y avait quelque chose d'insolite. Quelque chose de... différent. Finalement, il perdit la bataille : il le regarda.

Les pages du Catalogue étaient toutes éclaboussées de sang. Du sang séché. Brun foncé. Sa couleur contrastait vivement avec la blancheur du papier. Pendant un long moment, le cerveau de Dennison refusa de prendre en compte ce que c'était. Ce qui était différent. Le sang. Les mains pâles de Nancy, telles des serres autour de la brochure ouverte. Le blanc neigeux des pages. Le rose du peignoir en dessous. Le bleu sombre du jeté de lit, plus loin.

Vierges ! Les pages étaient vierges !

A l'exception des taches de sang, elles étaient d'un blanc immaculé. Sam avança avec précaution une main tremblante. Ses doigts touchèrent le papier. Il était tiède. Comme pourrait l'être une page de n'importe quel livre qu'on aurait laissé ouvert au soleil.

Il tira sur le Catalogue pour le libérer des mains de Nancy. Non sans peine. On aurait pu croire qu'elle refusait de le lui laisser prendre.

La couverture de la brochure était toujours sèche et avait la texture de la peau. Mais les pages n'étaient plus glaciales. Leur éclat blanc ne brûlait plus les yeux. Sam les feuilleta. Avec prudence pour éviter que deux feuillets ensanglantés ne se touchent.

Vierges. Vierges. Vierges.

Il remit le Catalogue là où il l'avait pris, entre les mains froides et immobiles de Nancy. Joanne bougea.

Il alla la prendre dans ses bras et sortit, se dirigeant vers leur chambre.

Il avait le cerveau en flammes. Une pensée se répétait, se répétait, se répétait... Des pages blanches. Du sang et des pages blanches. Comme si le Catalogue était arrivé à ses fins.

Comme s'il s'était... repu.

Chassant cette idée de sa tête, il allongea doucement Joanne sur leur lit. Elle reprenait conscience. Rapidement. Ses paupières battaient. Elles s'ouvrirent. Son regard s'éclaira.

– Sam... qu'est-ce qui.. (Ses yeux s'exorbitèrent.) Nancy !

– Chut ! Nous ne pouvons rien faire pour elle. (Sam l'obligea à poser de nouveau la tête sur l'oreiller et tendit le bras pour décrocher le téléphone.) Quel est le numéro de Sand... (Il s'interrompit et chercha le nom de l'autre médecin qu'il n'avait entendu prononcer qu'une seule fois.)... De Witlaw. Quel est le numéro de Witlaw ?

Joanne le lui dit.

– Est-ce que nous ne devrions pas... (Sa voix était éraillée.) Est-ce que nous ne devrions pas... appeler la police ?

– Elle n'est pas morte. Elle a eu une hémorragie cérébrale. Comme Dougie.

– Est-ce que je n'ai pas vu... sur ses genoux...

– Si.

A quoi bon mentir ? Si elle découvrait plus tard qu'il lui avait raconté des histoires cela ne ferait qu'aggraver les choses.

– Allô ? Ici Sam Dennison. Le Dr Witlaw est-il là ? Ah ! je vois. Pourrais-je lui laisser un message ? Oui. Qu'il passe chez moi dès que possible. J'habite 1717, Wolf Pit Road. Oui. Non, ma belle-sœur. Elle a eu une sorte de... d'attaque, si vous voulez. Oui. Je vous remercie. (Sam raccrocha.) Je suis sûr qu'elle aurait fait preuve d'autant de cordialité si elle avait eu Jack l'Eventreur en personne à l'appareil ! Ma réputation fait tache d'huile.

Joanne était dressée sur ses coudes.

– Qu'est-ce que... (Les mots refusaient de se former dans sa bouche. Ils lui échappaient comme les perles d'un collier au fil brisé.) Qu'a-t-elle *vu*, à ton avis ? Qu'a-t-elle vu qui lui a fait ça ?

– Ce que j'ai vu moi-même, répondit posément Sam. Ce que Dougie a vu. Ce que Sanderson a vu. Son moi profond. Ses pensées les plus noires. Sous forme d'images finement dessinées. (Il secoua la tête.) Ou peut-être rien du tout. Peut-être n'est-ce qu'une simple coïncidence. (Joanne ne dit rien. Elle n'en avait pas besoin. Ses yeux parlaient pour elle. Sam hocha le menton.) Oui, je sais. Ce serait assez invraisemblable, n'est-ce pas ? (Il se leva.) Je pense que le café te fera du bien. Je vais aller te...

– *Non !* (Joanne avait bondi hors du lit.) Ne me quitte pas ! Ne me laisse pas seule. (Elle fixait le mur qui séparait leur chambre de celle de Nancy.) Ne me laisse pas seule avec... avec...

Sam lui passa le bras autour des épaules.

– Non, rassure-toi. Je ne te laisserai pas.

Ils sortirent ensemble et, dans le couloir, tournèrent en direction du grand escalier. C'était le chemin le plus long pour se rendre à la cuisine, mais s'ils avaient emprunté l'escalier de service, cela les aurait obligés à passer devant la chambre de Nancy.

Comme ils traversaient le vestibule pour gagner la salle à manger, Sam eut une hésitation et marqua un temps d'arrêt. Joanne ne le nota pas immédiatement. Elle continua d'avancer mais il la prit dans ses bras et l'attira contre lui. Etonnée, elle leva la tête et suivit la direction de son regard.

Il avait les yeux fixés sur la trace carbonisée du parquet, à l'extrémité de la salle à manger, devant la baie vitrée.

– Je me demande... (La voix de Sam semblait venir de très loin. Joanne, la tête plaquée contre sa poitrine, sentait la vibration des mots à travers sa joue.) Je me demande ce qu'ils ont bien pu faire brûler ici.

Elle leva de nouveau les yeux vers lui.

– Tu ne penses pas... Quand même pas *dans* la maison ?

Sam haussa les épaules, ce qui eut pour effet de resserrer l'étreinte de ses mains nouées au creux des reins de Joanne. Du coup, elle exhala comme un petit hoquet mais son mari ne parut pas le remarquer.

– Je ne sais pas.

Son front se plissait profondément sous l'intense effort de concentration qu'il était en train de fournir pour essayer de faire tenir debout quelque chose qui n'avait aucun sens, pour essayer de mettre en place un puzzle composé de mille pièces alors qu'il ne disposait que de neuf cents d'entre elles, blanches pour la plupart.

Cette expression, Joanne ne l'avait que trop souvent vue depuis une dizaine de jours et elle sentit le besoin de briser le silence qui se prolongeait.

– Et si on parvenait à joindre Hanson ? suggéra-t-elle. Peut-être qu'il pourrait nous dire sur quoi portaient ses recherches. Qui sait si ses travaux et tous ces événements n'ont pas un rapport quelconque entre eux ?

Sam dénoua ses mains mais Joanne resta contre lui.

– Mais oui ! s'exclama-t-il. Tu es géniale ! Je sentais bien qu'il y avait quelque chose à faire, mais je n'arrivais pas à trouver quoi. Qu'est-ce que Wheeler disait de lui ? Que c'était « une sorte de psychologue ». Et si c'était de *parapsychologie* qu'il s'occupait ? S'il avait les fantômes, les démons ou la sorcellerie comme sujet d'étude ? (Sa voix mourut. Son cœur cognait si fort que Joanne, dont le menton était niché sur sa poitrine, en sentait les battements. Il posa les yeux sur elle en esquissant un sourire embarrassé.) Cette idée te paraît-elle aussi farfelue qu'à moi ?

– Il y a un mois, je t'aurais répondu oui. Mais plus maintenant. Est-ce qu'on pourrait s'informer auprès de quelqu'un à l'université de Yale ?

– Je ne sais pas. Il doit y avoir un bureau d'information où quelqu'un pourra nous dire pour quelle unité travaillait Hanson.

Passant devant Joanne, Sam se dirigea vers la cuisine où était le téléphone. Elle le suivit et, muette, le regarda demander les renseignements, puis composer le numéro du département de psychologie de l'université. Dix minutes plus tard, il griffonnait un nom sur un bout de papier qu'il avait cherché frénétiquement dans le tiroir. Il en fit un petit cylindre étroitement serré avec lequel il se tapota la lèvre. Son regard était lointain, très lointain.

Joanne, qui n'avait entendu que ce qu'il avait dit, était intriguée.

– Tu n'as guère parlé, fit-elle. Ils t'ont fait poireauter au bout du fil ou...

– Tantôt on me disait de ne pas quitter, tantôt on m'écoutait, tantôt on me baladait d'un poste à l'autre. J'ai dû avoir une dizaine de personnes différentes en ligne. Il leur a fallu un bon moment pour trouver quelqu'un qui avait entendu parler du Dr Hanson. Il y a un laboratoire de parapsychologie mais cette discipline n'a pas l'air d'être leur centre d'intérêt primordial. Et il ne dépend pas du département de psychologie. Il est autonome. Hanson était un maître de conférences invité, ou quelque chose comme ça.

– A qui as-tu parlé, finalement ?

– A une femme. Une étudiante employée pendant l'été. Elle m'a dit que le directeur du département était absent. Il est « sur le terrain », pour reprendre son expression. Cela faisait très mystérieux.

– Et à propos d'Hanson ?

– Selon elle, il est complètement timbré. Une définition qui me fait l'effet de cadrer avec notre homme. La façon dont il a décampé d'ici avec sa femme toutes affaires cessantes est l'indice de... disons d'une personnalité instable. Pour moi, il a dû avoir quelques méchantes prises de bec avec son patron, avant de filer.

– Qui est ce patron ?

– Un certain Pr Goodbridge. La petite que j'avais au bout du fil avait l'air de prononcer son nom comme s'il était sacré. Ce Goodbridge doit inspirer une sainte terreur. Ou une terreur de tous les diables, au choix.

– Tout cela ne nous aide pas tellement, n'est-ce pas ?

– Non, pas des masses. On ne commencera pas à y voir clair tant qu'on n'aura pas pu parler avec ce type... Goodbridge.

Joanne réprima un frisson.

– Cela devient de plus en plus délirant.

Alors même qu'elle disait ces mots, ils lui paraissaient stupides.

Comment serait-il possible d'ajouter un plus *à la folie ? Autant essayer de mesurer l'infini ! J'en suis presque arrivée à croire que Timothy Hanson avait des cornes et des pieds fourchus. En fait, je serais encore plus surprise de découvrir qu'il* n'en avait pas. *Au point où nous en sommes, cela semble presque aussi normal que d'avoir les yeux marron.*

Dehors, il y eut un crissement sur le gravier. C'était une voiture qui prenait un virage trop serré pour s'engager dans l'allée menant à la maison.

Sam se pencha au-dessus de l'évier. Par la fenêtre, il vit une Volkswagen décapotable vert foncé s'arrêter sur l'aire de stationnement devant la maison. La portière s'ouvrit et un homme aux cheveux blonds, d'une quarantaine d'années, sortit de la voiture. Son visage lui était inconnu mais Sam l'identifia grâce à la trousse noire qu'il portait à la main.

– Ce doit être Witlaw, dit-il. (Il réfléchit à toute vitesse.) Tu vas le recevoir. Je crois qu'il va se présenter à la porte latérale. Moi, je... vais mettre de l'ordre en haut.

Sur le moment, Joanne ne comprit pas ce qu'il voulait dire. Puis la lumière se fit en elle.

Il va faire disparaître les Catalogues qui sont dans la chambre de Nancy.

Elle fut parcourue d'un frisson glacé. Au cours de ces dernières minutes, elle avait presque oublié dans quel état était sa sœur. Leur tentative en vue d'obtenir des renseignements sur Hanson l'avait obligée à penser à autre chose. Une diversion bienvenue. Elle posa sa main sur le bras de Sam.

– Crois-tu qu'il le faille vraiment ?

– Non... je ne sais pas. Je... pense seulement qu'il serait préférable qu'il ne voie pas les Catalogues. Trop de personnes les ont déjà vus.

Le carillon de la petite porte retentit. Joanne prit le temps d'embrasser Sam avant de se précipiter pour ouvrir.

Josh Witlaw était un homme osseux de taille moyenne, au teint mat. De vieilles cicatrices d'acné juvénile marquaient encore son visage. Il avait les yeux vifs et sa moustache blond clair était taillée avec une rigoureuse précision, digne d'un militaire. De profondes rides s'étiraient aux coins de sa bouche, une bouche qui, se disait Joanne, devait être prompte au sourire.

Mais, pour le moment, il ne souriait pas. Sa poignée de main – une main chaude et sèche – était ferme.

– Madame Dennison ? (La voix était douce, un rien nasale. Mais pas suffisamment pour que le timbre en fût désagréable.) Mon assistante m'a dit que votre mari avait appelé. J'ai cru comprendre que votre sœur a eu une attaque ?

Les diagnostics des profanes ne l'impressionnaient pas plus qu'ils n'impressionnaient Paul Sanderson de son vivant. Son ton le laissait clairement entendre. Joanne se raidit instinctivement face à cet homme. Pourtant, quelque chose lui disait qu'elle devait lui faire confiance. Le prendre en sympathie, même.

– Oui. Elle est au premier. (Elle tendit le bras vers le grand escalier.) Je vous montre le chemin.

Witlaw escalada les marches derrière elle sans un mot. Ils entrèrent dans la chambre de Nancy. Aussitôt, Sam, qui était assis dans la bergère, se leva. Des Catalogues, plus aucune trace.

– Docteur Witlaw ?

– Lui-même. Monsieur Dennison, sans doute ?

Les deux hommes échangèrent une poignée de main, puis Witlaw s'assit sur le bord du lit et regarda Nancy. Il souleva son menton. Ouvrit une paupière en la pinçant entre le pouce et l'index. La tête de Nancy pendait mollement et Joanne se détourna. Brusquement, des souvenirs d'anniversaires, de voyages dans le Vermont se pressèrent dans sa mémoire, et les larmes lui vinrent aux yeux.

Witlaw se retourna.

– C'est curieux qu'il n'y ait pas de sang sur ses genoux compte tenu de l'angle de sa tête. *(Il soupçonne quelque chose,* se dit Joanne. *Mais comment pourrait-il se douter de quoi que ce soit ? Comment pourrait-il savoir quoi soupçonner ?)* Quand est-ce arrivé ?

Witlaw sortit de sa trousse un petit carnet qu'il ouvrit. Après avoir écrit le nom de Dennison en haut de la page, il leva les yeux dans l'attente d'une réponse à sa question.

– Au cours de la nuit, dit Sam. Nous l'avons retrouvée comme ça. Nous avons immédiatement téléphoné à votre cabinet.

Witlaw hocha la tête tout en griffonnant des notes d'une écriture serrée en pattes de mouche. Il tournait le dos au soleil et ses cheveux blond-roux qui accrochaient la lumière lui faisaient une auréole d'or. *Dans dix ans,* songea Joanne, *il sera jusqu'au bout des ongles le médecin de campagne qu'il est déjà.* Sa réserve commençait à fondre. Son regard revint à Nancy. Son menton tremblait.

– Ce n'est pas une attaque, laissa enfin tomber Witlaw. Non, cela n'a rien à voir avec une attaque d'apoplexie. Ce serait plutôt comme si certaines parties de son cerveau s'étaient *homogénéisées.* (Voyant Joanne se crisper, il fronça les sourcils.) Excusez-moi, madame Dennison. Il faut croire que je suis un peu... choqué. Mon assistante m'a joint à l'hôpital quand je venais d'examiner le jeune Greeley. J'avais croisé son père et il m'avait demandé de le faire. Il s'imagine probablement que mes pouvoirs de guérisseur sont supérieurs à ceux de mes confrères locaux. Le fait d'être un « étranger », si vous voyez ce que je veux dire.

Devant sa gêne manifeste, Joanne acquiesça pour le mettre à l'aise.

– Et c'est... le même cas, n'est-ce pas ?

Elle avait la main posée sur le dos de Sam et elle sentit les muscles de celui-ci se contracter. Il la prit par l'épaule et l'énergie avec laquelle il la serra était plus qu'éloquente.

Zut ! Voilà que je me laisse aller à établir des parallèles entre Nancy et Dougie. Et Sam ne veut pas que Witlaw soit au courant pour les Catalogues.

– Oui, dit Josh Witlaw. (Un « oui » qui n'était pas à proprement parler une réponse. Quelque chose semblait le préoccuper.) Je n'ai jamais rien vu de pareil. Au Viêt-nam, j'ai vu un homme encaisser une balle dum-dum dans le crâne. La cervelle en bouillie. J'ai vu pas mal de choses du même genre. Certaines parties du corps transformées en compote...

Sam était sur le point de demander au médecin d'arrêter de tenir de pareils discours devant Joanne mais Witlaw se ressaisit de lui-même et chassa les macabres souvenirs qui remontaient à sa mémoire.

– Pardonnez-moi. Oui, madame Dennison, c'est la même chose pour Dougie Greeley. (Ainsi, il avait bien entendu la question de Joanne.) A première vue, tout au moins. Mais une exploration plus approfondie révélera probablement... (Il n'alla pas jusqu'au bout de sa phrase. Tout en parlant, il jetait dans la pièce des coups d'œil circulaires comme s'il y cherchait quelque chose.) Où est-il ?

Sam sentit son sang se glacer dans ses veines.

– Où est quoi ?

– Inutile de finasser, monsieur Dennison. Je parle du Catalogue. Greeley m'a rapporté les aveux que vous avez arrachés à Dougie avant que son cerveau n'ait explosé. Un étrange Catalogue a joué un rôle dans toute cette affaire, n'est-ce pas ? Où est-il ?

Sam exhala un soupir. Lâchant l'épaule de Joanne, il alla ouvrir l'armoire de bois ajouré. Une demi-douzaine de robes d'été et de légers corsages appartenant à Nancy y étaient suspendus, accrochés à des cintres. Les deux Catalogues étaient posés sur l'étagère du haut. Celui que la jeune femme lisait était grand ouvert. Le sang paraissait presque noir sur les pages blanches qu'il maculait.

Witlaw leva la main dans un geste de refus quand Sam lui présenta les deux brochures.

– Non, je ne veux pas les regarder. Je voulais seulement m'assurer qu'ils étaient bien là. (Il pianota sur la trousse de cuir qu'il avait déposée sur le lit, à côté de Nancy figée dans l'immobilité.) Y a-t-il eu une intervention quelconque de votre part ?

Sam était abasourdi par l'attitude de Witlaw. Il était trop calme, trop raisonnable. Il était au courant pour les Catalogues, c'était évident, mais cela ne le troublait en rien.

– Que... que voulez-vous dire par là ?

– Il s'est produit ici des événements surnaturels, nous sommes bien d'accord ? En relation avec les Catalogues. Alors, je vous demande si vous y êtes pour quelque chose.

Ce fut Joanne qui exprima tout haut le désarroi de Sam :

– Tout cela a l'air de vous laisser tellement... indifférent ! Est-ce que... est-ce que vous savez ce qu'ils sont susceptibles de faire ?

– Non, mais je peux facilement l'imaginer. Il se trouve que j'ai très bien connu Timothy Hanson avant... avant son départ. Nous avions tous les deux été au Viêt-nam, vous comprenez ? Nous ne nous sommes pas trouvés ensemble au même endroit, mais suffisamment près quand même pour avoir eu des expériences comparables. Paul nous a présentés. (Le seul fait de prononcer le nom de son défunt associé obligea Witlaw à s'interrompre. Il referma sa trousse et la fourra sous son bras.) Ecoutez... On ne peut rien faire pour cette femme. Redescendons. Je voudrais passer quelques coups de téléphone. Après, vous me donnerez votre version de toute cette histoire, d'accord ? Et... il me semble que j'ai senti une odeur de café en entrant, non ? Pour tout vous dire, ce serait avec plaisir que j'en boirais une tasse, maintenant.

Une fois dans la cuisine, Sam vida les tasses où le café avait refroidi et se mit en devoir d'en refaire. Witlaw et Joanne s'étaient assis de part et d'autre de la table. Dennison apporta les tasses et s'assit à son tour, complétant le triangle dont il formait le sommet. Sa femme était bien avancée dans le récit détaillé qu'elle faisait au médecin des événements qui s'étaient succédé après l'arrivée du premier Catalogue.

Witlaw l'écoutait sans faire de commentaire. Quand elle en eut terminé, il ne se départit pas de son mutisme. Ni elle ni Sam ne jugèrent nécessaire de rompre le silence.

Finalement, au bout de quelques minutes, Witlaw se leva et alla jusqu'à la paillasse de l'évier sur laquelle étaient toujours posés le bocal de café instantané ouvert et la bouilloire. Il rinça sa tasse à l'eau chaude pour se resservir.

Sam et Joanne ne disaient rien. S'il avait connu les Hanson aussi bien qu'il l'affirmait, ce n'était pas la première fois qu'il mettait les pieds dans cette cuisine. Il y était venu assez souvent, semblait-il, pour s'y sentir comme chez lui. Assez souvent pour avoir pris l'habitude de se servir lui-même.

– Vous étiez amis intimes, le Dr Hanson et vous ? finit par demander Dennison.

Witlaw hocha la tête.

– Pas vraiment. Nous avons échangé nos souvenirs du Viêt-nam mais, après, nos relations se sont plus ou moins refroidies. (Il considéra la tasse qu'il avait à la main et rougit.) Vous vous demandez comment il se fait que j'aie fini par me sentir aussi à l'aise dans cette maison ? Au point de me préparer moi-même mon café ? (Il soupira et revint s'asseoir. Son pas s'était fait plus pesant, comme si un fardeau s'était soudain abattu sur ses épaules.) Polly Hanson et moi avons eu une liaison. (Il se tut, attendant une réaction, mais comme il n'y en eut pas, il poursuivit :) Une aventure très intense, très passionnée. Mais il n'y avait plus rien entre nous quand ils sont partis. Cela faisait même déjà des semaines que nous ne nous étions plus adressé la parole, Polly et moi. Et tant mieux, d'ailleurs. Si Paul avait su... il m'aurait sûrement *tué* !

– Sans parler du Dr Hanson, dit Joanne. Je pense que cela n'aurait pu que le bouleverser.

– Vous ne le connaissez pas. Personne ne le connaissait, en fait. (Se laissant aller contre le dossier de sa chaise, Witlaw porta sa tasse à ses lèvres. Comme le café était trop chaud, il souffla doucement dessus pour le refroidir.) J'ai rarement connu un être aussi distant. Il était très... comment dire ? détaché du monde, si vous voulez. Parfois, il était presque comme un prêtre. Comme un saint homme chargé d'une mission. Il s'ouvrait un peu quand nous parlions du Viêt-nam mais il avait toujours quelque chose d'autre dans la tête. Et Polly... C'était un être doux et délicat. Une artiste. Elle savait admirablement se servir de ses mains. Pour modeler l'argile. Une sensibilité à fleur de peau. Je doute fort qu'il soit possible de trouver deux personnes aussi mal assorties. Saviez-vous qu'Hanson s'intéresse à la parapsychologie ?

Sam opina.

– Nous l'avons deviné. Je venais de parler au téléphone avec quelqu'un de Yale quand vous êtes arrivé. Je dois aller là-bas cet après-midi. Pour m'informer sur la nature exacte des recherches qu'il effectuait.

– Je vous félicite pour votre sens de la déduction, monsieur Dennison. Si vous n'y voyez pas d'inconvénient, j'aimerais vous accompagner.

Sam haussa les sourcils.

– Pourquoi cet intérêt soudain pour ses activités ?

– Pas si soudain que cela, répliqua Witlaw. L'histoire selon laquelle Hanson et Polly étaient partis sans tambour ni trompette pour une destination inconnue, je l'ai avalée. Presque entièrement, en tout cas. J'ai été assez présomptueux pour m'être mis dans la tête l'idée que la raison véritable de ce départ précipité était la volonté d'Hanson d'éloigner Polly de moi.

– Vous disiez que tout était fini entre vous, fit observer Joanne.

Witlaw eut un haussement d'épaules.

– Ce n'était peut-être pas vrai pour elle. Je ne sais pas. J'ai simplement... enfin, toute cette affaire ne me dit rien qui vaille. Je pensais que c'était logique...

– Et maintenant, vous ne le pensez plus ?

Tout, dans l'attitude de Witlaw et dans son ton, le confirmait sans ambiguïté possible.

– Non. Pas après tout ça. Les Catalogues. Le suicide de Paul. L'hémorragie cérébrale dont Dougie et votre sœur ont été victimes. Tout, quoi.

– Alors ? fit Sam.

– Je crois qu'il a *assassiné* Polly. (La voix de Witlaw se cassa.) Je crois qu'il l'a tuée au cours de je ne sais quelle odieuse cérémonie rituelle qu'il a accomplie ici même, dans cette maison.

11

Traversant le campus de Yale, Sam Dennison eut l'impression d'avoir été transporté à travers le temps et l'espace jusqu'à un monde perdu qui n'avait jamais existé.

Les bâtiments de pierre coiffés de hautes toitures pointues et percés d'étroites fenêtres lui faisaient penser au décor d'un film hollywoodien, dont l'action se serait déroulée en Europe centrale. Rien de plus facile, quand on passait sous les voûtes noyées d'ombre, que d'oublier l'animation toute moderne de New Haven, à deux pas de là. Les murs tapissés de lierre et les dalles étaient un véritable désaveu infligé à l'univers contemporain.

Des statues de héros dont la mémoire s'était perdue s'érigeaient ici et là, sur le gazon qu'entouraient les différents corps de bâtiment. D'immenses arbres y étaient les témoins muets de l'existence séculaire de l'université. A cette époque – la fin de l'été –, elle était quasiment déserte. L'automne verrait affluer les étudiants mais, pour l'heure, il y régnait un calme, une paix qui ne faisaient que renforcer le sentiment qu'avait Sam Dennison d'avoir été soudain catapulté dans un autre monde.

– Merde ! s'exclama Philip Marsdon, rompant le fil de sa méditation. Où c'est qu'elles sont toutes les petites nanas nubiles en shorts moulants et soutiens-gorge ? Moi qui m'attendais à me trouver au milieu d'un parterre de tenues légères et bandantes !

Sam observa que, sans changer d'allure, Josh Witlaw s'éloignait. Se repliant sur lui-même, il plantait un invisible bouclier entre lui et ce New-Yorkais ordurier et fort en gueule. C'était vrai, le médecin n'avait pas prononcé plus de trois mots depuis que Marsdon avait mis les pieds au manoir Wembledge. Sam n'en était pas autrement surpris. Il avait déjà décelé, chez Witlaw, une profondeur de sentiment, une sensibilité qui ne pouvaient qu'être totalement étrangères à un personnage de l'acabit de Philip Marsdon.

Les trois hommes étaient à la recherche du bureau du Pr Goodbridge. Bien que celui-ci eût été absent lorsqu'il avait téléphoné, Sam avait réussi à se faire fixer un rendez-vous. L'étudiante faisant provisoirement office de secrétaire n'avait pu lui garantir de façon absolue que la rencontre aurait effectivement lieu, mais elle lui avait assuré que si Goodbridge se montrait dans l'après-midi, elle ferait de son mieux pour qu'il ne reparte pas avant que M. Dennison et ses amis ne soient arrivés.

Dès que Marsdon était arrivé en taxi au manoir Wembledge, Joanne et lui l'avaient mis au courant de la situation, de façon précise et détaillée. A ce souvenir, les lèvres de Sam se pincèrent. Pour commencer, l'avocat avait éclaté de rire. Sam et sa femme avaient insisté. Le silence de pierre dans lequel Witlaw demeurait muré témoignait avec éloquence de leur bonne foi.

Finalement, Marsdon avait demandé à voir un des Catalogues et, en guise de représailles, Sam n'avait pas hésité à lui donner satisfaction. Les deux Catalogues retrouvés dans la chambre de Nancy étaient maintenant à l'abri, dans un tiroir du buffet de la cuisine. Sam l'avait ouvert et en avait sorti l'un des minces fascicules à la couverture rouge sombre.

– Tu l'auras voulu, avait-il dit. (Witlaw avait fait un mouvement pour le retenir mais Sam lui avait réclamé de ne pas intervenir en levant la main.) Il ne nous croira pas tant qu'il ne l'aura pas vu de ses propres yeux.

Et il avait tendu la brochure à Marsdon.

Ce dernier l'avait prise. Il l'avait ouverte. Il en avait feuilleté les pages. Lentement, il avait changé d'expression et ses sourcils s'étaient froncés.

– Qu'est-ce que c'est que ce foutu canular à la noix ? avait-il grondé. Me faire venir dans ce bled de merde au fond du Connecticut pour me charrier !

Sam et Joanne n'en croyaient pas leurs oreilles.

– Mon vieux Phil...

– Y a pas de « mon vieux Phil » qui tienne, enfoiré de mes deux ! Moi qui t'ai sauvé la mise plus souvent qu'à mon... Voilà tous les remerciements que je reçois !

– Je... Je suis désolé, Phil. Je ne sais pas ce que tu vois mais je ne pensais pas que ce serait aussi épouvantable.

– Qu'est-ce que c'est que ce baratin, connard ?

Marsdon avait brandi bien haut le Catalogue grand ouvert. Instinctivement, Joanne avait détourné le regard. Sam revit les mêmes images atroces de souffrances et de torture qu'il connaissait bien. Witlaw avait vidé ses poumons en un long soupir sifflant.

– Me faire venir de New York pour me montrer des *pages blanches,* je ne trouve pas ça drôle, ahuri de mes fesses. Et ne me regarde pas avec cet air abruti. Tu le sais très bien qu'il n'y a rien dessus.

Sam avait désespérément essayé de comprendre.

– Tu... tu veux dire que tu ne vois...

– Rien, l'avait coupé Joanne. (Elle ne regardait ni Marsdon ni le Catalogue.) Il ne voit *rien* !

Sam était décontenancé.

– Mais... comment est-ce possible ?

Witlaw les avait ramenés à la réalité :

– Je pense que la seule façon d'éclairer notre lanterne sera d'avoir cet entretien avec Goodbridge, dans l'après-midi, monsieur Dennison.

Joanne était montée dans l'ambulance pour accompagner sa sœur, et quand le véhicule eut disparu, Sam et Marsdon prirent place dans la Volkswagen de Witlaw. Pendant tout le voyage, l'avocat était resté rencogné sur l'étroite banquette arrière, plié dans un coin, comme un accordéon. Heureusement, il faisait si beau que l'on pouvait rouler la capote baissée et les passagers n'étaient pas aussi serrés et inconfortables.

Il leur avait fallu quarante minutes pour rallier New Haven, et dix de plus pour trouver un endroit où se garer. Sam appela le numéro qu'il avait noté et la même étudiante lui répondit. Le professeur n'était pas encore arrivé mais avait fait savoir qu'il serait là à 15 heures.

Sam avait consulté sa montre. Il était 14 h 40. Les trois hommes s'étaient mis en quête d'un restaurant pour manger un morceau avant de se rendre sur le campus. Ils avaient déniché une petite gargote pour étudiants, juste en face de l'université. Ils avaient rapidement avalé le potage et les sandwiches qu'ils avaient commandés et, vingt minutes plus tard, ils s'étaient mis à la recherche du bureau du Pr Goodbridge.

On leur avait indiqué la route à suivre et, conformément aux directives qu'ils avaient reçues, ils s'étaient enfoncés dans les profondeurs de l'un des plus anciens bâtiments.

Poussant une porte de service, ils faillirent renverser une grande bringue aux bras chargés de dossiers et de lourds volumes aux reliures de cuir. Sam tendit vivement la main pour rattraper la pile en équilibre précaire. La jeune femme le remercia d'un sourire.

– Vous êtes perdus, messieurs ? fit-elle d'une voix douce et posée. Puis-je vous aider ?

– Sûrement pas autant que, moi, je peux vous aider, vous, ma cocotte, dit Marsdon avec un sourire paillard et dans l'intention évidente de mettre la main aux fesses de la fille. Merde ! s'exclama-t-il quand son poing se referma sur une poignée de longs cheveux d'un noir de jais. Mais c'est Crystal Gayle !

– Que cherchez-vous ou qui cherchez-vous ?

Toute cordialité s'était évanouie dans la voix de la jeune femme.

– Le Pr Goodbridge, répondit Sam. Nous avons... enfin, pas exactement rendez-vous avec lui mais il faut absolument que nous le voyions. C'est d'une importance vitale. Nous avons besoin de savoir certaines choses sur son collaborateur, le Dr Hanson. (Comme elle continuait de fusiller Marsdon du regard, il ajouta :) Ecoutez... je suis navré...

– Par ici.

Faisant volte-face, elle s'engagea dans un étroit couloir, suivie du trio. Des conduites d'eau chaude serpentaient sous la voûte et Dennison dut à plusieurs reprises baisser la tête pour ne pas se cogner. Witlaw et Marsdon se voyaient épargner ce genre d'inconvénient mais le second souffrait visiblement de claustrophobie dans ce boyau. Il débitait à voix basse une litanie de jurons et, quand ils touchèrent enfin au but, ce fut avec satisfaction qu'il s'écria :

– Eh bien, merde ! C'est pas trop tôt !

Ils se trouvaient devant une simple petite porte à l'extrémité d'un couloir exigu aux affreux murs blanchâtres, qui avaient pris, avec l'âge, une teinte pisseuse. A leur jonction avec le plafond, la peinture se boursouflait et s'écaillait. Ici et là, de l'eau s'égouttait de l'entrelacs des tuyaux. A droite de la porte était disposé un tableau d'affichage sur lequel étaient punaisées des liasses de notes et de coupures de presse traitant toutes, plus ou moins, de questions liées à l'occultisme.

– J'ai comme l'impression que le budget alloué à ce laboratoire a la portion congrue, dit Sam à Witlaw en aparté.

– La vogue de la parapsychologie est passée, fit leur guide.

Dennison sursauta, étonné qu'elle l'eût entendu.

– Je suis même surpris qu'il existe encore un département consacré à ce genre de recherches, à Yale, dit Witlaw. Je commence à comprendre pourquoi il y avait de l'eau dans le gaz avec cet empêcheur de tourner en rond qu'était Hanson.

Restant sur la réserve, la femme se borna à un vague hochement de tête.

– Si vous voulez me suivre, messieurs.

Elle poussa la porte et entra. Sa longue chevelure ondoya fugitivement, flottant derrière elle comme une cape de sorcière. Sam, Witlaw et Marsdon lui emboîtèrent le pas.

Ce fut immédiatement le surpeuplement. L'énorme bureau qui occupait le centre de la petite pièce mangeait tout l'espace. Les murs disparaissaient du sol au plafond sous les rayonnages. Ils empiétaient même au-dessus du linteau de la porte. Il n'y avait pas de fenêtre. L'unique source de lumière était l'ampoule jaune suspendue au milieu du plafond.

Les livres qui occupaient ces rayonnages étaient tous d'épais volumes reliés en cuir, semblables à ceux que portait leur cicérone. Pas un seul ne semblait dater de moins d'un siècle et il y en avait au moins cinq cents qui s'entassaient partout où il y avait la moindre place. Et quand ce n'étaient pas des livres, c'étaient des objets ésotériques sur la nature exacte desquels Sam Dennison était parfaitement incapable de se faire une idée. Il y avait des fragments d'os, et des plumes, des fils formant des tresses énigmatiques, des sculptures grandes et petites, les unes à la limite de la pornographie, les autres simplement à vomir.

Leur guide déposa la pile de dossiers et de livres dont elle était chargée sur celle qui encombrait déjà le bureau, contourna cette monstruosité décorée de ciselures et se laissa choir dans le fauteuil garni de coussins de peluche qui trônait derrière.

Sam soupira. Il éprouvait l'envie subite d'étrangler Marsdon.

– Vous êtes le professeur Goodbridge ? fit-il.

– Katherine Goodbridge, oui. Je suis désolée de ne pouvoir vous offrir de sièges, messieurs. Comme vous voyez, il n'y en a pas d'autre que mon fauteuil. Maintenant, que voulez-vous savoir au sujet de Tim Hanson ?

Sam s'éclaircit la gorge. Pendant un bon moment – un moment qui parut se prolonger un siècle –, personne ne répondit. Puis tous les trois se mirent à parler en même temps.

Katherine Goodbridge leva la main pour leur imposer silence.

– Pas tous à la fois, je vous prie, sinon nous n'en sortirons pas.

Elle avait une infime trace d'accent que Sam essaya d'identifier. Anglais ? Australien ? Sud-africain, peut-être ? Il n'arrivait pas à le situer exactement.

Son visage formait un carré presque parfait. La mâchoire aux angles prononcés était large, l'arc des sourcils haut placé. Elle avait une façon d'incliner la tête qui donnait l'impression qu'elle toisait ses visiteurs de haut en bas, sous ses épais sourcils noirs. En dehors du mascara qui soulignait lourdement son regard, elle ne portait aucun maquillage. Ni rouge à lèvres, ni fond de teint.

Son regard se posa sur Sam.

– Vous êtes monsieur Dennison, n'est-ce pas ? C'est vous qui avez téléphoné ?

D'un geste large et théâtral, elle chaussa une paire de petites lunettes de lecture et, de sa main libre, farfouilla au milieu des bouts de papier qui encombraient son bureau.

– Nous avons dû démonter ce monstre pour qu'il puisse entrer, dit-elle sans s'adresser à personne en particulier. Mais cela en valait la peine. Il n'a pas loin de six cents ans d'âge. Il appartenait au comte de Bougainville Saint-Jacques Marrane, un nécromancien qui a connu son heure de gloire en France, au XIVe siècle... dans le sud du Massif central. Il avait la fâcheuse habitude de décapiter les petits garçons et les petites filles pour greffer leurs têtes sur le dos des chèvres. Evidemment, les pauvres bêtes mouraient d'empoisonnement du sang et de toutes sortes de maladies infectieuses. D'après les documents de l'époque, les têtes restaient vivantes tant que les receveuses le demeuraient. J'ai tendance à le croire. Ah ! Nous y voilà. (Katherine Goodbridge étudia un petit feuillet.) Oui... monsieur Dennison. Vous vous êtes installé dans la maison que Tim Hanson louait à Fairharbour, c'est bien cela ? Et vous avez eu certains ennuis ? Des ennuis de caractère surnaturel ?

Mais Sam ne mordit pas à l'appât :

– Je n'ai pas dit ça à votre secrétaire.

– Je n'en doute pas un seul instant. Mon traitement ne me permettrait d'ailleurs en aucun cas de me payer une secrétaire. Vous avez sans doute parlé à Margie ou à Veronica, deux étudiantes qui ont la gentillesse d'assurer mon secrétariat à temps partiel, pendant les vacances d'été. Et je suis convaincue que vous n'avez rien dit de tel ni à l'une ni à l'autre. Mais, ici, ce n'est pas un cabinet de dentiste, n'est-ce pas ? Vous avez un problème que vous soupçonnez être d'origine occulte, non ? (Sam acquiesça.) Alors, pourquoi ne pas le dire, tout simplement, sans détour ? C'est manifestement quelque chose que vous considérez comme important, sinon vous ne seriez pas là. Y a-t-il une raison particulière qui vous fait éprouver le besoin de faire silence là-dessus ?

– Ce grand con a probablement le trac, dit Marsdon qui se percha sur le coin du bureau et se pencha vers Katherine Goodbridge.

Celle-ci portait un chemisier de soie noire et une jupe, noire également, qui s'arrêtait à la hauteur du genou et moulait à merveille sa silhouette gracieuse. Le chemisier était ouvert d'un bouton de trop. Une petite croix en or se balançait entre ses seins. Les yeux de Marsdon étaient rivés sur le minuscule bijou filigrané.

– C'est une copie d'une pièce du XIe siècle, dit Katherine Goodbridge. (Marsdon releva la tête et la dévisagea.) La croix. Vous étiez en train de l'admirer, n'est-ce pas ?

– A vrai dire, c'étaient vos nibards que je matais. La

plus belle paire de roberts dont j'aie encore jamais vu dotée une gonzesse aussi peu rembourrée que vous.

Les yeux de Katherine lancèrent des éclairs. Elle se leva. Debout, elle dominait Marsdon d'une tête.

– Nous allons mettre les points sur les i, mon petit bonhomme. (Sa voix était d'un calme impressionnant.) Je n'aime pas qu'on me mette la main au panier et je n'aime pas que de gros cochons pleins de lard lorgnent dans l'échancrure de mon corsage. C'est le premier et le dernier avertissement. (Elle tourna de nouveau son attention sur Sam.) Eh bien, monsieur Dennison, si vous me disiez quelle est la nature exacte de votre problème, maintenant ?

– Sa nature exacte ? (Sam s'efforça de mettre de l'ordre dans le tourbillon de pensées qui se bousculaient dans sa tête.) Je ne suis pas sûr de pouvoir vous dire quelle en est *exactement* la nature.

– Je ne me soucie pas de la terminologie technique, monsieur Dennison. Vous n'avez pas besoin de connaître la différence entre un sorcier et un nécromancien pour me dire ce qu'il m'est indispensable de savoir. Parlez-moi simplement, dans les grandes lignes, des manifestations dont vous avez été témoin et qui vous préoccupent, avec vos mots à vous.

Elle se rassit dans son imposant fauteuil.

Witlaw émit un petit reniflement. C'était presque un rire.

– Vous avez été surpris par le réalisme avec lequel j'ai pris tout cela, Sam. A entendre Madame, on pourrait croire que nous sommes ici pour lui parler...

Il n'alla pas plus loin, incapable de trouver une analogie qui convînt.

Katherine sourit.

– Rares sont les profanes qui franchissent cette porte. Vous n'êtes pas dans un cabinet dentaire, je vous le répète. Les gens qu'il m'arrive de recevoir viennent me voir pour des raisons qui sont à peu près les mêmes que les vôtres, monsieur... monsieur ?

– Witlaw. Dr Josh Witlaw.

Les yeux de Katherine Goodbridge s'écarquillèrent imperceptiblement.

– Alors, c'est vous le... (Elle se pencha en avant, les coudes posés sur le bureau, les mains croisées et le menton reposant sur ses pouces joints.) Bien, bien, bien. Hanson a fait allusion à vous, une ou deux fois. Vous avez eu une aventure avec Polly, n'est-ce pas ?

Witlaw se raidit.

– Alors... alors, il savait ?

– Moi, je savais. Tim ne voyait les choses que dans le contexte de ses recherches. Oh ! Il est possible qu'il ait deviné que sa femme était votre maîtresse – d'après ce que j'ai pu comprendre, vous ne faisiez pas preuve de beaucoup de prudence –, mais cela n'avait aucune répercussion sur ses travaux. Il n'éprouvait pas le besoin d'aborder ce sujet mais il m'en a dit suffisamment en passant, pour que je me fasse une idée assez claire de la situation. (Elle examina Witlaw de haut en bas.) Je comprends ce qui l'a attirée en vous.

– Si on en finissait avec ces foutaises et si on passait aux choses sérieuses, hein ? (C'était Marsdon qui se manifestait de nouveau. Sam laissa échapper une sorte de petit sifflement rauque, mais l'avocat ne tint pas compte de l'avertissement.) J'aime pas me faire rembarrer par des grognasses qui se figurent qu'elles sont au-dessus des autres, sous prétexte qu'elles ont des diplômes. Vous êtes jamais qu'une pisseuse qui a de l'instruction, ma mignonne, et je pourrai vous bouffer toute crue quand je voudrai. Et puis, j'en ai jusque-là de ces conneries surnaturelles.

Ces deux-là veulent monter je ne sais quel canular avec un petit bouquin où il n'y a rien d'imprimé, et je suis supposé marcher dans la combine. Eh bien, moi je dis : qu'ils aillent se faire voir !

La fureur de Sam avait atteint son paroxysme. Il ouvrit la bouche pour dire quelque chose mais, au même instant, le rire de Katherine éclata. Un rire étonnamment argentin qui ne correspondait pas à sa voix quand elle laissa tomber :

– Voilà qui est parfait ! Je crois que je sais à présent auquel de vous trois je dois m'adresser pour obtenir de véritables réponses. Docteur Witlaw, et vous, monsieur Dennison, auriez-vous l'amabilité d'attendre dehors ? Ce monsieur et moi avons des choses à nous dire.

Sam n'en revenait pas. Il avait l'impression d'une trahison. Il s'apprêtait à protester mais Marsdon l'empoigna par le bras et le poussa en direction de la porte.

– Désolé, Sam. Cette dame sait reconnaître la classe quand elle y est confrontée. Vous aussi, toubib. On se retrouve dans un petit moment.

Marsdon adressa une œillade appuyée à Sam et referma fermement la porte au nez de celui-ci.

Les hôpitaux me dépriment, songeait Joanne Dennison. *Ce n'est d'ailleurs pas d'une originalité stupéfiante. Les hôpitaux dépriment* tout le monde.

Aujourd'hui, dans l'état d'esprit où elle se trouvait, le Memorial Hospital de Fairharbour lui semblait tout particulièrement sinistre. Là, rien n'était réel, tangible. La lumière pénétrait à flots par les hautes fenêtres du mur sud du vaste hall d'accueil, et le soleil, à sa droite, était un flamboyant brasier. Plantée devant une des grandes baies vitrées, Joanne contemplait la ville.

L'hôpital, situé sur une hauteur, dominait la majeure partie de celle-ci. De son poste d'observation, la jeune femme apercevait la poste, la bibliothèque municipale, l'hôtel de ville et elle distinguait le toit de l'immeuble abritant le restaurant *Chez Teddy*.

Cette vue évoqua en elle le visage rond et radieux de Babs quand elle lui avait appris qu'elle était enceinte. Elle posa la main sur son ventre plat et s'efforça de polariser des pensées souriantes sur le fœtus qu'elle portait. *Tout ira bien. Tout se passera bien.*

Joanne n'avait pas revu Babs depuis son attaque. Elle savait que son amie était là, quelque part dans cette aile. Tout près, peut-être. Il y avait peu de chambres privées. Babs, Dougie et Nancy en monopolisaient trois.

– Madame Dennison ?

Elle se retourna et se trouva confrontée à un beau visage aux yeux hallucinés. Reconnaissant Rod Greeley, elle lui adressa un petit signe de tête. De nouveau, elle fut frappée par la beauté robuste du garçon, la distinction de ses tempes poivre et sel, sa carrure, son torse musclé. Il avait encore le short qu'il portait pour faire son jogging – *mon Dieu ! cela ne datait donc réellement que de ce matin ?* – quand ils s'étaient rencontrés pour la première fois dans l'allée des Greeley. Les muscles de ses jambes étaient durs et fuselés.

– Bonjour, sergent Greeley. Vous êtes encore là ?

– Je m'en vais. Mon père va rester un moment auprès de maman. Ne croyez-vous pas que nous devrions nous appeler par notre prénom ?

– Bien sûr, Rod. (Joanne eut un pâle sourire.) Et votre frère ?

– Son état demeure stationnaire. Les médecins disent qu'il est peu probable qu'il y ait un changement. Je suis étonné que vous demandiez de ses nouvelles après...

Il se borna à un haussement d'épaules, ne voulant pas prononcer les mots qu'il s'apprêtait à dire.

– Moi aussi. Mais, en un sens, je me sens... je suppose que je me sens responsable. Je veux dire que c'est d'abord chez nous que cette saleté de Catalogue est arrivée.

Rod secoua la tête.

– Allons ! C'est comme si vous vous croyiez coupable d'une guerre parce que votre maison a été la première à être bombardée. Ce qui est arrivé à Dougie... enfin, s'il n'était pas ce sale petit... (Rod haussa de nouveau les épaules. Il y avait des larmes au coin de ses yeux.) Merde, merde, merde ! Je n'arrête pas de penser à lui, de parler de lui, comme s'il était parti pour un camp de vacances ou je ne sais quoi. Comme s'il devait rentrer à la maison dans quelques semaines et continuer d'être l'affreux morveux qu'il a toujours été. Mais seulement... seulement...

Joanne lui entoura les épaules de son bras. Les muscles du dos de Rod étaient noués. Enfin, il se détendit et prit Joanne par la taille.

– Qu'ont dit au juste les médecins ? voulut-elle savoir.

Rod renifla.

– Le jeune... Witlaw, c'est ça ? Il veut qu'ils lui fassent une tomo. Vous savez ? Une exploration du crâne par tranches en utilisant le sonar, le radar ou quoi ou qu'est-ce. Pour lui, c'est comme si quelque chose était entré dans le cerveau de Dougie et en avait déconnecté sélectivement certaines zones. Seules celles qui commandent les activités automatiques comme la respiration ou les battements du cœur sont restées intactes. C'est comme si le reste avait été passé au mixer.

La formulation, maladroite dans sa légèreté, lui arracha une grimace de mécontentement mais cette référence lointaine à *Saturday Night Live* leur arracha néanmoins à tous les deux un sourire fugitif, et Joanne laissa même échapper un petit rire.

Rod pouffa à son tour.

– Il y a encore un peu de lumière dans la nuit, non ? Dites... je ne vous ai pas demandé pourquoi vous êtes ici, vous ?

Le monde redevint ténébreux.

– Ma sœur. Il lui est arrivé la même chose.

– Oh ! merde ! Le Catalogue, encore ? Angela m'a tout raconté.

– Oui. Je croyais que nous en avions détruit tous les exemplaires qui étaient à la maison mais elle en a trouvé deux quelque part.

Joanne se rendit brusquement compte qu'elle était si proche de Rod Greeley qu'elle sentait ses muscles durcis contre elle. Elle retira le bras qu'elle avait passé autour de l'épaule du garçon et fit mine de s'écarter de lui. Il ne lui lâcha pas la taille et, un court instant, Joanne eut peur qu'il ne l'obligeât à rester collée contre lui. Mais, finalement, il se résolut quand même à la lâcher et, détournant le regard, il dit :

– J'ai... regardé l'un d'eux, moi aussi.

Il avait parlé d'une voix sourde.

Autour d'eux, le brouhaha de l'hôpital s'intensifiait. Joanne prit brusquement conscience des allées et venues des médecins et des infirmières. Des patients en pyjamas à rayures ou en robes de chambre.

– Il y a un bistrot, juste en bas de la colline, dit-elle. Je vous offre un café.

Rod sourit. Il retrouvait son dynamisme.

– Non, c'est moi qui vous invite.

– On partage.

Elle passa son bras sous le sien et ils sortirent. C'était une claire journée d'été, digne du Connecticut. En silence, ils traversèrent le parking, tournèrent dans Cleveland Avenue et gagnèrent le *Harry's Diner*, à deux rues de là.

Joanne avait un faible pour ce vieux bistrot, une gare de chemin de fer désaffectée et reconvertie, plantée sur un soubassement de briques rouges et bariolée de jaune et de vert vifs. Ils s'installèrent dans un coin tranquille où l'on était au frais et commandèrent des cafés. Rod demanda aussi une portion de frites. Ils attendirent d'être servis pour engager la conversation.

– Qu'est-ce que vous avez vu ? s'enquit Joanne.

– C'est difficile à expliquer avec des mots, répondit Rod. Quand j'avais neuf ans, mon père m'avait acheté un petit chiot. Un retriever. Mon premier chien. C'était le plus beau que j'avais jamais vu. Tout en oreilles et en pattes, vous voyez ? Comme tous les chiots, quoi. Je me souviens que ma mère avait levé les bras au ciel avec désespoir lorsqu'elle l'avait vu, et qu'elle s'était écriée effarée : « Mon Dieu, Doug ! Mais tu sais bien qu'il grandira ! »

» Et pour grandir, il a grandi, ça oui ! Quand il avait six mois, on pouvait le gratter derrière les oreilles sans avoir besoin de se baisser. Oui, c'était un chien superbe.

Rod s'interrompit, les yeux fixés sur Joanne.

– Bref, reprit-il, papa a décidé qu'il fallait le dresser pour lui apprendre à faire des choses. Chercher le journal... des bêtises comme ça. Moi, je n'y tenais pas tellement mais j'ai suivi le mouvement. Je sortais tous les jours dans la cour avec Rusty – c'était son nom, Rusty – et je lui lançais un bâton pendant une bonne heure pour qu'il le rapporte. C'était en plein hiver. Il avait beaucoup neigé cette année-là. Dans la cour, la couche était rudement épaisse. Rusty bondissait dans la neige comme un poulain. Des fois, il ramenait le bâton, des fois pas. Ça m'était égal. Je prenais mon pied à me geler les fesses avec le plus chouette chien qu'il y avait au monde.

» Mais ce n'était pas du goût de papa. A l'époque, il était en pleine crise de superefficacité. Il disait que je n'arriverais jamais à me faire obéir de Rusty si je ne lui faisais pas voir qui était le maître. Je lui répondais que je croyais qu'il le savait déjà. Après tout, c'était moi qui lui donnais à manger, c'était moi qui lui tapais dessus avec un journal quand il s'oubliait sur le tapis du salon. Mais papa avait discuté avec le vieil Ed Wheeler. C'étaient des vieux copains, ils se connaissaient depuis des années. Et Wheeler avait lu ou entendu dire quelque part que, pour qu'un chien comprenne vraiment qui était le maître, il fallait lui montrer jusqu'où il dépendait de vous. Et pour y arriver, toujours d'après Ed, il fallait emmener le chien en rase campagne, l'attacher à un pieu, remonter dans la voiture et repartir. On le laissait comme ça une demi-journée et, quand on revenait le chercher, il était tellement éperdu de reconnaissance qu'il devenait votre esclave soumis pour la vie.

A mesure qu'il parlait, la voix de Rod s'était faite plus tranchante. Il piqua de sa fourchette deux frites graisseuses qu'il enfourna dans sa bouche.

– Je n'ai jamais rien entendu d'aussi stupide, dit Joanne tandis qu'il les mâchonnait bruyamment.

– Attendez. Ce n'est encore que le début. (Il fit un sort aux trois dernières frites, prit sa tasse de café et, se laissant aller contre le dossier en moleskine rouge, la porta à ses lèvres.) Nous avons emmené Rusty dans un champ à une quinzaine de kilomètres. Papa l'a attaché, on est remontés dans la voiture et il a démarré. Je pleurais à chaudes larmes. Rusty hurlait à la mort. J'étais agenouillé sur la banquette et je regardais par la vitre arrière. Je le voyais qui tirait sur la corde, qui tirait de toutes ses forces. « Tu verras, Roddy, me disait papa, le résultat sera formidable. C'est la façon efficace de le dresser pour l'avoir à ta main. Tu verras. » Mais ce que j'ai vu, c'est que Rusty a fini par arracher le piquet et qu'il s'est élancé à notre poursuite. J'ai poussé un cri de joie et papa, lui, a écrasé la pédale de l'accélérateur. Evidemment, tout le monde pense qu'il n'existe pas au monde de chien plus intelligent que le sien, pas vrai ? Tous les propriétaires vous jureront que leur chien comprend tout ce qu'ils disent. C'est vrai mais Rusty... c'était vraiment un chien intelligent. Et je crois qu'il a compris qu'il n'arriverait jamais à nous rattraper en suivant la route. Alors, quand on est arrivés à l'entrée de Grainge, il l'a quittée pour prendre un raccourci et il est passé par la prairie. Il a couru droit jusqu'à l'étang de Tom McGyver. La couche de glace qui le recouvrait était assez épaisse pour le supporter. Elle a cédé seulement quand il est arrivé au milieu. Et il a coulé à pic. Je ne l'ai jamais revu. L'été suivant, McGyver m'a rapporté son collier. Tout moisi et putréfié. Comme l'était sans doute Rusty quand McGyver l'avait retrouvé.

Rod se tut et but à nouveau quelques gorgées de café. Lentement. Joanne posa la main sur la sienne.

– Je...

– Vous n'avez pas besoin de parler, madame Dennison. Ça s'est passé il y a longtemps. Je le rappelle de temps à autre à mon père. Juste pour que ça continue de le tarauder. Pour Rusty.

– Rod... Tout cela est en rapport avec le Catalogue, n'est-ce pas ? Je veux dire... C'est pour ça que vous m'avez raconté cette histoire ?

Rod hocha affirmativement le menton.

– Quand j'ai vu l'intérieur... (Il secoua la tête comme pour chasser une vision.) Cela avait beaucoup à voir avec papa. Et avec la noyade de Rusty. (Il baissa les yeux.) Et qu'est-ce que vous avez vu, vous ?

Joanne ferma les paupières, essayant de former des images à partir de ce qu'elle avait brièvement aperçu dans les pages des Catalogues. Celui qui était par terre dans l'allée. Celui que Phil Marsdon lui avait tendu.

– Je n'ai rien vu réellement. Je n'ai pas regardé assez longtemps pour ça. Tout ce que je sais, c'est qu'il y avait des illustrations mais j'avais promis à Sam de ne pas les regarder. La seule fois où j'ai un peu mieux vu, c'est quand j'en ai fait accidentellement tomber un alors que je relevais le courrier. Et ce coup d'œil très rapide m'a fait craquer. Littéralement craquer.

– Oui, papa m'a parlé de votre... dépression. C'est moche quand on attend un bébé.

Joanne se tapota le ventre.

– Ce sera une petite bonne femme coriace. Si elle survit à toutes ces horreurs.

Joanne se rendit subitement compte que la lumière était en train de changer. Ils étaient restés – Rod était resté – longtemps à parler. Dehors, le ciel s'obscurcissait. Elle regarda l'heure.

– Il est temps que je regagne mes foyers.

– Permettez-moi de vous déposer. N'importe comment, je devais rentrer.

– Je vous remercie. Avec un peu de chance, Sam et les autres sont revenus de Yale, maintenant.

Elle expliqua sommairement à Rod pourquoi son mari y était allé.

Il eut un geste d'approbation.

– Ces histoires de surnaturel, je ne suis pas très client, en général, mais... il doit bien y avoir quelqu'un qui sait quelque chose, en ce qui concerne ces bouquins.

Ils quittèrent le bistrot en silence. Les derniers mots de Rod résonnaient encore dans la tête de Joanne. *Il doit bien y avoir quelqu'un qui sait quelque chose... Peut-être. Peut-être.*

– A condition que l'on puisse savoir quelque chose à propos de ces maudits Catalogues.

Deux voitures quittèrent New Haven.

La Volkswagen de Witlaw roulait en tête, suivie par la Chrysler dernier modèle de Katherine Goodbridge, avec Marsdon à son bord. Sam Dennison, installé à côté du médecin, regardait le paysage défiler de part et d'autre du ruban gris de la I-95.

De New York à Boston et au-delà, la campagne était urbanisée presque sans interruption. Ici, à moins de cent cinquante kilomètres de New York – la Grosse Pomme –, les cités-dortoirs succédaient aux cités-dortoirs. Par moments, une tache de verdure qu'il avait tout juste le temps d'apercevoir indiquait à Sam que l'on passait de l'une à l'autre. Mais pas toujours. Souvent, seul un panneau de signalisation indiquait qu'on sortait d'une agglomération et qu'on pénétrait dans celle qui lui était accolée.

La circulation devenait de plus en plus dense à mesure que le soleil descendait sur l'horizon. La journée touchait à son terme. Puis, peu à peu, le trafic recouvra sa fluidité. Ils traversèrent Bridgeport en silence. Mais quand la Coccinelle aborda la bretelle de sortie pour prendre la direction de Fairharbour, Witlaw – ce fut plus fort que lui – posa la question qui lui brûlait les lèvres :

– Que pensez-vous qu'il s'est passé dans le bureau,

pendant que nous faisions le pied de grue dans le couloir ? Sincèrement, je n'arrive pas à croire qu'ils...

Il s'interrompit et Sam le vit secouer la tête, comme pour essayer de chasser l'image qui le hantait.

Instantanément, un scénario vint à l'esprit de Dennison qui connaissait le goût de Marsdon pour la fellation. Katherine agenouillée entre les grosses cuisses de l'avocat... Non, il était incapable d'accepter cette idée.

– Je ne sais pas, répondit-il au bout d'un moment. Je connais Phil depuis longtemps. C'est un affreux goujat au langage ordurier, mais il a toujours eu un harem bien fourni à sa disposition.

– Il s'en vante, tout du moins.

– Non, c'est vrai. J'ai eu l'occasion de voir quelques-unes de ses conquêtes. (Prendre la défense de Marsdon devant cet homme mettait Sam mal à l'aise. Il éprouvait déjà beaucoup de sympathie pour Witlaw. Adopter sans réserve le jugement que celui-ci portait sur Marsdon était une idée déplaisante à ses yeux.) Il lui est même arrivé de me faire profiter de ses restes, au temps de ma jeunesse, quand je menais une vie de bâton de chaise. C'était avant Joanne.

Ce fut un soudain déferlement de souvenirs. Comme il était différent à cette époque, ou du moins le pensait-il. Il avait l'absolue conviction que son amour pour Joanne avait étouffé les plus dévorants des brasiers qui le consumaient.

Mais le Catalogue avait soufflé sur les braises et les avait rallumées. Son sang, de nouveau, charriait les vieilles rages d'antan. Et avec elles revenaient l'odeur du cellier où il était confiné, les chuchotements de la chose qui vivait dans ce cloaque.

Witlaw jeta un coup d'œil dans le rétroviseur. La Chrysler était toujours derrière. Marsdon était assis à côté de Katherine Goodbridge qui conduisait. Ils ne paraissaient pas se toucher.

Y avait-il ou n'y avait-il pas de contact physique entre eux ? Difficile à dire. Il pouvait se passer bien des choses en dessous d'un tableau de bord. Witlaw préférait ne pas y penser.

Il avait été instantanément frappé par le port de Katherine Goodbridge, par son allure. Il en avait éprouvé un tel bouleversement qu'il n'en était pas encore revenu. Elle n'était pas belle au sens conventionnel du terme. Son menton était trop prononcé, ses sourcils en accents circonflexes lui donnaient de faux airs de maîtresse d'école, mais ses yeux noirs étaient d'une limpidité lumineuse et son regard très direct. Et Witlaw trouvait sa voix merveilleusement mélodieuse. La seule idée qu'elle puisse avoir des rapports sexuels, quels qu'ils soient, avec un rustre et un malappris comme Marsdon lui donnait la nausée.

Aux stations-service et aux fast-foods de la banlieue de Bridgeport succédèrent enfin les vertes collines du Connecticut. Sam appuya sa nuque contre l'appui-tête et ferma les yeux. Il y avait bien trop de choses qui le travaillaient pour rester, comme Witlaw, fixé sur les rapports entre Katherine Goodbridge et Philip Marsdon. C'était une question sur laquelle il ne voulait même pas s'attarder. Il la chassa de son esprit et se concentra sur Joanne et le bébé.

Le bébé ! Comme sa femme, il était interloqué en songeant qu'au cours des derniers jours il avait si peu pensé à cette petite vie en train de se former. Il savait que Joanne faisait partie de la vieille école dont le catéchisme était que les expériences par lesquelles passait la femme enceinte étaient susceptibles d'affecter l'enfant qu'elle portait. Quelques années avant qu'ils aient émigré à Fairharbour, ils étaient allés voir

Elephant Man dans un cinéma de Broadway. Et Joanne avait été prise d'une crise de sanglots irrépressibles à l'idée que si le pauvre John Merrick était si hideusement conformé, c'était peut-être parce que sa mère était malencontreusement tombée sur un troupeau de pachydermes pendant sa grossesse.

Sam n'attachait pas beaucoup de crédit à ce genre d'idées préconçues. D'un autre côté, il ne voulait pas être catégorique dans ce domaine. Il comprenait l'inextricable fusion qui intervient entre la mère et l'enfant, durant les neuf mois interminables de la grossesse. Qui pouvait vraiment savoir quelles forces étaient à l'œuvre pour façonner une nouvelle vie ?

La Coccinelle atteignit le sommet d'une côte et Fairharbour apparut à leur vue. Sam en fut émerveillé. Comme tout paraissait normal ! Une perfection digne d'une carte postale. Cela ne ressemblait en rien à une vraie ville. Plutôt au décor d'un vieux film de Bing Crosby.

Aux alignements bien ordonnés des petites boutiques et des petites maisons succédaient des propriétés et de plus grandes demeures, pour finir par d'immenses domaines à vingt-cinq kilomètres et plus de l'hôtel de ville. Aucune des personnes qui y demeuraient n'avait la moindre idée du cancer qui se développait au sein de la communauté, empoisonnant les rues.

Le Catalogue était d'abord arrivé chez eux ; cela, Sam en était sûr. Ce n'était, certes, qu'une conjecture, mais plus il y repensait, plus il en était convaincu. Huit mille familles habitaient Fairharbour mais il avait la certitude que, jusqu'à présent, seulement deux d'entre elles avaient trouvé le fascicule à la couverture rouge sombre dans leur boîte aux lettres. Les Dennison avaient été les premiers. La manifestation – c'était bien le mot qu'avait employé cette Goodbridge, n'est-ce pas ? –, la « manifestation » semblait être centrée sur les Hanson. Mais si ce n'était là qu'une apparence ? Se pouvait-il que Timothy Hanson n'eût été, lui aussi, qu'une innocente victime ?

Le mot « innocente » s'accrocha à son esprit. On eût dit qu'il le raillait.

Après tout, qui pouvait prétendre être réellement innocent ? Pas lui, Sam Dennison, en tout cas, avec ses rages refoulées. Sa colère. Une fois de plus, il pensa à ses parents, disparus sans laisser de trace, qui s'étaient littéralement volatilisés quand il avait dix-sept ans. Leur départ l'avait réjoui mais, au bout du compte, ç'avait été la frustration qui l'avait emporté. Il ne savait pas où ils étaient. Il ne savait même pas s'ils étaient encore en vie. Cette ignorance se dresserait toujours entre lui et la route de l'innocence.

Il continuait de trouver bizarre qu'ils aient décampé tous les deux ensemble, de cette manière précipitée. A sa connaissance, ils se haïssaient plus entre eux qu'ils ne le haïssaient, lui.

Un beau jour, en rentrant, il avait trouvé la maison vide. Tous les meubles étaient à leur place. Tous leurs vêtements étaient rangés dans les placards. La ceinture était toujours pendue derrière la porte de sa chambre.

Ils étaient partis. Sans un mot. Sans laisser l'ombre d'une piste. Sans qu'ait eu lieu le face-à-face dont il avait besoin. Le face-à-face qu'exigeait son âme pour être délivrée des pensées ténébreuses, des pensées d'épouvante qui la peuplaient. De ces rêves pleins de sang et de mort.

Ces rêves, si vivants dans leur réalité imaginaire, l'avaient hanté presque toute sa vie. Ce n'était que depuis ces dernières années qu'il avait cessé d'être poursuivi par ces noirs fantasmes. Il savait pourquoi. L'amour qu'il portait à Joanne les avait exorcisés.

Jusqu'à ce que le Catalogue soit apparu, avec des images qu'il aurait pu avoir dessinées lui-même, tant elles étaient précises. Et, en définitive, n'était-ce pas ce qui s'était passé, au fond ? Chacun voyait quelque chose de différent dans les pages du Catalogue. Ce que Sam Dennison y voyait était le tissu même de ses pensées secrètes.

Un cahot secoua la voiture et Sam rouvrit les yeux : ils venaient de s'engager dans l'allée du manoir Wembledge. Witlaw longea le côté gauche de la maison pour s'arrêter sur la dalle, devant le garage. La Mercedes bleue de Doug Greeley était rangée à côté de la porte de la cuisine.

Dennison descendit de la Coccinelle.

– Ohé ! la maison ! cria-t-il. Joanne ?

Elle apparut derrière la fenêtre de la cuisine et agita le bras. Sam décela un mouvement derrière elle. Il reconnut Rod Greeley et un coup de colère soudain s'empara de lui. L'idée que Joanne soit seule à la maison avec le beau sous-officier ne lui plaisait pas du tout, mais son irritation se dissipa lorsqu'il eut poussé la porte et que Joanne se jeta dans ses bras, collant son corps tiède contre le sien. Leur baiser se prolongea. Dehors, un crissement de graviers annonça l'arrivée de la Chrysler.

Joanne regarda Katherine Goodbridge en descendre et grimper l'escalier de la véranda, suivie à distance respectueuse par un Phil Marsdon qui avait tout du toutou en laisse. Elle entra dans la cuisine et serra la main de la maîtresse de maison et de Rod.

– Ah ! oui, fit-elle. Vous êtes sûrement le fils aîné de la première victime... Babs ?

Rod acquiesça. C'était la première fois qu'il considérait réellement sa mère dans ce contexte, comme une victime du Catalogue. *Mais bien sûr qu'elle en est une victime ! Comme nous tous.*

Katherine passa devant eux pour aller se planter au milieu de la cuisine. Alors, elle s'immobilisa et fit lentement pivoter sa tête de droite à gauche, balayant la pièce d'un regard circulaire. Elle leur tournait le dos et la longue cascade ondulante de sa chevelure la faisait paraître encore plus grande.

Elle fit demi-tour.

– Oui, il y a un centre focal ici. Et il est très fort. Mais petit. Très spécifique. C'est toujours ça. Maintenant, je pense que le moment est venu pour moi de voir de mes yeux un de ces Catalogues.

Sam ouvrit le petit tiroir du meuble qui se trouvait à côté de l'entrée de la buanderie. Il resta une bonne demi-minute à en contempler le contenu avant de se résoudre à y plonger la main. Au milieu de l'habituel fouillis de bracelets de caoutchouc, de trombones, de pelotes de ficelle et de dévidoirs de scotch vides, les Catalogues paraissaient subitement on ne peut plus normaux. Banals. Sam prit une longue et profonde inspiration, et il en posa un sur la table de la cuisine.

Katherine s'assit dans un des fauteuils anciens tout en repoussant de côté d'un vif mouvement de bras ses cheveux qui, ainsi épandus, caressaient le plancher.

Elle se tenait très droite, ses lunettes de lecture perchées sur le bout de son nez. Les derniers rayons mourants du soleil faisaient scintiller la croix nichée dans l'échancrure profonde de son corsage. Elle avait les mains posées à plat sur la table de part et d'autre du Catalogue.

– Celui qui est taché de sang est toujours dans ce tiroir, n'est-ce pas ?

Sa voix monocorde était dépourvue d'intonation.

Sam opina mais, se rendant compte que, comme elle avait la tête inclinée, elle ne pouvait voir son geste, il l'appuya d'un « oui » prononcé à haute voix.

– Laissez-le là pour le moment. Et laissez-moi, moi aussi, je vous prie.

Les cinq autres obéirent en silence et sortirent sous la véranda. La porte grinça en se rabattant derrière eux. Dehors, l'air commençait à fraîchir. A l'ouest, le ciel était bariolé de traînées roses et orange.

A nouveau, Joanne se serra contre Sam qui passa un bras autour d'elle et, plongeant ses yeux dans les siens, lui sourit. Elle réussit à lui rendre son sourire mais son expression était de marbre.

– C'est une femme... intéressante, dit-elle. D'après ce que j'en ai vu, tout au moins.

– Fascinante, dit Witlaw.

Réalisant la force qu'il avait mise dans ce simple mot, il toussota et lança un coup d'œil en direction de Marsdon. L'avocat demeurait muet. Planté à l'extrémité opposée de la terrasse, il leur tournait le dos.

– Je me demande ce qu'elle verra, elle, murmura Sam sans s'adresser à personne en particulier. Je me demande ce qu'une femme peut trimballer, caché au fond d'elle-même.

– Des choses intéressantes dont je n'avais même pas conscience, monsieur Dennison.

Tous se retournèrent comme un seul homme. Katherine les avait rejoints sans que le grincement de la porte eût attiré leur attention. Elle paraissait comme vidée de sa substance. Derrière les verres demi-lune, ses yeux étaient cernés.

Josh Witlaw se précipita et elle ne refusa pas le bras qu'il lui tendait. Sans résister, elle se laissa conduire jusqu'à l'un des blancs fauteuils de rotin disposés au petit bonheur sous la véranda.

– C'est plus sérieux que je ne l'avais pensé initialement. (L'effort qu'elle faisait pour contrôler sa voix était visible.) Plus sérieux que personne n'aurait pu l'imaginer. (Elle tendit son visage vers le soleil couchant mais ses yeux fixes ne voyaient pas l'univers terre à terre de Fairharbour, Connecticut.) Je ne sais pas ce qui s'est passé dans cette maison, reprit-elle, mais je dois absolument le découvrir avant de passer à l'action. Je vais peut-être vous coûter une petite fortune en téléphone, monsieur Dennison. Il faut que je retrouve Timothy Hanson.

– Je les ai trouvés. Enfin, je l'ai trouvée, elle. *Ce qui reste d'elle*, plus exactement.

C'était le lendemain. Il était midi. « Elle a l'air d'une déterrée », pensa Joanne. Les yeux de Katherine étaient de sombres cavités tranchant sur la pâleur de sa peau. Les coins de ses lèvres étaient pincés.

Elle n'avait pas dormi de la nuit. Et les autres, pas davantage. Après que Rod les eut quittés pour rentrer chez lui, la grande veille avait commencé dans le salon tapissé de gris clair tandis que, dans la cuisine, Katherine téléphonait sans discontinuer.

Sam avait ouvert le feu en appelant Dick Keillor. Ainsi avait-on appris que le loyer des trois derniers mois avait été réglé en bloc, par un seul chèque que lui avait envoyé Polly Hanson.

– Comment sait-il que c'est elle qui l'a envoyé ? avait demandé Witlaw.

– Il était tiré sur le compte joint des Hanson mais c'était Polly qui l'avait signé. D'après le cachet, il avait été expédié de quelque part en Pennsylvanie. Elle avait dû le mettre à la poste lors d'une étape de leur voyage vers l'Est.

– Où étaient-ils censés aller ? avait pensivement demandé Joanne. En Arizona ?

– Oui, à Benson, en Arizona, avait dit Rod. (Les autres l'avaient regardé et il avait haussé les épaules.) C'est le titre d'une chanson, dans un film de science-fiction, *Dark Star.* J'ai fait le rapprochement la première fois que je l'ai entendue.

Maintenant, Sam, Joanne, Witlaw et Marsdon réunis dans le salon observaient un silence total. Les uns et les autres ne s'absentaient que lorsqu'un besoin naturel les y contraignait. La voix de Katherine leur parvenait de la cuisine de l'autre côté de la salle à manger. Elle parlait, raccrochait, composait un nouveau numéro, recommençait à parler. Et encore. Et encore. Tim et Polly Hanson n'avaient pas laissé une piste facile à suivre.

– Polly Hanson est morte, leur annonça Katherine.

Elle était debout dans l'embrasure de la porte du salon plongé dans l'ombre ; le soleil était presque à la verticale. Elle était blanche comme un linge et son corsage sombre accentuait encore sa pâleur. Elle s'appuyait au montant de la porte. On aurait dit qu'elle se désagrégeait intérieurement.

Tout en parlant, elle se tourna vers Witlaw. Celui-ci ferma les yeux. Sa bouche n'était plus qu'une lame. Quand il rouvrit les paupières et fixa les yeux sur elle, son regard s'éclaircit.

Katherine inclina la tête et continua :

– Tim ne l'a pas tuée et, selon toute vraisemblance, il est mort, lui aussi – ou pire encore. Mais il n'a pas tué Polly. Elle s'est donné la mort dans une institution psychiatrique de Benson, en Arizona.

Sam fronça les sourcils.

– Comment a-t-elle pu se suicider dans une institution psychiatrique ? Et qu'est-ce qu'elle faisait là ?

– Elle y était retenue à titre de patiente. Elle était hébergée par une lointaine cousine, la seule parente qui lui restait. Un matin, la cousine est montée dans sa chambre et a constaté qu'elle avait disparu. Etant donné l'état dans lequel Polly avait débarqué chez elle, Mme Amberton – c'est le nom de la cousine – a alerté la police. Dix-sept heures plus tard, on l'a retrouvée dans le désert où elle errait, nue comme un ver. Elle a été conduite dans cet asile où elle a été mise en observation. Un jour, elle a raconté à une infirmière ce qui était arrivé à Tim. Et puis, quand elle a été seule... (Katherine s'interrompit et alla s'asseoir dans le gros fauteuil bas, au bout du divan, son genou gauche touchant presque le genou droit de Witlaw.) Quand elle a été seule, elle s'est tuée. Elle s'est déchiré les poignets avec les dents. Elle était morte, saignée à blanc, lorsqu'on l'a découverte. Personne n'imaginait qu'elle puisse s'automutiler. Elle était dans une cellule capitonnée.

Joanne avala sa salive.

– Une cellule ca... capitonnée ?

– Oui. (Katherine cala son dos contre le dossier du fauteuil et ferma les yeux.) Après l'histoire qu'elle avait racontée à l'infirmière, on avait estimé préférable de la maintenir enfermée là où elle ne pourrait pas se faire de mal, ni faire de mal à autrui. Lorsque l'institution m'a eu fourni ces renseignements, j'ai appelé la cousine. Elle a en partie confirmé ce qui m'avait été dit. Polly était restée dix jours chez elle avant de s'enfuir. La maison de Mme Amberton comporte trois pièces. Polly couchait sur le divan de la salle de séjour. Sept nuits de suite, elle s'était réveillée en poussant des hurlements.

– Qu'est-ce qui... (La voix de Witlaw était si éteinte que c'était à peine s'il s'entendait parler lui-même.

Katherine rouvrit les yeux. Elle fixa sur lui son regard d'ébène et Joanne ne put s'empêcher de penser que c'était en elle que le médecin puisait son énergie.) Qu'est-il arrivé à Hanson ?

– Il a été *pris*. Enlevé ici même par une force dont Polly a été incapable d'expliquer la nature, même de façon rudimentaire, pas plus à l'infirmière qu'à sa cousine. Ni l'une ni l'autre n'étaient capables de comprendre. Mais moi, j'ai compris. En tout cas, j'en ai compris suffisamment. Polly était dévorée par le repentir : elle se jugeait coupable de ne pas avoir réussi à dissuader Tim de poursuivre son entreprise. Mais je ne pense pas que cela lui aurait été possible. Pas s'il faisait ce que je crois qu'il faisait.

– C'est-à-dire ? s'enquit Joanne.

– Non. (Katherine se leva.) Si je vous le dis maintenant, il faudra que je le répète plus tard. Je crois savoir ce qu'il faisait et, si je ne me trompe pas, cela ne nous laisse qu'une marge de temps réduite. Je ne sais pas exactement de quel sursis nous disposons encore mais je pense qu'il est préférable de régler cette affaire vite. Dès ce soir. Et avant minuit. (Comme Sam, Joanne et Witlaw ouvraient la bouche pour parler tous en même temps, elle leva la main.) Ça risque de devenir une habitude, vous ne trouvez pas ?

Sam, se remémorant que la même chose avait déjà eu lieu dans le bureau de Katherine, sourit.

– D'accord, professeur. C'est vous le patron. Par quoi devons-nous commencer ?

– Par joindre les Greeley. Ce jeune homme... c'est bien Rod qu'il s'appelle ? Il m'a donné l'impression d'avoir la tête froide. Demandez-lui de revenir. Dites-lui de fouiller d'abord la maison de fond en comble et qu'il récupère tous les Catalogues qui peuvent s'y trouver. Ensuite, il nous faudra déterminer qui a pu être en contact avec ces brochures. Ce Wheeler, par exemple. Le Dr Sanderson en avait rapporté une chez lui, n'est-ce pas ? Nous établirons une liste aussi complète que possible. Réunissez toutes ces personnes. Et ne perdons pas de temps.

Joanne fut la première à passer à l'action. Tendant le bras, elle décrocha le téléphone gris clair posé sur une table basse, et composa le numéro des Greeley d'un index raide.

Six minutes plus tard, elle quitta la pièce pour aller ouvrir : le carillon de la porte d'entrée venait de retentir.

– Autant vous asseoir, monsieur Greeley, dit Katherine quand elle réapparut, accompagnée de Rod. J'ai une ou deux choses à faire seule dans la salle à manger, et vous devez être informé de la situation telle qu'elle se présente.

Rod haussa les sourcils. Il connaissait ce ton-là. Le timbre de Katherine Goodbridge avait la tonalité inquiétante et lourde de menace de la voix qu'emploie un officier pour donner l'ordre à ses hommes de se lancer dans une bataille sans espoir. Elle parut deviner sa pensée :

– Les heures qui vont suivre, fit-elle, seront harassantes pour tout le monde. Asseyez-vous et détendez-vous. Essayez de vous reposer, autant que faire se peut, les uns et les autres. J'ai besoin d'un peu de répit moi-même pour rassembler mes esprits et me préparer à mener le combat.

– J'espère que vous parlez au figuré, dit Josh Witlaw.

Katherine lui sourit et ce fut comme si toute sa physionomie s'éclairait de l'intérieur.

– Absolument, docteur Witlaw, absolument. A présent, si vous voulez bien m'excuser...

Elle passa dans la salle à manger, referma derrière elle la haute porte vitrée et disparut aux yeux des autres.

Tous les rideaux étaient tirés dans la salle à manger qui formait comme un îlot d'obscurité au cœur de la maison. Elle tâtonna à la recherche du commutateur qu'elle actionna. On ne voyait guère mieux après, mais cela importait peu à Katherine. Pour ce qu'elle avait à faire, elle préférait être protégée par l'ombre.

Witlaw n'écoutait que d'une oreille Joanne et Sam instruire Rod des derniers développements de la situation. Marsdon, assis à l'autre extrémité du divan, observait un silence morose. Le médecin gardait les yeux rivés sur la vitre qui s'interposait maintenant entre lui et cette femme prodigieuse dont il voyait de temps à autre la silhouette se profiler en ombre chinoise sur le mur du fond.

Joanne posa l'appareil sur ses genoux.

– La question est maintenant de savoir qui nous allons appeler en premier. Qui a vu, sans doute possible, cette saleté ?

– Ma mère et mon frère, dit Rod qui, planté devant la cheminée, leur tournait le dos.

Il regardait le reflet de la jeune femme dans le grand miroir ancien qui la surmontait. Comme il était lui-même à contre-jour, son propre visage était dans l'ombre et Joanne ne le distinguait pas.

– Et votre père ? Ou votre tante ?

Rod eut un haussement d'épaules et croisa les bras sur le manteau de la cheminée.

– Je ne sais pas. Je ne le pense pas. J'ai apporté un Catalogue avec le courrier, le soir de mon arrivée. Je ne vois vraiment pas à quel moment papa aurait eu l'occasion de le feuilleter. Et vous m'avez dit dans la voiture qu'Angela avait refusé de le regarder.

Un frisson glacé secoua Sam qui, de nouveau, pensait aux milliers de boîtes aux lettres que comptait Fairharbour. Comme la première fois, ce fut l'image d'un cancer en train de se développer qui lui vint à l'esprit. Si plus d'un foyer de la localité avait reçu cette cochonnerie...

– Il a été personnellement expédié à Dougie, poursuivit Rod. Vous l'avez vu.

Sam opina.

– Tout se passe comme si, lorsqu'il entre dans une maison, il se... comment dire ? Je ne trouve pas le mot qu'il faut.

– Il libelle lui-même l'adresse, dit Joanne. Il passe en revue ceux qui l'habitent et il ajoute leur adresse à sa liste de « clients ».

Elle se tourna vers Marsdon, s'attendant à le voir s'insurger violemment contre cette hypothèse. Mais non : l'avocat ne dit rien et elle s'aperçut qu'il n'avait pas prononcé un seul mot depuis son retour de Yale, la veille. Toute la nuit il était resté avec eux, muré dans un mutisme total.

– Le mieux serait d'appeler Ed Wheeler, reprit Rod. Si c'est bien ainsi que fonctionne le mécanisme, Ticky et lui ont probablement reçu tous les jours un Catalogue depuis que Sanderson s'est suicidé.

– Seigneur, vous avez raison ! s'exclama Witlaw effaré et désespéré. Paul en avait un quand il était dans son bureau.

Joanne était sensible à la vénération qui perçait dans leurs voix. Chaque fois que le mot « Catalogue » était prononcé, on entendait sonner la majuscule. Ils faisaient montre d'une curieuse déférence à son égard. Un respect issu de la terreur.

– Combien de personnes cela fait-il, au total ? demanda-t-elle.

Sam énonça les noms comme s'il lisait une liste d'appel :

– Angela, Doug, Ed et Ticky Wheeler. Josh, Rod et Phil. Toi et moi.

– Nancy, Dougie et Babs, compléta Joanne.

Les larmes qui lui montaient aux yeux les faisaient briller. Sam posa une main sur son genou.

– Cela nous en fait quatre à prévenir.

Witlaw hocha la tête.

– Peut-être y en a-t-il davantage. Beaucoup plus, même. (Le froncement de sourcils de Sam exprimait la question que tous se posaient.) Je connais au moins trois personnes qui ont eu le Catalogue entre les mains. Celui de Paul. Les deux ambulanciers qui sont venus le chercher ont dû le lui enlever. Ils peuvent l'avoir regardé. Et aussi le médecin qui a procédé aux examens, à l'hôpital. Il a pu effectuer des tests sanguins. Ç'aurait été une procédure indispensable pour comparer le sang qui tachait le Catalogue avec celui de Paul. Ce qui veut dire qu'il a pu le regarder, lui aussi.

– Merde ! grommela Rod. Connaissez-vous leurs noms ?

– Le médecin s'appelle Abramson. Les ambulanciers sont deux jeunes types que je connais de vue. Je ne me rappelle pas leur avoir jamais parlé mais je suppose qu'Abramson saura de qui il s'agit.

– J'ai comme l'impression que la situation commence à nous échapper, déclara Dennison. Comment diable voulez-vous qu'on puisse identifier les membres de tout le personnel d'un hôpital susceptibles d'être entrés en contact avec le Catalogue ?

– Ce n'est peut-être pas aussi désespéré, rétorqua Witlaw. Excusez-moi si je vous ai alarmés. Il faut que vous sachiez que les suicides sont traités comme des homicides. Il en ressort que l'on a dû manier les Catalogues avec un grand luxe de précautions. Pas d'empreintes digitales supplémentaires et tout le bazar. En principe, nous ne devrions avoir affaire qu'à ces trois-là : Abramson et les deux ambulanciers.

– Commençons par Abramson, suggéra Rod. Il pourra peut-être répertorier tous ceux qui, à part eux, risquent d'avoir été en contact avec un Catalogue. Y compris mon père. Il est sans doute encore au chevet de maman.

Witlaw se montra encore plus catégorique que précédemment :

– Je pense que si l'on admet que le Catalogue a été à peu près isolé depuis qu'il est arrivé à l'hôpital, rien n'est encore perdu. Je sais qu'on l'a mis dans un sac en plastique scellé avant de le sortir du bureau d'Ed Wheeler. Il est peu probable qu'Abramson l'en ait sorti pour prélever ses échantillons de sang. Moi, en tout cas, je ne l'aurais pas fait, de crainte d'accroître les risques de contamination extérieure.

– Des pages blanches ! s'exclama soudain Joanne.

Sam se tourna vers sa femme.

– Quoi ?

– Tu as dit que les pages de l'exemplaire que tenait Nancy étaient blanches. Peut-être y a-t-il quelque chose au sujet du sang...

L'esprit de Dennison se mit au travail à toute vitesse.

– Il s'est *nourri*. C'est ce que j'ai pensé en voyant ces pages blanches. L'exemplaire de Nancy a atteint son objectif : c'est pourquoi il n'y a plus rien dessus, désormais.

Witlaw se pencha en avant.

– C'est une déduction aussi valable qu'une autre.

Vous voulez dire que vous considérez cet objet comme une chose *vivante* ?

– C'est une idée qui m'est déjà venue, fit Joanne. Quand il a changé. Quand celui qu'Angela nous a montré a subi une modification *physique* parce qu'elle ne voulait pas regarder à l'intérieur. Je me suis dit qu'il devait être vivant, d'une certaine manière.

– Hé ! (Sam écarquillait les yeux, sous l'effet d'une illumination subite.) Il y a quelqu'un d'autre que nous devons appeler : le facteur ! Le malheureux a été en contact avec lui *presque chaque jour* !

– Voilà une observation très judicieuse.

C'était Katherine qui venait de parler. Elle était sur le seuil de la salle à manger. Witlaw fut frappé par sa nouvelle métamorphose. Elle ne portait plus aucune trace de fatigue. Elle se tenait très droite et paraissait s'être durcie, comme si ses os étaient devenus d'acier. Elle plissait les yeux et son regard était glacé.

– Je pense qu'il n'y a pas lieu de se préoccuper du facteur, enchaîna-t-elle. Ce n'est pas ainsi que le Catalogue fonctionne. En fait, si mon hypothèse est juste, il n'en a sans doute même pas *vu* un seul.

Witlaw plissa le front.

– Vous voulez dire qu'ils se... *téléportent* jusque dans les boîtes aux lettres ?

– Je préférerais dire qu'ils s'y matérialisent mais c'est bien l'idée de base, en effet.

Rod secoua la tête, dubitatif.

– Celui que nous avons reçu à la maison était au milieu d'une liasse de courrier entourée par un élastique. Comment aurait-il pu se trouver dans le tas si le facteur ne l'y avait pas lui-même glissé ?

Katherine sourit. Un sourire figé qui fit presque peur à Rod.

– Et vous pensez qu'un tel détail constituerait un

obstacle ? Vous sous-estimez l'ennemi auquel nous avons affaire, sergent. Une chose dont un bon soldat doit se méfier comme de la peste.

Elle avança de quelques pas et trébucha. Witlaw traversa le salon en deux bonds pour lui porter secours et l'empêcher de tomber.

– Mille mercis, galant chevalier. (A nouveau, l'épuisement marquait les traits de Katherine. Elle redressa les épaules, luttant contre sa fatigue par un effort de volonté. Ce fut d'une voix encore faible qu'elle ajouta :) Maintenant, passez ces coups de téléphone, monsieur Dennison. Et sans perdre un instant.

12

A 9 heures du soir, ils étaient tous rassemblés dans la salle à manger du manoir Wembledge.

Organiser la réunion n'avait pas été simple. Finalement, Witlaw avait pris les choses en main, invoquant le nom de Paul Sanderson pour cautionner le sérieux de l'opération. Il avait réussi à circonvenir quelques standardistes qui commençaient par refuser de se laisser arracher les numéros de téléphone qu'il voulait obtenir. Il en disait le moins possible à ses interlocuteurs, juste assez pour leur faire comprendre que la paisible agglomération de Fairharbour était confrontée à une situation catastrophique, que c'était une question de vie ou de mort et que, bien qu'ils n'y fussent pour rien, une menace funeste planait sur eux.

Maintenant, toutes les personnes convoquées étaient assises sur des sièges disparates que l'on était allé chercher dans toute la maison. Katherine Goodbridge les avait fait disposer de façon à former un fer à cheval, regardant les baies du mur ouest de la pièce ; elle-même se tenait debout face aux participants, entre les branches du fer à cheval.

A ses pieds s'étalaient les noirs tentacules sinueux de la trace de brûlure qui marquait le plancher de bois. Celle-ci ressemblait beaucoup, aux yeux de Katherine, à une étoile de mer dessinée par un enfant. La table de bridge branlante de Dennison était posée à la verticale de la marque calcinée. En son milieu était placé un petit sac de toile de la grosseur du poing, fermé par un cordonnet rouge vif.

Katherine gardait le silence, attendant que s'apaise l'inévitable brouhaha des conversations. Elle savait qu'il était inutile d'essayer d'expliquer ce qui se passait aux gens tant qu'ils ne seraient pas réceptifs à ses propos, tant qu'ils ne seraient pas prêts à écouter d'un commun accord ce qu'elle avait à leur dire. Ses lunettes sur le nez, elle examinait la liste que Sam et Josh avaient préparée à son intention. Mettre un nom sur les visages qui lui faisaient face était une tâche aisée.

Ed Wheeler, ce type corpulent au teint couperosé de buveur, était certainement l'aîné du groupe, et la femme frêle qui l'accompagnait ne pouvait être que Ticky, son épouse. Katherine étudia avec attention cette dernière. L'impression qu'elle donnait ne concordait pas avec ce qu'on lui avait dit à son sujet.

Ed jurait ses grands dieux qu'elle n'avait pas été mise en contact avec le Catalogue. L'entrée de son bureau, avait-il souligné, avait été interdite à Mme Wheeler jusqu'à ce que toutes les traces de l'explosion de la grenade qui avait tué Sanderson aient été effacées. Pourtant, Katherine le sentait, il y avait en Ticky quelque chose d'halluciné, ce qui provoquait en elle une sorte de fourmillement. Comme un léger souffle de brise qui aurait fait frémir le duvet sur ses bras.

Néanmoins, force lui était de reconnaître que rien – rien de *visible* – chez la femme d'Ed Wheeler n'était de nature à justifier pareille sensation. Ticky était un modèle réduit. Si elle mesurait un mètre cinquante, c'était le bout du monde. Un physique anguleux. Les joues creuses. De grands yeux apeurés. Les yeux d'une biche aux abois.

Katherine pinça étroitement les lèvres. *Celle-là, il va falloir lui accorder une attention toute particulière.* Quand et où, elle était incapable de le dire, mais une chose était sûre et certaine : Ticky Wheeler avait été touchée par l'abomination.

Clarence Abramson, lui, était l'antithèse de Ticky. Un homme d'âge moyen, de taille moyenne... moyen en tout. Tel était le verdict de Katherine. Si elle l'avait croisé dans la rue, elle ne se serait pas retournée sur son passage. Si approfondi que pouvait être l'examen, rien ne permettait de deviner ce qu'était le personnage : son activité professionnelle, le montant de ses revenus, ses centres d'intérêt ou quoi que ce fût d'autre.

Une quantité négligeable qui a fait la rencontre des Ténèbres, par pur hasard.

Lui aussi, il conviendrait de le surveiller, mais pas pour les mêmes raisons que Ticky Wheeler. Si son jugement était exact et s'il était normal et moyen à pleurer, Abramson avait toutes les chances d'être celui qui, de tous, manquerait suffisamment d'imagination pour être dans l'incapacité de faire face à ce qui les attendait. Son expérience avait appris à Katherine Goodbridge le danger que présentait le manque d'imagination. Un esprit fermé était toujours plus vulnérable.

Elle revint à sa liste. Murray Vandenberg et Brian Willis étaient les deux ambulanciers. Ils avaient été plus faciles à localiser qu'on ne l'avait pensé. Quand Witlaw avait appelé le numéro de Willis, Vandenberg avait répondu. Ils n'avaient pas cru bon d'avertir l'hôpital qu'outre l'ambulance, ils partageaient le même lit.

Katherine se permit un petit sourire sans joie. *Au moins, cela élimine une possibilité : pas besoin de se mettre à la recherche d'éventuelles petites amies contaminées !*

Elle observa tour à tour les deux garçons. Vandenberg était petit et rondouillard ; ses cheveux noirs étaient taillés en brosse et il portait une fine moustache émondée avec un soin sourcilleux. Willis était beaucoup plus corpulent, plus musclé et c'était un Noir. Aucun des deux ne constituait un risque majeur pour autant que Katherine pût le déterminer. Le fait qu'ils étaient homosexuels suggérait bizarrement que leur psyché était d'une certaine manière peut-être mieux équilibrée que celle de certaines des personnes présentes.

Angela Finney était assise à côté de Rod Greeley. *Un rien trop près,* songea Katherine. Sur ses directives, les chaises avaient été disposées en demi-cercle à distance égale les unes des autres et la première chose qu'Angela avait faite avait été de rapprocher la sienne de celle de son neveu. Elle balayait inlassablement du regard la pièce et ceux qui s'y trouvaient. Quand elle lui avait été présentée, Katherine avait senti les yeux de la jeune femme blonde la fouailler. La jauger.

Quelqu'un qui aime dominer, s'était dit Katherine. *Elle n'apprécie pas de se voir ravalée à un rôle de figurante et de ne pas être elle-même sous les feux des projecteurs. Eh bien, tant mieux pour elle. Elle aura besoin de cette force intérieure avant que nous en ayons fini.*

Rod avait été une surprise pour Katherine et, à sa vue, elle s'était demandé à quoi devait ressembler Babs. Il était manifeste que ce beau garçon ne tenait guère de son père quant à son aspect physique. Douglas Greeley n'était certes pas un homme sans attrait dans le genre costaud trapu, mais il était totalement dénué de la séduction hollywoodienne qui était l'apanage de son fils aîné.

A présent, les conversations commençaient à se tarir. Quand le carillon de la pendule de la cheminée annonça l'heure, ce fut comme si une chape de silence s'abattait subitement sur les personnes présentes. Katherine prit une lente et profonde inspiration. Elle sentait ses cheveux se dresser sur sa tête, comme sous l'effet du passage d'un courant électrique de faible intensité. Elle ferma les yeux un instant, comptant les battements de son cœur, comptant les coups que sonnait la pendule.

Sept... huit... neuf.

– Je m'appelle Katherine Goodbridge, dit-elle. (Tous les yeux se tournèrent vers elle. La pièce vibrait d'émotions diverses. La colère. La défiance. La peur, aussi.) *Professeur* Katherine Goodbridge pour ceux qui attachent de l'importance aux titres. Je dirige le laboratoire de parapsychologie de l'université de Yale dont je suis, d'ailleurs, le seul membre. Il y a six mois, nous étions deux : le Dr Timothy Hanson et moi.

A l'énoncé du nom de Hanson, certaines expressions se modifièrent, d'autres restèrent de bois. Katherine prit mentalement note de ceux dont elle avait lu une réaction sur le visage. Il pourrait lui être utile, un peu plus tard, de savoir qui avait noué des contacts avec Tim et Polly. Les personnes ici réunies n'avaient pas toutes eu une raison pour que leur chemin croise celui des précédents locataires du manoir Wembledge.

– Nous vous avons demandé à tous, reprit-elle, de venir ici ce soir parce qu'il y a tout lieu de croire que vous avez... été exposé, les uns ou les autres, à quelque chose... à quelque chose d'épouvantable.

Des murmures s'élevèrent aussitôt. Vandenberg posa la main sur le genou de son amant. Abramson plissa le front et dit quelques mots à l'oreille de Witlaw qui était son voisin. Là encore, Katherine nota intérieurement toutes les réactions que ses paroles avaient suscitées. Désormais, tout ce qui se passait dans la salle à manger, le moindre mouvement, revêtait une importance capitale. Vitale.

Ne laisse rien échapper, s'adjura-t-elle, bien que ce ne fût pas nécessaire. *Pas le moindre détail.*

– Je tiens à préciser à l'attention des personnes appartenant aux métiers de la santé qui m'écoutent, enchaîna-t-elle, que je ne parle ni d'une maladie ni de germes ou de virus quelconques. Encore qu'il y ait des points de ressemblance avec les affections contagieuses.

Les murmures s'intensifièrent. Abramson faisait, avec un débit précipité, des commentaires à l'oreille de Witlaw, les accompagnant de petits mouvements des mains. Ces gesticulations étaient, semblait-il, ce qui s'apparentait le plus chez lui à l'expression de sa personnalité. Katherine les étudiait. Il avait des mains d'une extrême finesse et elles se mouvaient en décrivant dans l'air des motifs d'une surprenante complexité. On aurait presque pu dire qu'il conduisait un orchestre invisible. *De taille moyenne*, compléta Katherine *in petto.*

Josh Witlaw parlait, lui, avec lenteur et gravité mais, malgré ses efforts, elle n'arrivait pas à saisir ses mots.

A sa gauche, une voix pâteuse s'éleva, détournant son attention de Witlaw.

– J'voudrais quand même bien savoir c'que tout ça

veut dire. Tant qu'je saurai pas d'quoi y retourne, j'en ai rien à cirer de tout ce charabia.

C'était d'Ed Wheeler qu'émanait cette protestation. Katherine tourna la tête et le dévisagea. Tout, dans la voix et l'attitude du personnage, la hérissait. Elle n'avait jamais manifesté beaucoup de tolérance pour les gens de cet acabit. Les gens qui se laissaient aller. Les gens sans discipline, ni morale ni physique. Elle allait devoir veiller à ce que le dégoût instinctif qu'elle éprouvait pour cet homme ne vienne pas perturber sa concentration et fausser son jugement.

– Je vais m'expliquer de façon aussi détaillée que possible, monsieur Wheeler. (Elle haussa le ton pour que tous l'entendent.) Et quand j'en aurai terminé, je ne doute pas que vous accorderez davantage d'intérêt à ce que vous qualifiez de « charabia ». Je vous assure qu'il s'agit de tout autre chose. De quelque chose de très, très dangereux. Qui a déjà *tué* une personne à notre connaissance. Qui en a poussé une seconde au suicide. Qui en a transformé deux autres en légumes à l'esprit liquéfié. Et qui a été indirectement responsable de l'hospitalisation d'une quatrième.

Wheeler allait répliquer mais Sam, assis entre lui et Joanne, lui posa la main sur l'épaule.

– Taisez-vous et écoutez, Ed, lui enjoignit-il.

Les paupières de Katherine se plissèrent. La voix de Sam s'était faite pressante. Elle le scruta une fois de plus. Les traits juvéniles de Dennison l'avaient frappée dès leur première rencontre. Cela lui donnait une physionomie plaisante et elle avait le sentiment qu'elle pourrait sans peine le prendre en affection. Mais...

Il y a quelque chose, songea-t-elle. *Quelque chose qu'il dissimule. Qu'il... me cache,* à moi ?

Ed Wheeler gratifia Sam Dennison d'un regard noir mais referma la bouche.

Katherine revint à son auditoire.

– Avant tout, je voudrais que vous compreniez exactement ce que j'entends par parapsychologie appliquée. C'est un nom nouveau pour quelque chose d'ancien. Beaucoup de gens hésiteraient à affirmer que la parapsychologie est une science véritable. Pas moi. J'essaie d'introduire la logique scientifique dans ce domaine illogique.

» Il est très difficile de faire intervenir la méthode scientifique en parapsychologie. La base de la méthode scientifique est le caractère répétitif de l'expérience. On recueille des informations. On émet une hypothèse. On glane de nouvelles informations. On vérifie l'hypothèse. On la revérifie. Si elle résiste à ces tests répétés, elle peut être promue au rang de théorie, et si rien ne vient la mettre en cause pendant un laps de temps suffisamment prolongé, elle devient une loi. Comme la loi de la gravitation. Ou les lois de la thermodynamique.

» Il est malaisé d'opérer de la sorte en parapsychologie. Nous travaillons à la limite extrême de la science proprement dite, presque dans un domaine qui appartient à la théologie. J'ai eu un professeur qui disait que les scientifiques tentent de quantifier Dieu alors que les prêtres tentent de le doter d'un surcroît d'extension. Ce que nous faisons, ce que je fais, se situe à mi-chemin entre les deux.

» Notre univers s'élargit un peu plus chaque jour. Les physiciens et les astronomes, tout particulièrement, nous font acquérir une plus ample connaissance du monde matériel. Et, chaque jour, ils constatent que toute réponse est en réalité une nouvelle question. Mais c'est néanmoins une réponse d'un certain type. Dans le domaine qui est le mien, nous n'avons que des questions, et chaque question représente, en fait, cent autres questions qui, chacune à son tour, en pose cent nouvelles.

» Je ne peux, pas plus qu'un prêtre, employer la méthode scientifique dans le cadre de mes recherches. Le prêtre croit en Dieu parce que quelque chose au fond de lui, quelque chose qui dénie l'autorité de l'explication rationnelle, lui dit que ce qu'il croit est la vérité. Mais il n'existe pas d'*expériences susceptibles d'être répétées* qui permettraient la vérification de l'existence de Dieu. Le divin ne peut pas être prouvé.

» Je me trouve dans la même situation. Pour un prêtre, cela ne fait pas problème. L'absence de preuves physiques a pour seul résultat de le renforcer dans sa foi. Pour moi, cela ne fait que rendre mon travail plus ardu et il m'est beaucoup plus difficile de démontrer que la discipline que j'ai choisie est une science de plein droit.

Katherine s'interrompit pour laisser ses mots pénétrer l'esprit de chacun. Elle lisait à livre ouvert dans les yeux de ceux qui l'entouraient. Suivre son discours était difficile pour eux. Elle leur demandait de prêter attention à chacune des paroles qu'elle prononçait, même si elle leur donnait l'impression qu'elle parlait pour le seul plaisir de s'entendre parler. Mais elle savait combien il était important de faire comprendre à son auditoire qui elle était, comment elle en était arrivée là où elle était arrivée.

Elle n'ignorait pas que sa présence devait sembler insolite dans cette petite et tranquille ville-dortoir. Avec sa haute taille et sa longue chevelure noire qui l'enveloppait comme un fourreau, elle devait un peu apparaître comme une créature venue d'un autre monde. Et ce d'autant plus en raison de la place qu'elle occupait dans ce bizarre scénario.

Ce fut de Sam et de Joanne que vinrent les premiers

signes de compréhension. Leur réaction n'était pas de surprise. Ils étaient partie prenante de cette situation démentielle depuis plus longtemps que les autres. Ils s'y étaient presque accoutumés. *Presque.* Rien de ce qu'avait dit Katherine jusqu'à présent n'était exagérément obscur ou incroyable pour eux.

Ils étaient à une extrémité du spectre et Ed Wheeler à l'autre. A sa manière, pensa Katherine, Ed devait croire en Dieu. *Un paroissien qui va à l'église. Qui donne de l'argent à la quête. Qui est vigilant pour ce qui touche à la moralité de la communauté. Qui protège les autres d'eux-mêmes, qui les protège des vices auxquels il s'adonne lui-même sans vergogne.*

Mais il s'agissait de tout autre chose cette fois, et ce que disait Katherine lui passait complètement au-dessus de la tête.

– Bien, reprit-elle après avoir ménagé la pause qui s'imposait. J'en ai fini avec mon entrée en matière. Maintenant, passons à la nature du danger auquel j'ai fait allusion. Pour cela, il est indispensable que vous gommiez entièrement les uns et les autres toute attitude d'esprit sceptique.

Tout en parlant, Katherine avait saisi le sac de toile posé au milieu de la table de bridge. Elle le secoua doucement par deux fois. Quelque chose cliquetait à l'intérieur. Elle détacha le cordonnet et renversa le contenu du sac sur la table, répandant ainsi une centaine de pierres noires lustrées dont aucune ne mesurait plus d'un demi-centimètre. Chacune portait une minuscule griffure blanche sur un côté.

Elle les étala du plat de la main pour les séparer. Elles étaient fraîches et dures sous sa paume. Leur contact avait quelque chose de sensuel. De sexuel, presque. On eût dit que leur surface lisse et polie lui rendait ses caresses.

Ses yeux revinrent au petit groupe. Ce qui allait suivre serait crucial. Le discours qu'elle tiendrait assurerait l'emprise qu'elle s'efforçait d'avoir sur son auditoire ou la ruinerait. Si elle ne disait pas les mots qu'il fallait, si elle en disait trop ou trop peu, ou si elle le disait trop tôt, elle risquait de les détourner d'elle.

Et si jamais cela se produisait, les répercussions en seraient dramatiques. Elles ne se limiteraient pas à Fairharbour, elles se propageraient bien au-delà et finiraient par dévorer le monde tout entier.

Un prix terrible à payer pour un mot mal placé.

Elle déplaça les petites pierres du bout de son index droit. En cet instant, ce n'était encore là qu'un simple rituel, un rituel qu'elle avait déjà accompli une bonne dizaine de fois dans des circonstances très différentes. Ces gestes devenus familiers en arrivaient presque à lui procurer un certain réconfort, à faire un peu reculer l'épouvante qu'elle avait au cœur.

Presque. Le péril était si grand ! Il pouvait se propager si rapidement ! Comme la formule mathématique d'une progression géométrique. Un cent doublé chaque jour. Deux. Quatre. Huit. Seize. Au bout d'un mois, cela ferait une somme s'élevant à trente millions de dollars.

Katherine Goodbridge était prête à assumer cette responsabilité, encore qu'elle n'eût jamais songé qu'elle chercherait à se charger d'un tel fardeau. Si elle effectuait son travail correctement ce soir, un coup d'arrêt pourrait être mis à la propagation de la terreur. Ici même, dans cette pièce. Elle avait la certitude que l'atrocité déchaînée par les Hanson avait une cible spécifique. S'il lui était possible d'atteindre son objectif, si le mal s'emparait de sa proie, peut-être serait-il satisfait.

Cela – ce qu'elle devrait peut-être avoir à faire avant

la fin de la nuit – déplaisait fort à Katherine. Par association d'idées, elle pensa à l'agneau du sacrifice. *Non, pas ici. Personne n'est assez* innocent *pour être l'agneau.* L'âme d'un habitant de Fairharbour, homme ou femme, était chargée d'un noir secret. Un noir secret qui maintenait ouverte la porte qu'avait poussée Hanson. Mais avant de savoir *qui*, il fallait procéder par élimination. *Evacuer les leurres. Ecarter les malfaisances prosaïques, les petites méchancetés de tous les jours. Plonger au cœur du problème.*

Sous les doigts de Katherine, les pierres minuscules commençaient à former un motif défini. Elle ne prêtait qu'une attention lointaine à ce qu'elle faisait, laissant sa main effectuer automatiquement les mouvements qui convenaient. Elle savait d'expérience que le tracé devait se composer de lui-même pour qu'elle puisse en tirer parti.

Le moment était venu de parler. De tout raconter à son auditoire, de A à Z.

– Tout a commencé il y a une quinzaine de jours, se décida-t-elle à dire enfin. Sam et Joanne Dennison ont trouvé un Catalogue dans leur boîte. A première vue, il paraissait des plus ordinaires. C'était un fascicule de petit format – dix centimètres sur quinze – avec une couverture sombre sans logo ni emblème permettant d'en identifier l'origine. Et pour une bonne raison. Il n'est pas possible de transcrire le nom de l'endroit d'où venait le Catalogue en utilisant une langue humaine existante quelle qu'elle soit. Et pas davantage d'en donner une image ayant un sens à nos yeux. L'humanité a cherché depuis mille générations à désigner d'un nom le lieu d'où est venu ce Catalogue.

Tout le monde était suspendu aux lèvres de Katherine. Elle sentit son pouls s'accélérer. Elle continuait de pousser les pierres qui bruissaient imperceptiblement en glissant sur le feutre de la table. Elle ne pouvait plus retarder l'instant où il lui faudrait se jeter à l'eau et dire ce qui devait être dit.

Elle leva les yeux.

– Le mot le plus proche de la réalité que nous sommes arrivés à trouver est *enfer*.

Ce fut une véritable explosion. La moitié des personnes présentes bondirent sur leurs pieds. La chaise d'Ed Wheeler bascula en arrière, l'entraînant dans sa chute.

Katherine attendit que la tempête s'apaise. Elle recevait de plein fouet le ressac des émotions qui déferlaient autour d'elle, et elle dut faire un effort sur elle-même pour résister à l'envie de reculer d'un pas. Il fallait laisser le tourbillon se calmer.

Bien. C'est bien. C'est la colère qui éclate, pas la peur. Ils se figurent qu'on les a dérangés pour leur faire une blague stupide, qu'on leur a monté un canular de mauvais goût. Elle ne pouvait pas savoir que son appréciation ressemblait à s'y méprendre à la première réaction qu'avait eue Phil Marsdon face au Catalogue.

Elle tourna le dos au tumulte et, glissant la main dans son chemiser, elle sortit les Catalogues qui y étaient dissimulés, pressés contre elle, chauds et secs.

Elle fit de nouveau face au groupe et leva les bras, tenant une brochure dans chaque main. Son attitude et son silence firent se braquer sur elle l'attention de tous et les muselèrent.

– Chacun d'entre vous a vu un de ces opuscules, dit-elle. Certains ont même vu leur contenu. Méditez là-dessus. Et réfléchissez à ce que je vous ai dit.

Ed Wheeler, qui se démenait comme un beau diable

pour se relever et redresser sa chaise, jeta un regard en coin aux Catalogues.

– C'était un bouquin comme ça que Paul Sanderson avait devant lui.

Katherine opina du chef.

– Ce sont deux des Catalogues que les Dennison trouvent dans leur boîte depuis une quinzaine de jours. Il semblerait qu'ils aient également commencé à parvenir aux Greeley. En avez-vous reçu un, monsieur Wheeler ?

– Bien sûr que non ! Tout ça est ridicule.

– Non. (La voix de Ticky était à peine audible et la peur y perçait.) Nous en avons reçu *deux*. Hier et avant-hier.

Wheeler pivota sur lui-même pour regarder sa femme.

– Qu'est-ce que tu racontes ?

– Ils sont arrivés au courrier. Comme l'a dit Madame.

Ticky Wheeler était toujours assise, contemplant ses mains nouées sur ses genoux. Une bouffée de compassion gonfla soudain le cœur de Katherine tant Ticky paraissait minuscule et fragile devant la masse pachydermique de son époux ! Elle eut la vision fugitive de l'horreur que le lit conjugal devait représenter pour ce petit bout de femme.

Angela Finney se leva et traversa la pièce pour rejoindre sa vieille amie. Dans un geste consolateur, elle passa son bras autour des frêles épaules de Ticky. De nouveau, Katherine fut frappée par l'énergie qui émanait d'Angela.

– Ils sont arrivés au courrier, répéta Ticky Wheeler. Comme l'a dit Madame.

– Et tu ne me l'as pas dit ? (Le ton de Wheeler était proche du beuglement. Ticky se tassa sur elle-même.)

Depuis quand ne me dis-tu pas ce qui arrive au courrier ?

– Je... n'ai pas voulu que tu le saches. (Katherine devait tendre l'oreille pour entendre ce que disait Ticky.) Je n'ai pas voulu que tu voies les illustrations.

Planté devant sa femme qu'il dominait de toute sa taille, Wheeler serrait et desserrait nerveusement ses épaisses mains rouges. Que faire ? se demanda Katherine. Contourner la table dans l'espoir de détourner sa fureur ? Il risquait de frapper Ticky d'une seconde à l'autre. La terreur qu'on lisait dans les yeux de celle-ci disait clairement que ce serait loin d'être la première fois.

C'est alors qu'Angela s'interposa.

– Du calme, Wheeler, laissa-t-elle tomber d'une voix qui avait la dureté de l'acier. Ticky en a déjà assez bavé, vu la manière dont vous la traitez.

– Ne vous mêlez pas de ça, Angie. Ce n'est pas vos oignons.

Le masque d'Angela était de granit. Les muscles de ses mâchoires frémissaient. Son visage était à peine à quinze centimètres de celui de Wheeler dont l'haleine empestait le gin.

– Eh bien, moi, je considère au contraire que si. Qu'est-ce que vous attendez ?

Le poing massif de Wheeler fusa si vite qu'Angela n'eut pas le temps de s'écarter pour esquiver le coup. Mais il n'alla pas jusqu'au terme de sa course. Rod s'était élancé pour passer son bras au creux du coude d'Ed qu'il obligea à tourner comme une toupie. Le choc fut d'une rare violence.

Wheeler décolla du plancher, glissa par-dessus les épaules de Rod et décrivit un arc de cercle de cent quatre-vingts degrés. Il s'écroula avec fracas juste à côté de la table de bridge. Katherine eut un hoquet involontaire tandis que les petites pierres noires tressautaient sur le tapis de feutre vert.

L'homme resta un moment étalé par terre, pantelant. Il contemplait le plafond et ses yeux semblaient se mouvoir indépendamment de sa volonté. Puis, son regard devint fixe tandis que ses traits se figeaient en une grimace d'épouvante. Sa bouche s'ouvrit toute grande.

Le cri qu'il poussa emplit toute la pièce. De la marque de brûlure du parquet affectant la forme d'une étoile de mer jaillit une faible lueur. Un éclair qui ne dura qu'une fraction de seconde. Katherine fut la seule à le voir ; tous les autres avaient les yeux fixés sur Ed.

Il se débattait, roulait sur lui-même en s'assenant des claques dans le dos. Katherine saisit les coins de la table qu'elle souleva et fit tourner de quatre-vingt-dix degrés par rapport à lui. Maintenant, il était juste sur la trace charbonneuse. Son cri se mua en un hurlement strident.

– Je brûle ! parvint-il à dire. Je brûle ! Je brûle !

Il n'y avait pas le moindre signe de flammes. Il roula de nouveau sur lui-même pour s'éloigner de l'« étoile de mer ».

Katherine reposa la table sur ses pieds. Il lui fallait agir sans perdre de temps. Elle sentait la souffrance de Wheeler. Vivante. Electrique. Elle empoigna Rod par le bras.

– Mettez-le K.-O. ! La chose se nourrit de sa colère. Mettez-le K.-O. ! Vite... avant qu'il ne se consume !

Rod passa instinctivement à l'action. Agrippant de la main gauche le devant de sa chemise, il remit le colosse sur ses pieds et, dans le même temps, son poing droit s'écrasa sur le menton de celui-ci. Il y eut un craquement sonore et Wheeler s'effondra dans les bras de son assaillant.

Seuls les sanglots de Ticky brisaient le silence qui suivit. Angela approcha la chaise d'Ed de son ancienne camarade d'école et s'assit. Ticky enfouit son visage dans sa poitrine généreuse et donna libre cours à ses larmes. Angela lui caressa les cheveux.

– Parle, ma chérie, fit-elle d'une voix douce. Dis-nous ce qu'il y avait dans le Catalogue. Ce que tu as vu.

Katherine approuva du chef. C'était la bonne question.

– J'ai vu... (La voix de Ticky, dont on ne voyait que la nuque, était étouffée. Elle s'efforçait de reprendre sa respiration entre deux sanglots.) Je l'ai vu... *lui*. Je l'ai vu environné de flammes. En enfer.

Katherine s'accroupit devant la chaise de Ticky Wheeler. Abandonnant sa cuirasse, elle laissa déferler en elle les torrents débordants qui jaillissaient, impétueux.

Une si grande souffrance ! Et qui dure depuis si longtemps !

– Et vous savez à quoi cela ressemble, n'est-ce pas ? Vous aviez vu auparavant le visage du mal. Il y a bien longtemps.

Katherine allongea le bras et fit tourner doucement la tête de Ticky dont les cheveux étaient poisseux de transpiration. Les yeux des deux femmes se croisèrent.

Les sanglots de Ticky cessèrent comme si l'on avait actionné un interrupteur. Elle se redressa. Angela regarda Katherine dans les yeux et se détourna vivement. Elle s'en voulut aussitôt de sa réaction, mais elle était incapable d'affronter ce regard-là sans frissonner.

– Oui, balbutia Ticky. Il y a longtemps. Si longtemps. Si longtemps.

Sa joue était brûlante sous la main de Katherine.

– Il va falloir être courageuse, maintenant, madame Wheeler. Mobiliser toute la force qui se cache au plus profond de vous.

Angela sentait que Ticky se détendait à mesure que Katherine parlait. Juste un peu. Elle gardait son bras passé autour des épaules de son amie, et les muscles contractés de celle-ci se relâchaient de façon perceptible.

Katherine se releva et dit une dernière fois à la femme d'Ed qui ne la quittait pas des yeux :

– Vous aurez besoin de toute votre force.

L'atroce fatigue qui estompait ses pensées, ses sentiments lui rendait d'autant plus difficile l'obligation qu'elle avait de s'adresser de nouveau à son auditoire mais elle se contraignit à poursuivre :

– Nous aurons tous besoin de notre force. De nos forces les plus intimes. A présent, veuillez vous rasseoir, je vous prie. Il est près de 10 heures. Il nous reste très peu de temps.

Elle prit les Catalogues qu'elle avait posés sur une chaise, les plaça sur un coin de la table qu'elle disposa là où elle se trouvait au début, de façon que son centre coïncide exactement avec la brûlure du parquet.

Elle réprima un frisson : quand elle les avait eus en main, les Catalogues étaient sensiblement plus tièdes.

Le moment approche, songea-t-elle. *Il approche à grands pas. Et je ne sais pas encore quelle est la cible.* Elle se mit en devoir de réaligner les pierres noires et brillantes. Les lumières étaient baissées mais leur halo blanchâtre luisait comme autant d'yeux de félins.

– Et lui ? demanda Rod en tendant le menton en direction de Wheeler.

– Non, je ne pense pas que ce soit celui-là. (Katherine se tourna vers son interlocuteur.) Je vous demande pardon, j'étais à mille lieues... Tirez-le un peu plus loin, voulez-vous, sergent ? (Elle fit face aux autres.) Le Dr Hanson était un homme que l'on pourrait qualifier d'extrémiste. Il était de ceux qui donnent parfois une réputation fâcheuse à la parapsychologie. Ou qui confortent l'image que s'en font la plupart des profanes, aux yeux de qui les parapsychologues passent pour des chasseurs de fantômes ou des pourfendeurs de démons. Ce n'est pas dans cet esprit que je travaille. Nous avons eu plus d'un accrochage à ce sujet, Tim et moi. Comme je vous l'ai déjà dit, je m'efforce d'aborder la parapsychologie comme une discipline scientifique dans la mesure du possible. Je fais aussi appel à... comment dire ? à certaines *facultés* que je possède. A une certaine *sensibilité*. J'ai subi des tests de perception extrasensorielle et j'ai obtenu d'assez bons résultats sous contrôle. Mais je ne peux pas laisser ce don m'induire en erreur. Il est impératif pour moi d'avoir la certitude que tout ce que je fais se fonde sur des recherches dont les conclusions sont irréfutables. Je n'ai jamais publié une seule communication qui n'ait été basée sur la documentation la plus approfondie qu'il m'ait été possible de réunir.

» La démarche de Tim Hanson, en revanche, était diamétralement opposée à la mienne. Il traitait la spéculation comme une donnée de fait et la conjecture comme parole d'évangile. Il était d'une présomption sans limites. Combien de fois ne l'ai-je pas averti qu'il commettrait un jour ou l'autre une erreur. Une erreur qui risquerait de lui coûter ni plus ni moins que son âme.

Elle posa les dernières pierres à leur place. La configuration ainsi formée commença alors de luire d'un éclat rouge sombre. Celui de braises mourantes. Katherine était seule à percevoir cette lueur et elle éprouva brusquement un intense sentiment de solitude.

Ils ne savent pas ce qui est en train de se passer sous leurs yeux. Ils n'en ont pas la moindre idée. Si quelque chose tourne mal...

– Une erreur qui risquerait de lui coûter ni plus ni moins que son âme, répéta-t-elle. Je pense que c'est précisément ce qui est arrivé. Et je pense que c'est arrivé ici, dans cette pièce.

Son regard se posa sur Ed Wheeler. Rod l'avait adossé en position plus ou moins assise contre le mur nord. Sa tête retombait mollement sur sa poitrine. Un petit chuintement sortait de ses lèvres à chaque expiration. Une ecchymose livide apparaissait peu à peu sur son menton meurtri. Son souffle était haché. Katherine nota que ni Abramson ni les ambulanciers n'avaient fait mine de lui porter secours ou de l'examiner. Elle espérait que ses paroles avaient eu l'effet désiré.

Les hommes de l'art ont compris qu'ils ont franchi les frontières qui délimitent leur domaine. Quoi que puisse avoir Ed Wheeler, ils savent que cela n'a pas grand-chose à voir avec une fracture de la mâchoire.

– La clé de la situation présente a pour nom la peur.

Katherine ne pouvait détourner ses yeux du spectacle qu'offrait Wheeler. Sa respiration entrecoupée faisait un bruit assourdissant à ses oreilles et son gargouillement lui arracha une grimace. Elle refréna le frisson qui la gagnait. Quand, finalement, elle se força à faire face aux autres, chacun eut l'impression que son regard sombre les transperçait comme un épieu. Angela étouffa même un hoquet.

– Nous refoulons ce qui nous fait peur et nous avons peur de ce que nous refoulons. Or, cette chose se nourrit de la peur. (Katherine tapota le Catalogue qui se trouvait à sa droite. Il était chaud et sec. *Chaud* et sec.) Et si je dis « la chose » au singulier, c'est pour une raison bien précise. Ces Catalogues tels que vous les percevez ne sont pas des objets individuels, ils font partie d'un tout plus large, ce sont les cellules d'un plus vaste ensemble. Un organisme totalement étranger à notre monde et qui échappe à notre compréhension. Il vit *en dehors* de lui. Il est très vieux. Peut-être aussi vieux que l'univers.

Sam détacha avec effort son regard de Katherine. Contrairement à son attente, Phil Marsdon n'accueillait pas les propos qu'elle tenait par des commentaires persifleurs, ce qui ne faisait que renforcer – si besoin était ! – sa conviction : il s'était passé quelque chose, il en avait la certitude, dans le bureau du Pr Goodbridge ou dans la voiture, pendant son retour... ou les deux. Quelque chose qui avait maté l'avocat comme rien n'avait pu le faire auparavant.

– Nous avons donné de nombreuses dénominations aux forces du mal, poursuivit Katherine. Satan. Lucifer. Asmodée. Loki. Les différentes cultures leur attribuent des désignations différentes, une imagerie différente, des légendes différentes. Cela parce qu'ils essaient de décrire quelque chose qui ne correspond pas aux paramètres normaux de l'expérience humaine. Chacun de nous n'en voit qu'un infime élément, lequel est différent pour tout le monde.

» Ainsi en va-t-il du contenu des Catalogues. Des images différentes pour chaque observateur mais dont le point commun est de générer la peur, une peur intimement liée à ce que nous refoulons. Certains ont peur de la souffrance. De la solitude. Du pouvoir que d'autres exercent sur nous. Certains, aussi, ont peur de leur propre sexualité. Tout repose là-dessus, comprenez-vous ? Tout un chacun traîne un pan d'ombre enfoui au plus profond de sa psyché. De la fureur. De la frustration sexuelle. De l'envie. Telle ou telle manifestation des sept péchés capitaux, des péchés mortels. Il y a des parties de nous-mêmes que nous abhorrons et redoutons.

» Nos ancêtres étaient très clairvoyants. Nous avons sottement tendance à considérer qu'ils faisaient preuve de moins d'intelligence que nous. A expliquer les merveilles qu'ils ont accomplies comme l'œuvre d'extraterrestres, de divinités venues de l'espace.

» Mais ils avaient l'esprit éveillé. Tout autant que nous. Il leur manquait seulement de bénéficier d'un aussi long passé que notre histoire sur lequel s'appuyer, d'un savoir aussi vaste que celui que nous avons accumulé. Il a fallu à l'humanité un nombre incalculable d'années pour commencer à comprendre l'univers. Et comme nos lointains ancêtres ne l'avaient pas encore compris, ils ont cherché des explications dans le surnaturel. La psychose était tenue pour une possession démoniaque. Dans la maladie et la famine, ils voyaient l'œuvre d'esprits malins, de petits diablotins. Leur représentation du monde était issue de leur imagination et, plus d'une fois, ils ne sont pas tombés très loin des mécanismes de l'univers tels que nous les concevons aujourd'hui.

» En d'autres occasions, ils *créaient* la bonne réponse. Le mal qui est aux aguets dépend du fait que nous *croyons* en lui. Plus nombreux étaient les gens qui croyaient aux fantômes et aux goules, plus grande était la puissance que le mal avait sur le monde. Et plus nous avons tourné les yeux vers la science et vers l'Eglise, plus sa puissance a décru.

» Le mal est embusqué partout autour de nous. Il attend que s'entrouvrent de petites portes, de petites failles dans l'âme humaine. Et ces interstices lui permettent de répandre un peu de son venin dans notre univers.

» Tim Hanson *croyait*. Il ne l'aurait jamais admis devant quiconque, il ne se le serait même pas avoué à lui-même. Il n'empêche qu'il croyait en la pure puissance du mal. Et il en a laissé filtrer une parcelle. Ici, dans cette pièce où nous sommes. Et je suis prête à parier qu'il ignorait la force qu'il libérait ainsi. Même quand l'abomination le consumait et le transportait dans son propre univers. C'est là quelque chose qui ne peut pas être compris au sens strict du terme. Dieu ne saurait être quantifié. Le mal non plus.

» Il a la propriété de s'adapter. Il revêt une forme que toute société, quelle qu'elle soit, acceptera. Dans le cas présent, il a pris la forme de catalogues qui arrivent avec le courrier. Qu'y a-t-il de plus inoffensif ? Si vous découvrez un gnome à la queue fourchue accroupi devant votre porte, vous ne le laisserez pas entrer chez vous, n'est-ce pas ? Mais un catalogue ? Vous ne vous posez même pas la question.

» Il avait besoin de cet état d'esprit confiant pour s'introduire dans la maison. Tim Hanson a ouvert la porte mais il y avait une pierre d'achoppement. Vous avez tous vu Bela Lugosi et ses pareils s'introduire à leur gré chez les gens. Mais saviez-vous que les légendes, les "vraies" légendes disent qu'un vampire ne peut pénétrer dans une maison s'il n'y est pas *invité* ? C'est là un thème commun à bien des histoires de cette veine. Hanson a fait entrer le mal dans cette maison. Il l'y a invité. A cet endroit, en ce point même.

Katherine frappa du pied la brûlure du parquet sous la table. Un frémissement parcourut toute sa jambe. *Pas comme ça,* fit-elle dans son for intérieur. *Tu ne m'auras pas de cette façon.*

» Mais après l'incident Hanson, continua-t-elle, il s'est produit un fait nouveau : les occupants de la maison ont changé. L'invitation de Timothy Hanson a été rendue caduque. Si M. Keillor avait décidé de revenir s'installer ici, il aurait peut-être été pris comme victime à son tour, mais rien n'est sûr. D'ailleurs, c'est sans importance puisqu'il l'a vendue. A Sam et Joanne Dennison.

» Quelque chose de curieux est alors survenu : le mal *est resté* en dépit de la disparition de Hanson. Polly était probablement morte alors et il aurait dû partir. Se dissiper. Mais non, il est resté. Comme un nuage autour de la maison. Parce qu'il sentait qu'il y avait quelque chose ici. Quelque chose qu'il pourrait utiliser.

» Mais il était tenu en échec par le changement de propriétaire. Il fallait qu'il soit de nouveau "invité" à rentrer dans la maison. C'était une nécessité. Une fois cette exigence satisfaite par le biais d'une ruse toute simple – les Catalogues –, il n'y aurait plus rien eu à faire pour l'arrêter. (Katherine dévisagea Sam.) Vous avez brûlé tous les exemplaires qui sont arrivés après avoir reçu le premier, Sam.

Il y a indiscutablement quelque chose là. Mais elle n'avait pas prise sur ce quelque chose. C'était comme si ses ongles glissaient sur une plaque de verre sans la moindre aspérité à quoi s'accrocher. *Qu'est-ce que je pressens en vous, Sam Dennison ?*

– Ces autodafés n'ont servi à rien. Il était trop tard. La malédiction s'était déjà introduite à l'intérieur de la maison. Et votre femme, monsieur Greeley, a vu, elle aussi, le Catalogue. Et votre fils avant elle. Il en a dérobé un exemplaire et c'est ce qui a donné au mal accès à votre propre demeure.

» Il a immédiatement commencé à agir sur tous ceux qui le touchaient. Je ne peux que faire des conjectures sur ce qu'il prélevait en chacun. Nous avons tous un recoin ténébreux de l'âme susceptible de lui servir d'aliment. Un pan d'obscurité plus ou moins important.

» Chez vous, Sam, il a trouvé la rage. Une rage ancienne, tapie au fond de vous. Oh ! A propos, monsieur Greeley, ce n'est pas Sam qui a attaqué votre femme mais cela aurait pu l'être. Si elle avait surgi au cours d'un de ses accès de fureur irrépressible, il aurait pu la massacrer comme il a dévasté votre cuisine.

Joanne était comme comme hypnotisée par le ton posé et égal de Katherine Goodbridge, sa manière d'exprimer à haute voix l'inexprimable, de choisir ses mots, de les présenter, de faire émerger un ordre terrible du chaos qu'étaient devenues leurs vies.

Tout cela paraît si prosaïque dans sa bouche. Elle connaît *ces choses-là.* Elle les comprend.

Elle posa involontairement les yeux sur Phil Marsdon. Assis à droite de Katherine, il se tenait tout raide sur sa chaise, la bouche ouverte, les yeux écarquillés.

Il ne lui a pas soufflé mot de tout ça, pensa Joanne. *J'étais pourtant sûre du contraire. Nous en étions tous sûrs, il n'y a aucun doute. Mais non. Il ne lui a rien dit.*

Sam lui avait raconté comment Katherine avait choisi et désigné Marsdon comme interlocuteur quand ils s'étaient rendus à Yale. *Elle a déclaré qu'il constituait sa meilleure source d'informations mais ce n'est pas de lui qu'elle tient tous ces renseignements. Elle a dit qu'elle est dotée de facultés de perception extrasensorielles. Lit-elle dans nos esprits ? Non. Je ne pense pas. Il s'agit de quelque chose de plus primordial encore. Elle déchiffre nos émotions. Ce qui colore cette pièce. J'arrive presque à les détecter moi-même si je baisse ma garde.*

La salle à manger palpitait de vibrations. D'émotions qui sourdaient de ses murs et tournoyaient comme des fauves en cage. Et Katherine Goodbridge les décelait, les happait au vol comme on s'empare d'un duvet voletant au gré de la brise.

Une effervescence intérieure s'emparait de Joanne. Elle avait envie de crier, d'enjoindre à Katherine d'arrêter de *parler* et de *faire* quelque chose !

Quittant sa place derrière la table de bridge, cette dernière s'approcha, s'immobilisa, debout devant elle, et lui posa la main sur l'épaule. Joanne éprouva aussitôt une sensation de fraîcheur revigorante.

– Soyez sans crainte, Joanne, dit-elle. (Et la femme de Sam s'aperçut qu'elle avait parlé tout haut.) Je vais faire quelque chose. Tout de suite.

13

Cela revenait. L'atmosphère devenait une substance froide et épaisse. Une substance que Sam aurait pu prendre à poignées.

Sa main chercha celle de Joanne dont les doigts se nouèrent aux siens, si étroitement que leur étreinte était presque douloureuse. Mais il n'y avait pas que cela. Il sentait aussi une fraîcheur, un calme qui irradiait dans sa paume, se propageait le long de son bras. Katherine avait toujours une main posée sur l'épaule de sa femme et il sut instinctivement qu'elle était la source de cette vague de sérénité et d'apaisement.

Les lèvres de Katherine remuaient mais Sam n'entendait pas les mots qui en sortaient. C'était une communication silencieuse qui se tissait entre elle et Joanne. Joanne et... *le bébé* !

D'un seul coup, il comprit que c'était vrai. Katherine s'insinuait en sa femme. Jusqu'au plus profond de son âme. Pour se nicher dans la conscience de la mère, dans l'esprit et l'âme embryonnaires du bébé.

Un besoin de protection paternelle s'empara de Sam, qui fut subitement pris d'un élan de colère noire. Il ressentait la projection de l'esprit de Katherine entrer en contact avec celui de l'enfant – son enfant – à naître comme une intrusion, une effraction intolérable.

Mais sa réaction fut éphémère et à la fureur succéda l'embarras. C'était *lui* l'intrus. Le calme qui s'écoulait de la main de Joanne serrant la sienne le gagnait, le pénétrait, et le désir lui venait de s'y abandonner. De rompre cette conjonction. Il était partie prenante de quelque chose qui ne lui était pas destiné. Quelque chose doté d'un caractère très spécial. Quelque chose d'éminemment privé.

Une voix émanant des espaces enténébrés en lui soufflait à son oreille qu'il n'avait pas le droit de prendre part à cette communication. Qu'il ne le *méritait* pas.

Mais Joanne ne voulait pas lâcher sa main. Ses doigts resserrèrent leur étreinte autour des siens quand il tenta de s'en dégager, et il sentit les ongles de sa femme s'enfoncer dans sa chair.

Katherine recula d'un pas. Le contact fut instantanément rompu. Cette rafraîchissante quiétude se dissipait, maintenant. Une partie de son être chercha à la retenir. C'était, curieusement, comme s'il s'agissait d'une chose qui était sienne depuis longtemps. Depuis très longtemps. Minuscule. Perdue. Enfouie en lui. Et qu'il reconnaissait presque.

Et puis, la sensation produite par le toucher de Katherine disparut comme elle était venue. Envolée. De l'eau entraînée dans une canalisation. Sam se sentit vide. Pire que vide. Cette minuscule existence perdue, évaporée, il ne restait plus que les choses ténébreuses. Des larmes lui vinrent aux yeux.

Katherine le scrutait en plissant le front. On eût dit qu'elle le reconnaissait fugacement. Comme si elle l'avait déjà rencontré auparavant. Elle essaya de retenir cette sensation fugitive, de lui donner une consistance, mais cela aussi s'évanouit.

La jeune femme passa devant les chaises alignées en demi-cercle pour s'arrêter devant Philip Marsdon. Quand elle parla, ce fut à l'adresse de tous.

– M. Marsdon, ici présent, m'a mise sur la bonne voie. La plupart d'entre vous ne le connaissent pas et ceux qui le connaissent n'ont guère de sympathie pour lui. Joanne le déteste. Quand il est présent, elle le sent qui la déshabille du regard. Elle connaît les images qu'il a en tête. D'où l'aversion qu'elle éprouve à son égard. Mais c'est une aversion ouverte et franche. Une haine non dissimulée. Joanne Dennison a plus que son compte de choses obscures enfouies au fond d'elle-même ; sa répulsion pour Marsdon n'en fait pas partie. Ce sont d'autres choses qu'elle censure. Plus profondément refoulées. Plus difficiles à nommer. Il a suffi qu'elle l'effleure d'un simple coup d'œil pour que le Catalogue les absorbe. Il a pu se brancher sur elle parce que ce sont, comme le mal qu'il recèle, des choses anciennes. Le genre de choses dont nous sommes tous porteurs. Les terreurs qui sont en nous depuis l'âge des cavernes et que nous emmènerons avec nous quand nous foulerons le sol des planètes des étoiles lointaines.

» C'est ce mal qui a fondu sur Joanne par le truchement de ces peurs primordiales, et lorsque son esprit s'est insurgé contre elles, cela a provoqué le "traumatisme nerveux" dont elle a été victime. C'était le nom que Paul Sanderson avait donné à cette... attaque, n'est-ce pas, docteur Witlaw ? Un diagnostic conforme à ce qu'il observait mais, naturellement, il ne lui était pas possible de savoir qu'il était en présence d'autre chose, en réalité.

» A ce moment-là, le Catalogue ne lui était pas

encore tombé sous les yeux, il n'avait pas encore commencé à faire sa proie du souvenir de la mort de son fils unique qui rongeait le malheureux Sanderson, ce souvenir qui le torturait parce qu'il pensait sottement que montrer ouvertement son chagrin porterait atteinte au sacrifice qu'avait consenti Malcolm.

» Pour Babs Greeley, mère de famille bien tranquille, c'était de censure sexuelle qu'il s'agissait. Non, ne protestez pas, monsieur Greeley. Ce n'est pas votre virilité qui est en cause mais l'éducation de votre femme. Après la mort de sa mère, il lui a fallu élever sa jeune sœur presque seule. Une sœur d'une nature plutôt impétueuse. Babs aurait pu faire preuve de la même fougue qu'elle, mais elle a préféré se couler dans un moule qu'elle estimait plus approprié pour servir de modèle à Angela.

» Oui, des bribes et des morceaux de toutes sortes de passions réprimées que portaient en eux tous ceux qui ont vu le Catalogue et qui étaient autant de festins pour l'abomination. De quoi faire ripaille.

» A une exception près : cet homme. (Katherine désigna Marsdon d'un coup de menton et ce fut comme si une brise subtile faisait ondoyer sa chevelure.) L'être le plus répugnant que nous ayons eu les uns et les autres vraisemblablement l'occasion de rencontrer. Je le sais pour avoir passé de longues heures en sa charmante compagnie.

Elle entendit le soupir de soulagement que poussa Josh Witlaw.

– Non, docteur Witlaw, je ne me faisais pas sauter pendant que Sam Dennison et vous attendiez dans le couloir : je l'étudiais, encore que, j'en suis sûre, M. Marsdon ne l'ait pas compris. Je le faisais marcher. Je me livrais à un travail d'expérimentation sur lui.

– Espèce de salope !

C'étaient les premiers mots que Sam entendait Marsdon prononcer depuis vingt-quatre heures. Sa voix était rocailleuse et sèche. Sa gorge s'était rouillée à rester ainsi, sans servir.

– M. Marsdon est un individu ignoble parce qu'il ne refoule *rien*. Il laisse tout à découvert. C'est pourquoi il n'emploie qu'un langage obscène. C'est pourquoi le sexe n'a pour lui d'autre finalité que son plaisir égoïste. C'est pourquoi les pages du Catalogue sont blanches à ses yeux. Ce repoussant spécimen de l'humanité n'a rien qui puisse nourrir l'abomination.

Katherine recula en voyant Marsdon bondir sur ses pieds.

– Toi, espèce de connasse, je vais te...

Sa voix mourut. D'un geste vif, Katherine s'empara d'un des Catalogues posés sur la table et le lui plaça, grand ouvert, sous les yeux.

Le sang quitta le visage de l'avocat. Ses joues étaient maintenant si blêmes que la barbe bleuâtre qui les ombrait paraissait soudain plus noire. Il se laissa retomber sur sa chaise sans quitter le Catalogue des yeux.

– Vous voyez quelque chose, *à présent*, n'est-ce pas, monsieur Marsdon ? fit Katherine. Vous voyez quelque chose parce que je vous ai donné quelque chose à voir. Parce que je vous ai fabriqué un joli petit refoulement tout neuf, non ?

» De la colère. Contre moi. Une rage que vous n'avez pas pu laisser se déchaîner parce que je ne suis pas seule avec vous, et que vous êtes un avocat trop finaud pour passer à l'acte devant des témoins.

Elle rapprocha le Catalogue du visage de Marsdon et, de l'index de sa main libre, en fit tourner les pages. La rage de Marsdon gagnait. La sensibilité des perceptions de Katherine était si aiguë que c'était pour elle comme un objet tangible.

– Que voyez-vous, monsieur Marsdon ? Dites-nous ce que vous voyez.

– Je te nique !

– Non. Ce n'est pas ça. Vous ne pensez pas au sexe en termes de colère. Si vous me voyez là-dessus, ce n'est pas en train de me posséder. Que voyez-vous, monsieur Marsdon ? Moi ? Le Catalogue vous montre-t-il certains sévices que vous aimeriez m'infliger ?

Marsdon lança sauvagement son bras en avant. Il y eut un bruit d'étoffe déchirée. Le Catalogue que tenait Katherine lui échappa et traversa la pièce, frappa le mur le plus proche avec un claquement, parut y rester collé un long moment, puis tomba par terre en voltigeant.

L'avocat se leva et ce fut son autre bras qui partit. Son poing s'abattit sur la tempe de Katherine.

Elle recula sous le choc en titubant. Tout autour d'elle, c'était un chaos multicolore. Le plancher bascula en faisant des angles insolites. Elle reculait toujours et heurta violemment le bord de la table. Les pierres noires et luisantes s'éparpillèrent dans toute la pièce. Le second Catalogue posé sur le coin de la table bascula au centre exact de la marque carbonisée sur le parquet.

Perdant l'équilibre, Katherine s'effondra pesamment. Dans sa chute, elle repoussa la table dont les pieds crissèrent sur le plancher. Quand elle voulut reprendre son assise, sa main tâtonnante se posa sur le bord externe de l'« étoile de mer ».

Ses doigts se crispèrent tandis que ses yeux s'écarquillaient et elle se jeta en arrière, le plus loin possible de la noire cicatrice qui labourait le bois.

Bien lui en prit.

A l'instant même, un panache de flammes bleues jaillit du sol, projetant en l'air le Catalogue qui catapulta la table à l'autre bout de la pièce. La flamme monta jusqu'au plafond, s'épanouissant comme une gerbe d'eau fusant d'un tuyau d'arrosage. A l'inverse d'un jet d'eau, elle ne retomba pas mais projeta au plafond des doigts bleus et scintillants qui reproduisaient exactement la configuration de la marque charbonneuse gravée sur le plancher.

Joanne plaqua ses mains sur ses oreilles. On n'entendait que des cris. Et pas seulement les cris de ceux qui étaient présents : l'incandescente flamme bleue s'était faite le réceptacle et l'écho de clameurs d'agonie.

Marsdon recula en vacillant. Son pied se posa sur le Catalogue qui gisait à terre. Ce fut comme si l'avocat avait marché sur une peau de banane : il tomba la tête la première dans les flammes.

Il poussa un hurlement et battit en retraite. Environné de lueurs bleues, transformé en une torche humaine, il poussa un hurlement sans fin. Brusquement, les flammes se retirèrent de lui. Pétrifié, il riva son regard sur la colonne de feu.

Elle tremblota. S'incurva. Comme sa cambrure s'accentuait, on put voir qu'elle était animée d'un mouvement de rotation. Elle se recourbait et s'étirait tour à tour vers chacun des assistants, illuminant de sa clarté bleue chaque visage figé d'horreur et d'effroi.

En premier lieu, ce fut vers Katherine qu'elle s'inclina. La jeune femme s'était redressée sur ses genoux. A son contact, les flammes se firent plus sombres. De la colonne ardente se détachèrent des tentacules explorateurs. Ils ne la touchèrent pas. Katherine luttait contre son désir farouche de se lever et de prendre ses jambes à son cou, de fuir cette maison, de fuir cette bourgade sans jeter un regard derrière elle.

Elle me connaît, pensa-t-elle.

La colonne de feu se déplaça, poursuivant son parcours de reconnaissance. Passa devant Angela. Devant Rod. Devant Doug Greeley. Devant Abramson et les ambulanciers.

Les hurlements se turent. Il n'y avait plus un bruit, plus le moindre son, où que ce fût dans le vaste monde. Ils étaient tous pétrifiés comme si, autour d'eux, l'air avait gelé, les prenant dans sa gangue de glace.

La colonne s'attarda devant Sam et Joanne. Dennison, le bras passé autour de la taille de sa femme, la serrait contre lui. Joanne avait les yeux exorbités ; son expression était celle de la terreur absolue. La rumeur du sang qui martelait ses tempes l'assourdissait et le silence de mort qui régnait à présent dans la pièce amplifiait dix mille fois les battements de son cœur. Les flamboyants tentacules bleus se tendaient vers les spectateurs statufiés, cherchant à se glisser entre eux, à les envelopper et à se refermer sur eux.

– Ne restez pas groupés ! (Katherine ne reconnaissait pas sa propre voix. Une énergie qu'elle ne soupçonnait pas la jeta brusquement dans l'action.) Ecartez-vous les uns des autres ! s'époumona-t-elle. Dispersez-vous !

Comme ni Sam ni Joanne ne bougeaient, elle se força à se remettre debout. Contournant Marsdon et le brasier bleu, elle passa derrière les Dennison et se glissa entre eux. Les jambes flageolantes, Sam fit un pas à droite et Joanne se laissa choir sur une chaise.

La flamme bleue darda dans sa direction mais s'infléchit soudain et ses prolongements tentaculaires se tendirent en frémissant vers Sam. Katherine s'interposa.

C'est maintenant ou jamais. Dominant l'épouvante

qui l'étreignait, la refoulant au plus profond d'elle-même, Katherine articula silencieusement un mot. Un seul.

La flamme disparut. Marsdon recula d'un pas mal assuré mais ses genoux refusèrent de le porter et cédèrent sous lui. Il s'écroula lourdement. Ce fut comme si un choc ébranlait la maison. Un morceau de plâtre noirci par le feu se détacha du plafond calciné et, après avoir décrit une large spirale, tomba avec un bruit mat au pied d'Ed Wheeler.

Dehors, la nuit était de poix. La maison paraissait flotter sur un océan d'encre. Au loin, un chien hurla. Un aboiement de douleur.

Katherine rejoignit sa place au centre du fer à cheval que formaient les chaises. Elle remit la table sur ses pieds et s'y accota. Sa poitrine était prise dans un étau. Son cœur lui battait dans la gorge. Ses poumons comprimés ne remplissaient plus leur office. Ses cheveux se hérissaient sur sa tête et des mèches flottaient dans l'air. Comme des toiles d'araignées. Son chemisier déchiré lui dénudait un sein mais elle n'en avait pas conscience. Elle serra dans son poing la croix qu'elle portait au cou et s'obligea à respirer. Inspiration, expiration. Inspiration, expiration. Ses lèvres bougeaient mais il n'en sortait pas un son.

Dans ce délire, Joanne Dennison fut la seule à remarquer que les deux Catalogues avaient disparu.

Katherine luttait pour conserver son équilibre et sa raison alors que la folie s'emparait de tous.

Ils criaient. Braillaient. Douglas Greeley fit mine de se ruer vers la porte de la cuisine. Rod l'empoigna par le bras. Le père se retourna pour faire face à son fils. Une rage aveugle luisait dans ses yeux. Il voulait fuir et était prêt à tuer quiconque tenterait de l'en empêcher. Rod était livide. Il tremblait de la tête aux pieds.

– Papa...

Sa voix était suraiguë et pleine d'effroi.

Les deux hommes s'effondrèrent en sanglotant dans les bras l'un de l'autre.

Ticky Wheeler était assise très droite sur sa chaise, ses bras pendants, rigides, de part et d'autre de son corps, ses genoux étroitement serrés. Sa grande bouche aux lèvres minces était ouverte pour exhaler un cri perçant. Elle manquait d'air.

Assise à côté d'elle, Angela Finney étreignait étroitement sa vieille amie. Ses traits étaient tirés. D'ici une seconde, elle allait se mettre à hurler, à son tour.

Brian Willis fut le premier à recouvrer un peu de son sang-froid. Il s'approcha de Katherine qui, toujours appuyée contre la table, se redressa pour lui faire face.

– Ecoutez, ma petite dame, je commence à en avoir ras le bol de vos histoires de vaudou. (La voix grave de l'ambulancier était mal assurée et il faisait des efforts visibles pour rester maître de lui.) Je veux savoir ce qui se passe au juste. Qu'est-ce qui s'est passé ? Qu'est-ce qui est arrivé à ce type, Marsdon ? Qu'est-ce que c'était que cette flamme bleue ? D'où est-ce qu'elle venait ? Pourquoi est-ce qu'elle ne l'a pas brûlé ?

– C'était une porte, monsieur Willis. (Les muscles de Katherine recouvraient lentement leur tonus et sa voix redevenait peu à peu calme et posée.) Une porte s'ouvrant sur un autre monde. Un monde plus ancien que le nôtre. Un monde où nos lois n'existent pas, purement et simplement. (Elle tourna son regard vers Marsdon. Il était secoué d'un irrépressible tremblement. De la salive coulait au coin de ses lèvres. Il s'était mouillé. Ses narines étaient dilatées.) Quant à

M. Marsdon, je présume qu'il vous convaincrait du contraire si vous lui affirmiez que la flamme ne lui a fait aucun mal. (Katherine se baissa pour glisser une main sous l'aisselle de l'avocat et l'aida à prendre place sur une chaise voisine.) Je vous présente mes excuses, monsieur Marsdon. J'avais besoin d'un témoin de référence. De quelqu'un dont je pouvais comprendre la psyché. Je ne m'attendais pas à une manifestation d'une pareille envergure. J'ai commis la même erreur que Hanson. Cela aurait pu vous coûter la vie, ajouta-t-elle dans un murmure.

– Alors... (C'était Sam qui intervenait. Il semblait au bord de l'évanouissement. Ses mouvements étaient désordonnés. Il n'en était pas tout à fait maître.) Alors, vous savez ce qui s'est produit ? Ce qui s'est réellement produit ?

Katherine hocha la tête et sa longue chevelure oscilla lentement comme pour ponctuer son mouvement. Tous étaient tournés vers elle, elle qui possédait le savoir et la connaissance. Qui avait déjà connu les mêmes peurs et qui en avait triomphé. Et Katherine puisait de nouvelles forces dans la franche confiance qu'ils plaçaient en elle, s'accrochait à cette foi.

– Ce que vous avez vu, monsieur Dennison, est une sorte de capteur mystique. Un faisceau radar, si vous voulez. Et il cherchait quelque chose. Dans cette maison. Dans cette pièce.

Doug Greeley reprenait du poil de la bête. Son teint était encore terreux, ses yeux hébétés, mais sa patience était arrivée à sa limite extrême, ce qui l'incita à parler haut :

– Je suis du même avis que ce garçon, lança-t-il en désignant Willis du pouce. Ce sont des réponses plus concrètes qu'il nous faut. On a attaqué ma femme. Mon fils est réduit à l'état de légume. Et qu'est-ce que vous avez à nous offrir ? Des devinettes fumeuses ! Revenez donc un peu sur terre !

– Papa ! (Le soupir qu'exhala Rod traduisait à merveille son exaspération. La bonhomie affectée de son père lui tapait sur les nerfs.) Dites-nous juste ce que vous savez, mademoiselle Goodbridge, sans vous embarrasser de généralités à propos du surnaturel.

Katherine acquiesça. Elle marcha jusqu'à une chaise vide et s'assit. Elle s'aperçut alors que son sein nu était exposé à la vue de tous et elle se sentit rougir. *Tout bien considéré, il est ridicule de se faire du souci pour ça.* Quand elle se fut rajustée avec le lambeau de son chemisier déchiré, Josh Witlaw commença à respirer de nouveau.

– Chacun et chacune d'entre vous nourrit une peur secrète. Une tare refoulée. (Katherine s'efforçait de respirer lentement, régulièrement. *Garde ton contrôle. Ils y tiennent. Ne les déçois pas.*) C'est une triste réalité de notre condition humaine. Mais la règle du jeu a été modifiée. Faussée de façon déloyale. Certains d'entre vous ont été soumis à l'influence de ces Catalogues et cela a apporté une force nouvelle à leurs zones d'ombre.

» Cette pièce grouille de passions ; peur, cupidité et concupiscence sont au rendez-vous. Angela. Vous désirez physiquement Rod. Ne le niez pas. Ce sentiment n'est pas sans réciprocité mais il y a peu de chances qu'un de vous deux y cède car il y a, dans notre société, des tabous contre ces attirances. Et Rod donne à l'abomination quelque chose d'autre pour lui servir d'aliment. Quelque chose de plus ancien que ses convoitises sexuelles.

» Ticky, vous vivez dans la peur de quelque chose qui a eu lieu alors que vous étiez encore adolescente. Un contact avec le surnaturel. Je ne parviens pas à en déterminer la nature exacte. Ces choses-là ont une manière bien à elles de se soustraire même à mes facultés sensorielles. Je ne me trompe pas, n'est-ce pas ? Et vous cherchez, depuis, à vous *punir* d'avoir eu ce contact. Vous étiez une charmante jeune fille, une jeune fille saine, mais vous avez séduit Ed Wheeler pour qu'il vous épouse. Cela n'a pas dû présenter beaucoup de difficulté. Et vous vous êtes servie de lui pour en faire l'instrument de votre châtiment.

– Il ne m'est rien arrivé de fâcheux, dit Ticky. Pas à moi mais aux autres. A tous les autres. Je me suis enfuie. J'ai rompu le cercle. Il ne leur serait rien arrivé de fâcheux mais j'ai rompu le cercle.

Ticky s'était remise à sangloter. D'après les gargouillements qu'il exhalait, Ed Wheeler, qui gisait toujours par terre, semblait devoir bientôt reprendre connaissance.

– Non, vous vous méprenez. (Katherine avait les yeux fixés sur la frêle silhouette de Ticky recroquevillée sur elle-même. *Que de souffrance ! Et sans raison.* Comme elle aurait voulu pénétrer à l'intérieur du crâne de Ticky pour y chercher le long rouleau de ses souvenirs et en arracher le sentiment de culpabilité et la peur sans objet qu'elle portait en elle.) Vous vous êtes les uns et les autres laissé entraîner à faire un acte qu'aucun de vous ne comprenait. C'est pour ça que cela a mal tourné. Ce que vous avez fait ne pouvait en rien affecter le résultat de l'expérience, ni dans un sens ni dans l'autre. Votre sentiment de culpabilité refoulé m'a lancée sur une fausse piste. Quand j'ai senti sa présence, j'ai pensé que c'était peut-être la raison pour laquelle cette porte était restée ouverte. Mais vous n'êtes pas l'épicentre. Il s'agit de quelqu'un d'autre.

– L'épicentre ? répéta Joanne sans comprendre.

– La cible, si vous préférez. Tim Hanson a ouvert cette porte et a été englouti. Physiquement englouti. Mais Tim n'était pas un homme particulièrement mauvais. Impulsif, oui. Violemment, même. Mais pas mauvais. Or, la chose se nourrit du mal, attire le mal à elle, s'en fortifie. Aussi est-elle demeurée insatisfaite. Elle avait besoin de quelque chose de plus ténébreux que tout ce que Tim pouvait recéler dans ses zones d'ombre.

Tout en parlant, Katherine traversa la pièce pour s'arrêter devant Joanne. L'angoisse et le chaos se lisaient dans les grands yeux de celle-ci. Quoi qu'il fût arrivé, la petite vie normale qu'elle s'était créée était désormais irrévocablement bouleversée. *Détruite ?* De tout son cœur, Katherine espérait que non.

– La chose, poursuivit-elle, s'est contentée pour un temps de Babs et Dougie. Elle a joué avec leur esprit. Altéré leur psyché. Elle a peut-être même pressenti en Dougie une matrice potentielle. Il était assez jeune pour être malléable. Mais son esprit était déjà trop... charpenté. Il fallait pourtant que l'épicentre se déplace pendant quelque temps vers lui. C'est pourquoi les Greeley ont commencé à recevoir des Catalogues.

» Néanmoins, ce n'était encore là que de la broutille. L'abomination a tué Paul Sanderson et s'est repue de son sang qui a inondé les pages du Catalogue. Mais la mort était une solution par trop définitive. Une fois son sujet d'élection décédé, il n'était plus possible au mal de lui infliger d'autres tortures. La chose est un peu comme une araignée. Elle n'aime pas tuer tout de suite ses victimes. Elle préfère la nourriture *vivante*.

» Elle s'est essayée sur votre sœur. Elle a ravagé son cerveau, tuant tout ce qui *était* Nancy et ne laissant d'elle qu'une carapace vide.

» Je crois, monsieur Greeley, continua Katherine

sans se retourner, je crois que votre fils, vous le constaterez, n'est pas aussi gravement atteint que Nancy McAllister. Certains éléments de sa personnalité continuent d'être vivants dans son cerveau saccagé. Mais pas assez pour qu'il s'en sorte. Pas assez pour qu'il recouvre pleinement conscience. Assez, seulement, pour qu'il souffre aussi longtemps que son organisme survivra. J'ai sérieusement pensé à le débrancher, monsieur Greeley. Quoi qu'il ait pu faire, je doute fort qu'il mérite les tortures qu'il subit. Personne ne mérite d'être damné.

Katherine ferma les yeux. L'épicentre était plus proche, maintenant. De plus en plus circonscrit. *Si seulement c'était quelque chose d'autre ! Quelqu'un d'autre.*

– Aucun d'entre eux n'était la cible dont la chose était en quête. Aucun ne présentait les conditions requises, la perversité voulue. Aucun ne l'incitait particulièrement à demeurer autour de cette maison. (Elle ouvrit les yeux et scruta tous les visages tendus vers elle, les uns après les autres.) Docteur Abramson, monsieur Willis, monsieur Vandenberg, je pense que vous pouvez disposer. Ticky et Ed Wheeler aussi. Le contact que Ticky a eu dans le temps avec le monde occulte a pour effet de créer une confusion dans mon esprit, et je ne peux pas me permettre de relâcher ma concentration. Pas maintenant. Peut-être pourriez-vous, messieurs, aider Ticky à ramener Ed chez eux ?

– Hé là, doucement ! Minute, ma petite dame ! (C'était Willis. Son visage était luisant de sueur et ses yeux brillaient intensément.) Qu'est-ce que vous croyez ? Qu'on va se carapater peinards, après ce qu'on a vu ? Qu'on va se tirer d'ici vite fait comme si de rien n'était ?

– Je ne m'attends nullement à vous voir vous comporter comme si rien ne s'était passé, lui répondit Katherine. Je pense au contraire que vous en garderez le souvenir toute votre vie. Mais je compte aussi que vous allez vous en aller. Tous les cinq.

Elle toisait Willis. Elle était presque aussi grande que lui bien qu'il fût près de deux fois plus gros.

Vandenberg posa une main sur le bras de son amant.

– Vaudrait peut-être mieux qu'on fasse comme elle dit.

C'étaient les premiers mots qu'il prononçait depuis son arrivée, mis à part les salutations d'usage. Sa voix ténue et haut perchée contrastait étrangement avec la basse profonde et grave de Willis.

Celui-ci, la mine renfrognée, pressa la main de Vandenberg pour le rasséréner.

– C'est bon. D'accord. Mais on n'ira pas plus loin que la maison à Wheeler, vu ? Et que quelqu'un nous donne signe de vie dans la soirée, parce que si on n'a pas de nouvelles d'ici minuit, on prévient les flics.

Katherine acquiesça.

– C'est une condition tout à fait acceptable. Merci.

Le silence retomba tandis que les deux ambulanciers, soutenant Ed Wheeler, se dirigeaient vers la porte de derrière.

L'accalmie entre deux tempêtes, se dit Katherine. Elle aurait voulu que cette accalmie dure longtemps mais les minutes s'égrenaient à toute vitesse.

Prenant le relais d'Angela, Abramson s'efforça de réconforter Ticky Wheeler. Les membres raides comme du bois, elle avançait machinalement, à la manière d'un robot.

– Et nous ? demanda Angela après le départ des autres.

Elle était toujours assise sur la chaise voisine de

celle qu'avait occupée Ticky. Ses yeux étaient deux flaques lumineuses au milieu de son mascara qui avait coulé et dont elle était barbouillée.

– Vous, vous ne bougez pas.

Le ton de Katherine ne laissait aucune équivoque : c'était un ordre, pas une requête. Rod et Doug rejoignirent Angela. *Ils cherchent leur force dans le bloc familial,* songea Katherine avec un sourire approbateur.

Elle s'abstint de leur préciser que le contact qu'ils avaient eu avec le Catalogue n'avait rien à voir avec la raison pour laquelle elle voulait qu'ils restent. Si elle désirait leur présence, à eux et à Josh Witlaw, c'était parce qu'ils étaient tous les trois grands et forts. Si ce qu'elle pressentait s'avérait, elle pourrait avoir besoin d'hommes grands et forts.

Le ronflement des moteurs autour de la maison s'éloigna. Les autres s'en allaient. Déjà, depuis le départ de Ticky, la concentration de Katherine s'aiguisait. Elle ne serait peut-être jamais plus proche de la confirmation définitive du bien-fondé de ses soupçons. La seule arme dont elle disposait pour parvenir à la vérité était sa propre résistance ; et celle-ci ne pourrait plus tenir encore très longtemps.

Elle lisait mille questions dans les grands yeux de Joanne. Son regard se posa sur Sam. Dans ses yeux à lui, Katherine discernait la souffrance. Quelque chose de tumultueux y faisait rage. Quelque chose qui voulait fuir.

Quelque chose qui craint d'être découvert, se dit-elle.

Le moment était venu. Katherine refoula ce qui ressemblait à un sanglot.

– Le seul moyen de nous libérer de cette influence est de faire une offrande propitiatoire à la chose, commença-t-elle. Je propose de lui donner ce qu'elle est venue chercher.

Mais j'aurai besoin d'aide. D'une aide très particulière. L'image de l'agneau sacrificiel revint à son esprit.

Ses yeux étaient fixés sur Sam. Il tenta de se détourner mais elle l'obligea à soutenir son regard, le retenant comme par une attraction physique. Une lueur blanche semblait jaillir de ses pupilles. Seul Sam pouvait voir ce pont jeté entre eux. Il battit des paupières. Les muscles de son visage se crispèrent. Son esprit tournait à plein régime. Et ce n'était pas entièrement son esprit. Ce ne l'était plus.

Ce trait de lumière dardé comme une lance pénétrait jusqu'à son âme.

– Sam, dit doucement Katherine, parlez-nous de vos parents. Que leur est-il arrivé ?

– Ils se sont sauvés. (Joanne se tourna vers son mari. Ce n'était pas sa chaude voix d'alto, mais une voix grêle. Enfantine. Des larmes coulaient sur ses joues. Joanne eut l'impression que son cœur allait se briser.) Ils se sont sauvés. Quand j'avais dix-sept ans. Un jour, en rentrant, je ne les ai plus trouvés à la maison.

– Avez-vous essayé de les retrouver ? Vous étiez mineur. Vous n'avez pas pu rester seul.

– Un voisin m'a recueilli. Je n'avais plus que cinq mois à attendre pour avoir dix-huit ans, être indépendant. (Joanne s'apprêtait à poser la main sur son bras mais quelque chose l'empêcha d'aller au bout de son geste. *Oh ! Sam ! Oh ! mon pauvre Sam, mon Sam chéri !*) La police a essayé de les retrouver. Ils avaient disparu. Je n'ai plus jamais eu de nouvelles d'eux.

– Les morts ne parlent pas, dit Katherine. (Son regard dévorait littéralement Sam. Il sentait sa peau se soulever. Il sentait se dissoudre ses muscles et ses os.

Jusqu'à ce qu'il ne demeure plus que son âme. L'âme noire, l'âme secrète et cachée qu'il ne voulait pas révéler.) Les morts ne parlent pas, n'est-ce pas, Sam ?

– Sam ignore si ses parents sont morts, intervint Joanne.

Katherine trouva profondément touchante cette attitude de défi, cette volonté de protéger son mari. *Tant d'amour ! Tant de tendresse !* Joanne pressentait qu'un danger menaçait son mari, un danger inexplicable, et instinctivement elle volait à son secours.

– Il a souvent dit qu'il souhaitait qu'ils le soient. Ou qu'il sache qu'ils l'étaient. Alors, il aurait été délivré de la rage qui l'habite. S'il avait su qu'ils étaient morts, elle aurait battu en retraite.

Le regard de Katherine était toujours rivé à celui de Sam.

– Ce n'est pas tout à fait vrai, n'est-ce pas, Sam ? (Elle avait le plus grand mal à conserver un ton égal et posé.) C'est ce que vous dites aux autres. Et c'est même ce que vous vous dites à vous-même. Mais ce n'est pas l'entière vérité. N'est-ce pas ? Ce n'est pas la noire et secrète vérité.

Mon Dieu, si seulement je pouvais me tromper ! Mais non. Pas cette fois. Pardonnez-moi, Joanne. Pardonnez-moi, Sam.

Dennison secoua la tête. Il parvint enfin à détacher son regard de celui de Katherine. Il avait les poings crispés. On voyait battre les veines sur ses tempes.

– Qu'est-ce... que... vous... essayez... de... dire ?

Katherine fit un pas en direction de la porte de la cuisine. Le tour que prenaient les choses était conforme à ses prévisions. Il fallait qu'elle fasse attention, maintenant. Très attention. Le couvercle de la marmite n'allait pas tarder à sauter. Mais il était impératif que cela se produise quand ce serait elle, pas

Sam, qui jugerait le moment venu. Tout son corps était tendu à craquer.

– Si nous allions jeter un coup d'œil dans la cave, Sam ? (C'était la clé de tout. La cave. L'espace enténébré sous la demeure. L'odeur de renfermé. C'étaient des éléments du tout.) Vous ne verriez pas d'inconvénient à descendre, n'est-ce pas ? Pas avec nous tous pour vous accompagner ?

Sam frémit comme la corde d'un arc tendu qu'on fait vibrer. *Est-ce la peur ? La rage ?* Katherine ne pouvait se prononcer. Joanne, quant à elle, était dans l'incapacité de s'en faire la moindre idée. Les autres, immobiles et muets, étaient comme hypnotisés. Ils avaient perdu pied.

Katherine revint sur ses pas et posa la main sur le bras de Sam. Son biceps avait la dureté du roc. Elle lança un rapide coup d'œil en direction des autres hommes. Sam était d'une force herculéenne face à quelqu'un comme Katherine. Peut-être aurait-elle encore besoin de Rod, de Doug ou de Josh. Ou de tous les trois ensemble.

– Alors, qu'en dites-vous, Sam ? Juste un petit coup d'œil en bas, d'accord ?

Joanne la saisit à bras-le-corps pour la faire pivoter, et si elle n'avait pas bandé ses muscles pour résister, Katherine aurait effectué un tour complet sur elle-même.

– Qu'est-ce que vous racontez ? (C'était presque un glapissement qui sortait de la bouche de Joanne, dont Katherine avait du mal à soutenir le regard.) Il n'y a rien dans la cave. Sam n'y a jamais mis les pieds.

Brusquement, Joanne comprit ce que ces derniers mots avaient de bizarre et, d'un seul coup, sa pensée prit forme, se cristallisa.

Voilà trois mois que nous habitons cette maison et il

n'est pas descendu à la cave une seule fois. Il a même fait venir quelqu'un pour brancher les enceintes de la stéréo en faisant circuler les fils électriques sous le plancher. Il n'y avait pourtant que quelques trous à faire à la perceuse pour y glisser les câbles. C'était un travail qu'il aurait certainement pu effectuer lui-même. Même moi, j'en aurais été capable.

Il avait refusé de descendre à la cave.

Mais il a toujours eu horreur des caves. Il souffre de... claustrophobie ou quelque chose comme ça, voilà tout.

L'effroi grandissant qui s'emparait de Joanne lui dicta la conduite à tenir : il fallait qu'elle nie. Quoi que Katherine Goodbridge pût penser... quoi que ce fût, c'était faux. Forcément faux.

Il est claustrophobe. Il ne peut pas s'agir d'autre chose !

– Ce n'est pas cette cave en particulier, ce sont les caves en général, dit Katherine. Les caves et ce qu'elles représentent pour lui. (Elle s'écarta de Joanne et fit de nouveau face à Sam.) Eh bien, qu'en pensez-vous, Sam ? Rien qu'un petit coup d'œil rapide.

Sa voix était douce. Sam n'avait plus que de la haine pour elle. Une haine brutale, une haine totale qui occultait le reste du monde.

– D'accord. Mais je ne sais pas de quoi vous parlez.

Joanne prit son mari par le bras. Comme ç'avait été précédemment le cas pour Katherine, elle fut surprise par la tension qui crispait les muscles de Sam. Une tension jusqu'alors inconnue. Ils ouvrirent la marche en direction de la porte de la cave. Les autres leur emboîtèrent le pas à l'exception de Marsdon, toujours assis au milieu de la salle à manger, les genoux ramenés sous le menton, qui oscillait légèrement d'avant en arrière.

Sam fit jouer les verrous de cuivre et ouvrit la porte.

Une bouffée d'air glacé chargé de relents de moisi enveloppa le petit groupe. Dennison s'immobilisa. Son hésitation dura plusieurs minutes. Enfin, il se décida à allumer et descendit les premières marches.

Rod Greeley s'arrêta net en haut de l'escalier.

– Si la flamme bleue...

– Elle ne venait pas d'en dessous, sergent, lui assura Katherine. Faites-moi confiance. Tant que vous ferez exactement ce que je vous dirai de faire, tout ira bien. Pour la plupart d'entre nous.

Rod suivit Sam et Joanne, et les autres s'ébranlèrent derrière lui. C'était une étrange procession qui s'enfonçait dans les entrailles obscures de la maison. Les murs étaient en pierre. Des toiles d'araignées pendaient de la voûte. Au centre de la cave, deux vénérables troncs d'arbres supportaient le poids de toute la maison.

La vieille et énorme chaudière logée dans une niche latérale évoquait quelque divinité tribale accroupie. Si elle conservait son aspect originel, elle avait été, en fait, transformée en un appareil moderne. Il en sortait des tuyaux contournés qui aboutissaient aux cinq zones de chauffage du manoir Wembledge. Ils disparaissaient dans le dédale de fils électriques et de toiles d'araignées qui garnissaient le plafond. Devant la grille de fonte du foyer béait un trou profond de forme carrée : l'ancienne fosse à charbon.

On y trouvait le fouillis habituel des caves de toutes les maisons : pots de peinture desséchée, deux échelles dont l'une avait perdu quelques barreaux, vieux chiffons, vestiges d'un fauteuil de jardin démantibulé qui, sous la bâche déchirée qui le recouvrait, faisait penser à la carcasse pourrissante de quelque monstre préhistorique. Le sol rugueux était incrusté de crasse.

Tous se serraient les uns contre les autres en un

groupe compact. Ils étaient visiblement mal à l'aise dans ce souterrain mais aucun ne l'était autant que Sam Dennison. Les muscles de son bras, sous celui de Joanne, étaient comme tétanisés et ses mains étaient agitées de tremblements. La sueur perlait à son front, ruisselait sur ses joues. Une gouttelette scintillante, défiant les lois de la pesanteur, restait en équilibre à la pointe de son menton.

Il tournait inlassablement la tête d'un côté et de l'autre. Ses yeux fouillaient les coins d'ombre. Les veines battaient sous la peau fine de ses tempes.

Katherine se détacha du groupe pour se placer sous la salle à manger. Là où elle se trouvait maintenant, elle devait avoir l'« étoile de mer » charbonneuse juste au-dessus de la tête, mais on n'en voyait aucune trace d'ici. Les lames du parquet grincèrent faiblement. Philip Marsdon changeait de position.

– Parlez-nous des caves, Sam, dit-elle.

– Non, répondit l'interpellé avec emportement.

Il n'avait jamais autant ressemblé à un enfant aux yeux de Joanne. Elle avait envie de pleurer. Elle avait l'impression que le monde s'écroulait autour d'elle.

– Ce sont des endroits déplaisants, n'est-il pas vrai, Sam ? (Katherine se surveillait pour continuer de parler posément. Mais elle surveillait aussi Dennison.) Ce sont des endroits qui empestent horriblement. Votre père et votre mère vous enfermaient à la cave, n'est-ce pas ? Quand vous étiez méchant ?

Sam secoua la tête de gauche à droite.

– Non. Non.

– Et vous ne compreniez pas ce que vous aviez fait de mal.

Katherine l'observait attentivement. La moindre ébauche de geste, le tic le plus imperceptible étaient pour elle autant de signaux d'alarme tonitruants.

Il est en train de changer. L'effet a été encore plus fort que je ne l'avais pensé. Quels affreux salauds ! Faire ça à un enfant ! Le détruire de cette façon ! Ils ont mérité ce qui leur est arrivé.

– Vous n'avez jamais compris ce que vous faisiez de mal, répéta-t-elle. Vous essayiez d'être un bon garçon. De toutes vos forces !

La voix de Katherine prenait des accents enfantins. Elle s'adressait à une partie bloquée du cerveau de Sam Dennison. Verrouillée depuis trente ans. Barricadée. Réduite à presque rien. Le véritable Sam Dennison. Celui que ses parents avaient cherché à détruire.

– Quel âge aviez-vous la première fois, Sam ? La première fois qu'ils vous ont séquestré dans ce caveau ? Quatre ans ? Enfermé tout seul dans ce boyau obscur et fétide. Avec les cafards. Les araignées. Et autre chose encore. (Chacun des mouvements de Sam était pour elle un message en clair. Elle tendait son esprit, le projetait vers lui. Autour de Dennison, l'air frémissait. Elle le sentait qui tourbillonnait tumultueusement. Qui changeait. Qu'est-ce que c'était ? Qu'y avait-il d'autre dans le caveau ?

– Danny le Mort. (Ce n'était plus du tout la voix de Sam Dennison mais celle, larmoyante, d'un petit garçon. D'un enfant cruellement, impitoyablement battu. Intolérablement torturé. D'un enfant qui s'était replié, claquemuré en lui-même par la force des choses. Qui s'était retiré, cédant la place à un autre.) Ils disaient que Danny le Mort était dans la cave. Qu'un jour ou l'autre, il m'attraperait. Un jour où ils m'auraient mis au cachot. Danny le Mort m'attraperait, c'est ce qu'ils disaient.

On aurait cru que la maison respirait. Très doucement. L'eau s'égouttait le long des murs comme de la sueur. L'air était humide. Nauséabond. Katherine sentait son chemisier coller à son dos. Sa transpiration était glacée sur sa peau.

Nous y sommes, se dit-elle. *Il faut que je l'éradique, à présent. C'est maintenant ou jamais. Sinon, cela n'aura pas lieu et tout sera perdu.* L'image de l'agneau du sacrifice lui vint une fois de plus à l'esprit. *Je te demande pardon, Sam.*

Mais ce n'était plus Sam.

Joanne s'écarta de l'homme dont elle tenait le bras, l'horreur peinte sur ses traits. La voix de Katherine s'éleva, venant de l'autre côté de la cave. De l'autre côté de la galaxie.

– Mais Danny le Mort ne vous a pas attrapé, n'est-ce pas, Sam ?

– Non.

Ce n'était plus la voix enfantine mais un croassement. Joanne leva les yeux vers le visage de celui qu'elle avait épousé. C'était une tête de mort aux orbites comme de sombres cratères. Ses lèvres retroussées en une hideuse caricature de sourire découvraient ses dents chevalines. Une terrifiante lueur brillait dans ses yeux cadavériques.

– S... Sam ?

– Non. (L'effrayant regard aveugle se tourna vers Joanne.) Danny le Mort. Danny le Mort. Danny le Mort est mon nom.

Un froissement de feuilles mortes dans un cimetière. Un chant psalmodié. Une comptine méconnaissable.

– Voici l'abomination qui a fondu sur vos vies, dit Katherine. L'abomination qui est l'œuvre des parents de Sam Dennison.

La chose qui n'était plus Sam Dennison fit un pas dans sa direction. Les grosses mains qui pendaient au bout de ses bras étaient des pattes griffues qui ne ressemblaient plus à des mains humaines. Elles se portèrent vers la gorge de Katherine. Leurs doigts crochus étaient des serres.

Ces mains-là éveillaient un écho dans la mémoire de Joanne. Elle en avait déjà eu un lointain aperçu, plusieurs années auparavant. Les nuits où Sam se réveillait en hurlant.

Elles se rapprochaient de la gorge de Katherine qui ne reculait pas.

– Sam ! (De quelle angoisse était chargé le cri de Joanne qui retentissait dans l'air alourdi d'effluves croupis !) Non, Sam !

– Ce n'est pas Sam, dit Katherine Goodbridge. Que personne ne bouge. Si vous faites un mouvement, je ne pourrai plus garantir votre sécurité.

Les mains avides se refermèrent autour de sa gorge. Elles commencèrent à la serrer. Lentement. Très lentement. La jeune femme n'offrait aucune résistance. Plus la pression s'accentuait, plus il lui fallait faire d'efforts pour conserver sa passivité, pour se contraindre à garder ses propres mains immobiles, à ne rien faire pour résister à l'impulsion d'arracher celles qui l'étranglaient. Son regard demeurait braqué sur la chose qui s'appelait elle-même Danny le Mort. *Et voilà*, songeait-elle. *C'est ce que tu voulais. Et maintenant, que comptes-tu faire ?*

– Sam, dit-elle.

– Danny le Mort. Danny le Mort. Danny le Mort est mon nom.

La tête du squelette se balançait de gauche à droite. Les mains accentuaient leur étreinte. L'ignoble sourire de la créature s'élargissait. Elle savourait cet instant.

– Sam, répéta Katherine. (Ses mains ne lui obéissaient plus. Elles happèrent les poignets de la créature mais les forces de Katherine étaient bien peu de chose en face de celles de l'autre.) Sam... Il faut que vous veniez à mon aide, maintenant, Sam. Vous *devez* m'aider, Sam.

– Danny le Mort, Danny le Mort.

– *Sam !* Ecoutez-moi, Sam. Votre femme attend un bébé, Sam. Votre femme. Joanne. Pensez à Joanne, Sam. Pensez à l'amour qu'elle vous donne.

Katherine toussa. Les mots passaient difficilement à cause de l'étau qui lui comprimait le larynx. Mais il fallait qu'elle continue. C'était le seul espoir de gagner la bataille.

– Danny le Mort. Danny le Mort. Danny le Mort est mon nom, mon nom.

L'agneau du sacrifice. Mais qui n'est pas innocent. Pas cette fois. Ce n'est pas d'un innocent qu'il s'agit ici.

– Sam... Pensez à Joanne. Pensez à Joanne, Sam.

Les mains qui enserraient le cou de Katherine relâchèrent leur étreinte. Elle sentait le sang battre dans son crâne. Sa gorge était en feu.

Lentement, la créature tourna la tête et ses yeux morts se fixèrent sur Joanne qui émit un petit cri aigu. Terrible. Un cri d'impuissance et de désespoir. Rod Greeley avança derrière elle et la prit dans ses bras. Elle se retourna et, enfouissant son visage contre la poitrine du garçon, elle éclata en sanglots.

– Réfléchissez, Sam. (Katherine avait l'impression que le monde se dissolvait. Des ténèbres sanguinolentes l'assiégeaient.) Réfléchissez, *je vous en supplie,* réfléchissez !

L'effort qu'elle faisait mobilisait toutes les ressources de sa volonté. Elle s'astreignait à projeter sa pensée qui remontait le long des bras ravinés de Danny le Mort. Elle pilonnait les murs à l'intérieur desquels était prisonnier cet esprit, les murs qui retenaient captif le Sam Dennison âgé de huit ans. Ce qui restait de lui.

– Aidez-moi, Sam. Vous seul pouvez m'aider.

La pression qui lui comprimait la gorge prit fin. Les mains se dénouèrent. Les yeux morts s'agrandirent. Leur regard la traversa, se fixant sur les fissures qui, derrière elle, craquelaient le sol de la cave.

Katherine gardait les yeux rivés aux siens. C'était seulement dans ce regard qu'elle pouvait déchiffrer le déroulement des événements en train de se produire. Pour les autres, ils étaient simplement face à face, tous les deux. Joanne voulut s'élancer vers eux. Rod l'en empêcha. Son étreinte était ferme. Tendre mais irrésistible.

Le visage de Danny le Mort était soudain devenu – mais uniquement pour Katherine – un champ de bataille.

– Oui, Sam. Vous savez ce qu'il faut faire. *Vous le savez.*

La dalle de ciment ondulait sous ses pieds. De gros blocs déchiquetés commencèrent à se soulever pour basculer ensuite. De la boue suintait des crevasses. Une boue visqueuse. Comme de l'eau jaillissant du sous-sol. Puis deux silhouettes émergèrent de cette boue. Les silhouettes de ce qui jadis avait été un homme et une femme ; ils n'avaient désormais plus grand-chose d'humain, disloqués et estropiés comme ils l'étaient.

Quelque chose d'immense et de lourd les avait écrasés. Broyés. Et broyés encore. Leur bouche était béante : ils avaient la mâchoire fracassée. Leurs orbites vides étaient remplies de vase.

Katherine sentait leur présence derrière elle. Avec la créature, elle était seule à les voir. Elle ne voulait pas regarder. Une peur mortelle s'était emparée d'elle. Elle ne quittait pas des yeux le visage de l'homme qui avait été Sam Dennison. Tout cela se passait dans son esprit. Mais dans celui de Katherine également. Elle l'avait forcé à pénétrer dans sa réalité à elle. A présent, les rôles étaient inversés : c'était lui qui l'obligeait à entrer dans sa réalité à lui.

Elle pouvait toujours voir Rod Greeley qui tentait de réconforter Joanne. Elle pouvait toujours voir l'expression torturée qu'affichait Josh Witlaw qui luttait contre lui-même. Son seul désir était de la rejoindre mais elle leur avait interdit de bouger, et il se soumettait à son injonction.

Les cadavres s'avancèrent. Leurs pieds raclaient le sol. De la boue ruisselait des plis de leurs vêtements. Une odeur de chair putréfiée parvenait aux narines de Katherine.

– C'est l'œuvre de Danny le Mort, n'est-ce pas, Sam ? (Le visage grimaçant se tourna vers elle. Son regard était horrible. Tout à la fois terrifiant et terrifié.) C'est pourquoi vos parents ont disparu. Parce que Danny le Mort les a tués. Ils essayaient de l'utiliser pour vous faire peur, Sam. Mais Sam a capitulé devant Danny le Mort... devant l'abominable, une atrocité qui n'avait rien à voir avec votre petit camarade Danny. Si noire que seul l'esprit d'un enfant terrorisé pouvait ne serait-ce que commencer à l'appréhender. Et Danny le Mort vous a délivré, Sam. Il a fallu des années. Danny devait être le maître absolu. Il devait *devenir* Sam Dennison. Mais, finalement, il vous a libéré.

– Avec la masse. (Les mains crochues de Danny le Mort mimaient les gestes, le va-et-vient de l'instrument mortel. Imperturbables, les morts continuaient d'avancer.) A coups de masse. Il les a tués. Et il a défoncé le sol avec la masse. Il les a mis en dessous.

Dans le boyau souterrain. Sous le sol. Il a versé de l'eau par terre. Personne n'a su. Personne n'a su.

– Oui, fit Katherine. Il les a tués. Il les a enterrés. Il a bouché la fosse avec du ciment frais et, lorsqu'il a été sec, il a arrosé le sol. Ce n'est qu'alors qu'il vous a laissé avertir la police de la disparition de vos parents.

Le raclement de pieds retentissait maintenant juste derrière Katherine. Elle n'avait pas besoin de se retourner : l'expression de Sam Dennison lui disait éloquemment ce qu'il était nécessaire qu'elle sache.

Quelque chose bougea à la limite de son champ de vision. Quelque chose d'immonde, quelque chose de pourrissant qui était derrière son dos et qui avançait. Vers Danny le Mort. Elle ferma les yeux. Des lambeaux de vêtements pourris la frôlèrent. Danny le Mort geignait.

– Non ! Non ! Partez ! Allez-vous-en !

Katherine gardait les yeux hermétiquement clos. Elle entendait les pas mal assurés de Danny le Mort qui reculait devant les bras des parents de Sam qui se tendaient vers lui.

Brusquement, un vent se leva. Brûlant et sec. Chargé de cris, les mêmes cris que ceux qui emplissaient la flamme bleue. La pierre sur laquelle Katherine se tenait se souleva brutalement, la catapultant en avant. Josh Witlaw la vit trébucher et se précipita pour la recevoir dans ses bras, auxquels elle se cramponna.

Alors, elle se retourna et vit les spectres. Ils étaient tout près de Danny qui reculait toujours. Jusqu'au moment où son dos rencontra la chaudière. Il se plaqua contre elle. La tête de mort qui lui servait de visage dodelinait de gauche à droite.

– Non. Non. Non.

Ces protestations ne les arrêtèrent pas. Leurs bras décomposés se refermèrent sur Danny, l'entraînèrent jusqu'à l'excavation dans le sol. Au fond, des bulles se formaient, la terre était saturée d'eau. Limoneuse. Seuls Danny le Mort et Katherine pouvaient voir la vase y bouillonner.

Les pieds de Danny commençaient à s'enfoncer dans le bourbier. Tout d'abord, il n'eut pas de réaction. Il inclina la tête. Ses yeux morts balayèrent la vase où éclataient les bulles comme si cette vue le fascinait. Le frappait de stupeur. Puis la vase atteignit ses genoux, montant de plus en plus vite. Son rictus s'élargit. Il se mit à crier.

Mais le temps manquait pour crier. Le limon les engloutissait trop rapidement tous les trois, les deux spectres et Danny. Elle arrivait déjà à la hauteur de son menton. Montait toujours. Noya ses grandes dents jaunâtres. Le cri se mua en un borborygme étranglé. Et ce fut le silence.

Joanne, à droite de Katherine, hurla. Elle s'arracha à l'étreinte de Rod et se rua vers son mari. Il gisait, sain et sauf, sur la surface intacte du sol de la cave.

Il avait retrouvé son visage. Les mains qui se tendaient pour agripper les épaules de Joanne étaient celles de Sam Dennison. Une angoisse atroce se lisait dans ses grands yeux bleus. Les grosses veines qui saillaient sur son front palpitaient.

Joanne posa la tête de son mari sur ses genoux. Elle lui tapota le visage. *Son* visage. Son visage à lui. Ce visage qui avait recouvré sa douceur enfantine. Il était glacé. Ses yeux allaient à la dérive. Ils n'accommodaient plus. Il était moite de sueur. Ses mains lâchaient prise. La droite, accrochée à l'épaule de sa femme, retomba. La gauche, dans un ultime effort, caressa la joue de Joanne. La veine de sa tempe ne battait plus. Ses yeux se voilèrent.

– Je t'aime, dit Sam Dennison.

Et il mourut.

ÉPILOGUE

Quand Joanne Dennison revint à Fairharbour, elle portait un bébé, une petite fille, dans ses bras ; et un grand vide s'était creusé à la place de son cœur.

Son absence avait duré un an. Cédant aux instances de sa mère, elle l'avait rejointe en Europe. Elles avaient fait du tourisme ensemble. La beauté des paysages et la réconfortante compagnie maternelle étaient parvenues à chasser très loin d'elle les cauchemars.

Puis vint le moment de l'accouchement. Joanne s'envola pour New York. La petite Samantha Dennison vit le jour dans la chambre même où sa mère avait poussé son premier vagissement.

Sheila McAllister conduisit sa fille dans le Connecticut. Il était indispensable pour Joanne de revoir une dernière fois le manoir Wembledge avant la vente. La tête collée à la vitre de la portière, elle regardait défiler les collines verdoyantes.

J'ai encore raté le printemps. Raté l'apparition des premiers bourgeons sur les branches nues des arbres dépouillés par l'hiver. Ses yeux commencèrent à se mouiller quand elle se rappela avec quelle ardeur elle avait désiré être partie prenante de ce renouveau. Quand la Buick s'engagea dans l'allée du 1717, Wolf Pit

Road, tous les anciens souvenirs remontèrent brutalement à sa mémoire.

Serrant la petite Samantha contre elle, elle se mit à pleurer. Sa mère descendit de voiture et continua à pied. L'expérience lui avait appris que le mieux était d'attendre que l'orage prenne fin de lui-même. Pour l'heure, il était préférable de laisser Joanne seule avec sa fille. Quand le calme serait revenu, Sheila serait là, disponible pour sa fille et sa petite-fille.

Le paysage qu'elle découvrait était une splendeur. *Quel dommage que Joanne ne puisse pas garder cette maison.*

Elle balaya du regard les murs blancs du manoir Wembledge. C'était la première fois qu'elle le voyait autrement qu'en photographie. *Cette maison m'a coûté deux de mes filles.* Sheila McAllister chassa de son esprit l'image de Nancy. Il serait temps plus tard, quand Joanne n'aurait plus besoin d'elle, de pleurer les morts. Pour l'heure, c'étaient les vivants qui réclamaient sa sollicitude.

Quelle paix ! Il était impossible d'établir un rapport entre ce paysage serein et le terrible récit que Joanne était finalement parvenue à lui faire. Quelle paix ! Exactement l'atmosphère qu'elle aurait conseillée à sa fille, en d'autres circonstances.

Un mouvement sur la route accrocha le regard de Sheila. Deux femmes venaient en direction de la propriété Dennison. L'une était grande et brune, l'autre, petite et dodue, s'aidait d'une canne pour marcher.

Sheila les identifia grâce aux descriptions de Joanne : c'étaient Katherine Goodbridge et Babs Greeley. La tête blonde de la plus âgée faisait un angle singulier. Katherine Goodbridge s'était coupé les cheveux depuis la dernière fois que Joanne l'avait vue. Ils ne lui arrivaient plus qu'à la hauteur des reins, à présent, mais sa chevelure faisait pourtant toujours penser à une cape flottant derrière elle, ondulant au moindre souffle.

Katherine tendit une main blanche à Sheila.

– Vous êtes certainement madame McAllister.

– Oui. Katherine Goodbridge, je présume ? Et madame Greeley ?

– Babs, dit Babs. Je vous suis infiniment reconnaissante de nous avoir écrit, Sheila.

Elle bredouillait comme si elle avait bu mais son haleine ne sentait pas l'alcool. Le coup qu'elle avait reçu à la tête avait endommagé le centre du langage ; réapprendre à parler lui avait demandé six mois.

– Comment va-t-*elle* ? s'enquit Katherine.

Elle avait fait de fréquents séjours au manoir Wembledge en l'absence de Joanne. La demeure était une mine de recherches mais ne lui avait rien révélé de précieux quant à la nature précise des forces du mal que Timothy Hanson avait libérées entre ses murs. Toute trace des Catalogues s'était évanouie avec la flamme bleue qui avait caressé Philip Marsdon. Ils avaient cessé d'arriver au courrier. L'abomination avait accepté l'agneau sacrificiel que lui avait présenté Katherine. La porte s'était refermée.

– Elle... se remet, répondit Sheila. C'est loin d'être oublié mais elle se remet.

C'était vrai, pour l'instant du moins.

La portière avant droite de la Buick s'ouvrit et Joanne émergea dans la resplendissante lumière de l'été. Elle dévora des yeux la maison, le parc. Tout lui semblait trop *bienveillant*.

Des ramures au feuillage épais s'échappaient des chants d'oiseaux. Les bouquets d'odeurs dans l'air étaient merveilleux. Les deux femmes entourèrent Joanne. Babs s'extasia sur le bébé tandis que Katherine lui posait la main sur l'épaule. La jeune femme ressentit instantanément l'impression de fraîcheur et de paix qui l'avait envahie cette nuit-là, il y avait si longtemps à présent.

– Tout a l'air si normal.

Katherine l'étudia. Joanne paraissait en bonne santé. Ses yeux étaient encore hantés mais l'espérance se lisait dans leurs reflets bruns.

– Tout est normal, répliqua Katherine. La maison est claire et nette, je vous en donne ma parole. Vous pourriez y vivre si...

Le subit changement d'expression de Joanne la fit s'arrêter avant la fin de sa phrase.

– Et les autres ? l'interrompit cette dernière. Ils vont bien ?

Dans le chaos des événements qui avaient suivi cette fameuse soirée, elle n'avait plus eu de leurs nouvelles.

– Aussi bien qu'il était possible de l'espérer, dit Babs.

On ne lui avait fait qu'une relation succincte de ce qui s'était passé au manoir, son mari et son fils tenant à lui éviter le plus possible de se tourmenter, alors qu'elle était sur la voie de la convalescence. Babs avait estimé de son côté que ce qu'ils lui avaient raconté était plus que suffisant. Elle avait fermé son esprit, se refusant à en entendre davantage sur l'incident. Mais certaines de ses nuits étaient peuplées de noirs cauchemars.

– Ed Wheeler a eu un grave infarctus et il est mort cinq mois après, continua-t-elle. Ticky a changé au point que vous ne la reconnaîtriez pas. Elle a pris quinze kilos et a changé de coiffure. Si vous la voyiez ! C'est une métamorphose extraordinaire. Angela est rentrée à Los Angeles, naturellement. Et Roddy a rejoint son unité. Le Pr Goodbridge voit très souvent le Dr Witlaw.

Katherine inclina la tête et sourit.

– C'est humain, après tout. Mais c'est un garçon bien. Le genre d'homme avec qui vous pourriez nouer des relations d'amitié, Joanne.

– Si je restais à Fairharbour...

– Vous devriez. Ces gens sont vos amis. Et vous n'auriez pas besoin d'habiter ici. Il y a d'autres maisons. J'estime que l'amitié des personnes qui ont partagé cette expérience ne peut que vous être bénéfique. Elle vous rappellera que vous avez toujours votre équilibre mental.

Joanne se dirigea vers la boîte aux lettres. Katherine avait été absente pendant le week-end et il y avait beaucoup de courrier. Des journaux, des factures mais pas de Catalogue. Elle suivit de l'index les lettres blanches de l'inscription que Sam n'avait jamais terminée : PAS DE CATAL.

– Je me demande encore... enfin, ce qui lui est arrivé. Ce qui lui est réellement arrivé.

– Une force maléfique a réclamé que lui soit livrée une autre force maléfique. (Katherine feignit de ne pas voir Babs qui la foudroyait du regard.) Il faut que vous compreniez, Joanne, que l'homme que vous aimiez, l'homme qui était votre mari, n'a jamais été le vrai Sam Dennison. Sam Dennison est mort vers l'âge de huit ans. Parce que ses parents l'ont enfermé une fois de trop dans le cloaque qu'était la cave, sous leur maison.

» L'homme que vous aviez épousé se souvenait de ce que c'était qu'être Sam Dennison et, au fil des années, il était devenu une excellente approximation de ce que Sam Dennison aurait été, s'il avait vécu. Et cela en grande partie grâce à vous, grâce à l'amour sans réserve que vous lui portiez.

» Mais c'était, en réalité, la créature que nous avons vue cette nuit-là, dans la cave. Pour une part une projection de l'esprit de Sam, pour une part la psyché pervertie de ses parents amoureusement reconstituée. Nos parents nous dénaturent d'une manière ou d'une autre, qu'ils en aient ou non l'intention. Et les parents de Sam étaient décidés à faire du mal à leur fils. Le détruire devait être pour eux l'équivalent d'une œuvre d'art et c'est avec obstination qu'ils s'étaient voués à cette tâche.

» Et c'était en partie le mal. Le mal à l'état pur. (Katherine passa le bras autour des épaules de Joanne. Les muscles tendus de celle-ci se relâchèrent sous l'effet de la tendresse qui émanait de ce contact.) Le Sam que vous aimiez, le Sam qui vous aimait est mort en paix. Je peux vous le garantir même si c'est la seule chose que je sois en mesure de vous garantir. Dans les derniers instants de sa vie, il a compris la vérité et il a été libéré de la rage, de la colère refoulée qu'il portait en lui. La colère qui alimentait "Danny le Mort". Toute cette rage qui lui était étrangère parce que Danny le Mort avait anéanti ce qui en était l'objet. Mais Sam ne pouvait pas se permettre de le faire revenir à sa mémoire. Il a expulsé ce souvenir et cela a permis à la personnalité maléfique de prendre possession de lui. Maintenant, tout cela est fini. Terminé.

– Pas tout à fait. Avez-vous entendu parler de ce qui est arrivé à Philip Marsdon ?

Joanne, qui gardait les yeux fixés sur la route, se retourna pour faire face à Katherine.

– Non. Que s'est-il passé ? J'ai pensé que, quand il était reparti d'ici, il n'était plus le même homme.

– Il a été victime d'une agression. (C'était Sheila,

Katherine avait raison. Le bonheur irait grandissant. Avec sa fille, elle trouverait ailleurs une vie heureuse, une vie sans ténèbres ni terreurs vaines.

Elle comprenait ce que disait Katherine. C'était son héritage. L'héritage de sa fille. L'héritage que Sam leur avait légué.

Et qu'il avait payé de son âme.

Science-fiction

Depuis 1970, cette collection est leader du genre en France. Elle a publié la plupart des grands classiques (Asimov, Van Vogt, Clarke, Dick, Vance, Simak), mais elle a aussi révélé de nombreux jeunes auteurs qui seront les écrivains de premier plan de demain (Tim Powers, David Brin, Greg Bear, Kim Stanley Robinson, etc.). La S-F est reconnue aujourd'hui comme littérature à part entière, étudiée dans les écoles et les universités. Elle est véritablement la littérature de notre temps.

ANDERSON *Poul*	***La patrouille du temps*** 1409/**3★**
ASIMOV *Isaac*	***Les cavernes d'acier*** 404/**3★**
	Les robots 453/**3★**
	Face aux feux du soleil 468/**3★**
	Tyrann 484/**3★**
	Un défilé de robots 542/**3★**
	Cailloux dans le ciel 552/**3★**
	La voie martienne 870/**3★**
	Les robots de l'aube 1602/**3★** & 1603/**3★** Inédit
	Le voyage fantastique 1635/**3★**
	Les robots et l'empire 1996/**4★** & 1997/**4★** Inédit
	Espace vital 2055/**3★**
	Asimov parallèle 2277/**4★** Inédit
	Le robot qui rêvait 2388/**6★** Inédit
	La cité des robots 2573/**6★** Inédit
	La forêt de cristal 2652/**3★** (Septembre 89)
BALLARD *J.G.*	***Le monde englouti*** 2667/**3★** (Octobre 89)
	Salut l'Amérique ! 2704/**3★** (Décembre 89)
BEAR *Greg*	***La musique du sang*** 2355/**4★**
BELFIORE *Robert*	***La huitième vie du chat*** 2278/**3★** Inédit
BLISH *James*	***Semailles humaines*** 752/**2★**
BOGDANOFF *Igor & Grishka*	***La machine fantôme*** 1921/**3★**
BRIN *David*	***Marée stellaire*** 1981/**5★** Inédit
	Le facteur 2261/**5★** Inédit
	Elévation - 1 2552/**5★** & 2553/**5★** Inédit
CARROLL *Jonathan*	***Le pays du fou rire*** 2450/**4★** Inédit
CHERRYH *C.J.*	*Chanur :*
	-L'épopée de Chanur 2104/**3★**
	-La vengeance de Chanur 2289/**4★** Inédit
	-Le retour de Chanur 2609/**6★** Inédit
	L'œuf du coucou 2307/**3★** Inédit
CLARKE *Arthur C.*	***2001 l'odyssée de l'espace*** 349/**2★**
	2010 : odyssée deux 1721/**3★**
	Les enfants d'Icare 799/**3★**
	Rendez-vous avec Rama 1047/**3★**
	Les fontaines du paradis 1304/**3★**
	Base Venus 2668/**4★** (Octobre 89) Inédit

CURVAL Philippe	**Le ressac de l'espace** 595/**3★**
DICK Philip K.	**Loterie solaire** 547/**2★**
	Dr Bloodmoney 563/**3★**
	Le maître du Haut Château 567/**4★**
	Ubik 633/**3★**
	Le dieu venu du Centaure 1379/**3★**
	Blade runner 1768/**3★**
	Coulez mes larmes, dit le policier 2451/**3★**
DONALDSON Stephen R.	Thomas l'Incrédule :
	-Le réveil du titan ; 2306/**4★**
	-L'éternité rompue 2406/**6★** Inédit
DREW Wayland	**Miracle sur la 8e rue** 2343/**3★** Inédit
	Willow 2487/**3★**
FARMER Philip José	Le Fleuve de l'éternité :
	-Le monde du Fleuve 1575/**3★**
	-Le bateau fabuleux 1589/**4★**
	-Le noir dessein 2074/**6★**
	-Le labyrinthe magique 2088/**6★**
	-Les dieux du Fleuve 2536/**6★**
FOSTER Alan Dean	**Alien** 1115/**3★**
	AlienS 2105/**4★**
	Futur immédiat - Los Angeles, 1991 2505/**3★** Inédit
FRÉMION Yves	**Rêves de sable, châteaux de sang** 2054/**3★** Inédit
GALOUYE Daniel	**Simulacron 3** 778/**2★**
GIBSON William	**Neuromancien** 2325/**4★**
	Comte Zéro 2483/**4★**
GOLDMAN William	**Princess Bride** 2393/**4★**
HALDEMAN Joe	**La guerre éternelle** 1769/**3★**
HAMILTON Edmond	**Le retour aux étoiles** 490/**3★**
HEINLEIN Robert A.	**Une porte sur l'été** 510/**3★**
	Double étoile 589/**2★**
	Vendredi 1782/**4★**
	Job : une comédie de justice 2135/**5★** Inédit
	Au-delà du crépuscule 2591/**7★** Inédit
HERBERT Frank	**La ruche d'Hellstrom** 1139/**4★**
HOWARD Robert E.	**Conan le conquérant** 2468/**3★**
JETER K.W.	**Machines infernales** 2518/**4★** Inédit
JEURY Michel	**La croix et la lionne** 2035/**3★** Inédit
JONES Raymond F.	**Renaissance** 957/**4★** Inédit
KEYES Daniel	**Des fleurs pour Algernon** 427/**3★**
KLEIN Gérard	**Les seigneurs de la guerre** 628/**3★**
	La saga d'Argyre :
	-Le rêve des forêts 2164/**3★**
	-Les voiliers du soleil 2247/**2★**
	-Le long voyage 2324/**2★**

LEE Tanith	**Vazkor** 1616/**3★**
	La déesse voilée 1690/**4★** Inédit
	La quête de la Sorcière Blanche 2042/**4★** Inédit
	Terre de lierre 2469/**3★** Inédit
LÉOURIER Christian	**Mille fois mille fleuves...** 2223/**2★** Inédit
	Les racines de l'oubli 2405/**2★** Inédit
LEVIN Ira	**Les femmes de Stepford** 649/**2★**
LOVECRAFT Howard P.	**L'affaire Charles Dexter Ward** 410/**2★**
	Dagon 459/**5★**
	Night Ocean et autres nouvelles 2519/**3★**
MARTIN Georges R.R.	**L'agonie de la lumière** 2692/**5★**
McKEE CHARNAS Suzy	**Un vampire ordinaire** 2433/**4★**
MERRITT Abraham	**Les habitants du mirage** 557/**3★**
	La nef d'Ishtar 574/**3★**
MOORE Catherine L.	**Shambleau** 415/**4★**
	Jirel de Joiry 533/**3★**
MORROW James	**L'arbre à rêves** 2653/**4★** (Septembre 89)
OTTUM Bob	**Pardon, vous n'avez pas vu ma planète ?** 568/**3★**
PARIS Alain	**Daïren** 2484/**3★** Inédit
POHL Frederik	**Casse-tête chinois** 2151/**4★** Inédit
	L'ultime fléau 2340/**3★**
	Les Annales des Heechees 2632/**4★** Inédit
POWERS Tim	**Les voies d'Anubis** 2011/**5★** Inédit
	Sur des mers plus ignorées... 2371/**4★** Inédit
	Le Palais du Déviant 2610/**4★**
RAY Jean	**Malpertuis** 1677/**2★**
ROBINSON Kim Stanley	**La mémoire de la lumière** 2134/**4★** Inédit
	La planète sur la table 2389/**4★** Inédit
	La Côte Dorée 2639/**6★** (Août 89) Inédit
RODDENBERRY Gene	**Star Trek** 1071/**2★**
SADOUL Jacques	**Les meilleurs récits de Weird Tales** 2556/**6★**
SCOTT CARD Orson	**The Abyss 2657/4★** (Septembre 89) Inédit
SHECKLEY Robert	**Le prix du danger** 1474/**3★**
	Le robot qui me ressemblait 2193/**3★**
SILVERBERG Robert	**Les ailes de la nuit** 585/**2★**
	Les monades urbaines 997/**3★**
	Le château de Lord Valentin 1905/**4★** 1906/**4★**
	Pavane au fil du temps 2631/**4★** Inédit
SIMAK Clifford D.	**Demain les chiens** 373/**3★**
	Mastodonia 956/**3★**
	Le chemin de l'éternité 2432/**4★** Inédit
SPIELBERG Steven	**Rencontres du troisième type** 947/**2★**
	E.T. l'extra-terrestre 1378/**3★**
	E.T. La planète verte 1980/**3★** Inédit
STEINER Kurt	**Le disque rayé** 657/**2★**
STINE Jovial Bob	**La folle histoire de l'espace** 2294/**3★** Inédit

STURGEON Theodore	***Les plus qu'humains*** *355/***3★**
	Cristal qui songe *369/***3★**
	Killdozer / Le viol cosmique *407/***4★**
	Les talents de Xanadu *829/***3★**
THOMPSON Joyce	***Bigfoot et les Henderson*** *2292/***3★**
VANCE Jack	*Cycle de Tschaï :*
	-Le Chasch *721/***3★**
	-Le Wankh *722/***3★**
	-Le Dirdir *723/***3★**
	-Le Pnume *724/***3★**
	Le monde magique *836/***2★**
	Marune : Alastor 933 *1435/***2★**
	Trullion : Alastor 2262 *1476/***3★**
	Wyst : Alastor 1716 *1516/***3★**
	Rhialto le Merveilleux *1890/***3★** *Inédit*
VAN VOGT A.E.	***Le monde des Ā*** *362/***3★**
	Les joueurs du Ā *397/***3★**
	La fin du Ā *1601/***3★** *Inédit*
	A la poursuite des Slans *381/***2★**
	La faune de l'espace *392/***3★**
	Le sorcier de Linn *419/***3★**
	Les armureries d'Isher *439/***3★**
	Les fabricants d'armes *440/***3★**
	Le livre de Ptath *463/***3★**
	La guerre contre le Rull *475/***4★**
	Destination univers *496/***4★**
	Créateur d'univers *529/***3★**
	L'homme multiplié *659/***2★**
	Le Silkie *855/***2★**
	Rencontre cosmique *975/***3★**
	Le colosse anarchique *1172/***3★**
	Au-delà du Village enchanté *2150/***4★** *Inédit*
VINGE Joan D.	***La Reine des Neiges*** *1707/***5★** *Inédit*
	Mad Max au-delà du dôme du tonnerre *1864/***3★** *Inédit*
WALTHER Daniel	***L'Epouvante*** *976/***2★**
WILLIAMS Paul O.	***Le cercle inachevé*** *1920/***3★** *Inédit*
WILLIS Connie	***Les veilleurs du feu*** *2339/***4★** *Inédit*
WINTREBERT Joëlle	***Chromoville*** *1576/***3★**
	Le créateur chimérique *2420/***4★**
X	***Univers 1986*** *2012/***4★** *Inédit*
	Univers 1988 *2354/***4★** *Inédit*
	Univers 1989 *2572/***4★** *Inédit*
ZELAZNY Roger	***L'île des morts*** *509/***2★**
ZINDELL David	***Inexistence*** *2691/***7★** *(Novembre 89) Inédit*

2633

Photocomposition Assistance
Impression Brodard et Taupin
à La Flèche (Sarthe) le 23 juin 1989
1383B-5 Dépôt légal juin 1989
ISBN 2-277-22633-5
Imprimé en France
Editions J'ai lu
27, rue Cassette, 75006 Paris
diffusion France et étranger : Flammarion